U0060303

◎台語文學語言長篇小說◎
亦是世界文學上獨一無二个光彩

Bū siânn
《霧城》
(La Nebula Urbo)

✳沙卡布拉揚 著．
(A.D. Sakabulajo)
✳鄭 穗影 插畫．

．前衛出版社．
2019. 7.____．

作者親筆个扉頁圖。

白雲吻著沙卡个精神山：北大母（武）山。

大霸尖山（Saka淡彩素描）。

大母山个兩景致。

Saka佇潮州明治橋畔。

北海道昭和新山（火山/淡彩）。

左：台母公園个夕陽（油畫），右：月世界（淡彩）。

Saka留日初次税滞个日式公寓
（新宿百人町）。

Saka故里一景。

Saka青年時執愛个圖：革命含獨立。

Saka台語譯"露杯夜陶"（Rubaiyato）：世界台語譯第一本！台灣出版史上文學冊第一本（真理大張教授捌講）。

目次

III. 下篇：〈家己創造日頭光！〉

本冊中常用漢字表

1

⊙我 guá =我。

⊙阮 gún (阮)、伯 lán (咱) =
　我們。

⊙汝 lí (你) =你。

⊙您 lín (恁) =你們。

⊙伊 ī =他、她。

⊙個 īn =他們。

⊙它 ī =它。指事物。

⊙翁 ang (尫) =丈夫、bóo 媒
　(某) =妻子。

⊙多甫 ta-poo =男人、多媒
　ta-bóo=女人。

⊙囡仔 gín-á、囝仔 kiánn-á
　=小孩、子女：多甫〜、
　多媒〜。

⊙個 ê / kô =個。

2

⊙个 ê (的) =的。

⊙的 tik =目的。另有：名

詞形副詞語尾。

⊙這 tse =此。

⊙彼 he =那。

⊙茲 tsia =這裡。

⊙遐 hia =那裡。

⊙茲仔 tsia-á =這些。

⊙遐仔 hia-á =那些。

⊙即 tsit =這一 (箇)。

⊙迄 hit =那一 (箇)。

⊙啥 / 啥乜 siánn/siánn-mí =
　什麼。

　＊啥 (乜) 人？啥 (乜) 貨？

⊙佗 toh =哪？哪一 (箇)？
　佗位 toh-uī- =哪裡？
　＊tué 是 "合音"。

⊙哪 ná =怎麼？哪會 ná-ē =
　怎麼會？哪是 ná-sī =怎麼
　是……？

⊙按 án =從、按。

　＊按明仔再 (明天) 起。

⊙對 tuì (對) =向、對待。

＊先生對伊講，伊對汝
（你）好。

⊙咧 leh ＝做爲補語助詞，
　表示結果、程度；又做
　爲句中、句尾助詞。

⊙甲 kah ＝做爲補語助詞，
　表示程度、狀態。
　＊食甲眞飽！

⊙予 hōo ＝送、給。

⊙乎 hōo ＝表示被動、接
　受；在句尾是疑問助詞，
　帶有"半鼻音"：hōnn。

⊙共 kā ＝類似"把"的強調
　構文，表示處理方式。
　＊伊共錢放（Phàng）見去
　　啦！

⊙咖 khah（卡）＝比較。

⊙哈 liānn ／ niā ＝而已。

⊙抑 ah ＝表示可能、或者。

⊙亦 iá（也）＝也。

⊙么 mā（嘜）＝也。

⊙咁 kam ＝表示比較親切、
　推測的疑問。

⊙佮 kah/kap ＝和、跟。

⊙佇 tī ＝在。

⊙佫 koh（閣）＝再。

⊙当 tong、tang、tàng（當），
　分別是"当時"、"會
　当"。

⊙偅 tng（償）＝正在、正
　要、～之時。
　＊我偅咧看、偅等伊來
　　嘟慢啦！

⊙偌 juā ＝多少？多麼～！

⊙若 nā ＝假使、如果。
　＊若無拍，嘟無通食啦！

⊙"假若"ká-nà ＝如果是。
　＊假若落雨，佇茨內歇
　　睏嘟好。

⊙如 ná ／ jû ＝像。
　＊伊如像（tshiūnn）個爸
　　（pâ）。

⊙"假如"ká-nā ＝表推測个。
　＊伊假如是睏過頭，准
　　無來。

⊙如～如～ ná～ná～＝一
　面～一面～。
　＊伊如食如行。

⊙昧 buē（𣍐）＝不會、不
　能。

＊昧（当）行。
⊙嘟 tō =就。
⊙則 tsiah =才。

3

⊙毋 m̄ =不。
　＊毋屈服。
⊙無 bô =沒。
⊙侈 tsē（濟、多）=多。
⊙迭 tiānn（定）=時常。
⊙肖 sio =互相。
⊙仝 kâng（同）=同。
⊙峘 kuân（懸）=高。
⊙譖 bat（捌）=認識。
⊙捌 bat =曾經。
⊙企 khiā（倚、立）=立、站。
⊙卜 beh（要 / 欲）=要、想要。
⊙甭 mài =不要。
⊙綴 tè / tuè =跟隨。
⊙悉 tsai（知）=知道。
　＊伊悉也意思。
⊙偆 tshun =剩餘。
⊙都 tau=茨 tshù（厝）=家。
⊙秀 suí（穗 / 水 / 媠）=美。

⊙选 suán =选舉、选擇。
⊙選 sńg（耍 / 玩）=玩。
⊙冲 tshìng =表急速上升。
⊙牢 tiâu（住）=補語，表固定。
⊙湊 tàu（鬥）=連接、湊合。

4

⊙干但 kan-na =祇（有 / 是）。
⊙元但 uân-nā =仍然。
⊙毋但 m-nā =不但、不僅。
⊙毋拘 m-kú / kó =不過。
⊙時辰 sî-tsūn（時陣）=時候。
⊙正公 tsànn-káng（正港）=眞正、非假冒。
⊙今仔 tsim-á =現在。這是連音現象。
⊙坏勢 pháinn-sè（歹勢）=不好意思。
⊙逐個 take-ê（逐家）=每個、大家。
⊙安呢 an-ni / ne =如此。

〔搭話頭〕

"人類精神史之中个一個樸実个見証！"

這是筆者講出即回寫作一生第一部"台語文學語言長篇小說"个主旨，根本个"心境"(mental state/mood)。

着啦！若卜講出"心境"，確実是如(ná)山如海咧！眞実一切个說明，終其尾，恐驚(kiann)仔連"尾声"嘟消失佇記憶之中！咁呣(m̄)是咧？

可是，人个"历史"正是"當下"个，離開當下無历史；任何个變化，會當講総(lóng)是"实存"个本質現象，無可能会當改變个，会當改變个是"人"个妄想，絶対呣是"記錄天使"个手筆——一切个实存只是实存呤(liānn)呤！

爲着攬(lám)抱當下个历史，侈(tsè)侈个是人類个悲情、無奈，若有"望"佮"光"，乃是人个"純情"所致个！爲着卜攬抱這當下个历史，儘管有悲喜苦樂，只有按理性个峘(kuân)度，透过感性个呼吸、脈動，安呢，則

有法度突破記憶，恢復实存个形象，活灵灵佮佴(lán)企做
伙！

　　這嘟是小說創作个必要性，么(mā)是自然性；它唔是
說教，或者要求，如像歌唱，悠悠然响聲飄佇一切个空間
之中，除非有人共(kā)耳孔塞(that)起來！

　　"霧城"(La Nebula Urbo)个世界，展現出人類世界个
"兩面性"；這兩面是"矛盾"个、"吊詭"个，卜如何
"統合"，有人講只有請出"神"來嘟完全OK！可是尼
采(F. Nietzsche)喝着：

　　"神，已経死啦——"

　　無論安怎，我个"心境"只有一個"望"：

　　"趕緊結束人類个'自私/本能个奴才'佮'愚
　　(gōng)痴'"！

時間咧？
佮500冬後……

2014.4.10下晡

en Tokio大山

I. 上篇：〈关于李尙地佮個个時代〉

01.
西北雨

「阿地仔，呵——，咖(khah)緊出來一下——」

佇(tī)茨(tshù)內个(ê)尙地並無回應，伊(yī)咁(kam)会是臭耳聾(lâng)，無聽着個母仔咧(leh)叫伊：「咖緊來湊(tàu)收衫仔褲啊——」

個母仔佇茨後面，向(ǹg)對尙地个房間个窗仔，眞大聲佫(koh)急咧咻(hiu)着。

「西北雨得卜(tit-beh)來啦！猶唔(m̄)趕緊出來——」

「好啦——」難得出一聲：「我佫看一畷(tsuā)乎了咧，稍等咧——」

「僧(tng)等汝(lí)看了出來，雨嘟落來啦！」

尙地個兄弟姐妹，總仔共有8個，所以，個母仔逐日，干但(kan-nā)洗個个衫褲嘟愛舞規早仔(tsai-á)啦！尙地是排第二，大兄僧咧讀大學，抑伊是高二；今仔(tsim-á)，茨裡(lìn)干但伊佮(kah)母仔佇咧，其它總(long/tsóng)有代誌出去啦。伊拄仔(tú-a)咧看一本冊精彩个所在，尻川(kha-

tshng)跮(peh)昧(buē)起來，黏佇藤椅仔，唔拘(m̄-ku)，想着
西北雨是無生目珠(tsiu)，來是如(ná)噴射机咧，伊准一時
跳起來，蹤(tsông)出去。

「咖紧來做伙收，汝乎(honn)，實在重尻川……」

「尻川是無偌(juā)重。」尚地如(ná)凑收，如講着：
「抑(ah)嘟乎冊磕牢(teh tiâu)咧……收会赴(hù)啦——」

母团仔(bó-kiánn-á)兩人，三兩手嘟共(kā)衫仔褲收好勢
啦；拄仔踏入門，西北雨嘟洒(sà)洒叫咧落起來啦！

「逐回(tak-kái)若(nā)叫汝創啥乜(siánn-mí)，嘟總是跤
(kha)手慢鈍，抑唔(m̄)嘟即(tsit)回西北雨介成有目珠，抑
無，等汝出來，兹仔(tsia-á)个衫仔褲嘟淋(lâm)甲(kah)澹漉
漉(tâm-lok-lok)啦。」

「人儅咧看冊啊——」尚地有小可仔(sió-kho-á)坏勢
(pháinn-sè)佫理由充足个款。

「看冊是介好，工課(kang-khuè)么(mā)愛凑做；抑若
汝，讀冊佮(kah)人無肖像(sio-siâng)，無人有个(ê)，一日到
暗，干但悉也(tsai-iá)共冊攬(lám)牢(tiâu)牢；我看人讀冊，
么無親像汝安呢(an-ne/ni)，有冗(îng)看兩三本仔，抑若是
尚(siōng)重要个，一本嘟好。」個母仔放輕鬆咧講着。

個母仔這(tse)放輕鬆，煞(suah)一時昧(buē)輸变做學校
个先生，准共伊說教起來。佬(lāu)母總是佬母，伊所生个
囡仔(gín-á)，總是伊个心肝团仔哩咧，咁唔是咧！

倒轉來冊房（么是伊个房間）个尚地，准無佫(koh)

摸冊，么無卜(beh)聽音楽，抑電視咧？迄時辰，猶未有電視，准有，電視咖侈(tsè)是雜音，尚地是昧将它园(khìng)佇冊房啊！伊規身軀斡(thenn)對藤椅仔，向(ìg)着窗仔外，看鳥雲咧趕路，腦海中响着頭拄仔個母仔个聲音，尤其是尚尾仔一句：〝尚重要个一本嘟好。〞今(tann)，佇冊个世界，到底是佗(tó)一本則是尚重要个啊？！

佫想倒轉來，頭拄仔即陣西北雨，落咧介成有大歡喜个款式，尚地么綴(tè)咧歡喜起來；佫一目瞷(nih)仔，西北雨佫一陣落來，伊嘟共它詳細看詳細聽，親像有不(pat)止仔侈(tsè)个多甫(ta-poo)多媒(ta-bóo)人做伙咧舞咧唱歌。着啦，今仔日下晡，有咖(khah)無啥全(kâng)个気氛；伊想起着隔壁个秋香小姐，即位迭(tiānn)迭畏思个姑娘，今仔，伊唔悉也(tsai-iá)元但(uan/guan-a)有咧想着伊無？

突然間，西北雨准落愈(jú)大起來，聽彼(he)雨聲，嘟眞如像(nà-tshiūnn)馬里奧蘭沙①男高音咧唱个，么佫有其它个男女歌手咧陪唱合唱，眞是鬧熱滾滾！尚地个情緒，全盤溶(iûnn)入去高揚豪放个歌聲旋律裡(lin)，昧輸綴(tè)咧唱着〈善変个女人〉迄(hit)款咧！僑等雨細落來个時，看着窗仔外頭前面个綠竹林佮(kah)檳榔樹仔，佇雨中搖身咧對話个款式；伊煞(suah)有一種講昧出个寂寞，寂寞甲眞

---

① 馬里奧蘭沙（Mario Lansa），美籍義大利後裔男高音，1961(?)過身，享年38。

想卜(beh)蹤(tsông)出去雨中淋雨(lâm-hōo)。大小雨對伊來講總是足有親切感，若(nā)唔是個母仔咧叫講無趕緊收衫褲，無嘟会乎它淋澹(tâm)去，尚地乃是昧拒絶任何一陣西北雨。介成佇(tī)伊生長个过程中，西北雨嘟是伊種種記憶个泉源，若無西北雨个話，伊个生活嘟可能変成一片个沙漠啦！

　　　　西北雨，直直落
　　　　鯽仔魚卜娶某(tshuā-bóo)
　　　　鮕鮘仔兄拍鑼鼓
　　　　媒人婆仔土虱嫂
　　　　日頭暗　揣(tshuē)無路
　　　　趕緊來　火金姑
　　　　做好心　來照路
　　　　西北雨　直直落——

　　尚地綴着雨聲咧唱着即(tsit)條按(àn)因仔(gín-á)時嘟真熟个歌謠，西北雨愈(jú)落愈小，伊么愈哼(hainn)愈輕愈細(sè)，佇落尾仔，輕甲將卜無聽着家己个聲个時，准佮雨聲同(tâng)斉停起來！

　　伊佫再坐近冊桌仔，継續咧讀頭拄仔迄本冊，原來嘟是但地②个《神曲》。

　　茨內，今仔是介安静，唔是無人佇咧，乃是尚地個

母仔悉也(tsai-ia)伊儅咧看冊，所以，前到今(tann)，伊總(lóng)無佫，么呣敢去吵着伊。其實，尙地個母仔，么眞愛唱歌，有當時仔，組(thīnn)衫亦(iā)好，揀(kíng)茱箬(hioh)仔亦好，總会如(ná)做如咧哼(hainn)；可是，今仔，一卒仔(tsut-á)聲嘟無，咁(kam)眞正無咧唱？抑是干但唱予(hoo)家己聽都好吟(liânn)吟！

　　一目𥍉(nih)仔，尙地嘟看过成(tsiânn)10頁，即時辰(tsūn)，但地寫着伊个大前輩維吉里奧③，迤(tshuā)伊來通過〝地獄〞，尙地准出聲咧唸着詩句：

　　　　汝是我个大師佫是我个前輩
　　　　我祇是按汝遐(hia)嘟有得着
　　　　得着彼(he)使乎我受着栄耀个秀(suí)个風格④

　　唸到兹(tsia)，尙地感受着但地對着伊个前輩維吉里奧尊敬之心，都如像(ná-tshiūnn)伊對着東方大詩人陶淵明⑤佮奧瑪凱琰⑥迄(hit)款，原來人類个詩魂總(lóng)是一致个！一個高中2年个學生，尙地伊家己嘟有安呢生个認

---

②　但地（A. Dante），義大利中世紀大詩人。
③　維吉里奧（Virgilio），古羅馬大詩人。
④　〈地獄〉第1歌，p.7.
⑤　陶淵明，中原三世紀大詩人。
⑥　奧瑪卡琰(Oman Khayyam)，波斯詩人，天文學家。

識，産生一種幽遠个喜悦。伊佫継續咧看，佫継續咧唸着安呢个詩句：

> 然後，汝嘟卜看着安心佇淨火中个精魂
> 因爲個希望会當加入受致蔭个蒙麻之群
> 無論彼（he）是佇（tī）啥乜時辰（tsūn）

> 然後，假使汝願意我升起里（lì）
> 嘟將有一位比我咖高貴个仙灵來接引汝
> 汝我分手个時会共（kā）汝交予（hōo）伊！⑦

　　〝仙灵〞！尚地唸着即個字眼，准大跳起來，即個世間，佇佗位卜揣（tshuē）有〝仙灵〞咧？但地有夠幸運啊！佇人生个过程中通过地獄（確實，但地被追放去它鄉外里，無佫倒轉去，乃是悲痛个晚年啊！）佫有〝仙灵〞卜來接伊浮升去〝天堂〞！尚地一直咧幻想，家己將卜变成但地个樣；伊明白，迄位仙灵嘟是20外歲嘟过身去个〝貝陶麗采⑧〞啦！但地自少年時代思思慕慕个少年多楳（ta-bóo）囡仔（gín-á），伊个美麗，伊个風采，甭（mài）講是但地，尚地想講若（nā）是伊，元但（uân-a）有拄着即款姑娘个話，

---

⑦ 〈地獄〉第1歌，p.9.
⑧ 貝陶麗采，但地少年時代个意中人。

伊願意早早嘟離開這人世；唔拘(m̄-kú)，伊想倒轉來，佇茲(tsia)，有伊个親人佇咧，特別是個佬母仔啊——

多謝西北雨！尚地恰意着即款天気，熱人唔管有偌仔(juà-á)咧熱，只要下晡時仔來一陣西北雨，嘟会共規個地面个(ê)燒気，淋一下，准变成清涼起來。依照尚地本身个習慣，佇冊架仔頂隨意提一本詩集，即本是《普希金詩集》⑨，伊輕輕仔紮(tsah)入衫袋仔內，然後來到茨前楊桃樹下牽跤踏車，準備卜出去。

「地仔，汝卜佫去台母公園乎(honn)？嘟咖(khah)早轉來食晏飯啊——」個母仔是足了解伊个習慣，可是，担心伊佇公園散步，抑是儅咧想啥乜，准会唔(m̄)悉也時間去！

「会啦！我会咖早轉來。」尚地騎佇車仔頂咧應着。

台母公園即個所在，原早是〝神社〞，有樹林，有小溪水，介清静，對尚地來講，伊認爲是全台母鎮地区尚好个所在！眛(buē)輸若欠着它(yī)，抑尚地么(m̄a)会欠乏着元気个款！抑這話是安怎講咧？咁(kam)眛小可仔(kho-á)離譜歟(hioh)？

---

⑨ 普希金（A. Pushkin），俄羅斯19世紀大詩人。

伨(lán)若(nā)清醒咧共(kā)想着，佫眞正有也哩咧！當然，四周圍个田園个景致，么是眞迷人个，看起來，正公(káng)是人所滯(tùa)个所在！空気清，地下水么清，規片个青綠，目珠看咧昧閑(siān)；有風聲，有鳥仔聲，総(lóng)是自然个妙音！人佮自然乃是一致个存在，嗯是親像都市街仔內，滯佇(tī)遐(hia)只是〝活落去个战場〞──逐個拚生命咧活吟(liānn)！雖然，物質生活可能昧稗(bái)！

台母公園是佇台母街仔个郊外，但是離無偌遠，佫有接近着台母高中──尚地個(in)个學校，行路只要五、六分鐘，抑若按尚地個茨騎車仔嘟需要10外分啦！公園是佇田園邊，所以，田園之美，它么有具備啦！抑若公園个大好處，嘟是有蓊茂(ōm-bōo)个樹林，大部分是茄冬樹佮樟仔，佫有一條小溪仔；干但会當予(hōo)人來咧散步，歇(hioh)睏个樹林，彼(he)嘟眞正是天公伯仔有咧疼惜啦！尚地会心愛着茲(tsia)，正是林中个清静，佇清静之中，伊体会着無限个自由，精神思想个飛揚！

按公園个入口到內面，有一條双爿(pêng)生做峘(kuân)大佮直文文个麻黃樹，量約仔有百外公尺長，干但安呢个距離嘟眞值得人來散步啦！伊逐回來，嘟將車仔园(khǹg)佇入口，然後緩(khuânn)緩仔行入去。來茲个人並無介侈(tsē)，有人佇樹仔下讀册，么有咧歇睏个，佫有兩三個人做伙咧談笑个；無論啥乜款个景入去伊个目珠裡(lin)，在伊総是感覺着一幅(pak)一幅个〝印象派〞个图，介成凡・

谷訶捌來过兹画图哩咧！伊充滿着心喜！

佇這路邊，有當時仔，伊会拄(tú)着朋友，伊嘟停跤來佮朋友個開講一下仔，朋友个話題，總是離昧開着考試个代誌。

「今(tann)，明仔再講卜考英語，」其中一個同學憂頭結面咧出聲：「英語昧輸我个天敵咧——」

「汝遍若提起着ABCD狗咬豬嘟臭面起來，單字記乎牢(tiâu)嘟是啦——」

「我拚性命卜記，它嘟唔乎我記啊——」

「抑汝唔是有去補習咧——」尙地對伊講。

「愈補愈大孔(khang)，間(kàn)！咖輸甭(mài)補——」

「但是，汝个〝三人主義〞考咧尙好个啊！」佮另外一個同學咧講，彼(he)口気如像咧共(kā)伊安慰个款式。

尙地个即個同學，看起來確實有双重个苦惱佇咧。伊人雖然聰明，但是，對英語無啥有興趣，伊迭講是被迫个，被時代環境所迫，誤了五、六多个青春；伊甘願專心去學啥乜工芸，可是爲着考大學，無用功佫昧使得。抑若〝三人主義〞，伊講拍一下仔〝哈嗆〞(kha-tshiùnn)嘟一百分啦！原因講彼唔是啥乜學問，臭彈嘟会對對啦！

「講起來，汝么有一科這〝三人主義〞是班上尙揚个啦！」

「無咖差(tsuah)！侂(gún)都(tau)个〝食飯主義〞總直無法度解決，侂爸(pâ)賺(thàn)昧得付〝萬萬稅〞啊！」

尚地如(ná)行如想起着前日佮同學個个交談，各人各有抱負，么各有苦悶；問題是卜行遠路，煞干但看着眼前个物件吟(niā)！尤其是佇獨裁体制壓制下，講〝人權〞講甲喙瀾(tshuì-nuā)四界噴！

依照推測，毋嗵小看尚地只是高二生，伊讀昧少個个爸个藏冊，伊个日語佇個爸个指導下，迄當時个台母街个少年囡仔當中，伊是單操一個吟！看日本電影無咧看字幕，抑若讀日文冊，佫愈有一兩步七仔哩咧——伊讀日文版春秋社个世界思想全集得卜过半，佫佇個爸冊房裡，讀着禁冊：馬克思个《資本論》！

今仔(tsim-á)，伊規個精神總綴(tè)着兩排个樹箬(hioh)仔咧起伏搖擺昧停；風絲仔是這自然界个作曲者，抑樹箬仔個是演奏者，今仔个樂曲，乃是佇仔咧溫柔个協奏曲。儅(tng)等尚地得卜行入公園內面个時，准起一陣大風，樂曲么綴咧変奏大响起來，伊个心臟如像大小鼓咧擂起，然後，眾音齊停！

尚地浸(tsìm)佇這美妙个自然景致之中，心情是如(ná)樂曲个旋律咧交織个款式！有貝多芬个《田園》，么有蕭邦个《協奏曲No.1》，愈迴想是愈充滿着規個心灵；無論怎樣仔激情个悲歡，總是美妙啊！伊深深咧感受着。

即個時辰(tsūn)，佇公園个尚內面，半個人影嘟無。本底伊有想卜哼(hainn)一條仔歌，後來准坐佇一棕(tsâng)大樹頭下，想講静静咧看景色咧歇一下仔么好。然後，伊

嘟掀(hian)開《普希金詩集》，緩緩仔一首一首咧欣賞，拄仔掀到〈自由頌〉[10]即首，如讀如卜跳起來，伊用全精神咧出聲唸着：

> 我痛恨汝佮汝个帝位，
> 不可一世个專制个魔王！
> 我卜幸災樂禍咧來看着，
> 汝佮汝个囝仔孫仔个滅亡。
> 人民將人佇汝个頭殼額頂，
> 看着備受咒罵个印記，
> 汝是世界个災星，自然个恥辱，
> 是汝佇這世間咒罵着了上帝。

　　伊完全忘形咧愈來愈大聲唸！唔是，差不多是喝(huah)着〈自由頌〉；四匝(khoo)輦(lián)轉个樹仔，花草仔佮一切个回响，有噗(phok)仔聲，么有憤怒！純然佮伊个心灵个激動，配合甲密栓(sǹg)栓啦！

　　儅(tng)等伊冷静落來个時，伊个腦海中有清楚着當今个獨裁者集團則(tsiah)是可惡个〝賊党〞，個个頭目哪是啥乜碗糕〝民族救星〞？伊相信，無偌久，人民一定会企(khiā)起來摁(ián)倒即個涵(àu)政權，消除即個賊党啦！這

---

[10] 〈自由頌〉是普希金佇1817年寫个。

乃是合得世界个潮流，人類个願望啊——

　　尙地即個則高二个少年囡仔，伊心灵本底嘟定根佇這台母大地，伊个思考，觀察着个世界，唔是干但佇校園內。伊則是眞眞正正咧感受着普希金个〝自由精神〞！伊想起着佇高一个寒假中，個佬爸(pē)紹介予(hōo)伊讀賴彰和个作品，尤其是小說佮詩；人類卜挣脫壓迫，奪回自由个精神、思想總是肖全(sio-kâng)个啊！

　　　　兄弟，逐個來！
　　　　來！拋捨佲(lán)這一身佮伊一拚，
　　　　佲活佇即款个環境，
　　　　干但貪生怕死有啥乜路用！
　　　　眼前个幸福雖然享受昧着，
　　　　么嘟愛爲着囝仔孫仔來鬥爭！

　　賴彰和爲着〝雨社事件〞寫出這〈南方个哀歌〉，〝所有个战士總已经去啦！〞這是何等个悲壯哀切！若(nā)唔是爲着人性，爲着自由，卜哪有啥乜〝犧牲〞咧！尙地佮愈欽佩着賴彰和作品中个〝金剛怒目〞，伊个詩句，唔只是爲着全台母人，佮咖是全人類吧！尙地想起着〈低気壓个山頂〉，尙尾仔个詩句是安呢：

　　　　人類个積惡已沉重！

自早嘟該滅亡，

這冷酷个世界，

留着它猶有啥乜路用？

這毀滅一切个狂飆，

是何等个偉大悲壯！

我獨立佇狂飆之中，

攄(thí)開嚨喉(nâ-âu)用盡力量，

大喝聲爲這毀滅讚頌，

而且爲着彼未來个不(put)可知(tī)个，

人類世界來咧祝福。

佇咱(lán)早前个文學者之中，揣(tshuē)無第二個人，有茲呢仔純粹个心灵、堅決个気魄、高超个思想！尙地乃是一直存着即款个感激。伊捌(bat)佇班上，問過同學個，咁諳(bat)〝台母人作家賴彰和〞？結果是無半個諳！抑李白、杜甫有呣諳个嘟昧當畢業啦！雖然安呢，即款惡劣个環境佮時代，煞愈啓發佮起動着尙地个整個〝灵魂〞啦！

有几(kuí)仔聲个斑鴿(pan-kah)个啼叫，准共伊叫醒起來：原來伊坐咧个所在，正是茄冬樹頭，周圍个么是茄冬樹仔；個个岠大、茂盛，時常予尙地一種感覺，佇清静、温暖中，一直保持着力量，么則是眞實个生命力量！尙地佮個是朋友啊！

伊佇公園个樹林內底，有時坐咧，有時起來散步、沉

思，有時佮花草仔拍招呼，看小溪仔水內个大肚魚仔，細尾蝦仔，細隻蟳(tsîm)仔，佫有細隻水蛙(ke)仔哩咧！伊自由自在咧看，個么自由自在咧生存活動着；即個世界啊！嗨免啥乜碗糕道德、法律、信用，愈嗨免名利權勢，一卒仔驚惶(hông/hiânn)嘟無！

　　尚地意識着時間差不多啦，嘟順順仔咧離開着樹林，拄仔行來到樹林口，無意中，准看着個个地理先生周人傑先生，么拄仔佮周先生个目光肖(sio)照着。

　　「先生，汝好！佇時來佇茲(tsia)咧？」

　　「是尚地汝，聽講汝迭(tiānn)來公園樹林內看冊，若這尚好，若無趕，來，來茲佫坐一下仔——」

　　尚地行偎(uá)去先生个面前，行一個禮，嘟隨坐佇草埔仔頂。目珠金金咧相着先生儅咧一喙(tshùi)佫一喙吮薰(suh hun)。然後，先生停起來，微笑咧向尚地講着：

　　「我悉也(tsai-iá)，佇茲，汝嗯是咧看課內冊。」

　　「耶？先生，汝哪臆(ioh/iok)咧准、准、准咧？」

　　「若別人我無清楚，對汝，我是諳(bat)甲有偆(tshun)，哈、哈！全校只有汝即個學生吟！」

　　「無啊！先生，這是安怎講咧？」

　　「這無啥乜秘訣，總總(lóng-tsóng)表現佇汝个目神——」

　　「請問先生，抑是有啥款目神咧？」

　　「拚考試个學生，愈上等个，個个目神嘟愈柴柴。」

周先生停落來吮一喙薰，順着薰絲仔，伊个喙角有一種堅定个表示：「簡單對汝講，汝个目神裡有某種思想个光，彼唔是按教科冊來个，我講安呢，咁有唔着？」

　　「這……若這我家己無感覺，我是咖無愛受着學校嘮哩嘮嗦迄(hit)套个束縛——」

　　「汝个冊，借我看覓(māi)咧好乎(honn)？」

　　尚地即時按袋仔內提出詩集，交予周先生。

　　「《普希金詩集》，我嘟悉也啊——」先生个聲音非常响亮，彼唔是爲着驚，乃是大歡喜，昧輸咧共公園內个一切報告啥乜！伊佫紲(suà)咧講着：「看這根本無卜考个，只有得〝鴨卵〟一粒！汝是愚(gōng)大頭抑是有大勇氣咧？話講倒轉來，若無看親像即種冊，嘟干但有聰明，無一定有智慧啦！」

　　「即方面个冊，我是比較有趣味——」

　　「着，在先愛有趣味，或者培養趣味，然後則按趣味全精神准浸(tsim)落去。」

　　「講實在个，我眞欽佩先生，汝个精神。」

　　「是安怎講？請講來分(pun)聽咧——」

　　因爲尚地佇學校佮周先生介熟，歇睏時間中，時常有咧請教，講請教，差不多是師生咧開講个方式。所以，佇周先生个面前，伊總是直言直說。

　　「先生對伨台母語言文化个愛心佮研究，会使講全台母街仔無第二個人——」

「嗯是。」周先生聽着伊安呢講，嘟隨出聲：「若台母語言个造詣，猶有一位陳萬隆先生；若伊是比我咖博侈(tsē)咧啦！汝咁嗯捌(bat)聽过伊？伊捌來佇伯學校教过。」

「眞可惜！我嗯諳伊；雖然，先生汝么眞了不起啊！台母語文介少人研究，就算有，么不止仔侈是五四三个、何況佫無人敎，么無人卜學讀學寫，卜哪会當發揮、發展咧？終其尾，伯台母嘟会失去做爲台母人个眞實生命。到有一工，只有〝台母个人〞，無〝台母人〞啦──」

「哎！汝講着我心肝窟仔尙疼个所在啦！」

講眞个，周先生一時心肝准疼起來，目光如(ná)像燒起一葩(pha)火！彼火么儻咧燄赤赤啊！個兩個人煞暫時無佫講話，一斗久仔了後，周先生則鎭定落來允(ûn)允仔咧講着：

「佇學校裡，千萬嗯通提起我个研究──」

「先生，若這我介明白，阮爸有共我提醒过──」

「您(lín)爸？抑伊有共汝講啥乜？」

「正是〝思想問題〞啊──」

「抑伊咁有佫講啥乜？」周先生急卜了解即句話。

「伊講，世間哪有啥碗糕〝思想問題〞！這是鈎民賊党臭賤个做法，全世界無人有个！眞可惡！」

「哦！原來有即款佬爸(pē)，嘟有即款後生啊！」

儻即辰(tsun)，周先生灵感一來，准問尙地：

「李尚地，着啦！汝个名哪会号做〝尚地〞，兹呢仔古椎咧！」

「這是亻因爸特別号个，介成有根据着啥乜來个？」

「嚇！有根据？請講來分聽一下仔咧！」

「抑嘟，亻因爸少年時代眞愛哲學，扶桑時代去阿本个所在，想卜入東井帝大專攻哲學，可是，亻因公仔咥准伊讀，講讀哲學轉來揣(tshuē)無好頭路，若是経済咖有底底(té-ti)，尚無么有銀行个工課(khie)，而且講創経済个代誌，比較的(tek)無危險──」

「抑這佮汝个名有啥乜関係？」

「有啊！無論亻因爸伊咧創啥乜，伊一生到今(tann)，總是佮哲學分昧開！尤其是伊介愛尼采⑪个思想！」

提起着尼采，周先生嘟精神起來！規個面容笑腮(sai)腮，昧輸咧開着一蕾(luí)花哩咧！

「原來如此！我明白啦！若有冗(îng)、有机會，眞想卜佮令尊熟似(sek-sāi)一下啊──」講到兹，周先生如像咧自言自語个款：「嘟是啦！超人哲學，大地个意義！莫怪眾人總是拚死卜去天堂，只有大地則是眞實个存在啊──」

「先生，汝推測咧眞對同(tâng)！亻因爸介成嘟是安呢个感想，則來共我号做〝尚地〞。但是，朋友同學個總

---

⑪ 尼采（F. Nitzsche），德國存在主義个哲學家。

笑我咁有資格做〝上帝〞？我若是上帝，抑個唔嘟是〝撒旦〞啦！這笑話是安呢來个哩咧——」

周先生聽尚地講着這，准出聲哈哈大笑起來！

師生兩個交談不止仔投合，即種情況，確實会令人欣羨；連日頭伯仔么無例外，它嘟將光漸漸咧收起來，留着西爿(pêng)天邊个彩霞！

轉來茨裡，尚地一入門，嘟乎個母仔唸甲將卜臭頭去！講遍若出去，嘟昧輸無人个，么唔悉也早暗，伊个名言嘟是：「食飯若綴(tè)人昧着，秀(suí)姑娘嘟娶(tshuā)無啦！」可是，尚地時常應着个是安呢：「我則無卜娶——，若有卜娶个話，可能是〝美麗个姑娘〞。」咁安呢？啥人無卜娶秀多俣(ta-bóo)咧？

佇食晏頓个時辰，除了大兄欣天無佇咧（伊儅佇北部讀冊），逐個總有轉來。尚地個爸是佇台母街仔个一間銀行裡做副理；若一下班嘟轉來，伊介無愛去參人應酬，除非伊無參加昧使得。伊个習慣是一入家門，嘟隨去洗身軀，然後佇冊房聽音樂，或者看伊心愛个有関哲學思想冊。佇伊个囝仔中間，伊特別佇心肝內暗暗仔心喜着尚地即個後生；因爲伊看着尚地个生長，佮伊少年時代介肖全(sio-kâng)，讀冊、趣味如像全一個〝模子〞生產出來个！

伊昧佫親像個爸，尙地个阿公迄款个做法，甚至介積極咧鼓舞着尙地佇讀冊以外，音樂、美術、自然觀察么總愛下心去學習。伊个見解嘟是愛伊造就出伊家己个性格、思想佮才華，而且甭(mài)管將來有啥碗糕好稗(bái)頭路無。伊對人生个見解嘟是安呢：卜有眞實个人生，嘟愛有〝幸〞佮〝不幸〞咧交織起來个實存体驗則会使得！

「地仔，」個爸總安呢咧叫着伊：「汝今仔日，哪会比較咧晚轉來？是唔是有拄着啥乜代誌？」

「抑嘟，佇卜轉來个時，有拄着伉地理先生——」

「咁是周先生？」

「哦？爸仔，汝哪会悉也是伊？」

「伊是我讀東井帝大个後輩，但是，無全系。」

「哦，您(lín)總是留學生——」

「唔是留學生，迄當時，算是去內地讀冊，如像欣天去北部讀冊，咁会使得講是留學？」

「大夫桑⑫，迄辰猶無台母国乎(hoon)？」尙地個姐仔尙秀仔，臨時插一句話。

「多傒(ta-bóo)囡仔人，唔哃隨便講！」個爸一聽着，准表情嚴肅起來：「這話千萬昧使講出去，記乎住(tiâu)，悉也無！」

「是啦——」尙秀仔一時面容小可仔紅起來。

---

⑫ 大夫桑(O too sang)＝佬爸。

「爸仔，我明白啦！」尚地隨出聲：「您迄辰嘟有熟似？」

「伬無熟似，可是迭(tiānn)聽着朋友提起着伊。若照聽來个判斷，伊是一位真優秀个青年！佇某方面，伬是有肖全。」

「抑是啥方面，安怎肖全咧？」尚地介興趣卜俗聽落去。

「若這，食飽了後，來冊房則講——」

尚地个第六感，隨嘟預感着這一定有啥乜〝大消息〞佇咧！因爲佇個習慣上，食飯中間，有姐妹做伙，不便談起有咖〝禁忌〞个代誌，去冊房嘟是啦！

尚地個爸个冊房，四片壁總是冊架冊櫥仔(tû-á)，差不多会使講是一間〝小图冊室〞么無超过；所收藏冊个種類〝包羅萬象〞，而且有介珍貴个版本，有个如宝貝咧藏起來，無人悉也。其它个資料么一大堆。尚地一直想卜看個爸迌仔个冊，可是，伊猶唔悉也時間昧到个款式。

今仔，冊房內只有尚地個爸(pē)仔囝仔兩個，伊坐佇個爸(pâ)个對面，伊一直無出聲，看爸仔咧準備薰吹頭仔，薰草入了，点火，哱(puh)兩三喙，薰煙介芳，確實俗一般紙薰無全，尚地早嘟習慣，鼻咧昧輸家己有咧吮(suh)个款！

「今(tann)，您兩個爸仔囝仔是初見面歟(hioh)！」個母仔捧茶入來：「嘟如哈茶如緩緩仔談，談了嘟咖早睏

咧！」個母仔交代兩三句，嘟佫出去。

「佫交代一遍，今仔，卜講予汝聽个，千萬唔嗵講出去，這汝是足清楚則着。現在社會个局勢，鈎民賊党个獨裁政策，汝應該眞了解我个〝気毛〞，介無卜稱呼個是〝秦仔党〞，而且猶是〝託管〞後殖民時代，伯台母根本猶無眞正个政治，只是抗爭，卜獨立建国企起來吟！所以，到目前，賊党個只是爲利益，用盡掠奪个手段！儘管〝同胞〞、〝道德〞喊叫昧停，抑是無関心人民，亦嘟是伯台母人个死活！〝自由民主〞乃是〝掛羊頭賣狗肉〞个，〝人權〞愈唔免講啦！」

「是啦，若這我会明白，爸仔是会相信我。」

尚地肯定家己个第六感，100%眞對同(tâng)！雖然，伊表面上有冷静咧等待個爸仔卜講个話，其實，伊心內如像有一鼎(tiánn)仔熱火咧烘(hông)烘燒着！

「周先生是讀法律系个，」尚地個爸仔吮一喙薰了佫講落去：「唔拘，聽講伊足認眞咧研究着台母語文佮〝台母史記〞、〝世界史記〞；我佇兹用〝史記〞，在先補充說明一下。我个觀点，嘟是眞正个歷史，永遠是佇今仔(tsim-á)个，歷史無佇过去，么無佇未來；一般所講个歷史，應該是〝當下个記實〞或者是〝當下个記錄〞，所以〝歷史記錄〞可以簡稱做〝史記〞，這煞佮司馬遷个《史記》全一個名稱，但是，意思並無完全肖仝啦！理由

是《運命之卷》个記錄天使[13]，共歷史記錄起來嘟是〝史記〞，一旦若有記錄，嘟無可能改变；〝改变歷史〞乃是無个代誌，創造今仔个歷史是有可能个。中世紀波斯大詩人，么是天文學家、歷史學家，佮是大数學家个奧瑪愷琰[14]有安呢个〝四行詩〞：

運用拃(tsńg)頭仔寫字，寫了佮徙(suá)位，
雖然盡心盡意佮使用着智慧；
么無法度引誘着它抹消着半行，
連一字嘟無洗，目泪(sái)狂流猶是枉費！

安呢，伯講〝台母史〞或者〝台母歷史〞，事實上是〝台母史記〞，因為，歷史永遠佇今仔、現在所存在个現象佮本質，這嘟是今仔台母个現象佮本質嘟是台母歷史，記錄起來个嘟是〝台母歷史記錄〞么是〝台母史記〞。講世界歷史么是安呢生个，汝聽咧咁有明白無？」

「爸仔，有啦！我介贊同汝个觀点——」

「好，周先生嘟是有安呢个研究，伊看出人類思想佮歷史發展中个理性。我捌按朋友遐聽來一句周先生講个話；無良知，人類个存在嘟完全無意義，亦嘟是唔是人个

---

⑬ 記錄天使：recording angel。
⑭ 奧瑪愷琰：Omar Khayyam。〝四行詩〞：rubai。

存在；人類个良知，正是愛放棄帝国霸權主義，佫脫出個對侈侈个殖民地壓迫、掠奪、剝削，得着全人類个自由、獨立、平等！」

「爸仔，若伊个話，我么聽咧足合着心肝！」

「汝有感受着，眞好！」個爸仔吮一喙薰了佫講着：「周先生佮我个觀点，佇茲嘟是一致个啦！俺个思想已経佮过去个無仝啦！」

「爸仔，汝這無仝，咁呣是脫〝反抗〟个心態，行上〝人〟个覺醒之路，得着人个存在根柢上个〝獨立〟咧？」

「哦，汝亦会了解着即点，介好！」

「佰台母人，自古以來，咁總(lóng)無想着卜企起來建国？」

「前到今，受中原封建思想文化个影响太深啦！卜(beh)生出着這思想、胸懷、気魄，嘟如像〝阿媽生孫仔〟啦！几仔百多來，台母人介侈干但卜做順民吟！欠着〝人个覺醒〟，若有〝栄華富貴〟，啥乜碗糕代誌嘟好，啥乜碗糕政權嘟總無差；除非受壓迫甲忍無可忍，則有想卜起來反抗。若這猶呣是〝人个覺醒〟！猶昧當算是〝民族獨立〟求〝人民主權〟个思想，猶佫差介遠啦！」

「順民以外，么有〝義民〟哩咧！抑這義民，呣嘟是〝正義之民〟？若安呢嘟昧稗(bái)啊──」

「講法呣是安呢。」尚地個爸仔佫大喙咧吮薰，佫

大喙咧噴着薰絲仔，将卜促(tsak)着；伊則趕紧歇一下仔，目珠轉大蕾(luí)咧看伊即個心愛个後生；然後，接咧講着：「啊，順民若会企(khiā)起來反抗，嘟会変成〝壮士〞、〝烈士〞，雖然么乎人指爲〝亂民〞；抑若去做外來賊党个走狗，嘟変成〝義民〞啦！這〝義民〞並唔是伯台母人家己号个，是外來賊党政權個个官員号个；安呢，即款義民是有啥乜碗糕〝正義〞可講个？啊，伯台母即塊土地，迭咧循環着〝亂民〞佮〝義民〞交織个世界！所以，到今，猶是咧〝悽慘落魄〞啊──」

尚地乎個爸仔即個重点咧点醒起來，原來義民嘟是即款反倒來咬家己人个東西(tang-sai)！伊則佫想起着連正直講个話，莫怪啊！伊時常安呢咧講着：

　　〝哦！台母之変，非民自変啊！
　　乃是因爲有迫着則変个啊──〞

伊准唸予個爸仔聽，順紲(suà)講着伊个看法：
「爸仔，台母人哪一直無卜〝自変〞咧？哪嘟愛有〝迫着〞則有行動咧？咁是所有个〝移民社會〞總是安呢咧？」
「彼嘟看款啦！啥乜水土，生啥乜款樣个人啊！台母个水土，原本是屬佇大平和洋，若安呢，海洋个気質是昧使乎人遐呢仔簡單迭咧做順民；看北欧人若唔做順民，嘟

去做海賊，走揣新个天地，建立新个王国，然後〝民權〞超过〝王權〞。東方个海賊，干但想卜搶、佔呤呤！」

尚地個爸仔个習慣，見若講一段，嘟停起來吮一喙薰，已経有吮几仔喙哩咧。看起來，伊个灵感僧咧旺！

「連正直前輩个話，正是咧反駁藍丁原講个：『台母人平居好亂，既平復起。』連氏講伊是〝誣衊〞台母人，乃是正確个，即款〝倒果爲因〞則是大錯誤，批咧眞好！伯看鵝仔母王周全貴被掠个時，所講个：『我是大光帝国个子民，興師起義卜光復，哪会當講是〝叛徒〞，抑若您茲仔堂堂个大光人，甘願去做土匪、外国人个走狗，則是〝反叛〞啦！』被押送到首都咧受拷問時，么講：『卜光復大光帝国而已！』伊乾脆喝講我卜爲民起義，建立伬个新国家嘟直啦！」

「安呢，伊煞乎人罵做〝盜賊〞，豈有此理——」

「着啦！地仔，中原自古以來，嘟無啥碗糕〝歷史哲學〞，個若有个，只是〝王朝史觀〞，企啥乜朝代，歷史家，咁是眞个？嘟講啥乜有孔(khang)無榫(sún)个話，結果是〝成者爲王，敗者爲寇〞个笑話！」

「爸仔，若安呢，林霜武大革命，么是大造反啦！」

「有人稱呼這大造反嘟是〝林霜武大革命〞！么是世界革命史上个大代誌；我暫時元但講這是〝大革命〞，按結果看起來，彼是偌仔咧可惜、悲慘个代誌啊！拓殖社会个價值觀，自早以來，佇台母，干但即兩字呤：〝討賺

(thó-thàn)。討賺个最高目標嘟是〝富貴〞，尙峘(kuân)个富貴嘟是成功，高高在上，安呢，做人則有價值！只是安呢，台母人会當変啥乜魍(báng)？会當創出啥乜？逐個抑卜革命來挣脫〝悲境〞，抑卜驚田園財產受破壞，看昧出個有啥乜峘度个思想精神！抑〝革命〞唔嘟是佇房間內咧創歁！啊，個哪有認識着對舊臭个破壞，則有永久个新建設啦！」

　　尙地個爸仔，一口気咧講着，介親像咧放連珠炮，将将卜喘昧过來！看伊个表情，抑如像佇台母街仔三角公園仔咧演講(káng)个款式，尙地綴着伊个聲音，情緒有咧起伏着。

　　「佇全青帝国孔虙52年3月27号，林霜武個有数萬人，全力咧攻府治，迄款場面則是一場戰鬪！用電影个鏡頭表現，彼嘟非常感動人啦！」尙地個爸仔个面有小可仔結結：「啥悉也，迄時辰？幫助全青兵來對抗个，竟然是元但有数萬人个台母人〝義民〞；間(kàn)！世界史上，哪有親像即款情況个革命？絕對無可能成功啊！鬼咧！鬼咧！」

　　「嚇(hann)！是安呢——」尙地个面仔反青！

　　「着！自安呢，」尙地個爸仔喘一大気：「情勢對林霜武個漸漸不利啦！全即年11月初4，巴卦山之战，革命軍敗战，紲(suà)落牛稠山，這佇朱羅么战敗；初九，林霜武軍数萬攻朱羅城，敗守斗陸門，然後，全青兵進攻，林

霜武敗走回台里杙，二十四号革命軍夜攻台仲个丁台莊，到第二日，霜武帶家族敗走南頭个積積；12月初5，全青兵迫積積，林霜武個逃去南頭个細半天，宓(bih)入埔利社山內，全青軍命令〝仕番〞入山搜捕。孔虚53年正月初4，林霜武逃走去妙力个老衢崎，乎當地人所掠，献予全青軍，押送去首都，判死刑！全青帝国動用中原南部四個州个兵力，舞得卜兩多外，則將林霜武革命結束！想起着林霜武個最後敗走佫敗走，煞落佇台母人——家己人个手中，眞是蒼天無眼啊！佇兹个感慨，我是佮周先生肖仝个啦！」

「哦，安呢，爸仔佮周先生个見解嘟完全一致个啦！」

「毋是，並無完全。」

「是安怎講咧？」

「有兩点無全，汝聽咧。」尙地個爸仔換一個姿勢，啉一嗽茶，則佫講着：「第一点，周先生，伊認爲林霜武个起義，是伯台母有史以來尙大个革命，若這有我個人个見解；無毋着，就〝民変〞个角度來看，乃是不得了个大事件，可是，革命个形態，猶是一般的(tek)个呤！無可能会當佮法国大革命比得；近現代个革命，毋是王朝変更，乃是精神思想个革命。第二点，嘟是鄧大木時代，伊認爲史狼子是叛徒，么是台母人个叛徒，若即点我么無同意。」

「但是，一般人么是安呢个看法哩咧──」

「大唔着啦！史狼子是大光帝国人，落尾佫甘願去做全青帝国人，么做奴才吟！人講个：『食爸(pē)偎(uá)爸，唔是人！』對伯台母社會來講，正是佫鄧大木全款是〝入侵者〞，是敵人，唔是叛徒！」尚地個爸仔講：「凡是卜做秦仔国人，借用外国人个力量，抑是外來政權个武力，來害着台母人个，茲仔个人總佮入侵者肖像(sio-siâng)，会當共個叫做〝史狼子族〞啦！」

尚地個爸仔吐一下仔大気，唅着家己悴(tsut)眞久个聲：「有比較咖晚，咖慢啦！爲啥乜？」

「爸仔，抑是咖慢啥乜咧？」

「雖然現代人有接受現代西方个思想、科技个影响，可是，社會中个各族群總被〝洗腦〞，病態么眞沉重，個主張〝獨立〞，煞唔是壞(pháinn)剃頭。即個問題，以後則共(kā)汝講。」

個爸仔囝仔，一時准總恬(tiām)静着，無偌久，尚地卜離開冊房進前，吟(gîm)唱着早前個爸仔教伊个一句某學者寫个詩句：

　　〝異代風雲皆変色，
　　　萬家鴻雁盡哀聲！〞

尚地看着，個爸仔聽着，目泪(sái)隨嘟輪落來，抑伊

个目泪么擋昧住(buē tiâu)啦——

✡ ✡ ✡

　　上周先生个地理課，尙地本來嘟眞愛聽伊對每一個所在个紹介。啥乜〝地大物博〞，抑〝地大〞，本來並無偌大，是後來侵東佔西則有大个，物件自然嘟会侈(tsē)起來；哪有啥乜好歕(pûn)个唎！么有啥乜〝登大山而小天下〞，大山則千外公尺吟！周先生批評有个国家描寫家己个地理个用語，有小可仔膨風！親像則千外公尺个山，嘟自爲峘大米唎看低大卜其它个所在！以伓台母个眾山嶺，干但尙地佫兹个五岳老細个台母山嘟有它个兩倍啦！怪奇！地理教科册中，関于秦仔地理侈佫詳細，若家己台母地理，煞簡單紹介吟！而且有个号做〝地区地理〞，這地理仙周先生唔是唔悉也，伊唔敢直接批評，乃是時代環境个原因！講眞理或者眞實个代誌，彼嘟愛食〝銃籽〞(tshèng-tsí)啊！佫講着〝萬里圍牆〞，周先生个話語中有暗示，這只有尙地則会領会出來！秦仔人佮受洗腦个台母人，總認爲即座〝圍牆〞有偌仔好拄(tú)佫仔好！其實，這佇早前，是用人民血汗、性命所叠起來个，破壞大自然个生態、景觀。雖然有歷史記錄性，一点仔嘟無人性佮智慧！莫怪秦仔人是有這〝圍堵〞个性格之〝元型〞，以後个人海、人口战術么是按兹生出來个哩唎！

佇規個課堂，周先生解說个用語，乃是有夠秀（súi
／穗）気(khui)个，差不多干但尚地有了解着先生个〝話
中之話〞，其它个同學講這抑無卜考，嘸免臭彈傷(siānn)
俊，大部分總無興趣。

早起時，尚地看是烏陰天，有夯(giàh)雨傘來學校，
但是过晝(tàu)准變大好天，逐個總笑伊無有啥天気个神
経，帶一支雨傘來學校，煞嘸是加夯枷(kê)个啦！

下晡，下(hā)課了，尚地並無直接轉去茨(tshù)，伊越
去台母公園；介成伊若有一工無來茲報到，伊嘟心情一直
昧(buē)定、昧清采！這意思，並嘸是講伊時常卜來茲約会
个代誌，台母公園則是昧輸伊个另外一種気氛个〝茨〞仝
款，佇伊生活中，介需要有兩種無仝个環境。

啥悉也，比伊有咖早來个，正是個隔壁班个一個女學
生，伊叫做：洪美津。並嘸是尚地調工去諳(bat)伊个名，
其實，洪美津佇全校內嘟介有名！啥乜月考、四科主科
總考100分，啥乜作文比賽么第一名，安呢，若嘸諳嘟顛
倒怪啦！但是，尚地對伊有好感个，不(put)在伊敖(gâu)讀
冊，敖考試，所謂尚地伊个好感，只是遍若看着伊，即位
洪小姐，嘟心肝中生出着一種〝深沉溫静〞个感覺，佫有
一股生命熱力个存在！若即款感覺，佮尚地個茨後个秋香
小姐嘟無仝〝態孚〞[15]啦！秋香小姐人生做美麗，天眞活

---

⑮ 態孚：type.

潑，佮啥人嘟總好做伙！初中畢業，因爲家境个関係，准去做裁縫班个練習生。兩位小姐各有〝千秋〞，對尙地來講，如像茨佮公園个気氛，僐是佇伊心灵中，總会惹起着〝思慕〞之情哩咧！

僐伊行過洪美津个頭前个時辰，洪小姐坐佇黃麻路樹下咧看册，拄仔夯頭起來，視線准佮尙地个〝肖碰〞(sio-pōng)，伊畏思(uì-sù)咧向尙地微笑佮頷(tìm)頭，抑尙地么向伊親切咧招呼，不知(put-ti)不覺中，跤步煞有加紧一卒(tsut)仔咧向前行去。

當然，佇這公園內，個兩個並唔是第一遍肖見面；可是，個唔捌有過啥乜交談。尙地心內是介欣賞着洪小姐，但是，一句話嘟總唔捌〝啼〞(thî)出來，伊嘟安呢，甭講洪小姐，几仔次總是安呢个情景哩咧！

好佳哉！佇公園內面，樹仔花草仔個茲仔好同伴个平静，么使乎尙地个一粒噗(phok)噗采个心肝么平静落來。伊取一個景，隨嘟提出素描工具佮画图簿仔，來佇溪仔水邊，静静咧看清水咧流，佮水草仔咧搖動；即種画面，雖然是小場面，可是，佇觀察佮表現上，想卜(beh)把握着個个本質佮美，對尙地來講，則是足大个考驗！尤其是小溪仔水清甲介透明，透明並唔是〝空〞个，它个實在佮流動則是宇宙生命个一部分，落佇自然个語境中。素描唔是〝攝相〞(hip-siōng)，只有素描透过形个把握，則有生命个感覺浮(phû)出來哩咧！

台母公園內，一向是尙地讀冊、唱歌、画图个世界，乃是伊整個生活之中不可欠个部分，么是伊自然學習个來源！

干但即張素描嘟費去伊昧少个時間，講着时间，伊正是一時准佮它脫開関係个款式，亦(iā)嘟是外在个時間並無存在，這對伊一向佇心灵注入之中，時常有个現象。儅等伊画好个時，樹林內个暗色則共伊点醒起來，原來即時辰么是鳥雲厚起來啦！尙地臨時想起着啥乇个款，准共冊包仔整理乎好，行出樹林，來到黃麻樹个路來。看着頭前面个形影，洪小姐猶佇遐提起冊包仔么卜轉去；尙地唔敢行傷紧趕过着伊，只好一直綴佇後面。

啥悉也，佇尙地个後面，按遠遠有一陣洒(sà)洒叫个聲趕來，尙地越頭一看，正是〝西北雨〞！伊嘟大伐起行，来到離洪美津小姐三、五公尺个時，起先，雨水是霎(sap)霎滴落來；即聲若淋着，卜哪会使得咧！伊准趕紧提出雨傘。可是，儅即時辰，洪小姐無雨傘，只好卜趕跤步走个時，尙地个雨傘嘟已経夯佇個兩個个頭殼頂遮咧啦！雨水昧輸按天頂潑落來，叫個嘟愛行做伙哩咧！

「洪小姐，免客気，做伙──」

「無要紧啦──」洪小姐介坏势个款，唔拘，伊並無拒絶。

「西北雨，嘟是安呢──」尙地輕輕仔咧講着。

「是啦！連鞭(liân-pinn)嘟过去──」

双人佇洒洒叫个雨中，勻(ûn)勻仔咧行，但是雨猶無勻勻仔咧落啊！佇個兩個个恬(tiām)静中，個个心灵咁元但会恬静歟？這嘟呣悉也啦！用推測咖紧哩咧！

三、五分鐘吟！西北雨嘟走甲離──離離去啦！

「多謝──」洪小姐向尚地微笑佫講即聲，頭捌(tshíh)捌向前行去。

「無啥乜──」留着尚地佇後面如看伊个形影，呣悉也有如咧想着啥乜無？路，若呣是只有一條，恐驚仔伊嘟会行呣着方向啦！

尚地，突然間，呣悉也想着啥乜？准夯頭起來。

「啊──，呣好啦！西北雨！」

即時辰，則悉也蹤去公園口牽車仔，双跤悽惨咧踏，恨不得变成〝噴射机〞！原來，佇伊心肝內，紧急个代誌，正是：

「母仔收衫褲，呣悉也收有離無？」

石頭仔路頂，一個少年家仔儅咧飛──

02.
尚地為兄哥不平

「台母無政治，若有，正是〝白賊政治〞──」

尚地想起着個爸即句話，正確無耽(tânn)！個爸有講過，無公平正義個社會，無可能有政治，或者佇外來殖民者个壓制下，么無政治可言，勉強講有个話，彼是〝次政治〞，並唔是正公(káng)有人權、主權个政治。伯台母到今仔，事實上，猶是受托管次殖民地个形態，侵佔者是賊党、土匪強盜集團，個唔是〝政党〞，而且佇台母，干但有兩種人：多數个台母人佮少數秦仔人，其中佫有台母人変成秦仔人，么有秦仔人変成台母人，無啥乜碗糕色彩、意識形態，這總是語言陷阱！

尚地佇茨裡，迭咧担心个，乃是伊佇北部讀大學个兄哥啊！因爲個兄哥欣天个個性比伊咖強烈，想啥做啥，么比伊咖直冲(tshiâng)，介成眞唔驚死个款！

晏頓(àm-tng)了後，尚地佇家己个冊房咧想着，兄哥佇目前即款〝日時嘟愛点電火〞佮〝報紙嘟愛倒頭看〞个

時代環境中，咁昧出啥乜代誌咧？

　　人个心若有不平不滿，雜夢嘟会時常揣(tshuē)人哩咧！

　　講着夢，就是夢見，唔是做夢，夢若会當做，逐個么卜做〝美夢〞啦！抑〝惡夢〞唔嘟用輪流个啦！

　　西北雨落了迄暝，尚地佇冊房兼寢室內咧看冊，即回伊是介認眞咧復習着學校內个功課，特別是陶淵明个〈桃花源記〉即篇；伊終于暗記会起來啦！在伊想，若即款作品，無暗記是昧使得，会當記起來，則会不三時佇心肝內咧体会。即篇唔只是中原三、四世紀時代个傑作，么是世界文學个傑作啦！人類个歷史裡，尚早期个〝悠托庇亞〞[1]思想个代表作啊！着啦，提起着這〝悠托庇亞〞，佮尚地个心灵是傛仔咧合(hah)哩咧！

　　壁鐘响兩聲，尚地則想講無睏昧使得，抑無，明仔再早起恐驚仔跙(peh)昧起來；若佮遲到嘟会佮乎人罰。其實，問題唔是佇罰唔罰，主要是伊無愛看着因爲伊遲到則出現一寡仔同學反感个面相——全校年級生活競賽会被扣分。

　　可是，倒佇眠床，安怎卜睏嘟睏昧落眠去！兩粒目珠猶佮金酷(khok)酷咧相着天篷(pông)。電火是点細葩(pha)个，照着白色个天蓬，光佮影構成一個画面。今仔佮过去

---

① 悠托庇亞：Utopia.

所看个，其實是肖仝，但是，愈認真咧相，煞有無仝个款；若是今仔个，就如像一幅世界地圖。尙地想講既然睏昧去，不如(put-jû)看地圖周遊世界！踅一周可能嘟睏去，安呢，么昧稗(bái)哩咧！按亞洲想到欧洲，佫按北欧到南欧；着啦，義大利个〝那波里〞，佇伊个腦中嘟响着〝斯蒂凡諾〞个歌聲，么有〝馬里奧蘭沙〞个〈再会吧，羅馬！〉；伊想講，若有一工，伊个歌聲会當親像個个美妙个話，台母民謠嘟卜唱予(hoo)開花開甲〝五彩繽紛〞啦！按欧洲踅过來太平洋，伊則發覺來到太平洋中央嘟有台母島。哦！台母早嘟自動徙(súa)來佇中央，伊猶是轉來到台母啊！讚，天蓬頂么有台母哩咧！儅伊歡喜佫歡喜个時辰，啥悉也，一隻蟾翁仔(siān-ang-á)，趖(sô)來共(kā)台母全島規身軀罩住(tà-tiâu)啊！尙地一气，跳起來卜趕走它，人嘟猶未跳上半空中，伊顛倒摔倒佇眠床頂，不知(put ti)何故，卜跍煞跍昧起來，兩支手准乎兩個多俤(ta-bóo)囡仔扭(giú)住住，正手扸(pêng)是洪美津，倒手扸是陳秋香；伊目珠瞬(tshuah)一下准醒起來。原來，並唔是伊睏昧去，乃是伊有夢見着這一切哩咧！

尙地無法度理解，即個夢是反映着啥乜意思咧？抑是干但烏白咧夢吟？唔拘，哪会是洪小姐佮陳小姐個兩位來咧扭双扸双支手咧？想仔想，准佫睏去，即時辰，離卜去學校，猶有点半鐘久吟！

☆　　☆　　☆

　　尙地個个班級是〝高二乙班〞，甲班是〝尼姑〞班，乙丙總是〝和尙〞班。乙班个學生逐個總眞拚，這所謂个〝拚〞，當然是拚升學，所以，個个功課大部分總昧稞；抑若尙地个成績，普通哈哈！若伊个才芸，全班無人比伊会过，可是眞侈同學總笑伊考試哪会遐呢仔欠〝天分〞咧？特別是講話，乎人个印象，笑講是〝土語仙〞，原因是伊見若佮人交談嘟是母語台母語，佫若唸課文，差不多無人聽会清楚，尤其是〝捲舌咬舌〞个〝秦仔標準語〞，講咧尙無標準，将将卜变做全校第1名！

　　「尙地乎人叫做〝上帝〞，哪有上帝个秦仔語昧標準咧？我看這上帝一定是假个！」

　　「如果不是假的，還是回到天堂去吧——」

　　「笑話，啥人講个則是標準个？」尙地咧反駁着。

　　「哎呀，不要辯了，大家都知道耶——」

　　其中有一個平常時尙敖扶(phôo)先生个尻川(kha-tshng)个同學咧講伊；其實，伊个秦仔語么差不多昧標準！伊若講：〝吃飯〞，發音嘟变成〝粗飯〞哩咧！

　　「您是悉也啥乜碗糕！」尙地並唔是爲着標準唔標準个問題，理由是個總昧曉(hiáu)反省家己。伊紲咧講着：

　　「今，甭講干但伯(lán)學生啦！佗一個先生个国語是標準个？教英語个是東南腔(khiunn)，結果是英語佮秦仔

語聽起來如像豬稠(tiâu)內傳來个！教数學个是西江腔，教国文个是北河腔，講着〝孔子〞，聽咧如像〝損死〞(kòng-sí)；抑若教務主任个江澤腔完全佮姜——」

尚地講着〝姜〞，一時准緊張緊急擋起來，因爲伊險險仔喝出下面个三個音：〝tshàu-thâu-á〞，擋咧嘟是，伊悉也這昧使得講，這只是会當佇個爸个冊房，自由自在咧講呤！即聲若無小心，嘟会枉犯着〝思想問題〞。尚地遍若想起〝tshàu-thâu-á〞个〝前（全）果（国）痛（同）拋（胞）……〞，嘟將卜笑出聲哩咧！伊反應緊，隨改口講：

「着啦！佮姜太公講个，是卜算啥乜碗糕国語咧！」

「什么？上帝啊！你患了大頭病吧？不管哪個州的人，他們說的国語都是標準国語。怎么？你從哪里聽过姜太公曾說過国語呀？」即個同學唔放过尚地，非追問到底不可个款式。

〝姜〞佮〝tshàu-thâu-á〞个姓是有仝音，這是尚地灵机應变，按喙(tshuì)隨講出來个，並無经過大腦；即聲則悉也卜辯落去，恐驚仔会漏气，這卜如何嘟好咧？僣即時辰，尚地看着對方不止仔認眞咧等着伊回答，煞佇這緊急个時刻，想起個爸仔迭咧教伊个〝轉变〞么是〝轉換〞，着啦，轉換話題嘟是啦！尚地准介自然咧出聲：

「我是就(tsiū)歷史文献講个，迄時代，咁有国語？」

「嗯，說的也是……好像没有啊——」迄個同學停一

下仔佫講：「但是有《国語》這本書，難道那時候没人在說──」

「今(tann)，汝册讀傷侈，准眛記得去啦！《国語》唔是語言，乃是咧記當時各国个代誌，咁唔是咧？」

尙地即個同學叫做陳唐文，若班上拚考試，伊是算有着个！而且總是拚佇頭前；可是，考試以外嘟總無半撇(phet)啦！講是安呢講，若卜論秦仔詩，伊佫揚沛(phè)沛！班上無人拚伊会过，原來個爸仔是教会个人，羅馬字聖経个專家，所謂个專家，嘟是按頭背起，抑是按尾仔倒頭唸，伊總洒(sá)洒叫！么眞少人佮伊会比得。個爸仔時常咧對人講：「伯若用羅馬字母拼音台母語，來讀〝秦仔詩三百首〞，安呢《秦仔詩三百首》嘟変成正公(káng)个〝台母語白話字文學〞啦！」有人無啥卜相信，伯个文學哪有即本物件咧？伊講：「哪有啥乜問題！所有用台母語羅馬字母拼音讀个，總是秦仔人个台母語文學。」即聲，逐個煞無話講，有个猶是〝鴨仔聽雷〞哩咧！所以，台母街仔，無人唔諳(bat)〝陳自然〞即個羅馬字拼音大師个名！伊个後生陳唐文，即個名佮這有関係吧？個爸仔(pē-á)团仔總感覺眞〝了不起〞个款式！

「對了，我本來就知道《国語》這本書，只是，我一時忘記而已。」陳唐文有小可仔壞勢个表情，唔拘，伊想講若無佫紲(suà)落去講眛使得，伊有想卜表現出唔是〝外行〞个：

「秦仔詩三百首，伬爸仔講用現代的(de)秦仔話国語來吟唱，怎么吟都不合腔調，〝走精〞很多！」

「是啦，是啦！若〝走精〞去，卜哪会當創啥乜碗糕咧！您爸仔確實是專家；嘸拘，教会羅馬拼音字母，乃是教会个人咧使用吟，全台母人迄當時到今，個咁總諳(lóng bat)？」

尚地無啥諳羅馬字母，則提出即個問題。

「無嘸着，干但教会个人諳吟！可是，這仍然算是眞正的台母語文學吧！不知道，又不会的人，他們爲什麼不努力學習呢？」陳唐文即回足有自信个款，佫継咧講：「如果是秦仔人国文學的方言文學，誰敢說它不是文學呢？這就奇怪了！」

「秦仔国文學个方言文學，拄仔干但汝咧講吟！」尚地即聲聽咧有夠格拐(keh-kuāinn)，在伊个想法，台母語文學嘟是台母語文學，佮秦仔国文學有啥碗糕関係咧？伊儅卜按歷史佮語言个眞實，共陳唐文歪差(tshuàh)去个觀念，共做一個總清。可是，伊一時煞自我控制起來。伊明白，話若講出來，一定会惹出問題；伊無卜佇目前个討論上，生出無事使个代誌，這個爸仔有迭咧共伊交代，所以，伊規気嘟安呢咧講着：

「伯甭(mài)佫講啥碗糕文學啦！只要認定肯定是台母語羅馬白話字文學嘟好──」

放學(pàng-o̍h)了後，尚地猶是孤單咧佇台母公園內看

冊，雨果[2]个傑作《啊，無情！》，伊看一章嘟想一章；規個腦海中，响起來个聲音，只有兩字：〝無情〞！么是：〝悲惨〞！咁是雨果有卜共伊講着啥乜，乃是伊介成有想卜共雨果講啥乜：有真生命則有真愛，所以，咁是有寬容則有正義，是有正義則有寬容，么(mā)無一定有〝寬容〞！

伊个心情猶放昧得開个，原來嘟是一種無奈！現實共伊壓死死，無法度突破；面對真實，講昧出真實个話；伊並無掛意輸咁輸陳唐文，但是，伊避開了問題！

即日，尚地有接着個阿兄欣天，按北部寄來个批信，咁拘，即回个批紙，干但寫一張半呤，這俗过去無全，當然，伊有感覺小可仔奇怪！

佇晏(àm)頓進前，伊佇冊房好好仔咧讀批：

阿地仔，最近元但过咧有好乎(hōonn)？
本底，我有介侈(tsē)話想卜共汝講，其實，前到今俏兩個么已经講过真侈啦！今仔，我咁是講昧

---

② 雨果：V. Hugo, 1802~85，法國大文學家。《啊無情》：Les. Miserables.

出，么哪是無想卜講，主要原因是心情介憂悴（iu-tsut），想來想去，会當个話，即刻離開兹，去海外佗一国嘟好，當然尚好是去阿米国讀冊。

頂禮拜，佇校園內，有几仔個同學，做伙咧討論進前雷着時、胡妥當個个《自由秦仔国》；大部分个同學總認定即個雜誌是咧散佈反動思想个，只有我佮其中一位同學無贊成個个看法；看法無肖像無要緊，問題是個並無誠意，么無眞正有家己个思考，個講个總是按新聞報導來个，煞変成干但卜做壓迫者个喇叭哈！我講雷着時個〈反攻無望論〉，則是有咧關心着佾即個土地个運命；無眞正爲台母人設想个一切个做法，總是白賊个，甚至是掠奪个。

我只是強調雷着時、胡妥當個个主張，啥悉也，介成有人是〝渗仔〞（siap-á），去向教官密報，准叫我去問几仔遍。個警告我，言論嘟愛注意咧！

兹是佾台母个最高學府，學術研究佮言論思想，無自由个話，抑是会當創啥乜咧！莫怪，介侈人，一畢業，隨嘟拚去国外！最近，周圍有一種壓力，對我个威脅介大，卜等到畢業，實在忍無啥会住（tiâu）啦！

即件代誌，且慢去共阿爸講（我会親身向伊報告），因爲佾兩兄弟，么如知己，講予汝聽，心頭

則昧爆炸啊——

　　汝嘟好好仔照常看汝愛看个冊，画汝个图，唱汝个歌，愈会当充實愈好；向佰爸仔學習嘟無唔着啦！我看会出伊个〝骨気〞，正公是佰台母人个骨気！抑若外口迳仔吮（suh）豬仔奶，扶羼葩（phôo-lān-pha）佇台面个人，争名争利，抾（khioh）豬仔個撢（tàn）出來个肉幼仔，嘻（tshńg）台母人个稅金，揚沛沛个，個是会当比得着啥乜碗糕！

　　寫到兹，我个心情有咖輕鬆啦！多謝汝（這我悉也）有認眞咧看阿兄个批。一切保重，么愛共茨裡个人湊（tàu）跤手。　　　　　祝

　　學習愈有心得！

欣天 記 5/4

　　佁地一口気認眞看了批，隨嘟共目珠瞌（kheh）瞌起來，过了無偌久，然後准強烈喝出聲：汝則是我个阿兄啊——

　　天，已経愈暗漠漠啦！窗仔外，除了路灯个光，無佫有啥乜个款式；可是，風絲仔个聲，匀（ûn）匀仔行入來共佁地唔悉也咧講着啥乜？這只有伊有感覺着吟！

　　晏頓个時辰、無看着佁地個爸仔个影，佁地出聲問着：

　　「母仔，爸仔哪無來做伙食咧？」

「猶未轉來啊，伊講昏暗(eng-àm)卜參加一個会。」

「最近，銀行真無冗(êng)哩咧──」

「嗯是銀行个，聽講是卜恰一寡仔好友⋯⋯」

「咁是恰伊佇東井熟似个阿伯阿叔個？」

「聽講是安呢──」個母仔輕聲咧回答着。

這〝聽講〞，尚地腦海中，猶恰咧思考着個母仔即句話；因為，個爸仔見若無卜佇茨食飯，母仔一定早嘟悉也，但是，即回干但是〝聽講〞。自囡仔時，伊嘟對個爸仔个印象真深，下班轉來，嘟介少恰出門，除非帶個母仔恰囡仔出去食飯、看電影。外口面東東西西个集会活動，總是無伊个形影，連啥乜碗糕慶祝節日遊行，伊嘟無卜參加。

「遐仔(hia-á)全是豬仔狗仔咧欺騙社会个把戲，愚(gōng)人、無羼葩(lān-pha)个則綴(tè)咧酷酷蹤，酷酷趖。」尚地想起以前個爸仔捌對伊安呢講过；所以，個爸仔嗯捌參加过半遍節日个遊行，銀行界个隊伍裡，總是欠着伊！

「間(kàn)！我早嘟被点油啦──」講着這，個爸仔頷管頸(ām-kǹg-kin)嘟浮大條起來。

「管個啥乜碗糕双九双十祭，伯台母人个節日咖要緊啦！若有822節个話，則是尚有意義个啦！我一定拚尚頭前參加，抑若啥乜潲(siâu)臭頭仔生日，彼是個都(tau)个代誌；真厚面皮，垃圾(lah-sap)兼無衛生，迫全国个人民來慶祝，這哪是自由民主个国家咧，看板(kham-páng)

啦——」個爸仔暫停落來。

「国定假日並無822節啊！関于822，我無清楚——」

「這以後則共汝講，需要時間啊！」

當然，尚地了解個爸仔个意思，提起着822即個問題，可能是複雑，講起來唔是三、五点鐘嘟会結束个吧！佇個爸仔冊房裡，個爸仔囝仔个聲音，只是永遠咧迴响，昧使得有漏風漏聲出去；雖然，只有高二个伊，么有清楚着時代、環境个惡劣！

佇八九点个時辰，尚地有聽着車仔聲，悉也是個爸仔轉來。唔拘，伊感覺怪奇：爸仔佮好友個做伙，哪会遐呢仔早嘟結束咧？伊佇房間一直咧想個爸仔佮個兄哥；抑若冊，一字嘟唔諳伊去啦！伊只好恬静咧聽〝刻盤〞(khek-puânn)傳來个馬里奧蘭沙个歌聲：〈燦耀个星光〉！

过一斗久仔，伊有想卜去個爸仔个冊房看覓咧，啥悉也，反倒是個爸仔咧叫伊过去。尚地歡喜咧踏出房間。

「爸仔，叫我，有啥乜代誌？」尚地行入冊房咧問着。

「坐啦，」個爸仔歕一喙薰絲匣(khoo)仔了後、准紲落咧講着：「最近，汝生活有啥乜心得無？」

個爸仔對待尚地，一向是後生佮如朋友咧関心着伊个生活，第一句話總是無変。

「爸仔，無啥大代誌，干但佇學校，捌含同學討論过語言問題；着啦，汝咁諳陳自然即個人？」

「諳啊，伊是教会个人，佫看起來無啥成教会个人；伊自少年時代，嘟歕(pûn)講伊是台母語大師，時常咧彈着：〝我是尚諳河洛語个河洛人！〞若河洛人，嘟無佇佮台母啦！佫全世界个人之中，不止仔侈人總共佮台母人，烏白叫做秦仔人，眞是大錯誤！大部分个台母人，正是〝夷湾族〞个後代，唔拘，歷史條件之下，有寡仔台母人有受着秦仔化，這道理以後則講。但是，講眞个，陳自然桑(sàng)个台母語羅馬字母拼音，無人比伊会过；確實，規個台母街仔，遍若乎伊問着个，差不多總是如(ná)〝鴨仔聽雷〞哩咧！阮捌做伙过，其實，伊腹肚內，除了羅馬字以外，啥乜嘟無，若関丁語言學愈唔免講。抑汝哪会提起着伊咧？」

「抑嘟我个同學陳唐文是伊个後生，伊佮其它个同學迭笑我个秦仔国語無標準，所以，阮嘟辯起來啦。」

「語言無啥乜碗糕標準，逐個講会通嘟好。台母人講秦仔語無標準則是正常个！第二種語言个學習，問題只是有正確無呤！有人輕視家己个第一語言母語，彼則是無正常个，個嘟是無正常則見若開喙嘟綴咧豬仔狗仔聲咧叫咧吠(puī)。」

「其實，個總唔悉也我个孔(khang)仔頭──」尚地一面看個爸仔个表情，一面佫講落去：「卜講乎標準眞簡單，只要時常〝捲舌咬舌〞嘟直啦！我嘟昧猴憪(kâu-giàn)，話語無台母語个腔調，嘟唔是我做一個台母囡仔

(gín-á)个聲嗽啦──」

「地仔──」個爸仔叫着伊个名，佮個母仔肖全：「若汝講這，我足恰意聽！佮有，佇校外，若不得不个時，佇伊台母茲仔个土匪仔話，總無需要捲舌咬舌，這嘛是伲台母人个生活習慣；親像食飯，喝(huah)卜食(tsiah)嘟食，爽啊！哪嘟去講〝吃〞咧！到底即音是"chī"？抑是"khit"咧？我嘸是語言專家，但是彼語音對伲來講，總是怪怪！」

「伊佮指出，〝秦仔詩三百首〞，用台母語唸嘟是台母語文學──」

「若這嘟介不得了啦！伲台母，佇時生出着遐呢仔好个詩咧？哪是伲个文學咧？按母系社會到近代四、五百冬來，伲原先開拓祖先个傑作，猶未出世啊！三百首好是好，伲嘸通厚面皮。」

「我么是安呢个想法，嘸拘，我無佮佮伊辯落去，這会牽連着一寡仔問題，爸仔，汝講是嘸是？」

「着、着，佇今仔，汝有節制，甭講傷侈咖好；汝猶是專心做汝興趣个代誌。」

「着啦，爸仔，佮有啦。」尚地臨時想起一件代誌。

「是猶佮有啥乜？」個爸仔咧問着。

「佇頂日仔，我有佮地理仙周先生講过話，伊是我尚尊敬个先生，伉講咧眞会合。伊共我提醒一点，嘟是：〝假使有啥乜理由，会當使乎一個台母語言學外行外路个

人，有勇気來對目前嚴重个台母語研究佮表現个性質，發表意見个話，彼嘟是台母語專家抑是大師之間意見，混亂甲昧堪得。〞」

「哦，伊講咧眞好啊！這嘟是專家个人格佮責任，抑無是卜安怎乎人尊敬，稱呼做〝大師〞咧！」個爸仔聽咧有歡喜起來，一直咧看着尚地。

「伊佮共我講，若有机会，伊卜來佮汝見面請教──」

「哈，阮今仔日嘟有肖(sio)見面啦！」尚地個爸仔如講如微微仔咧笑着。

「眞个？安呢嘟有夠讚哩咧──」尚地么歡喜起來。

「是啦──」個爸仔佮夯(giah)起薰吹頭仔，点火，吮兩三喙，莩(phuh)出來个薰絲仔，介成有咧飛舞个形。伊佮繼落去講：

「佮我所想个總是無重耽(têng-tânn)，一看嘟悉也有深度、有骨気个台母人啊！几十年來，阮是互相有聽过人咧提起，可是，唔捌見过面，今仔，肖見猶昧慢啦！」

「周先生哪会去佮您(lín)見面咧？」

尚地個爸仔看伊兹呢仔有興趣佮有精神，家己么歡喜佮愈有精神起來，伊准佮講着：

「本底，阮几個子佇東井讀冊个朋友組織个〝東井台母人友會〞，平時嘟有咧联絡、見面；即回爲着卜討論一件代誌，則佮肖招阮兹仔有志一同(tông)个人來參加，朋

友中間有一個，汝諳啦，嘟是潮州伯仔，伊招請周先生來个。伨談咧介投合，伊有提起着汝，么眞共汝呵咾(o-ló)啦；我講汝猶咧讀冊，請伊不三時嘟共汝指導。」

「噢，是安呢生，周先生人健談，我想伊一定足歡喜佮逐個做伙交談。」尙地看個爸仔个面咧講着。

「周先生雖然健談，嗯拘，我聽講伊眞少參加啥乜会、啥乜活動，干但愛認眞研究、思考、觀察時代社会；迭寫文章發表，見解深刻、敏銳。战後，鈎民賊党來，伊嘟無俗發表啥乜啦！即回初次來參加，若嗯是潮州仙个，是無可能个款！」

「若這我了解，只有佇上課个時，伊是講咧如昧煞昧了！地理方面个說明介清楚，其中有足侈暗示个話語，這介成只有我，嗯是咧歕鷄胿(kui)，大部分領会着。伊參加个時，咁有親像上課迄款健談？抑是恬恬咧？」

「無啦，伊佮我介有講有笑。」尙地個爸仔佮吮兩三喙仔薰，則佮繼續落去：「伊是佇落尾仔則向逐個提出一個問題。」

「抑是啥款問題咧？」

「伊即個問題有夠讚！正是被関佇监牢中个雷着時──」

「是雷着時即個人物？」尙地無聽着便罷，伊一聽着這名，心肝內假如(ká-ná)有啥乜咧撞(lòng)一大力！哪会佮個兄哥个批中所提着个全人啊！哪兹呢仔拄(tú)仔好咧！

所以，彼(he)名，伊喝出介大聲！

「無啊，聽着〝雷着時〞即個名，汝哪出遐呢仔大聲？」個爸仔有感覺着小可仔奇怪！

「無啥乜，聽咧有夠新鮮──」

「咁安呢？汝唔是捌聽過即個按中原來个人？」

個爸仔是如怪如咧問着尚地，但是，伊並無發覺着佇尚地心肝內个大波動！

隔轉工，佇晏(àm)頓了後，尚地嘟隨去個爸仔个冊房。

尚地雖然捌聽過〝雷着時〞即個人，可是，對伊干但是粗皮仔印象呤！悉也伊佮朋友，尤其是胡妥當即個有名个學者，合辦過《自由秦仔国》半月刊，爲着〝民主〞佮〝言論自由〞咧奮鬥；佇一兩冬前，嘟是1960年9月4号，煞准乎鈎民党(尚地個爸仔个叫法有加一字"賊")軍事判刑10年，掠去關个〝自由鬥士〞。可是，伊對即個爲自由拚命个先生个代誌有興趣，佫介感心！

尚地急卜悉也詳細，坐落來隨嘟向個爸仔請教：

「抑周先生哪会提起着雷着時先生咧？」

「世界通人悉也！姜臭頭仔個个政權，當然是假政權，乃是〝掛羊頭賣狗肉〞个，個詐講收復台母，其實是

硬來佔領伯台母！啥乜實行民主政治，對抗一党專制个秦仔党，介侈台母人愚(gōng)甲信──信信！今，822事件如一陣超級个風颱，共全台母島掃一下東倒西歪；自安呢起，台母人嘟介好騙、介好管，用〝壓制〞即招嘟完全灵通；哈，個無了解台母人个水準比個峘(kuân)，當時是忍；台母人介硬定(gēnn-tsiànn)，鉤民賊党個向外宣傳自由民主，對內哪有咧？有啦，选(suán)舉是個个花招！個若無這〝看板〞，是卜安怎佮秦仔党對抗？是卜安怎得着阿米国个援助咧！有援助嘟咖好〝歪〞啊──」

「伯確實人權被壓制，失去言論自由，么無思想个自由！」尚地對即点个認識，伊是有百分之百个自信！

「是啦，所以逐個是贊成周先生提出个即個問題，討論講伯台母人卜安怎親像雷着時安呢企(khiā)起來争回──」

「抑伯台母人是会當争回啥乜？」

「着！地仔，汝安呢想則是正公(káng)講着台母人个悲情！〝言論自由〞無輪着伯个份，可是，無么卜变甲有！《自由秦仔国》發表个文章，若有問題，早嘟総掠去食監牢飯啦！逐個个看法，総総(lóng-tsóng)針對着即点，但是，我个看法，嘟無啥全啦！」

「爸仔，我下昏暗(ē-hng-àm)想卜聽乎清楚，請汝佫講。」

「汝有熱心，我哪会使得無咧！這是伯冊房內个話，

絕對唔通漏出去，因為有計劃則有法度成事！」

「爸仔，若這，我一向總是〝謹記〞在心。」

「彼當然，汝猶佫少年，卜充實猶佫介侈(tsē)，何況彼臭頭仔個爸仔囝仔佮個个鈎民賊党集団，儅咧痟(siáu)狂，伯昧使得提雞卵去撍石頭，則昧白白犧牲去。」

講到茲，尚地個爸仔准企起來去冊架仔頂，揣(tshuē)出兩三本《自由秦仔国》，然後則佫坐落來。

「汝看這嘟是。」伊掀(hian)開予尚地看。

「《自由秦仔国》个發行人是胡妥當博士个名，實际个執行人則是雷着時。迄辰(hit-tsūn)，胡妥當博士是佇阿米国，臭頭仔利用伊佇国際上个名聲，為個宣傳自由民主；但是，胡博士么是昧隨便会當貫(kǹg)牛鼻个學者，有自由民主，伊則有立場啦！其實，徹底講來，即個雜誌，么拄仔好乎臭頭仔集団個足好利用！安呢，雷着時個批評東批評西，咁会有代誌？反倒，世界上个人有中着計，嘟有錯覺！認為佇台母實行个，正公是民主自由个政治，唔是像秦仔党个獨裁！」

「爸仔，若安呢，雷着時個哪会有代誌咧？」

「我頭拄仔有提起着。」尚地個爸仔稍停咧，吮一兩喙仔薰，薰絲仔匝仔(khoo-á)趒對天篷去。

「問題並唔是出佇茲，發表文章嘟愛看人，若胡博士發表个，啥人敢共伊掠咧！所以，若有問題，早嘟有問題；鈎民賊党卜做予国際社会看啊！而且佮皮水東個个

一党專制个秦仔党迄套〝百家争鳴〞个小人步肖全！啥人發表啥乜，若反對着鈎民賊党政府个，總總会被〝点油〞！因爲党嘟是政府，党政府嘟是国家，照即款違反民主自由政治个邏輯，抑是啥人敢企出來反鈎民賊党，反政府咧！本來政府並無等于国家，是如像公司，總統如總経理，所以，政府、總統可以換，但是国家原在啊！何況佇托管(其實是被侵占)狀態中个台母，實質上，無政治可言！若有政府彼是賊党佮〝買辦集団〞个欺壓人民个〝事務所〞。臭頭仔個爸仔団仔嘟是兹呢臭賤、殘酷！唔則会逃亡來佁台母，佔領台母，這叫做〝乞食趕廟公〞啦！中原秦仔人敢批評個，彼是如像〝兄弟之争〞，尚加是罵罵拍拍咧；抑若台母人企起來反對，彼嘟惨啦！〝革命〞、〝造反〞、〝叛国〞，干但〝関〞(kuainn)一字咁会〝直〞？食〝銃籽〞(tshèng-tsí)啦！822个殺人魔鬼陳肥義、彭無鷄等等，個刣(thâi)死几仔萬个台母人，而且大部分是精英，天公伯仔有咧看啊──」

尚地個爸仔喘一大気，丁(tann)頭咧看天篷(pông)，然後目神佫放落來，介成咧爲犠牲者個默禱！

「話講倒轉來，重要个問題乃是出佇雷着時個有卜組〝新党〞，這其中有包括台母人，所以，新党若組会成功，嘟唔是〝筆伐〞，正公是〝轟炸〞，鈎民賊党咁佫企会牢(tiâu)？個霸佔着个權勢利益，嘟会〝烏有〞(oo-íu)，党庫通国庫，嘟無可能永遠个啦！」

尚地聽甲耳仔伏(phak)伏,趁個爸仔停起來啉茶个時,伊准出聲咧問着:

「我咖想嘟想昧通,若有〝新党〞出現,正是合得世界政治个現實,這對鈎民賊党(按:伊綴個爸仔咧叫个)煞唔是有利無害,么愈好看;抑個是卜橫霸啥乜?若安呢,個哪卜掠雷着時個咧?顛倒共家己揣麻煩啊!咁唔是?」

「汝看,姜臭頭仔一喙硬咬講是文章有問題,唔是組新党个問題;做乎人看,其實是〝先下手為強〞,新党組昧成,以後咁有人敢出來卜組新党!茲啦,即份1960年9月15号个中心日報上,有刊登佇13号下晡,佇洋明山,臭頭仔對阿米国西海岸十四個專訪記者个答話:

〝逮捕《自由秦仔国》半月刊發行人雷着時佮該刊其它三個職員个原因,嘟是該刊所登个文章,對獨裁个秦仔共党有利个。〞」

尚地個爸仔佫隨掀过一頁:

「〝即件事佮雷着時組織反對党个代誌無関係。任何人總是可以自由的(tek)咧佇台母從事政治活動。但是絕對不(put)可以参加顛覆个活動。〞

講這話,去騙三歲囡仔看騙会过未?干但〝言論自由〞,彼鈎民賊党嘟驚会〝倒擔(tànn)〞,抑是卜安怎〝反攻中原〞咧!全台母个軍、警,唔是国家个,是鈎民賊党个,佇四界全是〝特務仔〞,講話或者文章處理

無好勢，半暝仔都会無看着人啦！這煞唔是介清楚。言論是個人的个，對個來講，無啥乜好驚惶(hiânn/hông)，抑若有〝党〞，嘟是有組織，嘟有団体力量；新党若唔佮個〝合作〞，煞唔是如像掠一尾〝虫〞，囥(khǹg)佇心肝頭或者尻川(kha-tshng)裡，個卜哪会〝安〞咧！么〝歪〞無步啊！」

「哦，爸仔，若即点，我完全明白啦──」

「我嘟悉也汝一定是聽有。」個爸仔微微笑咧看伊：「所以，伯台母人嘟愛有覺悟企起來，有覺悟犧牲，爲伯即代，佫咖是爲永遠个後代！四五百多來，台母是国際必爭之地，伯若会當企起來獨立建国，嘟無有佗一国会當数(siàu)想，痟(siáu)狂卜侵佔伯台母啦！而且，這正公是世界个潮流，殖民地主義崩解了，被吮血、被壓迫个民族，應該行个歷史發展个路；凡是違背者嘟会乎人民驅除消滅、除非人民無覺醒，甘願佫卜做〝二等国民〞，做〝奴隸〞！

面對着即個重要个問題，我捌佮您(lín)潮州伯仔参商过，請伊出面來組織台母人新党；抑若有認同台母即塊(tè)土地个中原个人，有誠心認同嘟是台母人啦！么会當参加，阮無排斥。只要有組党來佮鈎民賊党拚，總有一工，嘟会建立眞正个自由民主国家啦！佇今仔日个時代環境，講政治，猶唔是完全的个現代政治形態，猶然是被殖民壓迫个〝後殖民形態〞，所以，党么唔是〝政党〞，只

是結成一股力量，団体之間个對抗！佇這狀況下，俗賊党是会當講啥乜情理？賊党原本嘟無卜插潲(tshap-siâu)着啥乜碗糕情理呀情理哩咧！」

「啊，伲个權利猶是被奪──」尚地感嘆一聲。

「無嗯着，好啦，伲明仔再下昏暗(ē-hng-àm)則俗講吧！」個爸仔有小可忝(thiám)个款。

「做一等个豬仔狗仔俗做二等个豬仔狗仔，總是豬仔狗仔──」

今仔日規工，尚地个腦海中時常浮出即句話──伊對現代社会个批判，俗加添着早起个国文課，心情不止仔憂悴(tsut)。所謂个〝国文〞，眞笑詼(khue)么介惡劣！這是外來个鈎民党定个，嗯是台母人个〝国文〞！尤其是国文課本，規本冊差不多是〝之乎者也〞，介少有台母人个作品？抑是卜算做佗一国个国文咧？若台母国个国文，一定無這〝之乎者也〞，彼是外国文啦！逐年總有姜臭頭仔个啥乜碗糕〝告全国同胞書〞；逼若看着嘟將卜吐血！好佳哉，只是〝便秘〞呤(liānn)呤！同學個爲着卜考咖好成績，有个聽講半暝仔有起來復習，拚性命背哩咧！哦，台母囝仔么是個政治鬥爭个工具，政治資本啊！是〝教育〞？抑是〝狗育〞咧？尚地抱着不滿不平，細胞損失眛

少去啊！

尙地，雖然伊若想起卜佫聽個爸仔繼續講雷着時个代誌，嘟会興奮着，可是，學校死板个教育，眞是卜毀滅人性！有可能〝智商〞会增加，眞害！〝魂商〞、〝情商〞是漸漸仔会失去；伊嘟看昧起即種教育，這哪是教育咧？

若想起個爸仔个話，伊心情嘟有咖開啦！所以，放學了後，猶然(iu-jiân)習慣咧行向伊心喜个台母公園去。元但坐佇前到今(tann)迷坐个所在。

尙地隨提出手記簿仔，內面有筆記着伊看过个冊中內容个重點，抑是〝精言名句〞。碰拄仔碰，掀着愛因斯坦③講着个話，這是佇冊房讀個爸仔个藏冊，東井改造社1922～1924年出版个四卷《愛因斯坦全集》阿本仔語譯本。尙地自細漢嘟有受個爸仔个阿本仔語指導學習，個兄哥么有；所以，個總看誻寡仔阿本仔文冊；雖然無有精通，但是，昧走精偌侪哩咧！

伊突然間，尙地澈悟着，原來，不管是一等抑是二等个豬仔狗仔，個總是欠缺正公个人个思想精神，或者是容易被控制；抑若乎人〝洗腦〞去，愈唔免講啥乜碗糕个精神思想啦！

〝若無卜做豬仔狗仔个話〞，尙地佇今仔，有得着

---

③ 雨果：V. Hugo, 1802~85，法國大文學家。《啊無情》：Les. Miserables.

答案啦！愛因斯坦講个則是百分之百个對同(tâng)啊！莫怪，伊么是捌乎霸權者、法西斯、獨裁者看做〝異端〞过，么有乎人（按：阿米国法西斯个頭仔麥卡西）罵做〝阿米国个敵人〞；可是，伊一点仔嘟無減少伊對〝和平〞佮〝人權〞鬥争个熱情、信念！人若有親像安呢个思想佮作爲，嘟無可能是〝狗仔〞啦——眞正動物个狗仔，請諒解！爲着描述，借用一般个用法。

尚地准佮溜一遍伊所記愛氏个話，出聲唸着：

〝(1)佇伯家己个時代，鬥争主要是爲着卜争取政治信仰佮討論个自由，以及研究佮教學个自由……（省略）抑若對着遐仔爲着取得政治利益，准咧製造〝恐共（共產主義）病〞个痟貪權力个政客個，佲是猶佮卜吞忍偌久咧？

(2)講咖明白咧，嘟是佇被統治个人中間製造分化失和（按：是〝分而治之〞），使乎個無可能团結起來卜擺脫鏈佇個身上个枷鎖。無啥着，枷鎖已經撢(tàn)掉，但是，糾紛个種籽煞已経結出了果實啦！

(3)在我看來，強迫的个專制制度眞緊嘟会腐化墮落。這因爲暴力所招引來个，總是遐一寡仔品德低

陋(ke-lōo)惡劣个人；而且我相信，有才能个暴君總是由〝流氓匪類〞來繼承，這是千古無変个規律。

(4)有一種現象：国家是故意利用謊言來欺騙青年人个；這是一種令人〝目珠失神，嚨仔開開〞个印象。即種経驗引起我對所有權威个懷疑，對任何社会環境裡，總是会存在个信念，完全抱一種懷疑態度。即兩種態度無佫有離開过我啦！

(5)佇即種欺騙上建立起來，並且靠着恐怖來維持个暴政，昧當避免咧会被它本身所産生个毒害來所毀滅！

(6)国家是爲人則來建立个，可是，人並唔是爲国家咧生存。這對科學來講，么是安呢生。

(7)国家个最高使命是保護個人，而且使乎個有可能發展成爲有創造才能个人。

(8)国家應該是佀个勤務員，抑若佀，無應該是国家个奴隷。

(9)政治領袖或者政府个權利，若唔是按武力来
个，嘟是按群眾选(suán)舉出來个。昧當認爲個
嘟是一個国家裡有最高道德佮才智个人之代表。
（按：文壇抑是其它方面么是）〞

尙地唸到兹，准停起來，夯(giah)頭看着遠遠个所
在，眼前个一切，樹林、花草仔、小溪仔水、田園、浮
雲、飛鳥、日頭光，個總是保持着個家己个樣款；亦(iā)
可能儅咧等待尙地共心聲化做歌聲，無么呼(khoo)一個
〝絲(si)仔〞，証明〝寧静〞个存在！結果是：尙地煞哈
哈大笑几仔聲！

轉來到茨(tshù)，看着鉄馬仔則悉也個爸仔，并(phēng)
伊有咖早下班轉來；伊料想会到个，嘟是個爸仔，今仔，
一定是佇册房咧看册，因爲伊有聽着音楽聲傳出來。

晏頓了後，歇睏無偌久，尙地嘟家己去揣個爸仔卜
佮紲落去聽接昨昏(tsa-hng)个代誌。拄仔(tú-a)來到册房門
口，嘟聽着個爸仔个聲：

「我悉也汝佇房間一定坐昧住(tiâu)──」

「爸仔，我今仔來無要緊乎(hōnn)？」

「我是咧等汝來啊──」個爸仔笑笑仔咧講着。

「若是坐昧住，換做爸仔汝么肖仝，咁唔是咧！」

「這叫做〝逐個唔陣肖笑〞。」個爸仔共册园佇桌仔
頂，然後佮共音响搏(tsūn)乎咖細聲，恬静咧看着尙地。

「爸仔，我有几点仔問題，卜請教汝。」伊尻川挂仔頓(tǹg)落籐椅仔，嘟隨出聲。

「做汝講，無要紧。」個爸仔轉着等待個眼神。

「第一個疑問嘟是胡妥當博士哪会無代誌？既然《自由秦仔国》牽涉着言論自由個問題，胡博士是發行人，應該愈有責任，么應該是〝主犯〞，咁唔是？介成是雷着時共全部担起來，替伊食罪個款式；其實，我認為個總是無罪，是乎？」

「全世界人類史上，凡是霸權、獨裁、強盜咧定人有罪，嘟是咧判個家己，判一遍加一層罪；時机猶未到咿！我个看法，姜臭頭仔個爸仔囝仔个殘酷、橫逆手段無啥互仝，抑若掠人、刣(thâi)人總是肖仝！臭頭仔正公是軍閥，干但悉也靠势力權力，然後用暴力剷除〝異己〞；抑若姜济国少爺嘟有斯令達個獨裁迄套，注重組織战、心理战，尤其是在先共(kā)中小學个教師控制、洗腦，利用個去製造青年學生仔做為鈎民賊党維持政權，繼續吮血、榨取个工具。汝么悉也，大部分為個人前途，卜得名得利个青年，只有加入賊党則是唯一〝鯉魚躍龍門〞之途啦！連卜出国、做組長嘟必須是党員哩咧！若外国人，一時只有看着胡妥當先生，無看着伄台母人。台母人啊，長期失去着自由！有个外国人看報紙，個昧曉(hiáu)倒頭看，唔悉也鈎民賊党个眞面目。個哪会悉也〝民族救星〞正是〝民族罪人〞咧？其實，伄台母人唔是個个民族啊！」

唔拘，胡妥當先生本身堅持自由民主个政治信念，佇国際上，介有名聲，伊無可能去偎(uá)秦仔共党，抑臭頭仔為着卜得着阿米国个援助，叫做〝阿米援〞，伊唯一利用尚好个人选嘟是胡博士；安呢，無意中，胡妥當先生准变成〝鈎民賊党国〞自由民主个〝看板〞啦！所以，佇即个事件中，姜臭頭仔唔捌提着伊个名，表示佮伊無関係，代誌是干但雷着時个四、五個人咧作亂吟！實際上，就我個人个觀察，姜済国少爺恨不得卜掠兩個人來判刑，然後，送去火炎島去食櫳(long-á)飯嘟好！即兩個人嘟是：胡妥當佮吳邦貞。可是卜掠胡妥當博士，会拍壞着佇国際个名聲，准利用掠雷着時來向伊警告；組新党嘟是〝叛国〞，嘟是秦仔共党个〝同路人〞！抑若吳邦貞先生，伊捌反對姜少爺咧組〝青年反秦仔共党救国団〞，已経恨吳氏介久啦！但是，吳邦貞走去阿米国，卜掠魔神仔咧——」

　　「若安呢，胡博士起來抗議，哪会無效咧？」

　　「哪無效？有啊！外国个報紙，大部分總咧批評鈎民賊党政府違背憲法違背人權。鈎民賊党国憲法第23條嘟是：規定人民有自由个權利。言論、思想个自由愈免講。可是，講着〝三人主義〞用來建国，彼正公是鈎民賊党个〝党旨〞，过時啦！伯需要个則是現此時个台母人国憲法，乃是咖会合得台母全民个權利佮利益个現實。汝看，胡妥當先生佇茲講个：

〝言論自由，干但佇憲法上提着迄條是無夠个。
言論自由佮別个自由仝款，猶是嘟愛佫去爭取个，
法律所定个佮憲法个保障是無夠个。〞

按伊所講，嘟了解佇1949年11月《自由秦仔国》為啥乜会
卜來創刊？它个目的嘟是：〝佇卜喚起民心，反對秦仔共
党暴政佮一党獨裁，佮有蔑視人權个政治。〞根据即個目
的，《自由秦仔国》个宗旨有四條，總是無離開着〝自
由〞兩字；卜宣傳、實踐着自由佮民主个真實價值，建立
自由民主个社会。

　　1959年，鈞民賊党个国民大会第一屆第三期会議，将
憲法第47條个規定：〝總統、副總統个任期6年，連选会
當連任一次。〞修改做：〝動員勘亂時期，總統、副總統
会當連选連任，無受憲法第47條連任一次个限制。〞在我
看，胡妥當先生是對即種〝遺臭萬年〞个臨時條款个，其
實，么是對鈞民党家己制憲佮反憲嘟非常〝感冒〞。早
佇1951年8月，伊嘟有寫一張批予(hōo)《自由秦仔国》：
〝〈致本社个一張批信〉〞，提議将『發行人胡妥當』即
行文字取消。原因么是為着自由民主个代誌。胡妥當先生
本底對該刊第四卷11期个社論：〈政府不可誘民入罪〉，
非常稱讚，十分个佩服；認為該文有事實，有胆魄，佫有
負責个態度，合得《自由秦仔国》个招牌。可是，伊看着
第12期个社論，嘟感覺格拐(keh-kūainn)、倒彈啦！伊推測

雜誌方面，介成有受着外來个壓力，所以，伊佇批內表明態度。佇茲，汝看：

　　〝我正式辞掉〝發行人〞掛名，一來是表示我百分之百咧贊成〈不可誘民入罪〉个社評；二來是表示我對即種〝軍事機關〞干涉言論自由个抗議。〞」

　　「原來如此！」尙地看着即張抗議个批信文，則俗咖深咧了解着台母人被統治壓制个痛苦之現象俗心灵！伊紲落俗問着：
　　「安呢，胡妥當博士，哪会卜轉來做最高研究院長咧？」
　　「若這理由介簡單，用跤頭肟(u)想嘟明白啦！姜臭頭仔集团会當俗秦仔共党對挂(khà)个，是利用〝自由民主〞啊！伊本身向世界喝講：〝我嘟是——〞，抑是啥人卜相信？個唔是〝天眞〞，正公是〝厚面皮〞俗是〝烏心肝〞，爲着卜繼續欺壓、吮血，利用胡博士个名聲，來做維持着〝自由民主〞个〝鉤民賊党民國〞个〝看板〞；若這，〝紙咁会包得火〞？世間人總是悉也兩爿(pêng)个獨裁政權，只是〝半斤八兩〞。雖然，胡妥當先生來伯台母是被利用做看板，我想，伊有認識着爲〝自由民主〞个战場，唔是佇阿米国，是佇伯茲！何況是做院長有好處，

可以培養着即方面个人才，愈坚持着自由民主个思想、信念；這咁唔是：〝無入虎穴，哪会當算是虎囝仔！〞个気魄个啦！」

　　講到兹，尙地個爸仔囝仔，准小可仔抑如歇睏抑如咧思考着啥乜个款式。

　　突然間，尙地個爸仔挺身起來，介成有想起啥乜代誌卜處理个款，准共尙地講今仔日到兹暫停，伊有一件文件明仔再嘟愛送出去；兩個人各別去辦家己个穚(sit)頭。

　　尙地雖然眞卜佫悉也胡博士個个代誌，但是，伊並無着急，佮平常時全款，專心咧看伊所愛个冊，總是晏頓若煞，佫会當去聽個爸仔彼如(ná)〝連環珠砲〞个開破。

　　尙起先，尙地講着前到今聽來个感想：

　　「做一個學者，胡妄當博士確實是正公个學者，有良知，有骨気、信念啦！我由衷咧欽佩着伊啊——」

　　「無唔着，講起來，伊是乎鉤民賊党集団気死个！」

　　「爸仔，伊對台母人，咁有啥乜積極的个作爲？」

　　「若這，我看是無啦！個猶是企佇秦仔人个立場，這佮世界各国个所謂有名个文人、思想家、芸術家個全款；逐個總表現甲眞高超，介有理想，可是，我唔捌看过有人企出來批判個个国家政府，昧使得壓制殖民地、抑是對方

个民族，嘟愛幫助個進步起來，獨立起來！原諒爸仔佇茲無用粗話昧使得：猴咧！羼鳥(lān-tsiáu)咧！啊，白賊个世界！唔拘，若親像胡先生、雷先生個對自由民主个熱誠、抱負，對佁台母人么是有好處；佁將來若有卜建国，這正是基礎。這風気若影响起來，漸漸会使乎台母人覺醒着个嘟是佁並唔是〝二等国民〞，唔是〝奴才〞！佁早慢嘟愛企起來，佫咖愛企起來佇国際社会之間。這則是眞正台母人个出頭天啦！」

「抑若吳邦貞先生咧？」尚地佫提出即個問題。

「我雖然無介清楚，唔拘，若依照伊个作爲來評斷，伊即個人是不止仔有良知、正気个。」

「這是安怎講？伊哪会來做台母州主席咧？」

「佁佇茲講，佇茲煞。」尚地個爸仔吮一喙薰吹頭仔，則佫講落去：「共佁台母當做〝州〞，乃是鈞民賊党侵佔台母个〝粉飾〞法，騙国際社会昧过，因爲人是委托姜臭頭仔來管理吟，所以，個只好用即步騙台母人，而且附合一寡仔以秦仔国爲祖国〝白日夢〞个人！佁台母人歷史个發展之路，應該是佮世界史一致个，殖民个解放嘟是啦！若会當解放，嘟是卜建国啊！非洲个国家会當，佁哪会使得無羼葩(lān-pha)咧！好啦，算講是一個〝州〞，佫有州主席（今仔猶無州長），第一任是陳肥義，関于伊，佁另日則講。822事件了後、陳肥義嘟被調轉去；接任个是衛路明，保安司令嘟是佇822刣人無瞬目(nih-bak)个彭無

鷄；鈎民賊党政府，佇秦仔国个內戰拍輸，乎秦仔共党追甲准逃難來台母。迄當時，個介需要着阿米国个援助，拄好，吳邦貞捌佇任上洋市長个時，佮阿米国人个関係眞好，所以，尙好是利用吳邦貞來做州主席，因爲佇台母个州政府，實際上么差不多是〝国民政府〞。嗯拘，伊並嗯是有官隨做嘟好，伊是有一個重要个條件咧。」

「抑是啥乜條件？」尙地急卜悉也。

「嘟是愛伊兼任保安司令部个司令。」

「伊哪無想卜做副總統咧──」

「即点，我無了解，嗯拘，副總統是有名無權；抑若保安司令，彼(he)權力嘟介大啦！我想，這是有伊个理由佇咧吧！自由民主个国家，嘟一定愛施行民主佮法治；親像彭無鷄做司令，嘟会當隨便佮直接掠人刜人；干但做州主席哪有咍差(tsuah)，一定愛兼保安司令啊！若無，阿米国人昧同意佫援助。這阿米援正是臭頭仔尙需要个，所以，伊則不得已准答應吳邦貞个條件。」

「安呢看起來，吳邦貞先生么眞無簡單哩咧──」

「正是有眼識，有骨氣个人！佇雷着時事件猶未發生進前，彭無鷄做副司令，伊並無請示吳氏，嘟隨便掠人辦人；《自由秦仔国》个社論有得失着伊，嘟喝卜掠；啥悉也，公文簿仔去乎吳氏看着，看一下准〝怒火衝天〞，佇公文頂面画一個大〝叉仔〞(tshe-á)。若無，嗯免等到九冬後(1960)，姜臭頭仔命令共伊判10年刑関起來啦。吳邦貞

迄時辰，捌佇電話中共雷氏講：〝三哥，別個事，我無卜管，抑若人是可以無卜掠啦！〞論起吳氏个政治態度，我个看法，伊是佮胡妥當、雷着時、殷光洋個全款个，是自由民主啦！特別是人權佮言論自由！佇个思想見解么是安呢呤！」

「抑姜済国少爺，哪会恨伊甲卜死咧？」

「家天下啦！」尚地個爸仔隨回答着：「個爸仔囝仔哪有啥乜碗糕自由民主咧！姜済国少年時代捌去過北熊共党国學習，伊尚諳(bat)個迄套鬥爭手段。其實，早前伊捌佇写予(hōo)個母仔个批裡，罵着個彼臭頭仔爸仔(pâ-á)是：

　　〝屠殺秦仔国革命个刽子(khuái-tsú)手！
　　帝国主義个走狗！
　　賣国、辱国个政府領袖！〞」

尚地個爸仔講到兹，規個面准憂結起來，然後變做緩緩仔咧継續講：

「做人到即款程度，實在真可憐，么有介臭賤个，做動物么無安呢生个啊！為着名利、權力煞咧掠狂，顛顛倒倒到即款狀態！這世間人么滿滿是啊！抑受害尚悽惨个，一向總是一般人民啊——來，汝看即份資料，佇批信內面，有几仔個所在，姜済国有寫着：

〝昨昏(tsa-hng)，我是一個軍閥个囡仔(gín-á)，抑今仔日，我変成一個共産党員。

汝个囝仔(kiánn-á)雖然変成真正幸福个人，可是，即款幸福並唔是爽快安楽个寄生虫迄款樣个生存，乃是労動佮自由个生活，是闘争佮作戦个偉大个前途，是為全秦仔国人創造幸福个將來。

汝以前个翁婿(ang-sài)（按：指姜臭頭仔）用極端野蠻个手段屠殺了数萬、数10萬个兄弟同胞，前後連續三次叛変，前後連續三次出賣秦仔国人民个利益。伊是秦仔国人民个敵仇，伊是汝个囝仔个敵仇。

有聽过介侈人講姜無歪佇咧宣傳中原孔子公个〝孝悌〞佮〝禮義廉恥〞个學說，這是伊迷惑(bê-hek)人个慣用手段；用這欺騙佮愚弄(gōng-lāng)人民个意識。阿母，汝猶記得乎(hōonn)？是啥人共汝拍，共汝扭(gíu)頭毛，共汝按二楼頂挨(e)落去楼下？彼唔是伊——姜無歪，抑無，是啥人？汝向啥人咧跪落，哀求唔嗵將汝趕出家門？彼唔是伊——姜無歪，抑無，是啥人？是啥人拍我个阿媽，使乎阿媽因此过身个？彼唔是伊——姜無歪，

抑無，是啥人？這嘟是伊个眞面目，這嘟是伊對父母佮媒(bóo)仔囝仔个孝悌佮禮義？

　　汝咁唔捌有聽过姜無歪，共数千数萬爲革命事業奮鬥个優秀战士，用石油咧烧死個个代誌？咁唔捌有看着姜無歪將共産党員刣頭？姜無歪个手已经被全国工農个血──我親愛人民个血，染(ní/jiám)紅去啦！伊應該佇人民个面前負(phāinn)起兹仔(tsia-á)罪惡个全部責任。

　　姜無歪佇帝国主義个援助之下，前後發動了六次〝圍剿〞，反對秦仔国个無産階級，拍算消滅無産階級政權。但是，無産階級政權是卜解放秦仔国，使乎秦仔国獨立个唯一出路。伊雖然拍算消滅赤軍，可是，赤軍是秦仔国人民个武裝力量，伊个即種企图是永遠昧成功个。伯應該了解，么昧使得放昧記得，運動个規律佮鬥争个邏輯，總是説明着了：
　　‘所有个統治階級必定滅亡，被壓迫者必定得着勝利！’〞

地仔，一口気(khuì)看到兹，汝嘟会明白啦！佇政壇上咧跳咧蹤(tsông)个政治家佮政客个区別嘟眞大啦！政治家个

作爲只有人民，爲人民拍拚；個个政治良知恰信念，乃是恰人民社会合做一体，昧有根本个改變。抑若政客，只有欺騙人民、社会，一切作爲只爲家己个名利吟！情势若變，個么變甲〝五花十色〞，艱苦个猶然是人民吟！鈎民賊党〝連战連敗〞，逃走來佮台母，侵佔佮台母；姜少爺是北熊共党訓練出來个，哪吥留佇秦仔国，恰秦仔共党合作咧？這汝咁有了解無？」

尚地個爸仔講到玆，准停起來問着伊。

「爲着權势啊──」尚地将将卜大喝出來。

「千眞萬確！世間个名利，大部分个人若一攬(lám)着，嘟隨破功，尤其是權势，總是親像〝嗎啡（蔴啡）〞，見若食着，啥人嘟会狂顛去！只有散形，全是〝動物人〞，尚好是做狗爬(pê)！無爬么猶会大細聲咧〝吠〞(puī)！伊嘟是佇秦仔国有食过，悉也權势个滋味，抑若即味勝过一切！啥乜世界，啥乜和平，啥乜人民，佇個个身上，干但是騙人个口号，全是無影無迹个！」

尚地個爸仔停起來啉一喙茶，佮講落去：

「親像一排牆仔，若得卜倒，唔免出啥碗糕胸仔力共挨(e)，佮愈唔免借風颱來，只用歕(pûn)个，它嘟隨倒了了啦！姜家佇台母个權势，早嘟應該倒啦，可是個無良心，煞猶有頭殼(khak)，想出誠侈(tsiânn-tsē)泅(àu)步，所以個靠着〝監牢政治〞、〝党化司法〞，造成〝警察国家〞、〝特務国家〞，則到今(tann)，暫時猶佮咧喘！姜济国么

應該有清楚，個爸仔若翹(khiau)去，伊卜繼承着〝家天下〞個岿(kuân)位，嘟介無簡單。綴(tè)個爸仔來个幹部，咁有卜聽伊个？因此，伊急卜勒(la̍k)權，一方面計劃培養勢力。佇言論自由方面，做予外国人看，風評總是有好稗(bái)，猶無要緊；抑若放乎人組新党起來，彼嘟有可能愛準備半暝仔〝阿婆仔躘港(láng-káng)啦！〞何況新党个成員，除了雷着時，么有李滿基、郭裕信個台母人！啊，若有一股公平、正義个力量來產生，台母个時勢嘟有喬拆(tshiâu-tshek)个空間啦！」

「組新党煞唔是有合法？」尚地咧問着。

「講着法律，彼是騙人个！法庭是個開个；個制憲法，家己咧違反憲法；制定法律，家己咧違反法律，別人是昧使得。」

「若安呢，法律是卜用來控制人民个呤──」

「無唔着，天，烏污一片去啦！制法，鈎民賊党是專門科个！」尚地個爸仔肯定咧講着：「鈎民賊党个改造委員会，有通过姜臭頭仔个〝交議案〞：〝鈎民賊党佇擁有武力个軍隊、憲兵、警察、軍隊政治部佮特務机構內，秘密咧設立鈎民党部。〞這正是違反憲法第138條：〝全国陸海空軍，必須超出個人、地域以及党派関係以外，效忠国家、愛護人民〞个規定。雷着時個是反對个，准惹着姜済国少爺，伊當時么是改造委員，佮雷氏一見面，嘟大聲咧指責：〝您為啥乜反對佇軍隊裡設立党部？這是反動分

子，是秦仔共党同(tông)路人所做个。〞地仔，汝想看覓(māi)咧，若別個党，元但卜佇軍中設立党部，咁会使得？無么，逐個競争看覓咧！所以《自由秦仔国》雷着時佫嘟被判定做〝言論涉嫌叛亂〞，認爲有六種罪名：⑴倡導反攻無望，⑵主張阿米国干涉鈎民党国內政，⑶煽動軍人憤慨政府，⑷爲秦仔共党做統战宣傳，⑸挑撥台母人佮按秦仔來个同胞个感情，⑹鼓動人民流血革命。這代誌有引起海外个反彈批評；如像《哈佛大學學報》指出雷案是一件〝失体面〞个代誌，對阿米国是特別困擾；姜臭頭仔對阿米国个援助，依賴到兹呢仔大个程度，国務院佇人民自由消滅時，實在已经無需要保持沉默啦。阿米国《時代週刊》發行人亨利・魯斯④，雖然是姜臭頭仔个好友，但是對即件〝言論自由〞个案件，么有發聲：〝我雖然是鈎民党国个好朋友，但是，我是雜誌个發行人、編輯人，我是一個報人，昧當無替人講話，昧當無爲言論自由來開喙。這是報人个責任，我應當負起我个責任，哪無，我都失職啦。〞伊批評這打擊言論自由，實在介無應該。另外，佫有芳港个《星島日報》、《紐育時報》專派來台母訪問个杜丁、《時代週刊》駐台母專訪記者費垃，么有咧指責。甚至芳港个反共文化界人士，親像許三冠、勞光斯、左順升等等，佇1960年10月5号致函合眾国人權委员会，拜託

---

④ 時代週刊：Time Magazine. 亨利・魯斯：Henry Luce.

出面援助個四個人；指責鈎民賊党政府迫害言論出版自由佮欺壓人權个違法行爲，乃是賤視着合眾国人權宣言个第3、第9、第11以及第19各條款。講到兹，汝想，鈎民賊党会安怎？」

尚地個爸仔停起來咧問着，即時辰，尚地已経聽甲喉仔開──開、開！么神──神、神！個爸仔即聲則共伊叫醒！

「〝心驚胆寒〞即四字吧──」

「鬼咧！個个本質嘟是〝賊〞，汝咁捌看过強盜土匪乎人罵做〝賊〞，准馬上〝收跤洗手〞？個向外，只驚無阿米援，目的是会當欺壓台母人嘟好，会當一直吮台母人个血嘟滿足啦！」

「安呢，台母人嘟覺醒起來共個拍倒啊──」

「拍虻(báng)仔咖緊啦！鈎民賊党早嘟有計劃一套洗腦兼恐嚇个手段；佇1957年1月，個嘟有發出〈向毒素、思想總攻擊〉个資料予各階層个人研讀。自由民主个言論自由，佮自由教育、軍隊国家化等等，個共當做〝毒素思想〞，講会危害〝拍倒秦仔共党〞个大業；這是全白賊个。結論是台母人嘟愛做個个拍手，台母人嘟愛乖乖仔乎個吮血！啊，天公伯仔咁有目珠！有一部分个台母人准加入党去攬(lám)鈎民賊党个大腿，去吮個个奶！認賊做爸(pē)，個咁有羼葩(lān-pha)無？嘟愛詳細檢驗啦！」

「若照爸仔安呢講，台母人会死佇台母人手中！」

「正公(káng)，一点仔嘟無錯，〝規棕(tsâng)好好！〞」個爸仔不止仔大聲。

即暝，尚地佮個爸仔談了後，轉去家己个房間，看時間已経晚──晚、晚了！准隨上(tsiūnn)床卜睏，可是，規粒頭殼總是頭拄仔遐仔関于思想、言論自由个代誌，伊卜哪睏会去咧？特別是個爸仔大聲咧喝出个尚尾仔即句話，猶佇伊个腦海中起伏着：

〝台母人会死佇台母人手中！〞
〝正公，一点仔嘟無錯，'規棕好好！'〞

今仔日个天気特別清朗！尚地放學了，肖像，隨嘟去公園；啥悉也佇公園內，已経有誠侈人佇咧！個總是少年家仔，而且個儅咧画図，一個人一支画架，但是各人各有姿势；有坐个么有企个。尚地對画図是介有興趣，所以，伊嘟四界咧看個个図，其中有一個少年家仔，規個図面干但一棕(tsâng)大榕仔(tshêng-á)，生做介蓊盛(ōm-sēng)。唔拘，大棕榕仔以外个背景，空間个遠近，介成處理無啥好。

「壞势(pháinn-sè)，汝画个大棕榕仔，佔大部分个図面，有企在在佮有力个感覺，但是，到地平線之間个色

致，咁昧傷重？」

即個少年家仔夯頭起來看尙地，雖然，伊有聽着尙地个意見，但是，伊無法度處理規片田園个綠色感。

「嗯拘，我个構圖，是用綠色做主調个，安呢……」伊本底嘟有自信，只要遠近一片綠，嘟会當再現着自然之美！

「我个意見是做參考个。」尙地退兩三步來看圖：「是啦，汝用綠色做主調是介好，可是愛表現出空間；有空間則有生命，咁嗯是咧。空間佇佗位？無別項，只有〝光〞啦！偌仔咧烏暗嘟有光，若把握着光，嘟生出空間啦！汝咁無卜試看覓咧？」

尙地講了，停一下仔，伊嘟行離開，卜去揣咖無人个所在，看伊所愛个冊。掀開《賴彰和小說集》，繼續看〈蛇先生〉即篇。〝蛇先生〞原本嗯是掠蛇人，伊是咧掠〝水蛙(ke)仔〞爲生活个，只是時常佇夜間掠水蛙仔个時，乎蛇咬着，伊嘟用家己諳(bat)个藥草來治，准無代誌。安呢，七傳八傳准變成〝蛇医生〞，四匝(khoo)輦轉(liàn-tńg)个人，甚至遠路乎蛇咬着个人，總会來請伊治。伊个名聲，連研究蛇个學者嘟感覺驚奇！

尙地咧思考着，眾人總(lóng)認爲伊有秘方，甚至研究者医生個么嗯相信蛇先生治蛇毒个竟然是〝巴豆〞哙！巴豆，主要是咧治〝便秘〞，安呢，咁有對症下藥咧？

尙地佫咧思考着，眾人咁嗯悉也？原來，賴彰和仙原

本是医生，平時是咧看人个身躯个毛病；可是，即回伊創作即篇小說，這蛇先生佮巴豆，一定有伊个〝隱喻〞佇咧吧！

「着啦——」尙地一時有所頓悟着，准喝出一聲。在伊想，台母人，甚至世界人類，個着病个並唔是肉体个便秘，正公(káng)是〝精神〞个便秘啦！若台母人着即種便秘，無卜趕緊根治个話，安呢，台母人嘟無可能有〝出頭天〞啦！尙地如(ná)想着，伊身躯如咧震(tsùn)着，因爲前到今，台母人猶是着這〝精神便秘〞，煞無人發覺着，放咧外——外外啊！

「尙地君，汝哪來佇兹——」有一個聲共伊叫醒起來。

尙地夯頭一看，原來是伊高一个時个美術先生：莊平世先生，伊隨嘟企起來，行一個禮。

「莊先生，汝好！原來是汝帶(tshuā)美術班个學生來兹寫生个——」

「是啦，課外活動，來兹寫生。抑嘟有一個學生，講頭拄仔汝共伊指導，我則悉也汝來佇兹。」莊先生親切佮笑笑仔咧講着。

「哪是啥乜指導。」尙地准緊張起來：「我有看伊个图，提出我個人个參考淺見哈！」

「其實，汝个意見總眞正確，伊接受汝个意見，改了佮改，落尾，伊家己感覺滿意，因爲图面上，有光生出

來，眞好！」

「學生不才。」尙地臨時想着：「着啦，下個月，先生卜開個展，咁嗯是？我一定去觀賞，佫再學習。」

「是啦，即回是第三次个個展，展出个清一色是抽象画。」

「哦，現代抽象画，乃是前衛的个繪画表現啊！」

「嗯拘，抽象画對一般人來講，猶介生疏。若這，無要緊，芸術乃是生活，伯無停咧創作，抑觀眾慢慢仔咧接受，總(tsóng)有一工，佇個个生活中，嘟会生着抽象画美感个根啦！」

「是啦，先生講个眞着！先生佇芸術生活中个熱誠、拍拚，眞令人感心佫欽佩。亻因總会綴着汝个跤步來行。」

「創作，本底就是眞實生命个展現，么嘟愛有新境界个展現，安呢則有現代人个感受，這〝新形式〞總是需要个。芸術生活佮表現，無有開拓个精神是昧使得。」

「多謝先生个指教，對芸術佫加減有領悟——」

「汝个图么昧稗啊！汝么來參加〝綠野美術会〞，一年有一次个美展，歡迎汝參加。」莊平世先生歡喜咧講着。

「美術会若無棄嫌，我……嗯拘，我个程度無介好，愛佫努力拍拚……」尙地謙虛咧回答着。

「汝甭想甲退呢仔侈，有心画图嘟是。着啦，聽講即回您班上有卜參加壁報比賽，么是由汝負責；我悉也，汝

是多才多芸个學生，逐回我總有看着汝設計个，全校無人有个，甭壞势，汝个用心，我会當了解。」

「無法度啊！班上總推我担起來，推辞昧掉——」

「有机会嘟愛創一下仔，但是愛小心則好。」

「小心是需要，可是，教官会當對學生安怎？」

「若這嘟壞(pháinn)講，個卜奇(khia)嘟会奇。」

「老師，請來一下，我們——」有莊先生个學生咧叫着。

莊先生離開了後，尚地嘟行去小溪仔邊看水咧流，看魚仔咧泅(sîu)；伊介感動，自然个存在俗人个世界，差別是茲呢仔大！人哪總是会轉來人(jîn)个世界——世網！

尚地整理好冊包仔，去俗莊先生告辞。伊猶是如行如咧想，看着天頂个孤雲，伊則醒起來，木麻黃樹枝中个即個浮雲，抑如是伊心情个照映！

儅(tng)即時辰，尚地看着頭前面倒手爿(pêng)个樹仔下，有一位小姐坐佇草埔頂，伊佫認眞看，原來是洪美津小姐！尚地按遠遠看去，調工放慢跂步，主要伊是卜欣賞洪小姐坐咧看冊个姿势，自然温順，伊早嘟悉也伊人生做沉静、伶俐。尚地看即個景，正是印象派圖中个氣氛，伊共這存入心灵之中；有冗(êng)憑這印象，一定卜画出一張圖，么是心灵个圖哩咧！

誠(tsiânn)拄仔好！尚地得卜行過伊个身邊个時，伊夯頭起來看着尚地，尚地早嘟一直咧看着伊，所以，一時視

線走昧開，准佮洪小姐个視線〝肖拍電〞！么眞挂仔好，
尙地看着伊咧看个冊名是《茵夢湖》；即三字，對尙地來
講，乃是非常大个吸引！伊个跤已經伐昧出去啦！唯一个
辦法，無出聲昧使得啦！

「洪小姐，汝好！壞勢，共汝攪擾——」

洪小姐伊么大方，無卜輸个款，輕輕仔咧出聲：

「汝好！無啥乜——」

「哦，汝么咧看史陶姆⑤个《茵夢湖》！這是陶意志
文學中个一篇小說傑作哩咧！」

「是啦——」洪小姐，雖然面容有小可仔紅起來，呣
拘，伊並無有卜避開个表情：「我么有安呢个感想。」

「哦，汝看个是秦仔、英對照本——」

「練習英吉利文啊，加減了解佃个譯法，譯咧介流
暢，並無介偓(oh)讀个所在。」

「洪小姐，汝謙虛啦！高二甲班，汝个學習是阮乙班
个人總悉也个。」尙地是咧講眞實話。

「阮班上，么介侈人悉也汝是多才多芸个，特別是看
課外冊个專家哩咧——」

「噢！看課外冊抑有專家？壞勢，愛冊呤呤！抑若
多才多芸，眞是不(put)敢當！您班上个眞敖(gâu)呵咾人
啊——」

---

⑤ 史陶姆：H. T. W. Storm, 陶意志小說、散文家。茵夢湖：Immensee.

「這是眞个，我看會出。」洪小姐正経咧講着：「如果汝个冊包裡有10本冊，一定有七、八本是課外冊。」

「我輸啦！」尙地微微仔咧笑着：「若安呢个讀冊法煞呣是介危險，我嘟可能会落第(lòk-tē)啦——」

佇兩個人有講有笑中間，尙地将話題俗轉來《茵夢湖》即本小說上，伊講着：

「史陶姆写即篇小說，形式、筆調俗內容，眞是完美！」

「讀咧使乎人眞感動——」

「是啦，描寫萊茵哈俗伊莉莎白，自囝仔做伙到長大，個个生活、心灵个変化，猶是眞有情。」

「有眞實个情，這〝情〞，一定是永恒个。」

洪小姐講出即句話，目睭介成有目泪(sái)卜流出來个款！一時煞呣敢直看尙地。

「確實，這〝情〞是永恒个，個个人生啊！淡淡悠悠啊——」

啥悉也，兩個人肖見面遐呢仔久，即回是初次交談，一談煞話語擋昧住(tiâu)个款式啊！

尙地一轉來茨，隨嘟快快楽楽先去洗身躯，個母仔看咧感覺奇怪！呣拘，無偌久，伊發覺今仔日个気氛有無全个款，伊問個母仔：

「母仔，爸仔轉來，冊房內哪無音楽聲咧——」

「咖恬(tiām)咧，您爸仔看咧無爽快个款。」

「抑是有啥乜代誌？」

「聽講是為着您阿兄──」

「嚇(hann)！阿兄，伊──」尚地差一点嘟大聲喝出來。

晏頓个時辰，尚地個爸仔則緩緩仔行出來到厨房个飯桌仔，静静咧坐落來。雖然，逐個腹肚飫(iau)，總唔敢大喙眨(pe)飯食。連挾(gehnn)茱嘟驚有聲，甭(mài)講咧哺(pōo)啦！尚地佮個都(tau)个人，唔捌有过親像今夜即頓个状況，伊不時咧眽(iánn)個爸仔个表情。但是，伊並無發覺着個爸仔是有受気或者悲傷無？

尚地個爸了在先食飽，隨嘟企起來，向伊講着：

「地仔，等咧，汝來冊房一下──」

即聲，尚地准一喙做兩喙眨(pe)，食了嘟先轉去家己个冊房。等無偌久，伊則去個爸仔遐(hia)。

可是，儅等伊按個爸仔个冊房轉來家己个冊房，一入門，伊嘟伏(phak)佇冊桌仔咧噌(tshńg)着，双手連續咧頓(tǹg)桌仔。尚地哪会安呢生咧？原來，伊聽個爸仔講個兄哥欣天，佇大學裡發生問題；欣天佮寡仔主張〝言論自由〞、〝思想自由〞个同伴，總做伙乎調查局个特務仔掠去審問。這代誌，有時可大么可小，完全無法律个保障；若大起來，起碼食三冬个監牢飯！若雷着時佫有卜組新党，准判10年，眞是冤枉！

尚地純然無心情嗵看冊，伊企起來偎(uá)窗仔邊看外

面个夜天，無月娘个暗暝；規片天是烏雲，烏雲佫走咧介緊。伊足想卜撥開眼前个烏雲，但是，這是無可能个！這世間啊，連天嘟宓(bih)起來啊——

尚地個爸仔共伊講，好佳哉，代誌有可能得着好个解決，理由是：伊佇東井讀冊个時，有熟似着按洛都大學來个，介講会投合个朋友，叫做李丁耀。後來李先生轉來台母加入鈞民党（関于即点，尚地個爸仔存着疑問），做到中常委，問題是：伊暗中救了昧少个台母人。即回尚地個爸仔，拍算卜拜托伊替個阿兄出面，嘟真可能大事化小，小事化無啦！其實，哪有啥事唔事咧！

「他馬的！」尚地出聲喝着。

〝言論自由〞、〝思想自由〞正是人个基本人權！只有賊党則会共這踏佇土跤。尚地滿腹咧爲個兄哥不平！雖然有李先生会替伊解決；可是，伊今仔只有憤怒吟！

「他馬的——」伊佫喝一聲。

03.
連〝向日葵〞嘟有問題！

透早時仔，佇(tī)尚地個茨後壁，有兩個多侮人(ta-bóo-lâng)。

個是尚地個母仔，佫一個是陳秋香小姐個母仔。個兩個，儻咧講話，講介久猶講味完！不時有笑聲，介成眞投合个款式！個若一做伙，大部分个話題，總是尚地佮秋香小姐啦！

秋香小姐個母仔，生做圓滾滾，身材無偌峘(kuân)，看起來無到160公分，但是，伊个聲音不止仔响亮，伊是介愛講話，却是介有愛笑神个多侮人哩咧。

抑若尚地個母仔，身材是有咖峘，可能有167、8公分，無大匹(khoo)么無瘦(sán)；伊个特色嘟是穿啥款衫，總会使乎人看咧感覺着介有氣質个款！這主要是伊一向總有守着〝純樸〞个生活習慣吧！佫有，伊是眞有意見个人，可是，若碰着卜肖諍(sio-tsīnn)个話，伊嘟一点仔興趣嘟無去啦！

「李大姐，」秋香個母仔一向總是安呢咧稱呼着尙地個母仔：「我看，汝今仔日洗个衫褲尙少！」

「人若少，衫褲都少啦——」尙地個母仔輕聲細說。

「您都(tau)人哪会少？七、八個嘟加侃三個啦！」

「今仔日偆(tshun)四個。」

「是安怎？」

「抑嘟有人參加旅行哩咧——」

「尙地么去旅行是呣？」

「講着伊，干但愛冊呤！伊最近么介無冗(êng)！」

若一提起着尙地，秋香個母仔嘟心花大開！介成是伊拄着男朋友个款；其實，伊是爲個秋香咧設想，而且，伊看着個兩個少年，若做伙嘟昧稗，所以，伊這呣是幻想，是事實共伊点醒个，呣是〝夢〞，乃是有〝望〞啊！

「大姐，我看，個兩個若会當——」

「汝是講秋香仔佮尙地？」尙地個母仔咧問着。

「哎喲，今(tann)，猶会是啥人！」秋香個母仔如(ná)講如咧興奮着。

「聽汝講，我則想着。着啊，個兩個介成昧稗。」

「若共個揀(sak)做堆，煞呣是錦上添花咧——」

「歟(hioh)，這嘟有也(ū-iá)哩咧！」

「大姐，安呢嘟介讚啦！伯兩個做佬母个，嘟茲呢仔好，抑若個兩個佮牽手起來，伯煞呣是大好親家！着啦，這總愛傍(pīng)大姐个福啦——」

「講是安呢講，主要嘟看個少年咧安怎發展，感情个代誌；有時是無法度勉強个，汝看，咁嗯是咧？」

「着啦，着啦，在先嘟愛有眞感情，兩固感情若一深，安呢則結会落去。我想個一定会則着吧！只要時常有做伙个好机会……」

「今，机会是安怎有咧？您香仔，嗯是迭來伬都行踏出入，但是個煞介少單獨做伙；香仔若來嘟是干但揣我吟！我想机会嘟愛……」

「伯來共個做机会。」香仔個母仔臨時想着：「您尙地除了冊以外，佫有啥乜興趣無？介成伊有咧画図，佫有啥乜……」

「看電影。」尙地個母仔，一時想起來。

「若是電影，代誌嘟好辦啦！」

「這是安怎講咧？」

「介拄仔好！聽講後日，新山戲院得卜做啥乜《漂風》(phiò-hong)片名个電影，講是眞有名个──」

「嗯是《漂風》啦，我介成有看着廣告，彼是阿米国小說改編个電影，叫做《飄》(phiau)；汝煞共它拆做兩字，我差一点仔險仔聽無──」

「哎喲，大姐，我煞一時糊塗，共〝飄〟看做兩字，家己么感覺怪怪，一直嗯悉也啥乜意思，請汝嗯嗵見怪──」

「汝是咧講啥咧，我有時么会糊塗哩咧！」

哈、哈、哈——

個兩個准同(tâng)齊笑起來，笑聲不止仔大啊！好佳哉，佇四邊總無人，干但個兩個呤！

「鳳仔，」尙地個母仔咧叫着秋香仔個母仔，伊名叫做陳美鳳，所以，伊一向總安呢咧稱呼着伊：「若汝這辦法介好，我么咧想，個兩個少年个，對即片一定介有興趣。唔拘，是卜安怎來進行咖有效咧？」

「若這無啥問題，伯各人去招個做伴看電影，後日个晏時第一場；伯假仙佇電影院前肖拄着，由我來買兩張票——」

「無囉，這嘟乎我來請則着——」

「我來嘟好——」

「抑哪是兩張票呤？」

「當然兩張啊，抑無，伯是卜做電火泡仔歟(hioh)——」

「若照汝講个佫有也哩咧！抑紲落咧？」

「簡單啊，到時，我講拄着汝眞好，想卜去台母街仔唯一个三好大百貨店看衫；准予個兩個做伙入去嘟好。汝想，安呢煞唔是代誌順序好辦咧！」

「眞好，就(tsiū)安呢決定——」

兩個多偆人，爲個个宝貝囡仔，迭咧秘思(pi-sù)無法度發展感情，准想出即個介成〝絕招〞个辦法，個不止仔歡喜！後日(āu-jit)，個期待彼(he)是個兩個少年仔，卜佫進

一步,踏出新个世界个開始吧!

陳美鳳太太,抑如咧行,佫如咧跳轉去茨內,來到秋香个房間頭前,按窗仔看入去;個秋香仔儅咧專心踏裁縫車仔咧做衫,彼是茨邊隔壁來拜托伊做个。

秋香仔会做裁縫,是因爲兩冬前,伊初中得卜畢業个時,個爸仔生理做失敗,佫加上個母仔身体欠安,面對家境安呢个变化,伊嘟決心卜佇茨幫忙湊(tàu)做工課(kang-khuè)。佫有一個主要个原因,嘟是伊對讀冊完全無興趣,眞愛变(pìnn)工芸,所以,嘟利用時間去學習裁縫,果然無錯,伊一出師(sai),干但佇茨內,做衫仔褲个工課,嘟接味停!而且,總会得着人人个好評讚美!抑若秋香仔个個性是活潑、天眞爛漫;佫介重情,規身軀个神経響着情个聲,規身軀个細胞發出情个気息,么是一個純樸熱情个多傢囝仔哩咧!

「香啊,稍(sió)歇睏一下仔則好──」

「人咧趕工課啊──」秋香仔干但出聲回答吟。

「歇一下仔,差無佫侈(tsē)啦!」

儅等個母仔行近身邊,伊車了最後一線,准暫停起來,夯頭看個母仔,一看准出聲:

「無啊,母仔,一早起嘟滿面春風,抑是有食着啥乜好物件?哪無卜分予我咧?汝眞自私啊──」

「我則味自私,今,啈是好食物,是好消息!」

「嚇,佇這壞年冬,佫有好消息?工資,我無好意思

共人起，抑汝納个稅金侈甲如(ná)山，佫不時咧起；好消息唔嘟按天頂落(lak)落(loh)來个？」

「哎喲，愚(gōng)多媒囡仔(ta-bóo-gín-á)，我講个好消息，唔是這啦，汝咁卜聽？」

「母仔，汝佇時講話學着安呢祕祕咧？」

「哪有，好啦，今仔，講予汝聽。」

秋香仔個母仔，嘟將頭拄仔佮尚地個母仔參詳个代誌，大要講出來；只是無提着尚地元但会去看電影，因爲伊考慮着秋香仔若祕思，有可能唔敢做伙去。

「伴母仔去是介好，而且我么想卜看即片；唔拘，最近咧趕工課啊——」秋香仔介成有爲難个款。

「香啊，唔嗵傷無冗，拍壞身体，歇一暝，輕鬆一下仔，煞唔是有咖好咧！後日，尚地個母仔么有可能去看，伬已経初步講好啊，想看覓咧，伬是介少佮個母仔做伙出門哩咧——」

「眞个？個母仔有卜去？無唔着乎(hōnn)？」

「我哪会講白賊咧！唔拘，有可能，一定有可能——」

秋香仔聽個母仔講尚地個母么有可能卜去，伊个心嘟開始昧定啦！起先猶佫咧考慮着工課，但是，尚地個母仔，平常時總對伊昧稗，么介疼伊；伊么眞敬愛着尚地個母仔，佇這情況下，伊咁嘟需要再思三思歟！歡喜嘟昧赴啦！停無一斗久仔，伊准做了決定：

「母啊，好啦，我陪您去嘟是——」

「看汝嘟眞想卜去，佫假壞势！」

「母仔，汝哪安呢講咧，我無愛去啦——」

秋香仔迄暝，介成有夢見着啥乜个款式！

佇〝兩十祭〞前几工，尚地個兄哥欣天，轉來到茨。原因是個爸仔有拜托李丁耀阿伯去講，果然有效，放出來，么可以轉去學校上課；只是有関單位，無卜共代誌惹大，么命令學校方面昧使得對放出來个學生，有啥款動作，記啥乜过是嗯免講啦！抑無，若記大过，理由是：主張言論自由，煞嗯是会笑死五百萬人，面子瀉(sià)落地啦！

尚地個母仔煩惱欣天个代誌，是煩惱甲卜死，雖然尚地個爸仔有講卜拜托李桑(sàng)，但是，多俣人總是多俣人，尤其佫是做佬母个，卜哪平靜会落來咧！今仔，看着欣天平安轉來，伊嘟趕緊準備欣天愛食个物件，佫有介侈荣，準備晏頓辦一個接風个大腥臊(tshenn-tshau)！

雖然，這〝晏頓〞嗯是耶穌个〝晚餐〞，逐個用咧眞歡喜佫滿意，餐中，尚地佫兄哥兩個尚侈話；個爸無啥出聲，看來是卜予個兄弟儘量談，落尾，伊則開喙講着：

「下昏(ē-hng)，難得咱全家團圓食晏頓，傍(pn̄g)您母

仔个福気！何況，欣天仔会當平安轉來，着啦，來，爲伯即片心喜，乾杯——」

其實，只有個爸仔小可仔会唫酒，其它个人，只是提起茶佮果汁代替，唫咧么会爽吧！

飯後，停無偌久，尚地個爸仔叫個兩個兄弟去伊个册房，介成有話卜共個交代。

當等個爸仔囝仔三個人坐好，個爸仔則講着：

「欣天，汝卜轉來進前，有去李阿伯個都乎？」

「有啦，我有向伊說多謝——」

「抑伊咁有共汝講着啥乜？」

「伊講好佳哉是犯着〝言論自由〞，如果是〝匪諜〞或者是〝叛亂罪〞，彼嘟眞壞剃頭；然後，李阿伯勸我，從今，先共學業顧乎好，提高思想个峿度，累積家己个力量，到時則拚么昧慢。」

「着啊！」尚地個爸仔現出堅定个面容，然後轉做笑笑仔咧講着：「伊講个煞唔是佮我肖全！我嘟時常共您兩個咧教，佇這無公平正義个時代，伨只好準備家己个實力，昧使得衝碰，愚甲提鷄卵去揮(tàn)石頭，白費工夫，么白白犧牲。」

「唔拘，道理悉是悉，面對現實，尤其這言論自由受壓制，伨無抗争咁嘟放乎外外——」欣天咧表示意見。

「若這由伬來拚嘟好，猶唔是您个時机！」

「爲啥乜嘟愛時机咧？爸仔——」

「您少年人唔諳(bat)時机嘟眞害！這如咧战争，干但有地利，欠時机，外語是"Time"，何況對方佔有大部有利个條件，安呢拚落去，結果煞唔是介清楚！伫个拚，唔是干但卜拚一個〝起毛〞，佫咖卜拚一個結果啊！無結果，嘟是目標永遠無法度達成。對方早嘟用盡各種惡劣个手段咧共伯台母人洗腦、分化、引誘；眞侈人無覺醒，時常咧綴着個个詐術欺壓个動作咧做伙起舞，賊党個若做唔好嘟受気，個若好好仔做，逐個嘟歡喜，猶寄托着個会當改革，其實個个好稗，總是脫昧開着〝詐術〞！有清醒个台母人，只有佇暗中活動進行，結成力量，拍破賊党个陰謀！」

　　「爸仔，汝講兹仔，乃是確實，無唔着。」尚地聽咧介有領会，只是有一点猶無介清楚：「個个詐術，有啥乜大目的？」

　　「共台母人當做愚人，個長期壓制个工具。」

　　「変做個个工具是個个目的？」欣天問着。

　　「若工具嘟唔是人！嘟無人个尊嚴啦！這是結果；簡單講，台母人無主体性，么無人權。爲着達成這目的，個个詐術有三個目的：⑴崩解台母个国土，生態个破壞。官商勾結，亂剉(tshò)山樹，受害个是台母人。⑵崩解台母人个信心，這么是精神个崩解，以後咁有人卜做台母人？咁企会起來？⑶崩解勇気，無勇気嘟無人敢爲公平正義，爲台母人个前途拍拚犧牲；只爲個人、家族个生活食穿享

楽，甘願做豬仔狗仔么好！甚至白目咧稱讚鈎民賊党壓迫者有咧為人民服務！您看覓咧，這咁唔是眞可惡个手段？咁無介恐怖！台母人啊！千萬唔通綴着鈎民賊党咧飛舞，則是頭路啊！」

「爸仔，我完全了解。」欣天企起來向個爸仔行一個禮：「我眞對不起着汝——」

「今，代誌嘟过去，唔拘，愛会記得教訓。」

「此後，我会謹記在心——」

「佫坐落來啊。」佝地個爸仔将薰吹园佇桌仔頂，則佫講着：「佀總明白，今仔20世紀战後个世界局勢，阿米国佮北熊共党国咧冷战，亦是民主自由体制佮一党獨裁体制之战，佀台母兹个看板是〝民主自由〞，正公是〝一党獨裁〞，這佮秦仔共党国則是〝龜笑鼈無尾〞！可是，佀个人民大部分猶受着秦仔个封建文化个毒素个作用，以及鈎民賊党个洗腦，准唔悉也民主自由个眞精神，亦是人个主權、国家个主權，唔是政府、政党会當決定个。倒反，是由人民（無被洗腦个）決定家己个主体，然後決定国家，然後則由人民指定領導者，承認伊个政府（唔是相信，乃是监督）。若以〝公司〞比喻〝国家〞，人民是董事長，聘請總經理（領導者），組織経營團隊（政府）；達成董事会要求個卜發展公司个業務，完成公司个遠程佮短程个目標。如果總経理欺騙董事会，或者無能経營，或者嚴重甲計劃出賣公司，安呢，董事会即刻将総経理刣

頭，解散伊个経営团隊，亦嘟是人民有權罷免領導者，人民有權廢掉即個政府；但是公司原在！国家原在！」

「爸仔，抑今仔，人民爲啥乜無卜共個罷免咧？」尙地咧問着。

「死佇迄部过時个，污漉漠済(oo-lok-bok-tsè)个〝憲法〞，彼嘛是伯台母人家己制定个；其中，准講猶有好点，個么無卜實行遵守。有〝萬年国会〞嘟必然有〝萬年總統〞！董事会个人民，被洗腦、壓制甲变成個个政治工具，這則是〝天地倒反(péng/huán)〞啦！您看，佇几個月前个水災，政府散形甲無盡着保護人民生命財産个責任；煞有不止仔侈人，向總統跪落來哀求解救個，哪無人企咧責問總統个失職咧？個應該大聲喝出：〝總統，汝若無盡責个話，請汝隨下台，換人來做！〞笑死人！現代人民猶屈死佇這封建思想个餘毒之中，向(ǹg)望個改進变好，猶看無清鈎民賊党个本質，〝厚烏學〞（面皮厚，心肝〔咁有？〕烏）个作爲則是個个眞面目！佮〝強盗〞講道理，佮〝虎〞參詳〝虎皮〞，愚(gōng)甲有賰(tshun)！用跤頭肟(u)想嘟明白，罷免鬼咧——」

「我想総(lóng)無，20世紀个台母人，哪会変成安呢咧？」尙地如講如甩(hàinn)頭。

「死佇軍公教界啦！姜臭頭仔個爸仔囝仔佮扶(phôo)個个遐仔个〝肥豬仔群〞，非常奸詐！個逃走來台母，隨嘟共軍公教勒(lak)佇手中；這是根本制壓、奴化台母人个

手段；當然，個在先共軍公教當做家己个物件，経过各種程序共佃洗腦兼〝威嚇利誘〞，安呢，台母囡仔嘟實在有夠可憐，個個變成鈎民賊党个工具総唔悉也啦！但是，〝人性〞是一種〝純〞(pure)个存在，所以，人嘟是人！除非人類佫退化做完全个〝動物〞或者〝机器人〞。歷史天使个記錄有共佃証明，有史以來，世界各国眞佮親像佃台母人狀況个各民族，因爲〝人性〞个緣故，産生佮佮反抗壓制、迫害个英雄，唔只是多甫(poo)人，連多偖(bóo)人佫咖有勇氣，企佇陣頭，個則是企佇大地之上偉大个女人！偉大个〝阿母〞啊！唔是干但家己茨內个偉大个母親吟！地仔，道理佮實際嘟是安呢，您有清楚了啦？軍公教死，變成鈎民賊党橫行个工具！」

「姜臭頭仔個爸仔囝仔……」

「地仔，汝佇外面昧使得講〝姜臭頭仔〞，悉無！若卜叫，共叫做〝姜公公〞。」尚地個爸仔共伊叮嚀。

「爸仔，這么昧使得，〝公公〞嘟是去勢个太監啊──」

「着乎！抑無叫〝姜缸〞吧！若安呢嘟咖差不多。」

「地仔，」欣天臨時想起捌看过一份資料，准講着：「頭拄仔提起臭頭仔個爸仔囝仔，兩個干但有一点肖仝。」

「天仔，汝講出來分聽看覓咧！」

「無別項，一党獨裁嘟是！個么有無仝个，在先講姜

臭頭仔，伊安怎会臭頭仔？這有原因。」

「臭頭罔(bóng)臭頭，伩班上个同學，總阿咾伊是偉大个姜公公，彼光頭是金光冲(tshiâng)冲滾哩咧！」

「若這嘟笑死五百萬人！臭頭佇三十歲左右，按扶桑轉去洋上市，無頭路，酷酷趖(seh)，伊卜揣机会，去巴結孫山大，可是孫山大並無信任伊，伊么去巴結陳美希佮張空净，而且佮陳、張結拜兄弟。人講〝老牛食幼草〞，伊是〝壮年食幼草〞，伊原本嘟有大俌皮氏，細姨仔楊氏，楊氏是鴨卵市鴨卵樂園个歌女。今，看着張空净茨內个一個多俌囡仔，則十五歲左右吟！名叫做陳如結；七請八講，陳小姐准乎伊騙去。伊初次向陳小姐講个〝甜言蜜語〞是安呢：〝汝咁唔悉也我深深咧恰意着汝？我佇張家第一遍看着汝个時辰，我个心肝險險仔跳上天去啦！按迄回了後，我一直無法度将汝放昧記得。規個日時我總咧思念着汝，連晏時，我么夢見着汝！〞這是人个本性，可是卜做革命軍人个，侈侈是〝羅曼蒂克〞，其實，哪是羅曼蒂克，玩弄(uân-lāng)女人則是伊个本色。這有一点可以証明，嘟是臭頭仔時常愛站(tsām) 啥匕〝樂園〞，結果身染〝梅毒〞。」

欣天講到兹，稍佇座位停咧喘，因為伊佇進前，捌乎調查員叫去問个時，有受着逼口供拍过，這伊無講予父母聽。唔拘，個爸仔看咧怪怪。一斗久仔，欣天則佫紲落去：

「若伊家己着梅毒是無打緊(tánn-kín)，伊个少年傀陳如結么受感染着。帶陳氏去乎按得意志林柏留學轉來个医生李先生做〝瓦塞亜曼氏反應〞检查，結果是陽性反應。因爲病是輕度，則注606个針藥仔，可是淋病菌已進入伊个身軀，所以伊嘟可能昧當〝有娠〞。抑若臭頭仔已経患着副羼脬仔(lān-hủt-á)炎，伊么昧生。

姜臭頭仔有一個足好个佚陶(thit-thô)伴，叫做洪凱明，講伊是對烈酒佮女人，有一種無法度控制个衝動。捌佇陳氏个面前對伊大笑咧彈：〝我佮汝每一夜做伙去妓院到底有几次？吸引汝去即種所在个，是遐仔性感个姑娘。我晤捌有一回鼓勵汝去。事實上，有介侈遍，我總勸汝甭去。但是堅持佮堅持，這汝咁猶会記得？〞爸仔，皮水東么全款，這嘟是秦仔国革命軍人个典範啦──」

「晤拘，阿兄，我聽講伊会兹呢仔放蕩，是因爲陳美希死了後，則安呢个，咁晤是？」尙地咧問着。

「哈，僞君子，彼是伊个本性，輕浮以外無別項。假使講我若过身去，您兩個咁会安呢？」個爸仔愼重咧講着。

「抑若姜済国少爺咧？」尙地有想卜了解目前即個膨風九大建設偌仔偉大个撐(huānn)頭勒(làk)權者。

「時間已経傷晚啦！」尙地個爸仔将卜哈嚱(hà-hì)起來，向個兩個兄弟仔講：「姜少爺問題，留踮另工吧。」

尙地轉來冊房，伊晤是咧想姜少爺到底是啥乜貨色，

伊関心个，猶是伊个兄哥欣天，此後会安怎？

「欣天啊！」目前有一位安呢个兄哥，伊心眞安慰——

☆　　☆　　☆

若有一塊(tè)肉骨揮落地，眾狗仔嘟一定会擠偎(tshînn-uá)來搶！這嘟是鉤民党造成个〝选(suán)舉文化〞！

可是，這〝选舉文化〞，唔是〝驕傲〞个文化，正公是〝污漉漠済〞無成文化！利用选舉來分化台母人，吸收台母青年入党，因爲若無入党嘟介偃(oh)當选，嘟如像唔是鉤民党員，連卜做組長么無夠格！一方面，做予外国人看，兹是民主自由个国度哩咧！

傀儡(ka-lèi)，鉤民党卜演戲，欠缺它嘟演昧成啦！

台母人候选人，有寡仔確實有理想抱負个，眞正卜保護鄉土个，但是侈(tsē)侈个候选人，猶是屈死佇封建思想个〝富貴〞兩字，只卜爲個人个利益名聲哖！結果是落佇賊党个瓮(àng)仔內个〝傀儡〞，恰賊党做伙咧起舞！

今，年底选舉期得卜到啦！台母人佇四界總走蹤(tsông)甲眞無冗(êng)个款，尤其是拜票个，連荘下(kha)山內嘟無漏(làu)鉤去。选舉若得卜到，每次嘟有〝选舉假期〞，候选人恰助选員佇公眾抑是政見發表会上，可以

〝自由〞咧使用母語，親像台母人嘟用台母話，記在候选人〝彈〞甲〝起毛〞咧〝思噴輪揚〞(si-phún-lìn-giang)！

　　尙地过去捌聽过個爸仔共伊講着鈎民党〝选舉文化〞个选舉撇步，介成是有十三種，抑是可能有佫咖侈？伊今仔想起來，揣出以前个筆記，有下面个〝包管對手落选〞个妙法：

(1)〝投票所臨時熄電法〞：方便換票箱仔。

(2)〝投票所票櫃掉包法〞：換準備好个家己个票櫃。

(3)〝都莉咪法〞：這名稱好聽，昧記得內容！

(4)〝选票卧底法〞：区委佮工作人員，提早去先做跤手。

(5)〝整隊投票法〞：由頂面个人，指使鄰長、里長、教員、警察、政工人員，佇下晡四、五点，唔免啥碗糕死骨頭証明，反正选務人員，么是個家己人，反覆領票嘟頓(tǹg)落去。

(6)〝魔術票箱法〞：佇票箱仔內特製〝活底〞，如像船上个〝特製艙〞，票早嘟藏佇內面，眞是〝天衣無縫(phāng)〞！

(7)〝部隊投票法〞：設計兵营地区抑是就近个所在，有憲兵咧把守；票卜愛偌侈，嘟有偌侈，正是如〝灵符〞！

(8)〝空白備用法〞：佇佫投票所个幹員，總会記住每

箱仔捌擠(tsinn)入去偌侈張空白选票，清点時，可以補。

(9) ＂整叠計票法＂：東部偏遠个所在，總適用即種法，開票時，唔免每張＂亮票＂，唱名啦，則喝某人有几張票。

(10) ＂空戶选舉法＂：有寡仔选区，突然出現大量＂有戶無人＂，專領选票个戶口，每一張總有人領去。

(11) ＂廢票製造法＂：故意佇頓选票个所在，加倒墨汁，頓票个時，墨汁会頓去拗过个對面；早前＂党外＂候造人个票總是食着即種虧！

(12) ＂張冠李戴法＂：這是佇唱票或者記票个時，張三李四掉換个方法，票數会得昧少哩咧！

(13) ＂最後調整法＂：即個方法，干但使用佇總选務所，会看情況做出最後＂調整＂。

其它佫有親像＂空降部隊法＂、＂投票前威脅利誘＂以及＂買身份証＂等等。兹仔选舉个＂泅(àu)步＂眞是＂蔚爲大觀＂！假使諾貝亜奬有即方面个，鈎民党一定会得世界唯一个＂諾貝亜选舉奬＂！尙地如想如感慨着人参加选舉，做伙咧起舞，若唔是鈎民党是会當贏啥碗糕咧！选舉，雖然是一種自由民主政治个方式之一，而且是非常重要个，若有卜摑(ián)倒一個垃圾(là-sap)政府，唔免嘟流

血，只有用选票嘟OK啦！但是，猶未建国，佇托管後殖民主義个状態中，這自由民主个跤步，咁昧傷紧？甚至会使講是〝假民主〞呤！咁唔是咧？唔拘，被鈎民党利用做〝看板〞之下，民眾加減有即方面个素養，亦是好，只是若〝利〞比〝弊〞(piah)咖少，嘟白做个啦！

因爲佇下昏，尙地個母仔有叫伊做伙去看電影，所以，伊嘟無去台母公園，提早轉來。伊一入門，嘟聽着母仔吩咐伊先洗身躯，么佮伊先做伙食飯，個母仔早嘟共晏頓款好，個爸仔若轉來隨会當用，抑這么已経有佮個爸仔談好过。

有時間个話，若会當共個母仔凑做着啥乜，這是尙地心喜个代誌！特別今夜無別項，竟然是卜佮母仔做伙去看早嘟有想卜看个電影《飄》；即件代誌，當然伊会歡喜佇心，只是，伊唔是介激動个青年，並無規工是安呢哩咧！如果，若唔是伴個母仔，尙地咁会邀請陳秋香小姐做伙去看咧？尙地敢有即個勇気？若眞正爲着〝愛〞，嘟愛有〝勇気〞啊──

到新山戲院門口个時，使乎尙地驚一掉(tiô)个，並唔是門口个觀眾，人插──插、插！乃是伊有看着秋香仔佮個母仔做伙！伊是卜宓(bih)抑是上前招呼咧？個母仔共伊扭(giú)住住。兩個人行到陳小姐個母仔因个面前來。

「哎喲，大姐，您么來，得卜開場上演啦──」

「阿姆(ḿ)，汝好！伬母仔講干但買兩張呤！伊哪

糊塗甲無買着汝……」秋香仔正是大驚兩三掉！尙地哪会綴來？純然無心理準備。伊則佫改口講：「您兩個人个──」

「無要緊啦──」尙地個母仔笑笑仔咧講。

「我有恰伨母仔花，講，三張則会使得，可是，眞奇怪，伊一直講兩張嘟好，講您可能早嘟準備好──」

「無啦，我臨時有想卜──」尙地個母仔咧講。

「着啦，今(tann)，無入去会昧赴啦！即兩張是對号个，我恰大姐有代誌，卜去踅百貨店，安呢啦，這予您兩個少年个去看，來，大姐伨嘟來去啊──」電影票一交出，兩個母仔嘟隨離開去。

雖然，秋香仔恰尙地手中各提一張票，可是，對号是愛坐做伙哩咧。個兩個目珠金金看母仔個行走去，煞偆兩個青年咧肖相(sio-siòng)！但是，個兩個抑唔是初見面，平常時有迭咧見面，只是介少交談呤！猶是尙地咖冷静，微笑咧招呼着秋香仔。

「既然是安呢，伨嘟做伙入來去──」

「好啊，汝做頭前──」秋香仔激秘思个款。

新山戲院內早嘟客滿！介侢人是企票个；唔拘，尙地個个位是對号个，所以，無要緊。拄仔兩人坐好勢，電火隨嘟熄花去，開始播映出鈎民党个秦仔国歌，逐個總愛企起來〝立正〞！其實么有介侢人是無想卜起來。看電影娛樂，嘟唱国歌，眞是莫名其妙！可是，若唔企起來，嘟可

能有代誌：無愛国！彼結果嘟真壞講。舞台頂下面，總是咧〝搬戲〞啊──

「鬼咧肖拍──」尙地譙(kiāu)佇心內。

《飄》影片个男主角是克拉克蓋博主演，女主角是費雯莉主演个，個兩個是〝有好來〞電影城个大明星；名無虛傳，規齣戲演咧介生動感人，兩個个個性真分明，共初期阿米国人个生活，搬上銀幕，予人介深个理解佮印象！

尙地佮秋香仔總介專心咧看，並無講啥乜話，只是有時，尙地越頭看一下仔秋香仔，抑秋香仔么有小可仔越頭去看一下仔尙地；可惜个是尙地並無牽秋香仔个〝玉手〞啊！

電影演完散場，尙地個兩個出來了後，伊請秋香仔佇戲院邊仔个夜市食点心，兩個佇戲院內感覺傷熱(juàh)，所以，佇点心擔仔(tànn-á)干但食芋仔冰迄類个哈！

延平路上人車介少，直文文通到台母大橋。尙地個兩個个茨，總離大路無偌遠，個嘟慢慢仔做伙散步轉去。今夜，尙地行着即條逐日總例行个路，感觸真無仝！雖然，延平路是到台母大橋爲止，过橋去是竹園鄉，在伊，昧輸是伊人生之路！有時鬧熱，有時孤單，尤其是暗夜，路双爿大部分猶是田地，只有得卜到個都(tau)北勢角个時則加減有聽着人聲哩咧！可是，今夜，有伊原本恰意个陳秋香小姐伴着伊行即條路，准講双人總無出聲，伊么有一種溫暖之感。但是，尙地猶是一直感覺秋香仔是佇伊个身邊。

「汝認爲即片電影好看無？」尙地終于開喙(tshuì)。

「嗯，眞好看——」秋香仔回答着。

「若安呢眞好，我看汝爲費雯莉流兩三遍目泪(sái)——」

「人唔悉啦！汝哪会共人偸看咧——」

「我哪有，是汝个目泪共我講个啊——」

因爲秋香仔聽着安呢，有小可仔壞势，其實，伊么歡喜佇心內，尙地猶是有咧注意着伊，有注意嘟介讚个啊！

「您多甫囝仔総安呢，干但会曉笑人吟——」

「拜托，我無笑汝，是汝个目泪，引起我對男主角失去個个多倲(bóo)囝仔，我个心肝么咧流目泪！」

秋香仔第一回聽着多甫囝仔流目泪是佇心肝內！安呢，目珠若無目泪，並無表示伊是柴頭翁仔啦！

「啊——」尙地突然出即聲，則佫講着：「個多倲囝仔，一摔(siak)落地，伊嘟心碎去啊——」

佇即聲〝啊〞之間，個兩個是愈行愈偎(uá)，行到大橋頭，尙地終于牽着秋香仔个手，企佇橋邊；即時辰，双手牽做伙，一定会肖拍電吧！

月娘佇天頂，今夜，愈圓么愈光，它介成無啥願意離開，爲着卜看即兩個青年男女，有卜講着啥乜心聲哩咧！若有唔諳字个雲來遮着它个面，它嘟隨共撥開！

「陳小姐，」尙地唔敢直叫〝秋香〞：「多謝汝。」

「抑是咧多謝啥乜咧？」

「汝毋但(m̄-nā)對您母仔好，佫對伬母仔么肖仝。」

「汝哪卜講這咧！逐個做伙本底嘟是安呢——」

「無囉，我特別感覺汝人真好——」

「哦，咁干但好咛——」秋香仔故意問着。

「嗯，汝么生咧有秀（suí／穗、美）啊——」

「哦，咁干但秀咛——」

「嚇(hann)！秀嘟有滿分啦！抑是……」

「汝佫講啊，我卜佫聽——」

今，這卜如何嘟好？尚地有小可仔紧張，灵机一動：

「着啦！汝么介有〝內才〞，無講嘸着乎(hōnn)？」

「啥乜叫做〝內才〞？我嘸諳，請指教。」

「汝家己咁嘸悉也？好，我講予汝參考。」尚地吮一下仔气，目珠一直咧相着秋香仔：「汝爲父母甘願踮茨內湊跤手，而且，愛手芸，准下心咧拍拚；彼若換做別個多㑩(ta-bóo)囡仔，早嘟四界趴(pha)趴走啦！嘟是安呢……」

「嘟是安呢則叫做內才，是嘸？」秋香仔歡喜佇心內。

「咁嘸是歟(hioh)——」

「人嘸悉啦——」秋香仔反倒壞势起來。

兩個人轉來到茨，嘟得卜十一点半，個介少有兹呢晚則入門个；所以，個兩個母仔，總佇咧貓貓仔看佫等。雖然是安呢，個心內差不多悉也，即回是有成功，歡喜甲昧比少年个咖少！

尙地拄仔入來，個母仔忍昧住出聲問啦！

「抑您(lín)是佫毛(boonn)去佗咧？電影好甲咁嘟佫看一遍復習歟？秋香仔有做伙轉來乎？」

「有啦，免煩惱，抑嘟——抑嘟——」

「是咧抑嘟啥乜？」

「抑嘟佫做伙去欣賞月光哩咧——」

月光？月光哪有啥乜？

「哎——」

看着窗仔外个月光，這唔是月光咧哼(hainn)出聲，正是尙地個爸仔咧感慨。自少年到老，每一冬个月光，伊總是有感受着一年比一年个月光是愈〝凄迷〞！但是，伊明白，未來伊無論変做安怎樣，佮伊做伴，猶然是月光！總是永恆个生命；〝物質昧滅〞，當然，一切个生命么永恆咧存在，只是〝形式〞無全呤！

伊只是對今夜个月光，〝哎〞這一聲呤，因爲蕭邦个協奏曲已経响起來啦！抑若貝多芬个交响樂，共伊个心境，么有惹起着生命之力！生命之美！今仔，蕭邦个旋律，佮伊心灵中个〝思鄉念母〞正是一致个；蕭邦永遠昧放昧記得〝波蘭〞，所以，生命根柢个聲音，永遠是人類

存在个〝心聲〞！儅即個時辰，冊房个門口，有兩個人影。

尚地個爸仔介成按樂曲中醒起來个款。

尚地佮伊阿兄欣天拄仔坐好勢。

「着啦，欣天啊，我已経替汝想好啦，汝聽看覓咧。」

「爸仔，我会好好聽——」欣天應着。

「我建議汝做兵了，隨出国留學，加強家己个實力。」

「爸仔，哪会兹呢仔拄好，我么有安呢个拍算——」

即時辰，欣天个興奮是嗯免講个啦！這表示個爸仔有咧支持着伊个決定；無么，出去海外看看咧。是啦，如個爸仔講个，加強實力，有卜〝大碎拚〞，嗯免嘟急這一時。

「嗯，介好啊！莫怪是〝爸仔囝仔仝心〞，哈、哈——」

「嗯拘，卜留學無簡單啊——」

「若今仔，有小可仔放鬆，只要申請獎學金，交保証金，通過留學考，問題嘟有可能解決啦。若進前，確實即個垃圾政府共人控制住住，卜留學嘟看身份資料，是嗯是鈎民賊党員；愈簡單个方法，個家己制訂方便個家己个留學法，啥乜〝天才兒童〞，嗯免大學畢業，嗯免做兵，遐仔有權勢个子弟，總送去阿米国佮欧洲。有轉來个，

隨嘟做大官，無轉來个，嘟做阿米国公民；個差不多總有〝綠卡〞，或者是〝双重国籍〞。比喻講賊党老二陳成全个大多侾団仔，干但中學畢業，嘟有資格出国留學，嘟是安呢，留學資格准改爲中學畢業。抑若〝天才兒童〞是啥人審查个？這用跤頭肟(u)想么一清二楚啦！一個社会，若有特權存在，社会嘟一定烏暗；可憐，有眞侾伯台母人囝仔，只爲着個人个利益，甘願做個个〝牛馬〞，甚至做〝走狗〞，加入鈎民賊党，揣机会抾(khioh)個攔掉个〝肉骨仔〞！眞正个台母人，則昧茲呢仔〝衰潲〞(sue-siâu)！」

「爸仔，姜少爺姆是捌去北熊共党国留學过？」

「聽講是去做〝人質〞哩咧——」欣天講着。

「個爸仔団仔兩個總有出国过，但是，個兩個个想法做法無全，若肖全，嘟是〝走路〞！姆拘，逃亡來台母，個嘟只好做人个〝翁仔頭〞，個四周圍鈎民賊党逪仔个〝青面獠牙〞个權勢者，表面上是咧扶個，甚至共個〝神化〞，其實是繼續咧吮台母人个血！」

「姜臭頭仔堅持卜反攻中原啊——」尙地講着。

「欺騙台母人！喝口号咛！卜出一口気咛！事實上，個个作爲，只是咧拍手銃(tshèng)咛！」欣天講着。

「若天仔講个是正確！」個爸仔啉一喙凍頂烏龍茶了佫講：「神化造神个運動中，台母人無卜做奴隸么变成奴隸！伊只是猶咧妄想着伊个權位咛！反攻是白賊个！抑若

姜少爺，伊咖實在，伊么有了解着世界个局势；所以，伊
所做个，嘟是伊拍算卜行上〝姜家獨立〞，但是這唔是
〝台母人建國〞。」

「總是〝獨〞啊！哪無全咧？」尚地問着。

「正是大無全！」個爸仔介堅定咧講；「台母人建
國，是伯台母人卜挣脱受欺壓，卜挣脱奴才个對待，企起
家己主權建立国家，絕對唔是姜家个国家！對着這，姜濟
国咁有食唔着藥仔？伊無可能容允(ún)着台母人家己來建
国，雖然這是世界潮流！個欺騙台母人，講台母是個秦仔
国个一〝州〞，可是，伯台母從來唔捌乎秦仔国統治过。
全世界，捌來侵佔伯台母个有几仔個国家：何南達、斯便
英、吉利英、海賊之子鄧大樹、全青帝国、阿扶桑帝国等
等，抑鈎民賊党是來台母，執行合眾联軍所委托个托管代
誌，安呢您想，伯台母是佗一国个？假使若有祖国，台母
人个祖国咁唔是魔神仔咧！台母人个祖先有故鄉佇別位，
可是，個个後代囝仔孫个故鄉嘟是台母！理气煞唔是介明
白咧！姜濟国少爺則昧像個爸仔个愚(gōng)大頭，伊則無
卜〝反攻中原〞；個爸仔干但愚想這，後來悉也這昧使得
喝，但是伊下跤个走狗，爲着卜扶伊，則拚死咧喝，甚
至叫伯台母人來喝〝反攻中原〞尚合！即招乃是〝一箭
双鵰〞！台母人愈昧記得個是台母人！姜濟国少爺有了解
着時势，伊个〝姜家獨〞嘟是卜永遠造成鈎民賊党个〝一
党專制〞；佫有咖重要个是佮秦仔国割除関係，变成兩党

之争，並唔是〝內政問題〞，是兩国个関係，互相昧當侵犯！其實雷着時么有這〝兩国論〞个看法，可是，佮秦仔共党国對立个，絕對唔是台母人国，乃是鈎民賊党国！姜済国少爺尙驚兩種人，一種是阿米国人，一種是台母人；所以，伊若唔是佮阿米国保持好関係，嘟是拍算〝联北熊制阿米〞，抑若台母人，民心若全反，伊个〝姜家獨〞嘟会〝落空〞；唯一个辦法，嘟是〝利誘〞台母人，尤其是〝半山仔〞，安呢，利用台母人壓制台母人，正是伊会當〝企岨山，看馬仔肖踢(sio-that)〞哩咧！眞巧(khiáu)囉！」

「爸仔，汝講半山仔，是山抑是人？唔是半屛（ㄐ）山吧？」

「愚因仔，即款代誌，哪会牽連着山咧！」尙地個爸仔暫停一下仔，吮一喙薰了佫講着：「台母人是乎人叫做〝阿海〞，現代秦仔人來台母个叫做〝阿山仔〞，若〝半山仔〞嘟是台母人去秦仔国走蹤过，認同秦仔国个嘟是；個轉來台母，大部分總有〝食甲油勢勢〞个！因爲，個甘願做秦仔人亦嘟阿山仔个奴才，攬鈎民賊党个大腿佫吮個个奶，昧膨(phòng)皮么膨皮！凡是半山仔總唔悉也是乎人利用，准講悉也，互相利用啦！認爲〝升官發財〞有名有勢，眞是了不起；台母人共個當做原本个台母人，欣羨着個个成就，其實，個已経唔是正公个台母人啦！做一個台母人，若親像個半山仔安呢，彼嘟臭賤甲連〝虫〞嘟不如啦！」

「我捌聽过卜參加雷着時組新党个李滿吉，伊是半山仔？」

「李滿吉是佰台母人艱苦囡仔出身个典型！」

「爸仔，是安怎講咧？」尚地問着。

「頭拄仔我講过，〝阿山仔〞是咧指稱秦仔人，抑若台母人唔做台母人，准去認同秦仔人，佫做個个奴才，嘟乎人叫做〝半山仔〞。尤其是黃谷冊，伊本名是葉火光，但是為着卜做鈎民賊党个軍人，准改名做黃谷冊；有人共稱呼做〝三命青年〞，嘟是亡命、革命、拚命；靠這〝三命〞，伊做到鈎民賊党軍个〝中将〞，么捌卜出任〝国防部長〞。」

「個咁眞情願卜做〝半山仔〞一世人？」欣天咧問着。

「這並唔是情願个問題，若人講〝情願〞，嘟表示有经过判斷、選擇；其實，這是台母人，自咖早以來，尤其是被全青帝國壓制280外冬，受秦仔封建、政治、宗教文化、思想影响、洗腦來个；加上近代移民開拓社會，欠着覺知，形成起來个，一部分〝糞担主義①〞个民族奴才性。」

「爸仔，啥乜是〝糞担主義〞咧？」

---

① 糞担主義，是按筆者青年時代，佇台中、受前輩張深切先生教示了解來个。

「介簡單，意思是：啥人來管嘟好，只要夯(giah)糞擔有嗵討賺(thàn)，家己会〝富〞(pù)起來；但是，若有人比伊咖好，伊嘟夯糞擔〝撞〞(tōng/lòng)人个目珠。這嘟是〝糞擔主義〞。具有即種主義个民族性，嘟是〝奴才〞啦！」

「我了解啦！平平是移民社會，只有台母人猶無法度企起來獨立建國，親像阿米国迄款！」欣天歡喜咧講。

「這其中有一個根本个原因佇咧！」個爸仔明白咧指出：「伯个移民開拓社會，對〝生命共同体〞存在介大个問題！〝認同〞問題啦！抑嘟是〝土地〞佮〝族群〞个認同啦！家家戶戶啥乜〝××堂〞，嘟会當看出個个心灵中，猶存在着〝原鄉〞，〝土地〞只是求生存、得名利个工具、材料吟！咁有人卜建設為代代人个〝新原鄉〞無好討賺嘟隨〝躟港〞(làng-káng)啊！么無〝新族群〞社會共同体个理念，因此，不三時迭有〝械鬥〞，准〝放溺(giō)昧摍(tshiâu)沙〞。即種社會卜哪有前途理想咧！您想看覓咧，是唔是会乎人看破跤手咧？」

「爸仔，這〝看破跤手〞，咁是伯台母会〝致死〞个弱点咧？」尙地問着。

「正公(káng)，規棕好好！鈞民賊党個嘟是利用台母人即個弱点，製造不止仔侈个〝半山仔〞；我佇玆講个〝半山仔〞有兩種，一種是去秦仔国个叫做〝走蹤半山仔〞，一種是佇台母受洗腦奴化了个〝在地半山仔〞，結

局，佇個心內佮腦細胞中，已経無台母人个實存精神，個只有〝西瓜偎大爿〞，爲個人佮家族个名利發展，准去爲外來个鈎民賊党做拍手、走狗！」

「爸仔，半山仔人数咁有侈？個会當變啥碗糕魍(bang)咧？」欣天問着。

「侈甲踢倒街啊！甭講，干但一個死忠个半山仔，嘟不得了，全台母人嘟害雛(liuh)雛啦！」尚地個爸仔如講如甩(hàinn)頭：「有悪質个傳統文化歷史，必有悪質个親像鈎民賊党个喙面！個奸鬼咧使用〝以台母制台母〞，這么是〝借刀刣人〞，所以個歡迎半山仔，這么合得侈侈半山仔本質上个需要啦！因此，台母社会自早以來，嘟有昧完昧了个不公不義个代誌！特別是鈎民賊党入侵以來，佴台母社会受着〝三角株(tu)勢力〞所控制剝削！這〝三角株〞就是佇三角頂个鈎民賊党，佮三角底兩爿个半山仔佮地方有財勢集團。按台母頭到台母尾，半山仔佮財勢者个〝幫〞(group)算昧了啦！個个代表者，講予您聽：

（一）〝双重幫〞：雖然唔是半山仔，但是個利用〝政経合作〞確保既得市場利益个控制，有兩個系統代表：林家系統个林三光，陳家系統个陳富百。

（二）元桃幫：代表者是吳夫伯，是在地半山仔，個爸仔捌做过縣長，是當地第一政客家族，半山仔家族；吳夫伯做半山仔介有成績，創出多項个紀錄：①尚年輕个

鈎民賊党籍男性州議員。②尚年輕个縣長當选人，則33歲6個月。③第一個台母人个〝公賣局長〞。④父子兩個前後競选縣長，總無對手出面挑战。⑤鈎民賊党侵入台母以後，尚年輕个中央委員会秘書處主任。⑥鈎民賊党侵入台母以後尚年輕个〝部長〞、〝中常委十四人小組〞。即個半山仔到今猶佫唥沖(tshèng)！

（三）彰華幫：佇五、六十多前，有個个文化、民族運動个背景，個對抗么是另外一個外來政權，〝台母文化協会〞个代表者是林堂鮮，〝台母公益会〞个代表是辜容現；可是，想眜到乎鈎民賊党來了後，個党內十四個台母人〝有力者〞之中，竟然半数是出身佇這早前活動个大本営！彰華幫裡有一個介有名有力个系統，嘟是〝双溪幫〞，代表者是謝敦民；早期去秦仔国加入鈎民賊党，專責處理對台母人个工作任務（伊么是台母人！），開始爲鈎民賊党佔領台母个目標效力！因爲捌佇1945年5月佮姜済国少爺結緣，所以，一直到1963年，謝氏个気勢嘟如虹啦！変成鈎民賊党內半山仔人士个主流，么変成該党引用台母人士个〝枢紐〞！半山仔謝敦民，提拔眜少政客總変成双溪幫介重要个成員：陳英石、林海口、許火得等等，可是，儅等謝氏威勢降落个時，伊个大將么個個受着空前危机，甚至許火得踮手眞緊，佮伊劃清界限！

（四）温水幫：主要代表者是黃潮管，黃家本底是南台母地方个望族，経营糖業土地有一百五十外甲；黃氏佇

二十外歲仔出国留學，佇阿米国就讀个時，加入鈎民党，去秦仔国个時，捌進入外交部服務；後來，轉來台母，乎鈎民賊党老二陳成全介重視，准变成半山仔群中个重要角色。南台母政経匡(khoo)中，總倍伊有姻親関係，對伊抑是對温水幫來看，名利權势是眞有實力个啦！

其它佫有〝母南幫〞佮〝南部烏幫〞等等，前者个人物，咖無愛插政治，但是個个手法猶是〝官商勾結〞；抑若後者，代表者是余丁化，雖然伊後來捌做过縣長，唔拘，進前伊總鼓舞朋友或者有志之士出來选舉，因爲伊有財力，所以，伊嘟出錢助选；佇南台母，余氏个支持者介侈，佫伊有〝苦行僧〞个精神，不時咧反對鈎民賊党，可是10外年來，鈎民賊党卜搋(ián)即個〝烏幫〞猶是搋昧倒哩咧！余氏唔是半山仔，却是反半山仔！」

「爸仔，汝一口気講兹呢仔詳細，稍歇睏一下仔。」欣天関心個爸仔。

確實会忝(thiám)，唔拘，儅咧講个時，精神是介飽足哩咧，今仔一停落來則悉也忝；伊啉一喙茶，佫吮一兩喙薰吹，然後佫講着：

「好啦，怕下昏講到兹，唔拘，我卜做一個簡單个結論，您嘟詳細聽，記乎住咧！佇怕台母現此時个狀況，尚重要卜對付个，唔是鈎民賊党个秦仔人，乃是即兩種〝半山仔〞；一個是〝走蹤半山仔〞，一個是〝在地半山

仔"。進前，我有講过，台母人〝認同"个問題，是台母人運命个根源，這大部分是受久長（有兩百外多）按秦仔來个文化、歷史个重大影响，這影响，簡單講，嘟是：〝官僚專制"、〝家長制"、〝特權壟斷"、〝宗法宗族觀念"、〝地方主義"等等个因素。茲仔因素，無清除是昧使得啦！親像〝致死"个〝細菌"；半山仔，正是台母社會尚具體的个細菌啦！」

尚地個兄弟兩個，今夜聽個爸仔个〝一席話"，彼滿足感恩是無塊嗵講个啊！尚地一進入家己房間，嘟整理所聽着个，然後企起來窗仔邊看天，佮天星，么有月光微微！伊心內有喊叫着：

〝所有个半山仔啊！請您總出山去吧——"

「遊行啦！双十(siang-tsap)祭啦——」

規個台母街仔，開始鬧熱起來；講着鬧熱，么唔是台母人家己自動卜來做个，因為這唔是台母人个祭典節日，講實在个，佇台母人个心靈中，乃是一種屈辱，理由是鈎民党国个〝創立日"，抑台母人个咧？但是，為啥乜會鬧熱咧？介簡單，這么是一種洗腦兼神化姜臭頭仔个手段！一向總是由鈎民党佮半山仔合齊協力咧推動个，抑是啥人

敢反對！甭講啥乜，干但這簡單祭日名，有老人欧吉桑唸做〝双雜祭〞，一雜嘟大頭，佫加一雜，唔嘟愛走路！么有囡仔兄唸做〝è-si-祭〞，有人聽做〝飫(iau)死祭〞，利用台母人來做活動，若有講〝唔〞，乎便衣特務仔聽着，恐驚仔嘟愛〝走路〞，無么〝飫死〞哩咧——

　　即回尙地個學校，除了〝提灯遊行〞以外，佇校內么有辦几仔項活動，其中有〝壁報〞比賽；尙地個班上，推伊做負責人，主持壁報個設計制作。制作壁報，對尙地來講是〝如桌頂拈(ni)柑〞，老経驗，當然嘟老神在在啦！唔拘，即回個設計佮过去個無仝，伊想盡量佇文字方面減少，規個報面，画出有代表性图面來表現，是一定有咖特出則着。图面要点，首先是画兩個〝十〞，表示即個祭日，然後加上日頭、山峦、大地、佮〝向日葵〞，么是〝太陽花〞，会當配合日頭，有〝朝気〞、有〝希望〞；即款個設計，尙地並無用偌侈時間，照伊講，灵感一來嘟隨生出來啦！佮伊做伙制作個班上兩三個同學，么總眞贊成。下面嘟是即張壁報图：（佇後一頁）

　　果然無錯！佇全校參加比賽個壁報中，眞是無人有個；其它個，總是文字密密麻麻，如像報紙迄即樣！抑若尙地個個壁報，一看嘟介明瞭，唔免用目珠臣(jîn)規晡！而且，逐個個感想是〝介有芸術性〞！特別是以兩棕〝向日葵〞撐(thinn)起兩支〝十字〞，則有〝頂天立地〞之感；正是符合即個祭日個意義。唔拘，評審員個个看法如

何？猶唔悉也。尚地本來佇校中，眾人悉也伊是〝多才多芸〞个；即回卜得第一名，可能無問題吧！

提灯遊行是按黃昏六点左右開始，台母街仔尚大條路是〝山中路〞，有將近兩公里長，東爿頭是台母高中，西爿頭是台母車站，遊行隊伍是按台母高中兹來出發个；台母街仔各机関單位，總愛派人參加，假使無參加抑是參加人数傷少，安呢，被記过是免不了啦！

大部分个灯籠總是家己做个，若咖大型个，是集体制作个；有战車、大砲，么有獅仔隊，弄(lāng)龍隊；有一種弄龍隊个龍是用灯籠方式做个，可是並唔是蠟條火，是電灯仔，弄起來確是昧稗；佫有一兩個团体，全部是〝火炬〞，叫做〝火把隊〞，確實火花衝天哩咧！民眾雖然每

年總会當看着提灯遊行，猶是出來看趣味个！大路邊个囡仔，么有提灯籠个。尙地个灯籠是去店買便个，佃學校个隊伍，是排佇公家机关个後面。隊伍如行如唱歌，唱个歌大部分是〈反共復国歌〉，這〝共〞是指將鈎民党趕落海中个〝秦仔共党〞，佃卜〝復国〞个，嘟是進前鈎民党个〝秦仔国〞！哇！眾人齊唱，歌聲响四界：

　　　　反共！反共！反攻中原去！
　　　　反共！反共！反攻中原去！
　　　　中原是我們的国土！
　　　　中原是我們的楽園！
　　　　我們要反共回去！
　　　　我們要反共回去！
　　　　反共回去！
　　　　反共回去！
　　　　把中原收復！
　　　　把中原收復！

　　尙地干但綴隊伍行，總無出聲！伊想，假使伊卜大聲唱出來，無么〈望汝早帰〉，佫咖無么〈O Sole Mio!〉嘟是啦！遊行隊伍佇台母街仔踅來踅去，差不多將卜有兩点鐘久啊！
　　尙地一轉來茨，嘟隨去洗身躯，么有聽着佃爸仔冊房

內音楽聲，當然伊悉也爸仔昧去參加遊行，除非董事長個無佇咧，伊嘟愛代表啦！拄仔行过冊房門口，聽着個爸仔咧問着：

「今仔日个遊行，有出啥乜代誌無？」

「無啊，今年平平靜靜，群眾無發生代誌！」尚地探頭入去回答。

「是啦，近來無啥有衝突啦！」

「無衝突，咁唔是昧鬧出代誌咧？」

「無衝突，並無代表無代誌，侈侈人總忍住咧啊——」

「哦，是安呢，爸仔，我有小可仔忝(thiám)，卜咖早歇睏——」

「是啦，汝緊去歇睏咖好，哦野斯密②！」

「爸仔，哦野斯密——」

第二工歇睏，第三工上課，尚地準時去到學校，一入教室，嘟有人通知伊去揣教官，佇教官室看着教官面泅(àu)面臭；即刻嘟悉也有代誌，只是尚地早嘟有心理準備；伊向教官行禮。

---

② 哦野斯密：是〝晚安〞，〝好來/去睏〞。

「尙地，你這次的壁報，是怎么搞的──」聲音不止仔受気。

「教官，我什么都不知道啊──」

「怎么会不知道，嚴重啊！來，一起到校長室去。」

佲講尙地有心理準備，乃是伊根本嘟是〝心內有數〞，么会使講関于壁報個設計，正是伊故意思考出來個，伊當然明白若有問題，一定是出佇几個仔所在；無問題，伊会當應付，抑無是卜安怎！伊至少是高中生啊！

尙地個高中个校長，名叫做熊明輝，是秦仔人，唔拘，伊平時無啥有校長派頭，唔捌聽过伊噴噴叫；校務以外，伊唯一个興趣是〝書法〞，對優秀貧寒个學生介疼惜照顧！即回，教官是報告尙地個壁報个問題，教官是五個評審之一，干但伊反對尙地個壁報得着第一名；一票對四票，伊咁唔悉也民主風度？可是，伊硬卜咬講有問題，第一名失格！唔但安呢，尙地有可能会受處罰哩咧！

「進來──」熊校長請個入來。

「報告校長！」教官企佇校長桌前唎講：「尙地同學班的壁報是有問題的，而且錯得非常離譜──」

「姜教官，你認為是什么問題，怎么離譜的？請說！」校長面容佮平常肖全，平静，只不过，伊目珠直直釘着教官。

「有三個問題，第一、壁報紙，全張是紅色，這難道不是共产叛党旗子的顏色嗎？有替他們宣傳的嫌疑！」姜

教官聲聲堅定。

「那第二個呢？」

「第二個是有的文字橫寫，不是由右向左，而是由左向右，有左傾之嫌！」

「哦，橫寫也有問題！」熊校長輕鬆咧講：「那第三個呢？」

「這第三個問題最糟糕！也最不可原諒！」教官如講如用手指企伫邊仔个尚地：「尚地同學，你怎么糊塗，難道不知道〝向日葵〞是共產叛党的〝党花〞嗎？對這樣的党花，你眞那么欣賞嗎？」

尚地看姜教官如講如指伊，講眞个，伊将将卜笑出來，因爲伊忍住咧，如果開喙一笑，一定会共喙瀾(tsùi-luānn)噴對教官个面去，若安呢，唔是干但得失着教官，而且對伊尊敬个校長准〝大不敬〞！伊猶是保持甭出聲，假一個介受委曲个樣款！

「尚地，這怎么回事？你來好好說明一下吧！」校長無表示意見。

「校長，這件事很明白，他沒有什么好說明的——」

「姜教官，你怎么知道？尚地有權利說明，不是嗎？」這看來，熊校長有卜共教官気焰壓落去个款！「尚地，你就直說吧！」

「校長、教官，眞對不起，請恕我不太会說話，但是，我還是要盡可能來表明我清白，跟沒有問題。」尚地

講到茲，目珠轉足緊，共眼前即兩個人睒(iánn)一下，佫講：「剛才，教官指我設計的壁報有三個問題，我認爲這是教官一時的誤会；請聽我簡單地說明，誤会的問題，就完全可以消解的。」

「尚地，你就快說吧——」校長催伊咖緊講。

「其實，紅紙哪有什麼問題？果眞如此，全世界所有紅色的東西，豈不全要染成不黑就是白的了？請問教官，您家新年的對联是黑的嗎？不然，白色也可以啊！不是嗎？」

「壁報跟對联，風馬牛不相干——」姜教官个面介無歡喜！

「姜教官，你這一說就弄糊塗了！聽聽就是！」校長好意咧講。

「那第二個問題，更不成問題！現代是什麼時代啦！怎么還在左左右右，右右左左個啥！教官，不對嗎？如果照你的說法，那我們有很多書，都要扔進毛坑了！不用再說什么，請問教官，你胸前名牌的名字，爲什麼不由右向左寫呢？如果是我的名字、就变成〝地尚李〞啦！你一叫，我還是会應聲：〝有！〞呢！」

教官聽甲么気甲昧講話，若会，将卜漏(làu)出三字！

「不好意思，我要說明第三個問題，首先，提到花，人人愛的呀！每個喜歡的花不一樣，這叫做〝自由〞，花，到底犯了什麼罪，尤其是〝向日葵〞，它也叫〝太陽

花〞啊！好，教官不喜歡，可以；但是不能把喜歡的人亂戴帽子呀！那後印象派大画家梵・谷詞画的向日葵，也不行嗎？画了或喜歡向日葵的人，就要下地獄，是嗎？我朋友家経営的向日葵園，爲了製造〝葵油〞，照你說的，那是跟共産叛党是〝同路人〞了！鉄定要殺頭，是吧？最後，請問教官，你如果不喜歡太陽花，那你喜歡什麼花呢？有沒有被砍頭的危險呢？如果是〝豆花〞或〝天花〞就沒問題了！」

尙地干但說明即三個問題，嘟〝洋洋洒(sà)洒〞彈了一大堆話，教官咁会降服？可是，尙地悉也彼是無可能个。

最後，猶是校長出面來評一下仔理：

「讓我說句公道話，教官，你跟尙地說的都有道理，可能只是立場不同而已；我想你們回去再思考一下，調整自己的想法觀点，那双方都不会再有問題了，就這樣好吧？」

「校長，我還是不同意，壁報是有問題的。既然有問題，尙地他就要負責──」姜教官介不服，無共校長园在眼內。

「既然各有道理，問題在哪裡？」校長有小可仔受気。

「尙地他一定要負責！」教官一口気猶佫咬仕(tiâu)住。

「那么，你就處理他吧──」校長干脆安呢講。

「好，看着辦──」姜教官气一下，越頭嘟走出去。

教官有安呢个派頭出現，彼是忍昧住，嘸拘，伊並無驚着校長，因爲個个系統無全！頂面派來个教官，有時是佮〝人二〞有関係，有可能么是〝特務〞，安呢尙地佮校長，有可能会乎伊拍小報告〝点油〞！抑熊校長一向無啥乜卜插教官。

「尙地，你這次做得不夠小心謹愼了。」校長咧勸伊。

「是，學生知道，下次一定──」尙地無啥敢夯頭。

「不能有下次，記住，不要隨便有損你的才華！」

尙地最後聽着熊校長即句話，佇行轉去茨規路昧輪咧背个款；嘸悉也个人，叫是伊咧做白日夢咧講夢話！其實，佇校中，伊一向總介尊敬即個校長，今仔，尙地一生尙記会住个話是：

〝不要隨便有損你的才華！〞

04.
秋香仔个誤会！

　　即日，一放學，尚地嘟隨來佇台母公園，坐佇時常咧歇睏、讀冊个大棕榔仔樹下；首先，伊並無咧做着啥乜，原來，腦海中，一直咧想着前几工，姜教官乎熊校長氣走去个情景。雖然，表面上，目前已経無啥代誌，但是並無代表總無代誌，因爲個對即個教官欠徹底个了解，亦嘟是佇暗中，伊佫有啥乜身份？抑若熊校長，尚地愈肯定、尊敬着伊，正公有咧疼惜學生，更咖是疼惜人才！學生，除了教育以外，絶對昧使得受任何因素、力量來咧干擾，受着非教育性，亦是非人間性教育个影响。另外一方面，聽講校長伊有介好个〝背景〞，因此，伊則愈坚持着伊个教育理念；唔拘，伊這背景，么唔是〝絶對〞个！總是，尚地到今，猶佫清楚咧記住着校長个話；唔碰隨便損害着汝个才華！尚地咁眞正有才華？抑無，熊校長哪会共伊指示着安呢个話咧？

　　想到兹(tsia)，尚地个心情准愈平靜起來，即時辰，正

是看冊尚好个〝泰姆〞(time)啦！伊嘟提出尼采个《查拉图斯陶拉》來看。伊佫拍開卷一，No7个〈閱讀佮寫作〉來復習，愈看愈有心得，冊中原文个段落是安呢：

　　〝一切作品之中，我干但愛以家己个心血寫成个。用汝个心血去寫吧！安呢，汝將会發現着彼心血就是精神。

　　想卜了解別人个心血，並唔是一件簡單个代誌，我討厌遐仔無用心閱讀个人。

　　了解讀者个人，伊昧為着讀者來寫作。因為佫过一世紀，茲仔讀者（佮個个精神）總(lóng)已経佮草木同朽(tông-hiú)啦！

　　允准每一個人總会當讀冊，安呢，尚落尾唔但將会破壞寫作，甚至佫会拖累着思想。

　　精神捌有过是上帝，後來变成了人類，抑今，变成了一般群眾！〞

「啊——」尚地即聲，介成表示伊有完全明白啦！一般人拍拚咧寫或者咧讀，並無表示個嘟有〝心血〞佮〝精神〞；只有即兩項，寫、讀兩者之間，則有可能真正咧存在，因為即兩項是個个〝平衡〞个〝支点〞！確實，講着心血佮精神，並無啥乜〝消遣〞佮〝版稅〞哩咧！尚地佫「啊——」一聲！

尙地接落昨昏个部分，元但卷一个No17：〈創造之道〉(The Way of The Creating One)；伊如看如画重点个所在：

〝個予孤獨者个是不公佮污辱，可是，好兄弟，假使汝有想卜做着一粒星球，安呢，一点仔嘟甭計較咧猶然將光照明個身上吧！

嗯拘，汝所可能会挂着个尙大个敵人，猶是汝家己——汝埋伏(mâi-hok)佇山洞佮森林中，隨時準備着偷攻家己。

汝將变成着家己个異教堂、巫師、卜者、痟人、懷疑者、褻瀆者、以及歹徒（七個魔鬼）！

汝即個孤獨者所行个是成爲一個創造者个路——汝有想卜按汝个七个魔鬼之中，創造一個上帝出來！

汝即個孤獨者所行个是求卜成爲一個充滿愛心者个路——只因爲汝愛家己，因此，汝有如(ná)充滿愛心者迄款咧輕蔑家己。

將汝个愛佮創造力總帶到汝个孤獨中去吧！好兄弟，公道自然会慢吞吞咧綴佇汝个後面。

將我个目泪(sái)帶到汝个孤獨中去吧！好兄弟，我深愛着迄個爲了想卜超越家己煞犧牲个人。

查拉图斯陶拉安呢咧講着。〞

尚地看着兹，思考着兹，伊規個人准雄雄咧跳起來！原來是安呢！原來是安呢！如唸如咧舞着！是啦！是啦！尚地个心灵中，生出着〝忘我之舞〞！即種个孤獨有愛有創造力佫有熱烈个目泪，行着創造个路，創造个人生，正公是漂撇个孤獨，唔是孤單啊──

　　「咕(ku)──咕、咕。」斑鴿个啼聲，共尚地喚醒着，伊按聲个來源，看對頭前面一棕佳多樹仔枝頂，彼正是伊尚愛个斑鴿啊！一隻，規隻好好！介成看對尚地兹來，則一斗久仔佫叫着：〝咕──咕、咕〞，尚地如像佇兹佮好友咧見面！看甲無出聲么無瞬(nih)目！落尾，伊个目泪准輪(lìn)落來！是悲抑是喜咧？

　　想卜提早轉去，款好冊包仔准起行；來到木麻黃路頭，遠遠嘟看着洪小姐坐佇樹仔下，尚地心喜咧趕跤步行近去。行到洪小姐个身邊，伊並無發覺着有人來，尚地么唔敢攪擾伊，兹呢仔認眞，專心咧看冊，伊哪忍心咧，有想卜輕輕離開，拄仔徙一步吟，洪小姐夯頭起來看着，並無驚惶个面色，顚倒，尚地壞勢甲面仔反紅：

　　「洪小姐，汝好，共汝攪擾着，我本誠(tsiânn)是……」

　　「無要緊啦，我悉也是汝哩咧！」洪小姐微笑咧講。

　　「哦，兹呢仔厲害──」

　　「哪有咧！佇兹，除了自然芳味，有冊个芳味，一定是汝──」

「確實，烏矸仔貯(té)豆油！抑今仔日，看啥乜冊咧？」

「么是吉利英文對照本，愛倫・坡个小說，練習啦——」

尚地聽着〝坡〞，心內瞄一下，以伊个経験，讀坡个小說，有當時免不了膽寒起來；可能是個性吧，伊無啥敢去摸推理小說个冊。唔拘，坡个小說，唔是一般推理小說可比个，有伊个人生哲理佮美學。

「唔拘，洪小姐会看坡个小說，俗看会落去，一定有道理吧？」

「看嘟看，爲啥乜嘟愛道理咧？」洪小姐感覺奇怪。

「壞勢，我講無清楚，我講个道理，其實是佮一般个狀況無全个反應，就我个了解，洪小姐会茲呢仔平静咧看坡个小說，汝个反應是深入个，並無停佇心理的(tèk)个層面，應該講是有某種超越的个啥乜——」

「無唔着，若汝今仔講着个，正是合得我想个；如果我只是以心理的个情緒咧看，實在看昧落去，因爲，我会感覺恐怖佮悲哀！唔拘，進前我么捌看过伊个傑作《烏鴉》(The Raven)，總是佇理性佮感性个基礎上咧接觸个，汝講个無唔着，我則有法度深入去。」

「哦，坡个《烏鴉》，確實，坡家己有講着：〝並無比非理性佮咖強大个理性。〞所以，伊个〝烏鴉〞乃是西方的个形象啊——」

尚地講到茲，臨時想起個爸仔冊房內，有收藏着一本坡个作品个原文版本，彼是Pauland Company, 1907年个限定本，有坡个詩中美人，么是〝美之世界〞个具体意象个美人麗諾婭(Lenore)个画像；今仔，看着洪小姐沉静个面容，尚地佇心灵中准响出一聲：〝啊！眞肖全——〞。

　　當然，洪小姐唔悉也尚地啲想啥乜，伊聽着〝烏鴉〞准繼落講：

　　「唔悉也汝有同感無？」洪小姐如講目珠如金金啲相着伊：「坡会運用着烏鴉个形象來出現佇作品中，是尚主要、根本个，乃是伊个全人生、世界个〝悲哀〞、〝感慨〞，因爲〝生命〞个失落，佮〝美〞个失落！結局，坡个文學語言，干但用即句"Never more"嘟可以総(tsóng)包涵啦！即句〝永遠無佫有啦！〞確實，是伊詩之〝灵魂〞啊——」

　　「我夯双手贊同！」尚地是愈聽愈心喜，伊介少有即款情形，除了佮個爸仔以外！「眞想昧到，洪小姐有茲呢深个感受！汝么悉也，坡，佇40冬个歲月中，按孤兒、養子(tsú)到啉酒摔倒了後过身，乃是悲苦个生涯，唔拘，若唔是〝天才〞，嘟無可能是阿米国唯一会當影响着全世界文學个詩人、小說家，伊个文學是先影响世界，則倒轉來影响阿米国文學个，咁唔是介趣味佮諷刺个代誌，洪小姐，咁唔是安呢？」

　　「李同學，汝——」

洪小姐拄仔出聲，尙地隨講着：

「無，無，洪小姐，請汝直接叫我〝尙地〞嘟好，咁会使得？」

「好啦，壞勢，叫汝〝尙地〞嘟是，甭佫客気啦！我卜表示同意汝拄仔講起坡个特色，這佮伊个〝純詩个美學觀〞有関联；親像我今仔咧看个即本對照本，有兩篇尒有特色，當然，只有坡个特色！一篇是〈阿謝家个沒落〉(The Fall of the House of Usher)，另一篇是〈烏猫〉(The Black Cat)；前篇个謝家豪宅是起佇〝沼澤〞(tsiáu-tek)中，這嘟有〝心理分析〞个味啦！有〝潛意識〞个背景，佫以主要个現象來表現謝家个運命，終其尾是〝沒落抑是崩解〞，彼主要現象嘟是：

> 〝『這霧，』羅德列克講，『對伬家族个運命，扮演着重要个角色。』〞
> （"The fog", said Roderick, "has played a great role in my family's destiny."）

「哇！前到今，我無注意着，么唔捌聽过个宝貴意見！」尙地心喜咧講。

「無啦！淺見而已！」洪小姐壞勢咧講：「尙地，是汝客気！」

「我講个是眞个！抑〈烏猫〉咧？」

「介悲哀！么眞無奈！」洪小姐有小可仔激動个款：「即篇小說个主角〝我〞，面對死刑，無講出即個故事昧使得！〝烏貓〞叫做〝普魯托〞(Pluto)，乃是〝我〞反射出來〝愛〞佮〝被愛〞个〝象徵〞，〝我〞講伊唔是起痟(siáu)，但是，至少〝我〞確實無陰謀，所以，伊共烏貓吊樹頭，抑是刣死伊个〝愛妻〞，總唔是〝謀殺〞！正公是〝人性〞个失落，么是〝愛〞个失落！我認爲小說中呈現着〝深層心理〞个問題，因爲〝我〞，本底是介愛傸(bóo)佮烏貓，唔拘，可能有某種因素插入個个生活中，〝我〞有咧講：〝但是，以後佇我个身上，漸漸咧產生着可怕个轉變。(But then, gradually, a terrible change began to take place in me.)〞汝看兹咁唔是咧？簡單，以象徵的个〝烏貓〞來看，〝我〞介愛〝烏貓〞，〝烏貓〞么介愛〝我〞，結果是〝我〞無愛〝烏貓〞啦！抑〝烏貓〞么無愛〝我〞啦！嘟是安呢吟！所以，愛倫‧坡佇即篇尙後面，以非常簡潔个筆調咧寫着：

〝它看着我，開始發出彼依戀人个喵喵叫聲！〞
(It looked at me and began to purr.)

尙地一直偎(uá)佇洪小姐个身邊，做伙看對照本个文句，而且伊么一直咧聽甲耳仔(hīnn-á)伏(pak)伏！佫頭殼么扰(tim)昧離个款！總是尙地介感佩着洪小姐看冊个方式佮

感受。尙地伊繼落講着：

「佮來做伙參考一下仔，這唔是我个看法，唔拘，眞贊同着伊慧眼佮思考，伊是二十世紀初期足有名个學者鄭振鐸先生講个，伊指出：『理性佮歌詩並唔是對敵个。但地、莎士比亜佮歌德個總会當共融入去思想个各部分。唔拘，所有各種个能力總予(hōo)一個人个腦中，彼嘟罕見个啦！時間过咧愈久，佮愈会當悉也愛倫・坡乃是尙少數个高超智慧者之一。』佮講著：『佮会當將家己佮別人个好作品，佇群眾所無恰意个時代，來維持着。伊家己一個人咧奮鬪，佮伊全時代个人，眞少有伊即款个勇氣佮力量。』意思大概是安呢，洪小姐，汝認爲安怎咧？」

「介好啊！眞感動，〝心有戚(tshek)戚〞啦──」洪小姐一直心喜着。

「多謝汝，今仔日，按汝茲得着昧少个心得！啊，講甲昧記得時間，佮做伙來轉吧！天色暗啦！另工，若有啥好消息則聯絡吧！」

「么多謝尙地汝！請免客気，卜受汝指教个猶有介侈啊──」

佇帰途中，兩個青年男女同學，慢慢仔做伙騎車仔，到底有佫講着啥乜話無？一定有吧！啥人敢肯定？抑無，去問個啊！

尙地晏頓了後，佇個爸仔冊房，有向爸仔報告着今仔日，佇公園佮洪小姐討論〝坡个小說文學〞个代誌，個爸

仔聽咧么替伊咧歡喜起來！

　　抑若尚地，愈唔免講，確實，伊介需要講会來个朋友——

　　自頂日看《飄》个電影了後，秋香仔小姐嘟足捷(tsiáp)來尚地個都(tau)揣尚地個母仔講話，抑是共個母仔湊(tàu)跤手。當然，佮尚地見面或者交談一兩句个机会嘟有咖侈啦！

　　尚地個母仔私底下，么会問尚地，對秋香仔个印象安怎？

　　「我看秋香仔即個多偌囡仔味稗，做人溫和，做事勤勉，汝看咧？」

　　「確實昧稗啊——」尚地順順仔回答着：「歡喜佮伊做朋友！」

　　「咁干但做朋友吟吟？」個母仔介成咧暗示着伊。

　　「母仔，做朋友咁昧得一百分歟！互相若歡喜嘟算介好啦！」

　　「無唔着，会當做朋友么是緣份，唔拘，歡喜有歡喜个程度哩咧——」

　　「母仔，請汝共我指点，伬歡喜，嘟愛到啥款程度咧？」

「哎喲，若這煞唔是愛問您少年家个心意歟——」

尚地已経明白，個母仔会特別関心着伊佮秋香仔个代誌，個母仔个心內，差不多有一個定案啦！只不过，個母仔是昧共人強迫，何況，伊介疼惜着尚地即個後生，無論如何，伊總会支持着伊个做法佮決定。

尚地按台母公園轉來，到茨前一條小溝仔(kau-á)邊，准停車仔落來，原來，即時辰，伊有看着秋香仔小姐佇遐咧洗物件；彼溝仔水是清甲会見底，有時么会當看着人佇溝仔裡(lìn)咧摸蜊仔(lah-á)哩咧。

「哦，秋香仔小姐，哪会茲呢仔無冗(êng)咧——」

「尚地，是汝！扪嘟洗一寡仔骯髒(a-tsa)桌巾仔。」

有也，水溝仔水清気，佇茲洗，会當省着茨內个水；尚地個母仔么送提物件來茲洗哩咧，尚地如看秋香仔咧洗，如咧想着。

「最近，汝做衫唔是介無冗？」尚地輕聲咧問着。

「昧無冗啦！人客拜托个衫，隨嘟做好啦——」

「講起來，是因爲汝跤手敏捷，一工十領么無問題！」

「哪有！無遐呢仔敖(gâu)啦，汝真会晓講笑！」

突然間，尚地腦中有一個〝愛智亜〞(idea)，本底伊下昏有想卜去台母大橋散步，因爲個爸仔銀行開会，可能咖晚轉來，無想卜去冊房攪擾；而且，時間儅是十月中旬，有想卜欣賞佇野外个月光。安呢，順紲肖招秋香做伙

去，伊這想法是介單純！是啦！人若愈單純，嘟愈有〝勇気〞哩咧！尚地講着：

「秋香仔小姐──」

「哎喲，尚地，甭共人安呢叫啦──」秋香仔壞勢个款。

「好，好，抑無，阿香仔，安呢好無？」

「有咖差不多啦！是有啥乜代誌咧？」秋香仔笑笑仔咧看尚地。

「小代誌一條，汝下昏咁有時間？」

「有啦──」秋香仔隨回應，聽着〝時間〞，無么愛變甲有，咁唔是？

「若安呢，七点半佇茲肖等，做伙來去台母大橋，汝想安怎？」

「好啊──，我会準時踮茲等嘟是！」秋香仔滿面喜色。

秋香仔即個多偆囡仔是天眞浪漫佫介有熱情！生做介〝古椎〞(kóo-tsui)，其實〝古椎〞即個形容，一般是咧指囡仔，么是〝小朋友〞，今仔，会用佇秋香仔个身上，主要是前到今，秋香仔个〝面模仔〞總無変，猶是囡仔个樣款哩咧！

個總有準時肖等，做伙出發；個滯(tuà)佇台母街仔个北爿，莊頭名是〝北势角〞，近台母大橋，量約有一公里外。沿路行，有講有笑，只是兩個猶無手牽手吟！台母大

橋對尚地來講，是如(ná)灶跤咧！尤其佇細漢亦(iā)是小學生時代，寒暑假逐工嘟來茲釣魚仔佫釣水蛙(ke)；抑若熱天，個囡仔伴總佇茲洄水，親像個个大游泳池咧！抑若秋香仔是第二回，主要原因，乃是個唔是在地人，落尾則搬來个。

今夜个月光，介成是專工為個兩個來咧出現个！天頂一片雲嘟無，其實，有个人介欣賞有一片雲，小小仔个雲嘟好，嘟会愈感人！雖然尚地感覺安呢咖有詩意，可是對照秋香仔个熱情，應該是有明朗開放之感吧！

台母大橋四周个環境，猶無失着郊外原野个気氛，除了通过橋个車聲以外，静甲只有聽着虫仔聲，么有夜鶯仔咧啼叫！乎人感覺是離着台母街仔遠——遠遠个款式！晏時，会來茲个人介少，現在只有尚地個兩個人吟！茲眞好啊！台母街仔人哪無想卜來咧？茲無電視啦——。

「尚地，請問咧，」阿香仔先開喙咧問：「即條溪水是啥乜名？」

「叫做〝西港溪〞。」尚地輕聲咧回答着：「為着環保，人總共稱号做〝藍色西港溪〞；它是按台母山流落來个，然後流對西爿港口邊个出海口，它有介侈優点，它是美个象徵，所以，佫共叫做〝藍色台母多惱河〞哩咧！」

「多謝汝，我悉也啦！唔拘，〝多惱河〞是啥乜？」

「汝講多惱河？彼是欧洲一條介有名个河啊！規條河嘟是規條个詩哩咧！汝咁捌聽过〈多惱河之漣〉个音

樂？」

「我眞正唔捌聽過，汝唔嗵笑我啊——」

「我哪有咧笑汝，另工伯則做伙來聽一下仔吧——」

「人唔悉啦！啥乜〝河〞，啥乜〝詩〞，佫啥乜〝漣〞，総唔捌聽过！」

尚地一看秋香仔激着腮乃(sai-láinn)个面色，准緊接落講：

「無要紧，免急啦！伯是來賞月光之夜，唔是來上課个——」

「介好！介好！一言爲定啦！」秋香仔轉笑起來。

佇大橋邊，扗仔有一塊大粒石頭，尚地肖招秋香仔做伙坐落來。

「香仔，汝看，下昏个月光是偌仔咧秀（suí／穗、美）啊——」

「難得看着野外茲呢仔秀个月光，尚地，眞多謝汝！」

「哪是，我愛多謝汝哩咧！無汝來，月光咁会茲呢仔秀咧！」

「尚地，汝足敖(gâu)講笑——」秋香仔有点仔面紅起來。

「可是，講着這世界个美，有時会使乎人感受着秀甲淒涼起來！」

「汝講這秀甲淒涼，我哪聽唔諳(bat)咧？」

「無要緊啦，各人有各人个感受，若我一向總是安呢啊！若汝唔諳，則是介好个代誌，会當佇〝美个世界〞一直享受着，安呢嘟好！」

尚地小可仔沉思一下仔，則佫講着：

「我今仔，臨時想起着一位詩人叫做雪萊[1]，有寫过〈送予月娘〉个詩，伊么感覺月光是〝蒼白〞个，是唔是傷孤單，規年佇天頂咧〝漂泊〞則安呢咧？我会記得伊个詩句，大概是安呢：

　　　〝莫非汝是爲圓缺咧疲劳，如像一粒憂悴个眼
　　　睭仔，啥乜嘟昧當配着消受汝堅貞个凝（gêng）
　　　視？〞

然後，伊佫寫一首〈送予月娘〉，其中有安呢个詩句：

　　　〝汝甮欣羡這暗淡个世界吧，
　　　因爲佇它个陰影中，只有生長过一個，
　　　就只有一個（如像汝即樣）美麗个姑娘！〞」

尚地是如唸如咧沉醉，聲音有小可仔咧震着！抑秋香

_____
① 雪萊（Shelley）：英吉利浪漫派詩人。

仔是如聽如咧微笑着，伊這表情么介美妙哩咧！伊咁真正元但有咧感受着，抑是看着尙地咧唸个時所表現出來个〝神情〞咧趣味吧？因為伊咧講着：

「誠好！看汝唸个表情，介有感情佇咧——」

「哦，這汝看会出來，真無簡單！」尙地歡喜咧笑着。

月光个世界，月光个時刻，其實，足有神秘性；但是，眾人對這總〝習以為常〞，逐個月嘟有，哪有啥乜稀罕咧！大部分个人，若有想卜享受啥乜，月光是排第几名咧？何況，月光秀是秀，無可能有人会當佔為家己有个，抑若錢，雖然有人講它有四支跤，么是愛拚性命蹐(jiok)哩咧！月光，乃是真不得了个啊！若以傑克倫敦②个《野性个呼喚》(The Call of The Wild)裡个〝巴克〞(Back)來看，月光佮生命个起舞，必然惹起着無限个〝想象〞佮〝战鬥〞；想象是美之世界个根源，战鬥是生命个毋屈服，維持着主体性个存在！尙地有安呢个思考之境！

「香仔，汝詳細看，佇月光以外，規個天上之美个世界，猶佫星光啦！因為月娘个光燿，有寡仔星看昧着，但是，若一等星，彼嘟是星光晶晶(tsinn)哩咧！汝看，有也無？」

「有啦，我么有看着，啊，確實星光晶晶，介秀

---

② 傑克倫敦（Jack London）：1876~1916，美國小說家。

啊──」

「若有想卜看天頂个眾星，茲是尚好个所在啦！」

「尚地，汝假如(ká-ná)介愛星，是無？」秋香仔有点仔好奇。

「規棕好好！汝看，我咁無成地上个星歟(hioh)？」

「汝是地上个星？」

「是啊！所以，我迭(tiānn)來茲佮天星對話啦！」

這愈講愈〝花〞，啥乜對話，秋香仔確實昧當了解，姆拘，伊相信尚地姆是膨風，么姆是白賊；只是伊話中有啥乜話意个款。

「壞勢，我臨時佫想起詩人个有寫着個對星个感想佮表現，講出來予汝參考。首先，是詩人海涅③，寫着〈聰明个星〉，咁無介趣味？天星哪有啥乜聰明姆聰明咧？詩文中，提起〝花蕾〞佮〝眞珠〞，個總是〝美之物〞，結果是乎人利用；只有天星，啥乜人嘟無它个法，詩句是安呢：

　　〝若天星是介聰明，它有適當咧

　　　遠遠避開着伯這世界个人；

　　　如像世界个明灯高高掛佇太空，

　　　遐仔个天星永遠是介悠哉悠哉！〞

---

③ 海涅（H. Heine）：陶意志詩人，佮歌德全時代。

香仔，汝講咁嘸是咧。」

秋香仔應講〝是〞了後，尚地講着：

「佫咖有意思个是雪萊个〈雲雀之歌〉(Sky Bird)之中，伊共〝雲雀〞佮〝天星〞來做比喻；〝雲雀〞么叫做〝百灵鳥〞，台母話是〝半天仔〞。詩句是安呢：

　　〝汝好！歡楽个精灵！
　　　汝哪是鳥仔類咧？
　　按悠悠个蓝天頂，
　　　傾吐着汝个懷抱，
　　汝免費心思，來吟唱着歌聲曼妙！

　　佫有：

　　暗淡紫色个暮雲，
　　　佇汝四周圍咧融化，
　　汝親像天邊个星光，
　　　佇這日時个光輝之下，
　　看昧着，嘸拘，我猶聽会着汝儅咧喜啼！〞

我个記憶若無嘸着，伊个詩句大概是安呢；哇！昧稗哩咧，半天仔嘟是星光个話，安呢，日夜嘟有星光晶晶啦！汝聽咧有趣味無？」

「我介愛聽汝唸！只是詩句昧當完全了解。」秋香仔秘思咧講。

「逐個總肖全，啥人会當全部了解咧！有重点嘟好！」尙地輕聲細說咧對秋香仔安搭。突然間，尙地用手遮耳仔伏(phak)伏，肖招秋香仔么安呢做：「汝有聽着無，水聲，偌仔咧秀(suí)个水泳聲！」

「有啊，唔拘，佇佗位(tó-uī)？」秋香仔么耳仔伏伏注意咧聽。

「所有，有月光咧起舞个所在，規條溪仔水總是哩咧！」

「月光哪有聲？是水咧流个聲，伯茨頭前个溝仔水么有──」

「有是有，可是無啥肖全，兹是規片个，而且水聲是閃耀个！」

「水聲会閃耀，咁有安呢？」

即回个約会，就佇〝水聲閃耀〞中結束啦！尙地個兩個當然么有輕鬆快楽，對台母大橋个〝月光暝〞，么有切身个感受哩咧！只是尙地即個青年，咁是因爲欠経驗，看景，月光佮情合做伙嘟直啦！哪嘟啥乜詩唔詩，使乎秋香仔有一点仔爲難咧，眞是大頭！柴頭，浪漫嘟好啊！

轉來冊房，個母仔無过來問約会个結果安怎；只是，伊感覺有点仔忝(thiám)，全精神准浸(tsim)佇蕭邦个音楽旋律中──

　　　　✡　　　✡　　　✡

　　哪会遐呢仔拄好，尚地個約会了兩三工總是烏陰天，無么落寡仔雨嘟会咖清涼。天，有咧決定着啥乜？

　　晏頓食了，歇睏誠点鐘外，尚地個爸仔嘟叫伊去冊房；一入門，伊嘟看着爸仔个面色深沉。

　　「坐好，聽我講。」個爸仔提一份新聞報伊看：「這啦！全是白賊，啥乜「匪諜滲透」，明明是卜掠伯台母人；講是「光復祭」得卜到，各地愛防止「不肖份子」趁机擾亂暴動，「光復」？「佔領」啦！台母人个悲哀！」

　　「伯台母人哪有匪諜咧？騙人甲有偆──」尚地回應着。

　　「其實鈎民賊党指个是「保衛台母人義勇隊」个成員，聽講已經有兩三個乎個掠去，無死么半條命；但是，伯台母人昧干休啦！」

　　「爸仔，我么聽講反賊党人士，已经準備卜佇最近推動人權運動大遊行，賊党個咁会放個去推動咧？」

　　「汝想看覓咧，賊党是偌仔咧奸鬼，個當然么有準備，甚至順即個活動，對個有好處，安怎變嘟会落佇個个掌中啦！」

　　「咁眞正安呢？煞唔是顚倒危險！」

　　「是啦，這么是一種陷阱！鈎民賊党放乎個去舞，名聲会反倒好，嘟是有人權，個則会當做運動、遊行；佫

來，趁即個机会製造暴動，将罪名罩佇遐仔反賊党人士身上，到時喝掠嘟掠，個咁走有路！」

「爸仔个分析，正是〝一針見血〞啊！」尚地真感佩咧講。

「即個代誌，我已经有拜托朋友，去轉達予個悉也，有心理準備。」稍停一下，佫講着：「抑尚地，汝佇外口个言行，一定愛特別小心。」

「這我悉也，爸仔請汝放心──」

「着啦，有件代誌，講予汝了解。最近這反賊党人士中，有几仔個儅咧冲(tshèng)，台母人對個有兩種態度，一種是保持距離，或者是劃清界線；另外一種是共個當做〝英雄〞抑是〝強者〞，講是個總唔驚死，有个関了放出來个愈是英雄，大受歡迎。唔拘，汝愛悉也，反賊党人士个成員是介複雜个，無小心，將來么是會変甲霧洒(sà)洒！」

「原來，阮班上大多数个同學，総講兹仔个人士是暴亂份子，叛国者；只有少数包括我在內，総欽佩個个勇気佮正義，代誌是安呢！」

「佇兹講佇兹煞，阮有几個好朋友，総咧懷疑兹仔人士中，有兩三個是有問題个；親像尚冲个許良伸佮施得泯；許良伸原早是鉤民賊党員，即個人个特色是〝權謀〞，卜講有台母人个心性、正義，彼嘟介有疑問，伊会脫党，用跤頭肟(u)想着明白啦！將來若佇個个団体裡，

無好孔，抑伊是会変啥乜孔(khang)，等咧看！抑若施得泯，有人講伊是鈎民賊党个一支牌，利用〝苦肉計〞，加入反賊党人士裡做〝滲仔〞(siap-á)，汝悉也，唔但伯台母，全世界四界嘟有賊党个〝滲仔〞，抑無，哪有〝烏名單〞咧？賊党个目的，嘟是卜佇對手中製造伊会當支配个領導者，時到，会當将規捾(kuānn)總捾过來！方法介簡單，共施得泯安插佇個个団体裡，不斷用手段來打擊伊，比其它个反賊党人士咖嚴重，安呢，眞緊嘟変成英雄！這是〝苦肉計〞，不時咧〝入監〞、〝絕食〞（聽講絕食中猶咧拍手銃？）得着群眾个同情佮欽佩！其實，有一件介乎人懷疑，彼嘟是霧泰監獄事件，施得泯么是策劃者之一，可是事件失敗了，干但伊是無被判重刑，這嘟奇啦！但是結果伊是返仔人士中尚沖个！咁是唔驚死嘟是英雄、強者？」

「我想，唔驚死佮唔屈服有関，安呢講么是強者个條件之一，只是若卜成爲眞正个強者，猶是有不足，何況，伊有可能是假个。爸仔，咁唔是？」

「正是假个，因爲有鈎民賊党咧掛保証！弱者个喙面！趁今仔，我佫來說明我對〝強者〞觀点予汝參考學習。尼采哲學中主要思想，除了〝永遠輪迴〞以外，嘟是〝超人〞啦！其實超人佮強者是肖全，意思並無差別！這么関係着對人个看法、認識，這佮中原古代聖人叫做孔子公个〝仁者人也〞个認知，有類似个所在，只是個對人个

基本点有差別；孔子公是指普遍个人性，只要發揮出來嘟是〝仁者〞，所以〝仁者萬夫莫敵〞，看起來么是〝強者〞个款式。抑若尼采个認知，應該是〝人〞乃是一般人，么是由單細胞進化來个人，可是，大多數个人猶是〝動物人〞而已！咁猶佫会當進化？若会个話，有兩種方向：一個是佮電腦、机器人合做伙進化个人；一個是心灵、精神思想个進化，這自古以來嘟有存在个！到現代个一般人──動物人，猶然是〝怨天尤人〞、〝屈就現實〞、〝爲名利權勢〞所形成个產物、奴才！兹仔總是〝強者〞个對反，正公(káng)是〝弱者〞哩咧！」

講到兹，尙地個爸仔准提出尼朵个作品：〈伯个語言學者〉予尙地看：「汝看兹：

　　〝我只是對一個民族，安怎去培養每一個人成爲獨立特行之士个代誌有興趣，抑若希臘人對即方面个發展，確實是‘不遺餘力’。個並昧將這一切歸因佇民族性中之善个本質，却(khiok)是認爲是佮個本身之邪惡本能奮鬪个所致。〞

佫按兹，伊有提出〝傷过人性化〞，佇兹个〝人性〞；嘟是現階段人類進化來个〝動物人〞；無論是尙偉大佮尙渺小个人類，總介親像，嘟是安呢，佇個當中，尼采講猶唔捌發現过一個〝超人〞！──佇病弱佮現代个人類當中，

是〝海底摸針〞。〝超人〞么是〝強者〞个産生，必需要一個〝新價值体系〞，人類當中个〝優美〞、〝強壯〞、〝高傲〞、〝有力〞等一切気質嘟会當由這体系个力量産生——提升生命个！顯現生命个崇高佮偉大！所以，新價值体系个尚重要原則，嘟是安呢：

> 〝來自強者个是善，來自弱者个是惡。〞（All that ptoceeds from power is good, all that springs from weakness is bad.）

若以尼采个思想來看，這〝超人〞嘟唔是〝平凡人〞(一般人)，乃是人个生命中一個〝尚完美个典型〞——查拉图斯陶拉本身就是！抑若動物人个一般人，全人類世界个大多數，無論身份、地位、工作，偉大个抑是渺小个，只要家己束縛家己佇這〝平凡人〞个〝人性化〞，嘟是〝弱者〞，無可能有〝偉大个健康〞：這是伯卜追求理想个目標！

扶桑人有一字寫做〝罠〞，語音是"uana"，意思是〝陷阱〞、〝圈套〞；文字符号介明顯：四＝网＝網，民＝人，這煞唔是如像鳥獸陷佇陷阱、圈套中个人，事實上，人類只網着家己吟！卜哪有出脫咧，有人指出這是〝世網〞！因此，尼采認爲需要〝重估一切个價值〞，然後建立〝新个價值体系〞，則会使得。汝么捌聽过我講

过，卜做一個〝超人〞抑是〝強者〞個四個條件：

㈠〝屈強〞：昧屈佇現實、私欲、本能、非公平正義個力量之下。

㈡〝獨立〞：完全具有個人的個認知、主体性，昧巴結，扶羼葩(lān-pha)。

㈢〝成全〞：有関〝眞善美〞個代誌、人、物件，全力助成。

㈣〝創造〞：完成着個人的個或者族群的個圓善事物伨理想。

尚地，汝嘟共我講個這，永遠記乎住，而且做乎到，爸仔唯 卜教養汝個，無別項，希望汝一生只是〝強者〞而已，安呢嘟滿足啦！」

「爸仔，請免煩惱，我会記得，么卜做会到——」

進入家己個冊房，想起爸仔個話，眞感恩，有安呢個佬爸；時間已経無早啦！明仔再昧使遲到，無会影响着〝生活比賽〞；一切準備好，准倒落去眠床，佇卜睏進前，看對窗仔外，腦海中浮出即句話：

〝做一個‘弱者’，一生嘟鳥有去啦！〞

☆　　☆　　☆

即工，是禮拜日，難得大好天氣！這對尚地來講，確

實是〝天助我也〞！理由是伊佇几(kuí)日前，嘟佮洪美津小姐約好，早時卜去台母山下个萊誼鄉附近个原野〝秋遊〞。下晡，則轉來台母街仔个三角公園，這所在是佇車站對面兩百公尺左右；尚地有提出兩幅油画作品，參加〝綠蔭美展〞，兩個轉來觀賞。台母街仔佮萊誼鄉之間个距離大概有八公里，一條双線道个石頭路，騎車仔需要半点鐘以上吧！

尚地有共洪美津小姐吩咐好，出發時，輕裝便服嘟好，唔拘，雨衣嘟愛紮(tsah)着，因為俀畫抑是下晡，迖有〝西北雨〞哩咧！兩個約佇台母街仔公所後面个大棕榕(tshêng)仔跤，八点肖等。

眞拄仔好！兩個人總同斉(tâng-tsê)準時到，出發啦！

其實，洪美津小姐除了愛看冊以外，對郊遊、文芸活動么介有興趣！所以，尚地一約，伊嘟ＯＫ啦！主要个原因，猶是伊對尚地信会得过！

雖然規條路是石頭仔路，可是，因為是碎石仔，反倒騎車仔有一種特別个感覺，尤其是跤踏車輪佮碎石仔肖碰，彼聲音輕脆咧〝沙沙〞叫着，佮個兩個如騎如講話，配合起來介有親切个伴奏个款式。佮偌遠个路，佇元気中，早嘟昧記得去啦！

這是眞平常，但是介罕得个感覺，按台母街仔出發，一路只是面向着台母山；規個三千外公尺峘(kuân)大个山座，人愈騎，是人愈偎(uá)去，抑是山愈偎來，佇心喜个

時刻，有時分昧清个啦！

　　沿路無半間楼仔茨，若有茨，彼(he)是低低个農舍，其它只是田園，有種菜个、種甘蔗个、種旺萊个、種芎蕉个，抑若稻仔園規片是穗花，得卜收成个款哩咧。佫有各種鳥仔聲，其中个〝半天仔〞（台母雲雀）佫愈趣味，它若卜唱歌，唔是歇佇樹枝，么唔是電線上，却是一飛冲(tshèng)上天，佇峘峘个天頂停咧啼唱！聽咧介成是〝歡迎頌(song)〞哩咧！

　　「洪小姐，会乔昧？」尙地咧問着。

　　「昧啦！抑汝咧？」洪小姐么如(ná)應如問着。

　　「我么昧，今仔日，汝咁是第一遍來？」尙地継續咧問。

　　「唔是第一遍，是有几仔遍啦──」洪小姐微笑咧應着。

　　「哦，眞是〝烏矸仔貯(té)豆油〞啊──」

　　「抑汝是〝白矸仔袋啥乜〞啊──」洪小姐佫会講笑哩咧！

　　「白矸仔歟！是規天个日光佮台母山个精気，所以則会白啊──」

　　個如講如騎，到萊誼鄉莊頭，猶未九点，因爲早時，所以個並無流着啥乜汗，反倒一到目的地，准軽鬆起來！莊頭通山坡路个所在，有一座吊橋，騎車仔会当过，唔拘，愛看人个技術！

佇小山坡頂，会當看盡溪谷，對面个農舍田園佮山坡下过去个空闊个原野，景致之秀，盡收眼內。個兩個共車仔园(khǹg)佇吊橋邊，散步行起哩頂面个山村，這小山村乃是台母先住民个企家，每一家看起來總是素樸个，只是已経介少有先住民文化个品質、気味啦！愈使乎個兩個感嘆个是在地个少年多侪人佮囡仔小朋友個，開喙出聲，哪唔是個个第一語言母語音咧？認眞講，尚地個應該是聽唔諳則着啊！如像佇牛群中，全是鷄仔鴨仔聲，咁有上款歟！這是啥乜人个罪过咧？

落尾，尚地提議卜去溪谷迌選(sńg)水，洪小姐么心喜卜去！

溪水是按山頂流落來个，清甲無塊通講，而且佮介凊涼，洪小姐隨嘟擎(pih)褲跤，躼(liâu)落水；尚地么落去，兩個如囡仔，用手用跤選水，么介成咧選〝水战〞，尚地故意乎洪小姐來噴着一身軀水滴，總笑哈哈！

「哎喲，尚地，汝潑(hòo)水，潑傷大啦──」

「哪有，汝看，我乎汝潑甲規身軀哩咧──」

儅(tng)個兩個停落來个時，尚地看着十数公尺外，有一陣囡仔佇迌選(sńg)，介成是小學生；個准行偎去看。其中有一個提一笒(ka)竹籠仔，其它个是介無冗咧走來躐(jiok)去。尚地行偎去問着：

「anəma la itsu?（※這是啥乜？）」

「先生，你說什么？我聽不懂。」提竹籠仔个回答

着。

「對不起，我在請問你，這是什么？」

「魚啊──」伊大聲回答。

「魚，你阿母又曾向你教过什么發音？」

「好像是"tsigaw"吧！」

尚地聽了，看對兩三公尺外，一個咖岠个小朋友，准問着：

「anəma la dzua?（※彼是啥乜？）」尚地手指迄個囡仔。

「先生，你說的，我聽不懂──」

「我是說那個比較大的，手拿的是什么？」

「是我哥哥拿的？那是〝槍〞(tshiang)啊──」

「那你爸爸，對那個〝槍〞，還有發出什麼名稱的聲音嗎？」

「嗯──」小朋友小可仔想一下仔：「我記起來了！是"ʔuaŋ"──」

「ti ma navənai təanu sun ta ʔuaŋ?」

「先生，你是從哪里來的，爲什麼你說的，都聽不懂？」

「没関係，我是問：是誰給的〝槍〞？」

「嗯──」即個小朋友有想卜回答，可是回答昧出來。

「没錯吧！ʔuaŋ na ʔama a sun la dzua。」

「先生你說"?ama"，是我父親？」

「就是啦！我說的是：〝那是你佬爸的槍。〞不對嗎？」

「對，對，是?ama的槍。」

「那，你們稱呼母親怎么講呢？」

「哦，是"?ina"啦──」

茲仔〝排越族先住民〞个囝仔、小朋友，猶佫元気飽足咧用槍刺魚仔；受着台母山溪水環境个影响，個個個掠魚、刺魚个手法介熟練，干但一斗久仔，嘟有十外尾啦！其中尚大漢个小學生，出聲親切咧問着：

「先生，你們暫時不要走，我們請你們吃点兒燒烤魚肉。」

尚地一聽，即刻卜喝好，姆拘，伊想卜請求洪小姐个意見，OK啦！

「先謝謝你們！」尚地向個笑笑仔咧講：「要我們幫忙嗎？」

「不用了，很快就好了！」

台母山溪水个魚，火烘起來，無歕(pûn)鷄胿(kui)，乃是〝天下第一味〞！姆只是尚地，洪美津小姐食咧非常滿意！下回卜佫來！

個兩個照預定行程，中晝(tàu)卜轉來台母街仔做伙食飯；所以看時間，個嘟行回程，沿路么是輕輕鬆鬆咧看景色、講話，眞是〝談笑風生〞，感想个一致，姆是〝不可

思議〞哩咧！車仔騎咧無論緊慢，〝風〞，一直清涼咧綴着個个形影！〝風〞，四季个感覺無仝，今仔，正是〝秋風〞么是〝西風〞；即回，並唔是尙地有唸出啥乜，是洪美津小姐个〝気毛〞眞好个款，准〝忘我〞咧唸着雪萊个〈西風歌〉尙落尾个詩句：

〝親像喇叭个款，歕出一聲聲个預言吧！
假使冬天來啦！春天咁猶佫会遠歟？〞

台母街仔內个三角公園，參觀画展个人已経插(tshah)插啦！

尙地早嘟有佮〝綠蔭美術展〞个主持人莊平世先生有聯絡，下晡則去，伊么是尙地高一个美術教師；佇地方上，受着人尊敬个大画家，雖然，伊个前衛的个，比喻講〝超現實派〞、〝野獸派〞、〝抽象派〞个画風，介佫(tsē)人猶無了解，看唔諳；但是，個悉也莊大画家有伊偉大个作風，而且對後輩个栽培介熱心佮拍拚！

美展会場，分做內外場，因爲三角公園內，只有一座建築物做爲台母街仔唯一个公共〝閱覽室〞；場所無介闊，安呢，有个規気佇外面个樹仔下，排好勢，吊乎好，么会當予人觀賞。尙地个兩幅油画是安排佇室內，所以到会場，即刻去佮莊先生拍招呼，么佮会友見面，這了後，嘟佮洪小姐按外面到內面一張一幅咧看。

「綠蔭美展，我有參觀几仔遍。」洪小姐咧講：「即回个水準介峘，每一幅图，總有充分表現出图个味！」

「無嗨着，總介有图个味！」尚地么有全款个感覺：「画图，图就是图，嗨是〝寫眞〟，过去，難免有几張仔图，因爲注重卜画乎〝形〟，佇点線面个技法上，干但講求外在逼眞，欠缺個人〝美〟个感覺；抑若即回，確實如汝所評論个，進步介侈，水準么提高哩咧！」

個踏入室內，首先看着正面掛着全開个大幅图，個兩個即刻嘟悉也是大画家莊平世先生个作品，超現實手法表現之下个《亜莉山之春》，按現實上个〝亜莉山〟之景，加上作者个〝想象〟，顯露出莊先生心灵、精神之中个〝桃花源〟之〝美个世界〟！会使得講是台母繪画史上个傑作啦！

関于尚地提出参展个兩幅图，想卜宓(bih)么宓無路！咁嘟宓？掛佇室內，介受人注目，凡是來到伊个图前面个觀眾，嗨是停跤企(khiā)一斗久仔吟，企卜四、五斗久仔哩咧！尚地个图〝一目瞭然〟！三歲囡仔么悉也伊咧画啥乜！一幅是《台母公園个夕陽》，公園雖然画咧佮實際上个有差距，煞愈有公園味，抑若夕陽紅甲秀甲嗨咁沉落去。另外一幅是《一直向前行个老人》，即幅，人一看么悉也彼是一個〝孤單老人〟，佇鳥胮(sô)胮个世界上个一條雪白个路面上，向前行；頭置(tì)一頂过時个帽仔，正手夯(giah)柺仔，左(tsò/tò)手提兩本册，可能是全生涯，伊

行到佗位，嘟帶到佗位，不時咧讀个〝心愛个冊〞吧！安呢，煞唔是人人一看嘟明白个！

「爸仔──」有一對翁仔俣，帶(tshuā/tuà)一個假如(ká-ná)五、六歲个多甫囡仔：「這個老人，哪会佇烏暗中，家己咧行？伊怎麼哪無捾行李袋仔，只有兩本冊哈？我替伊難过，我真担心他会餓死啊──」

企佇即個囡仔後面个洪小姐，聽伊安呢講，感覺介有味，准共頭觭(khi)對尚地即爿(pêng)來偎佇伊个耳仔邊，細聲咧講着：

「即個小朋友，講个唔是道理，正是境界；伊亦看会出爲啥乜是提兩本冊，在伊想，應該是提着一箱咖特別、抑是金銀財宝等等个物件，結局是兩本冊！到底是世界否定伊，抑是伊否定即個世界咧？因爲一般个人生價值觀，亦就是：人生一級棒，正是〝名利双收〞哩咧！老人个生涯到底是咧拍拚啥乜碗糕咧？原諒我，用安呢个字眼！汝講，即個囡仔佇欣賞图上，咁唔是〝天才〞歟？」

囡仔个爸仔，並無即時回答，叫囡仔咖恬咧，伊想一下仔則講：

「三八！這是图哈！唔拘，是啊，干但一個人孤單咧行路，佫干但提兩本冊，不会餓死才怪！冊，有什么用呢？你要用功，才会有夢想；這個老人有什么夢想呢？如果每個人能〝美夢成眞〞，那就成功、偉大了！當然，老人是可憐的，不过，你将來千萬別变成這幅模樣，知道

嗎？」

「我知道，要像爸一樣做大事業。」即個囡仔看來乖巧聽話，伊一面回答一面猶共目神釘佇图上，最後講一句：「我想這位老人，年輕時也是這樣！」

後來，尙地伶洪小姐做伙離開美展会場，去一間台母街仔唯一个咖啡店，〝半天仔之野〞。起先，兩個坐咧好好仔如歇睏，如啉燒咖啡；當然，咖啡豆仔，是台母山咖啡哩咧！

「今仔日，舞一工，眞辛苦乎(honn)？」尙地講着。

「哪有！顚倒是我尙快楽伶尙有意義个一工啊——」洪小姐回答着。

「咁眞个？若安呢，我嘟安心啦！」尙地个笑容介美妙！

「汝么非常了解，人生之旅，就是永遠咧學習伶奮鬪啊——」

「哇！汝講咧有夠好啦——」

「這咊是我講个，是向汝學習來个，咁咊是？」

「嚇(hann)！我咁有兹呢仔敖(gâu)？」

「汝咊是敖，是汝个生活伶汝个图咧共阮啓示來个！」

「咁有也？請講來分(pun)聽咧，好無？」

「這哪嘟我來講咧！汝个作品有表現甲無偆啦！《台母公園的夕陽》，煞咊是汝人生个第一階段，〝純眞〞之

美个階段；佇画面上一点仔〝感嘆〞嘟無，彼根本唔是〝夕陽無限好，只是近黃昏〞个意象！沉靜佮熱情，佇自然之景中，構成着了作品个眞實生命，么是人个〝純眞〞个心灵佮〝直觀〞結合成就个〝美感〞，這嘟是永恒的个〝力量〞啊！」

「哇！汝講着我思想个核心啦！共我个秘密総挖(oó)出來啦！今－今──」尙地感動甲将卜坐昧住(tiâu)啊！

「且甭緊張，《一直向前行个老人》正是〝最後个階段〞，是乎？彼唔是〝死亡〞，么無〝盡磅〞！介簡單迄條雪白个路，是会通到佗位去咧？這是汝个〝理念〞，唔是〝宗教〞，么唔是〝信仰〞，只有象徵着〝美个世界〞个兩本冊，彼是老人，么是汝生命存在个力量个秘密；是啥人会當拍開來讀咧？在我想，彼是一個〝美，生佇孤獨〞或者是〝孤獨，是美之源〞个一種代言吧！我安呢解說，咁唔是咧？」

「哇──」這是尙地佇咖啡店个談話中，第三回咧〝哇〞一聲：「洪小姐，汝對文學、芸術个認識、見解非常特出！我確實──」

「尙地，請汝甭(mài)安呢講，我会見誚(siàu)。」洪小姐有壞勢个款。

「洪小姐，伯講眞个，我無需要褒(po)汝，汝么免客氣；伯会當熟似(sāi)，咁唔是有緣咧！做伙是眞心誠意个，而且，前到今(tann)，我發覺伯除了個性以外，佇讀

冊，抑是文芸方面个認知、看法，眞有一致个所在。我想，汝么有即款樣个感想則着吧！特別是佇今仔日，着啦！對伯兩人則是大好日子，有福気來聽着汝佇芸術上見解、眼識，乃是我有生以來，除了家父以外，汝是我心目中个第一個〝知心者〞，好友！」

「請原諒！尚地，我咖昧暁講話，有時，有話講昧出喙——」

「啥乜総無要紧，因爲我有自信，我已経對汝有小可仔了解啦！人若互相有了解，嘟昧有〝多餘〞个話，今仔，我句句所講个，相信汝聽会入心，無唔着吧！尤其是汝个人，直率(sut)、沉静佫有情！」

「尚地，聽汝安呢講，我心喜無限——」洪小姐滿面笑容。

「我么心喜無限！洪小姐，多謝——」

「抑汝是咧多謝啥乜咧——」

這嘟是兩個人世界个開始！〝規棕好好〞！今仔日个活動：秋遊佮美展，乃是兩種生命之光个輝映！有〝一拍即合〞之境！

佇今仔日个〝日記〞上，尚地佇册房，恬静咧迴想佮迴想，佇即款个世間，哪有玆呢仔〝純眞〞生命个存在！洪小姐，確實眞了不起。佇日記上，尚地寫着安呢个話：

〝眞感謝洪美津小姐，今仔日，伴我秋遊，伴我

看美展；而且對我个兩幅作品个評論見解，介正確，眞少人比会得过。伊有総結出眞予我感心个名言，么是我人生奮闖个全風格：

『'美，生佇孤獨'，或者是'孤獨是美之源'』！"

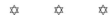

介成是誠禮拜吧！陳秋香小姐総無看着佝地个人影，么無聽着伊个聲嗽，這到底是安怎咧？佝地是会走對佗位去咧？唔拘並無聽着個母仔講有啥乜旅行？抑是有啥乜代誌？陳小姐佝加是佫想講學校得卜考試啦，所以爲着準備嘟会介無冗；"准講伊有偌無冗，么愛爲我探頭一下仔，咁唔是咧！哪会是無半句話，恬朱朱——""咁会是有啥誤会，准唔插(tshap)我咧？"秋香仔，会使講，会當想着个方方面面，伊総有共想，今仔，伊哪提会出精神咧！

佝地個母仔，看会出來，秋香仔个心頭眛定，尤其是干但今仔日下早時，來個都(tau)嘟行得卜有四、五迣(tsuā)，咖問嘟是佝地个代誌。共回答講是佝地眞無冗，伊抑是無啥相信个款！其實，佝地個母仔么介爲難，因爲伊後生確實無冗，逐日総暗暗仔則轉來，伊眛使得佫予伊有啥乜壓力，當然，卜強迫啥是無可能个啦！抑若秋香仔，佝地個母伊么共伊疼甲如多俕囝仔咧，唔敢講着啥乜

会刺激着伊个話，所以，伊只有盡量安慰着伊，甭想傷佗(tsē)則好！

「今，香仔，無代誌啦！人講〝等久嘟汝个〞。我聽講尙地伫昨昏，有啥乜展已経結束啦！有咖冗啦！下晡可能会咖早轉來；汝若咖晡仔則过來，一定会看着伊，么無定着哩咧——」尙地個母仔咧講。

「阿姆(ḿ)，我無啥乜啦！我是看汝介無冗，則想講咖捷过來看汝，看有啥乜好湊跤手个無？只是么有小可仔関心——」秋香仔本底是一面看着尙地個母仔咧講，一面双手园前徙後昧自在个款式。

「免掛心啦！着啦，昨昏到今仔，哪無看着您母仔咧——」

「昨昏，伬母仔臨時去中部搤伬阿姨，下晡嘟会轉來。」

「伊無共我講，我嘟唔悉也哩咧！」

尙地個母仔伫灶跤(tsàu-kha)咧款物件、洗碗杯仔，茲仔總是早起食飯了留落來个，原來，伊看今仔日好天，准趕緊先洗衫褲，抑無，若傷慢，到下晡嘟愛佮〝西北雨〞比賽啦！——啥人咖緊！

「啊，着啦！」尙地個母仔對企伫身邊个香仔：「麻煩汝，我手染(bak)着油垢(káu)，無方便，請汝去尙地册房，共伊个杯仔、盤仔提过來乎我洗，好無？」

「姆仔，汝隨叫，我隨去嘟是！」香仔隨應嘟行去

提。

　　秋香仔入來尙地个房間，介成是第二回吧？総是尙地個母仔拜托伊个，所以，對尙地冊房个印象並無生分(tshenn-hūn)。儅伊卜共桌仔頂个杯仔提起來時，無疑誤，哪会乎伊看着尙地猶园伫冊桌仔頂个〝日記〞？因爲人个〝好奇心〞，自然的(tek)嘟有想卜掀(hian)看覓咧个衝動，秋香仔並唔是有啥乜心思，只是么免不了受這衝動个好奇心所使，隨手嘟掀開日記；問題是哪会遐呢仔拄好，別頁唔掀，煞掀着昨昏暝，尙地所記落來个所在！無看便罷(pā)，秋香仔一看險險仔昏倒去！干但〝洪美津小姐〞五字，昩輸大銀幕照出來電光个文字，目珠么被照一下准花洒(sà)洒去啊！

　　秋香仔个規粒頭殼(khak)，啥乜嘟無想，尙地个杯仔么無捧(phâng)，嘟起跤蹤(tsông)出去，來到灶跤，哭哭啼啼各卜蹤出轉去個茨，即辰(tsūn)乎尙地個母仔看着，感覺眞奇怪，到底是安怎？

　　「香仔，汝是安怎咧？杯仔咧？」

　　「阿姆仔，人唔悉也啦——」秋香仔如(ná)哭，跤如站(tsàm)。

　　「抑是發生啥款代誌？」

　　「人唔悉也啦——啥乜洪美津小姐，尙地有女朋友啦——」

　　「嚇——」尙地個母仔介成聽唔着个款：「啥乜女

朋－朋－朋友？」

「我唔管啦——」即句講了，秋香仔准蹤出去。

尚地個母仔真是〝捎(sa)無貓仔毛〞！為啥乜？秋香仔会按尚地个冊房蹤出來，內底無人啊！伊准入去看覓，問題是出佇佗位？四界看看咧，介成無啥乜？着啦！頭拄仔，伊有聽着秋香仔叫出一個聲音，是多傑因仔名：〝洪美津小姐〞；若安呢，這名是按佗來个咧？行倚冊桌仔，看着被掀開个尚地个〝日記〞，詳細一看則大明白啦！原來如此！

〝洪美津小姐〞即個名，雖然尚地個母仔唔捌(bat)聽过，唔拘，伊捌聽过尚地講过，佇學校裡有熟似一位女同學；個兩個真講会來，尚地介欣賞伊个性情佮才華；個母仔聽咧么会〝心動〞，若安呢，即個多傑因仔嘟昧稗(bái)哩咧！可見，伊對尚地即個後生佇疼以外，若〝相信〞是百分之百个啊——

即件代誌，對尚地個母仔來講，問題並唔是〝日記〞若乎人看着是会安怎，乃是出佇伊到底是唔是一定愛共尚地坦白講？如果若無講出，兩個少年人，大概是昧有啥乜代誌吧？規下晡，伊干但為着安呢，內心有一点仔昧平静！

晏頓了後，尚地个行動有小可仔反常，因為，伊若無去個爸冊房，嘟会一直佇家己个冊房；却(khiok)是趁只有個母仔佇厨房个時辰，去揣個母仔，無為別項，正是〝日

記"个代誌,尚地一直咧想,想總無!

「母仔,今仔咁有冗無?」尚地放介細聲咧問。

尚地個母仔看着即時辰尚地來厨房,伊心内嘟加減仔悉也是為啥乜代誌,這么是伊介掛意个所在。伊回答着:

「地仔,有冗啊,是啥乜代誌?」

「母仔免担心,我只是卜悉也,今仔日,有啥人去我个册房,動着册桌仔頂个物件,特別是我个日記!」

「着乎──」個母仔稍停一下:「若今仔日是──」

「母仔,我絕對昧懷疑是汝,因為我足了解足有自信,認為伯茨裡个人,絕對無人会去動──」

「好啦──」個母仔隨衝出喙:「是秋香仔啦──」

「哪会是秋香仔咧?伊哪会去我个──」

「抑我嘟咧洗碗杯仔,」個母仔有小可仔唔甘咧講:「香仔拄仔來,我拜托伊去汝册房捧(phâng)杯仔來,啥悉也伊会看着──」

「哦,甭駕④(oo,māi-kà)──」尚地摸頭殼額(hiảh):「母仔,汝哪卜叫伊去我个册房咧!伊有看着啥乜無?」

「伊入去一下仔嘟蹤出來,如哭如講啥乜〝洪美津小姐"──」

「哦,甭駕──,總去啦──」尚地頭犂犂轉去册房。

---

④ 哦,甭駕=OMG=啊!我个天!

即件代誌發生了後，可能兩個少年各気佇心內，准着內傷；自安呢，一段長時間總無佫有見面，么無机会談話！么会使安呢講，秋香仔自安呢總無來揣尙地個母仔，連香仔個母么是！代誌哪会変甲即款樣咧？今，会有轉変無？抑是会佫変安怎咧？

佇〝美个世界〞，尙地个心灵中，只是〝純眞个生命〞，無分啥乜〝人〞抑是〝物〞(mí)，安呢，佇伊个心灵中，么無所謂〝选(suán)擇〞。但是世俗唔是安呢，個是有"A"，嘟無"B"；抑若多傧人，多甫人么是吧，是食醋，愈是〝性質〞！

非常可惜！尙地佮秋香仔之間个関係，無可挽回，個个〝気〞，到底是啥人昧得消咧！若照扮势來看，是秋香仔咖大份吧？

結局是安呢，一段時間了後，秋香仔迭佇尾暗仔去水溝仔洗物件，有一個全北势(si)角內个青年林進興，加尙地兩歲，伊个特色是〝一支喙糊累(luī)累〞；因爲秋香仔一直心情誠稗，阿興准〝趁虛而入〞，時間一久，阿香仔煞乎伊攀(phānn/phan)去啊——

05.
好友

〝三劍客〞即個稱呼个名，佇尚地個台母高中，若有嘸諳(bat)个，彼嘟有可能飼昧大啦！佇茲所謂个〝劍〞，並嘸是夯(giah)劍个武士英雄，倒反，個个特色只是愛看課外冊，愛有獨立思考；啥乜喝口号啦、流行个啦！做考試虫啦！差不多佇個个身上是看昧出，么鼻無有迌仔个気味！即〝三劍客〞乃是指尚地佮全班同學：吳玉青、莊一欣。

因為同班个関係，佇高中時代，個嘟迷做伙；一做伙嘟東西南北無所不至咧談，讀冊个心得以外，個特別對世界潮流佮台母社會个現狀介関心，當然有時互相之間个看法有出入，唯一無話講个一致个所在，正是對鈎民党非常不滿，講明个乃是反鈎民党个啦！介成個這〝三劍客〞若合斉起來，早慢会共賊党撰倒个款！

嘟是安呢生，個三個人佇教官个手中，已経是列入〝不良〞或者〝不守校規〞个記錄裡啦！這若講出去，

一定会笑破全台母街仔人个內底褲！雖然個个考試成績無〝名列前矛〞，么無輸人；佇校內校外个生活，並無非非亂作，介守本分个青年哩咧！着啦！尙早教官会對個有〝另眼相待〞，原因是佇某一日晡中畫个時間，教官叫一個一個學生去問，問个內容介簡單：〝汝卜入党無？〞到底有偌侈學生〝卜〞抑是〝唔〞，這嘟永遠个秘密啦！當然么有輪着叫個三個。若個三個中間嘟無秘密啦！下課了，談着即件代誌，三個人總同(tâng)齊譙(kiāu)一聲〝間(kàn)！〞。

在先，吳玉青如笑如間(kàn)咧講着：

「彼愚(gōng)教官目珠扯(thuah)窗！加了時間問我有卜加入党無，伊講若加入有介侈好處，對前途有眞大个影响，将來若有卜出国留學，抑是佇各机関就職，升官会比人加緊；叫我嘟愛下決心，有好無稗。」

「青仔，抑汝有小可仔動心乎──」莊一欣調工共伊詼(khue)。

「間──」吳玉青放大聲：「動我羼(lān)鳥咧──」

「讚(tsán)！」莊一欣講着：「輪着我，一踏入教官室，伊未前問我，我嘟講無興趣，佫講〝我可以回去睡午覺了嗎？〞，教官准気起來！」

「害啦，汝有乎伊罰跪無？」尙地咧問着。

「抑是卜跪魔神仔歟──」莊一欣継續講：「教官當然会受気，罵我講：〝怎么可以這么沒禮貌，我要問什

么，你怎么知道？好，你没興趣，將來你就知道，回去再好好地想，希望你会回來找我加入，回去吧！〞我一行出教官室，將將卜佫〝間——〞一聲。」

「抑尙地汝咧——」吳玉青問着。

尙地家己猶未出聲，煞將將卜噴瀾(luānn)出來，吞一下則講：

「若我佮欣仔肖全，未前企好，嘟向教官講：〝我没喉頭炎〞，教官聽着准奇怪咧問：〝我要問你要不要加入党，跟你有没有喉頭炎，有啥関係；這裡是教官室，不是保健室；待会児你去那邊吧！〞」

「安呢，教官嘟放汝出來，是唔？」欣仔咧問。

「貓咧，伊共我褒甲將卜飛上(tsiūnn)天哩咧——」

「是安怎講咧？」

「伊呵咾我是校中尙優秀个學生，假使趁即個机会入党，講啥乜現此時賊党眞需要親像我即種人才；您聽咧，教官講：〝尙地你是頂聰明的，入党後，好好児幹，說不定，你將來没當總統，院長級大官是少不了你的，我不会看錯人，只要即刻加入党——〞這啥人聽咧昧爽咧？我當場佫講着：〝對不起，我没喉頭炎——〞代誌嘟是安呢。」

「無啊，尙地汝講〝我没喉頭炎〞，伬哪聽唔諝咧？」

「哈，這是我個人个專門術語哩咧——」

「抑伬哪嘸捌聽汝講过？今，嘸紧講歟——」

「好啦，免急，意思是安呢：我既然無喉頭炎嘟嘸免去保健室啦，哪嘟來教官室咧！佫咖重要个是即句伬台母語叫做〝昧猴睍(giàn)〞啦！」

「嚇(hann)——」莊一欣大聲叫着：「汝敢向教官講即句〝昧猴睍〞？汝是准扮死个歟——」

「今(tann)么好啊！個若聽有，伬台母人早嘟出頭天啦！」尚地講。

「尚地講咧讚！」吳玉青比着大頭拇：「若即句，会當代表伬即個時代！」

咁有也？按台母頭到台母尾，全台母人个心聲是啥乜？咁是：

　　　　〝我昧猴睍（giàn）——〞

夏季，熱天个時期，正是考試个季節。高中畢業，大部分个畢業生，總無冗咧參加升大學考試；〝三劍客〞个吳玉青、莊一欣、李尚地么是無例外！

個三個人个去向，分做兩路，阿青仔佮阿欣仔準備卜去考〝師專〞，當然将來是卜做〝小學教師〞。爲啥乜個兩個卜選(suán)一條路咧？聽講是個認爲〝師範教育

系統〞必需改造，若会當改造，則有法度改造〝小學教育〞，主要原因是大部分个小學教師，個不知覺变成鈎民党共台母人囡仔做爲〝洗腦〞个工具！若向即方面來努力拍拚，有可能个話，嘟会達成改造台母人，么解救台母人个目標哩咧！

另外一條是尙地卜行个，佇高中階段，伊嘟有〝三刀流〞个功力，比宮本武藏个〝二刀流〞加一刀哩咧！宮本是介有名个武士，伊个劍法是〝二刀流〞；抑若尙地个〝三刀流〞，佮劍術無關係，這是比喻个講法，意思是伊佇一身具備〝音楽〞、〝美術〞、〝文學〞即三款个功力，将來卜行佗一條路總会使得，而且三方面總有密切个關联！以尙地家己个想法，伊尙卜發揮个才華是〝聲楽〞，佇校中个時，伊彼〝狗聲乞食喉〞是全校介有名氣个！伊計劃上音楽系畢業了，卜去意大利个〝米蘭〞進修聲楽，做〝歌劇〞歌手，轉來台母，唱台母民謠，發揚台母之美音！可是，伊後來煞放棄進修，因爲考音楽系，器樂科目昧曉昧过関。落尾，伊決定行美術之路，大學是佇北部。

関于大學联考，洪美津小姐佮尙地互相總介関心，重点是家己想卜入佗一間大學啥乜系，這其中佮填志願足有関係；联考个志願包括选大學佮选志願；会當填一間到一、二十間；么会當由一系到一、二十系。然後，依照考試个成績來分發，得高分个，第一志願嘟無問題，分数咖

低，准順位咧分發，到某一間大學某一系，錄取个分数挂仔是這考生得着个分数，安呢嘟会上〝榜〞啦！

升學考報名進前，尙地佇台母公園有佮洪美津小姐見面。元但是佇原來木麻黃樹下，兩個坐做伙，面向外面个稻仔園。

「洪小姐，汝么会記得，佁兩個佇茲肖諳(bat)，算起來得卜有兩多啦！當初，我是乎汝个〝文静〞吸引着，汝一点仔嘟無激扮，彼是汝个本性，我講安呢，咁有唔着？當然，汝今仔会感覺壞势，但是佮以前是有無仝，總是人生當中，会當佮汝熟似為友，心喜乃是永遠个啊——」

「我么是，」洪美津小姐正面咧看尙地：「其實，汝今仔所講个，么是我个心聲；只是汝講着我前後个壞势，是佗咧無仝？」

「若這無啥啦，我只是表明前後對汝个印象：以前个壞势，表明是佁挂仔熟似，若今仔个，倒反是肖諳(sio-bat)甲有俙个款哩咧！」

「咁眞正肖諳甲有俙？我對汝猶佫足生疏哩咧——」

「哦！是安呢？抑無佁佫重(têng)開始肖諳吧——」

奇妙个是，個兩個歡喜个笑聲，佮天地四周个鳥仔啼聲，介成合奏起這世界唯一个進行曲；雲彩个日光，閃耀甲愈光冇(phànn)冇！

尙地个眼神充滿着關心，向洪小姐開喙講着：

「美津——」尚地若愈親切个時，是安呢咧叫着：「頂日仔，聽汝講卜考台母大學个外文系，咁已経決定抑無？」

「眞緊嘟決定好啦！」洪小姐隨應着。

「是法文組抑是英文組？」

「是法文組，因爲我想卜研究法蘭西文學。」

「咁是因爲汝對雨果个文學或者巴亞札克文學有興趣个関係？」

「雖然有興趣，可是唔是主要个原因。」

「哦，抑無，是啥乜咧？」

「最近，我則發覺着凡亞那(J. Verne)个文學介有意思；我干但讀过伊个《海底兩萬哩》作品，這是翻譯本，我想卜按法文原文來研究伊个文學，我有自信，伊个文學是值得研究个，汝講是唔？」

「唉(e)！」尚地感覺好奇：「汝会注目着伊个作品！台母人中前到今，猶無人發現着伊个文學風格佮意義，干但共伊當做児童文學作家；准講是安呢，么愛對伊有深入个研究，何況，一般人个看法有偏差啊——」

「尚地，聽汝安呢講，汝不止仔對伊个文學有了解，是乎？」

「哪有，論程度，佃兩個是〝半斤八兩〞唅唅——」

洪小姐个決定，尚地聽咧介歡喜。洪小姐對尚地么介関心，講着：

「尙地，抑汝咧？是台母師大个音楽系，抑是芸術系？」

「芸術系，唯一志願；若音楽系，放棄啦——」

「是安怎咧？〝男高音〞个歌手，是汝个理想啊——」

「無練器楽，考術科，無自信；無要緊啦！總是〝美个世界〞！」

「若安呢，我会當了解，〝美个世界〞則是汝个全生命！」洪小姐如講如微笑着：「唔拘，我咖想，汝即個〝男高音〞若恬靜落去，介可惜哩咧——」

「〝狗聲乞聲喉〞个〝男高音〞，抑是卜唱予(hōo)啥人聽咧——」尙地咧講。

「予我聽嘟好啊——」洪小姐个目神閃耀。

時間一过，联考个日期逼近，洪小姐佮〝三剣客〞個，各人把握時間咧準備應付考試。若尙地个準備比個咖重，因爲伊除了應付筆試以外，猶有術科；芸術系必須加考个，所以，伊嘟加強〝素描〞个練習，差不多規工總浸(tsim)佇美術室，素描以外，佫水彩、書法。安呢，伊嘟挤甲一粒頭兩粒大！啥悉也，因爲安呢，伊煞疏忽着筆試个科目！

联考筆試考場，尙地個是被安排佇南部，考了，除了尙地以外，個總有滿意个款式，只有尙地有小可仔憂悶，唔拘，因爲無卜影响着逐個个心情，只好激出無要緊無代

誌个表情。

　　只有尙地佇筆試了下禮拜，嘟愛趕去北部參加術科考試，啥悉也，中部以南到南台母地区，落大雨，做大水造成〝八七水災〞，鉄路、公路總昧通。爲着卜趕去北部，當時聽講有軍用運輸机，幫助民間个旅客，会當坐到中部，安呢嘟会當去到北部。尙地只好利用這方法，到北部則悉也術科考試，延後一禮拜。無辦法，伊佇北部准清冗六、七工！

　　聯考〝放榜〞當日，首先是收音机中發表个，按照大學、科系个順序，会將考着个學生个全名廣播出來，當然，尙地迄工么守着收音机前；伊嗯只是卜聽家己，佫是卜詳細聽好友：洪美津、吳玉青、莊一欣個个名字！

　　「喂，喂！」尙地茨內電話，是阿青仔拍來个：「是李家乎？」

　　「是啦，伯佗……哦，是阿青仔，恭喜汝佮欣仔考着！」

　　「注死个啦！哪会無聽着汝个名？台母師大芸術系咧變啥乜——」

　　「確實个代誌，我个名失踪啦！這無啥，另工，招欣仔出來，伯做伙踮新山戲院邊仔个夜市仔，慶祝一下，則佫联絡吧——」

　　抑若洪小姐即爿(pêng)，尙地無想卜用電話佮伊联絡，反正，個早嘟約好放榜个第二日，卜佇〝半天仔之野

咖啡店"見面。即回，尙地并(phēng)啥乜嘟咖歡喜，洪小姐考着第一志願，而且，大學乃是全台母尙有名个！伊有想卜送禮物予伊，表示祝賀个心意！

只有尙地愛佮等一年，今仔，伊是準備卜做〝補習生〞、〝重考生〞，總是〝浪人〞啊！

〝半天仔之野咖啡店〞个店主，是尙地个親戚阿順仔，伊確實会曉経営，特別是眞注重煮咖啡个技術，佮有純粹咖啡店个気氛，会使得算是台母街仔唯一个咖啡店，來个大部分是常客！

佇茨內〝泡〞咖啡，只是方便，若想卜品啉出眞正个咖啡味，尤其是台母山咖啡豆仔个特殊芳味，阿順仔个技術乃是正公(káng)个！

洪美津小姐佮阿順仔会熟，原因無別頂，就是洪小姐么介愛品啉正公个台母山咖啡味！所以，進前尙地第一回約洪小姐來即間店見面个時，伊嘟無第二句話。

個兩個坐佇窗仔邊，遐是假(uá)噴水池佮有栽花草个所在，如啉如談，無灵感么有灵感起來哩咧！

「讚！恭喜汝——」一頓落椅仔，尙地嘟出聲：「這無意外！」

「汝甭安呢講啦！」洪小姐是客気：「介侈代誌，總

有〝運気〞吧！」

「無嗯着，可是，即回，運気煞嗯諳我——」

「這，我有小可仔了解，嗯是術科，是筆試共汝影响着，是無？」

「正是啦——」突然間，尚地則想着：「美津，爲着卜表達我衷心个祝賀，這禮物請汝收起來，無眞貴重——」

「嚇，玆呢仔侈冊！冊名，我看嗯諳——」

「九月開學，汝入法文組嘟諳啦！」尚地笑笑咧講。

「汝今仔講啊！我則会歡喜——」洪小姐拜托着。

「假如(ká-nà)安呢，好啦，我講，玆仔総共二十本，是法文版个《凡亜那文學作品全集》；我雖然法文嗯諳，嗯拘，我介愛冊，悉也這是凡亜那个，我准佇古冊店買來收藏。現此時開始，我想汝應該介需要，么会用着，所以，介歡喜卜送汝，免客気——」

「眞歡喜，多謝汝！我么有禮物卜送予汝。」洪小姐按大跤(kha)袋仔提出準備好个物件，送予尚地。

「這是啥乜？佫昧細啊——」尚地面現笑容，双手接过。

「汝拍開看覓(māi)咧，嘟悉也。」

「哇——」尚地昧輸大驚一掉(tiô)：「Mario Lanza 啦——」

「我悉也，汝一定眞恰意，無嗯着乎(hōnn)？」

「哪有兹呢仔讚个代誌啦！我一直咧思思念念啊——」

「平常時，汝迷共我提起男高音Mario Lanza个歌聲，伊有演过《卡羅素(E. Caruso)傳》个電影，是汝心灵中敬愛个歌手；汝講非常非常个可惜，伊只活到三十八歲！所以頂日仔，發現着伊个歌唱全集，唱片總共10塊。今年汝可以一面準備重考，一面由它來陪伴汝！」

「美津，我唔是咧夢見吧！卜安怎說多謝則好？」

「哪嘟多謝啥乜！汝么有送我哩咧！但是好友，其它總是加个。」

「美津，嘟是好友，汝則会兹呢仔有心——」

人个世界，〝有友嘟有心，有心必有愛①〞！無佫有別頂——

「已经有几冬後啦！」一句話，人迷安呢咧感嘆着；宇宙个〝一瞬間〞，可能啥乜嘟總無。

正是三冬後啦！尚地猶是無法進入芸術系，原因是肖全，筆試个分數無峘；好佳哉，伊有塡第二志願：文學系，准有考着；攻讀文學系，伊么有興趣，是無差啦！今

_____

① 純眞个〞友〞，乃是〞愛〞个〞母體〞。(saka)

仔，當是大學二年个暑假。洪美津小姐已経是外文系法文組三年，驚倒人！法語趨(tshu)趨叫！抑若吳玉青佮莊一欣，因爲師專是兩年，所以，個早嘟畢業，分發去小學做先生啦，吳玉青佇南部，莊一欣佇北部，拄仔好，南北二路合齊！

尙地佮洪小姐全佇北部个大都市台邦城讀冊、生活，雖然個無滯(tuà)做伙，唔拘，卜肖揣介方便。尙地滯个附近，拄仔有一條街，眞出名，爲啥巳？乃是規條古冊擔仔、店个〝孤嶺街〞啦！差不多是逐下晡，個兩個總会肖招來兹揣冊，嘟是有一條古冊街，個收藏昧少个〝美本〞冊、〝絕版〞冊、佮〝禁冊〞（鈎民党禁个冊）。台邦城个気候、環境無好，尙地佮洪小姐總昧合，所以，一放假，個嘟隨轉來鄉里台母街仔啦！現此時，是尙地大二个暑假。

熱天，尙地有睏中晝(tàu)个習慣。有一工，當咧睏當中，尙地個母仔來叫醒伊，講是有朋友來揣。

尙地一出去，看着正是好友吳玉青，看着伊面仔青箐箐！趕紧請伊入來冊房；未前坐好，阿青仔嘟喘兩三大気(khuì)！

「無啊，青仔，汝哪会兹呢仔喘咧？」尙地無明白咧問着。

「佇外口——外口——」青仔介成喘猶昧定：「有人咧跟踪我——」

「嚇！跟踪？是魔神仔是唔——」

「我想個是調查局个，是特務仔，我看無唔着；個已経綴(tè)伫我个後面有几仔工啦！我宓甲介乔(thiám)。」

「抑是發生啥乜代誌？」

「可能是安呢，以前我捌共汝講过，伫師專个時，我、欣仔有佮義南地方个同學親密咧來往，確實，若反鈎民賊党，阮總眞合。聽講，最近有出代誌，准牽連到我茲來，我想欣仔么難免啦——」

「汝講已経有宓几仔工，抑是卜佫宓到伫時？咁有效？」

「盡量宓，宓看覓咧啊——」青仔一直咧看着尙地。

「我看干但宓么唔是辦法，不如偷渡出国吧！」

「無啊，尙地，汝是講笑歟？我咁是偷渡个人？」

「抑無咧？汝会當創啥乜——」

「佮個拚啊——」青仔大聲喝出來，好佳哉，外口聽昧着。

「安呢嘟着啦！」尙地坐偎對青仔个頭前，搭着青仔肩頭：「假如(ká-nà)有卜拚，汝隨去個个面頭前，責問個是咧綴啥乜潲(siâu)——」

「嗯，尙地，若照汝安呢講，無唔着，卜拚，今仔，我嘟來去——」

吳玉青，伊這一去，尙地小可仔悉也，伊尙加愛食〝思想問題〞三多个〝監牢飯〞；代誌咁是安呢？果然

無錯！

調查局个兩三個台母人特務仔，輪流咧共青仔〝刑〞，逼口供(keng)，對照名簿，名簿中个人名，當然是親友來往个人，其中，當然么有〝李尙地〞。

對着啥乜〝刑〞，青仔總無啥睏(tshuah)，只有一回，特務仔牽一隻〝軍用狗〞入來牢房，問無兩三句，迄隻軍用狗个前兩支跤夯峘(giảh kuân)，搭對青仔个兩爿肩頭，即聲，青仔昧輸破胆个款，溺(giō)疶(tshuah)規褲底！自安呢，伊遍若看着狗，双跤嘟軟(nńg)落去啦！

抑若莊一欣，伊个情形安怎咧？無啥着，伊么因爲義南地方發生个代誌，受着牽連，迄工補課了後，挂仔卜用晏頓，嘟乎一批人押出去。

這對莊一欣來講，伊早嘟有心理準備；伊么悉也最近有人迭咧跟蹤伊，可是，伊無卜宓(bih)，卜掠〝作您來〞吧！伊抑無剠人放火，玆仔个狗是会當咬伊啥乜！嗐拘，伊想代誌若眞正發生，煞嗐是介冤枉咧——。

莊一欣是被押來一間暗挲(sô)挲个拘留房，空気有夠稗！姑不二終，伊只好恬恬仔坐咧養精神，伊悉也，好戲是佇後壁！

过兩点半鐘了後，房門一開，電火一着(tỏh)，兩三個調查員，個是台母人特務仔，其中一個踏前一步，將阿欣仔扭(gíu)起來，講个話是：〝請坐這裡〞；欣仔一点仔嘟無卜插潲(tshap siâu)伊。

「你叫莊一欣是吧？哦，小學老師！」有一個咖賬(lò)个特務仔喇問：「請你好好兒配合一下，你到底跟義南地方反亂組織有什么関係？」

「是啊，我就是莊一欣！我根本嘸悉也個有啥乜組織，無嘸着，我佮義南地方來个同學有來往，但是，組織嘸組織，佮我無関係。」

「你還不承認跟他們的組織有関係嗎？」特務仔目珠轉大。

「我講过啦，我佮個是同學，跟組織有何屁事──」

「汝若佮〝鉄齒硬牙〞，我嘟卜乎汝好看！」特務仔用台母話講。

「無嘟是無！汝有証据無──」阿欣仔放大聲講。

「証据？伬講个嘟是証据！」

「無啊，您(lin)是上帝抑是惡魔！嘸是，您是〝霸道〞──」

「嚇！汝佮講啥乜？來，灌水──」即個特務仔叫助手來。

莊一欣，即聲惨啦！一桶一桶水對喙灌入去，么有對鼻仔个，灌甲阿欣仔將將卜叫嘸敢！五六三十，一喙一喙个水，噴對特務仔身躯去！

「承認了吧！你明明知道他們是〝社会主義〞的組織団体，你跟他們是同路人，不承認，你就死定了──」

「啥，我第一次聽到啥乜〝社会主義〞！抑您鈎民党

唔是有啥碗糕〝三人抑是四人主義〞歟？別人昧使得，鉤民党嘟会使得，甲奇──」

「会使得昧，是阮講个，若佮阮無仝个，総是〝思想問題〞！」。

「嚇！人个思想抑有問題？安呢，鉤民党食飯放屎么有問題──」欣仔挂仔講到兹，台母人特務仔一手嘟〝烆(phiàk)烆〞巴欣仔兩下。

「汝就是有〝思想問題〞──」彼聲如雷公咧！縖(suà)落：「來，乎伊坐〝針毡〞，看伊佫敢狡獪(kau-kuài)無──」

「汝若乖乖仔配合，嘟昧佫食苦。」特務仔激著奸笑面！

欣仔个喙閉住(pì-tiâu)咧，頭犂(lê)犂，無卜看對方。

「把頭抬起來，我再問你，最好老實回答。」特務仔有咧気，搭桌仔咧問欣仔：「你這么年輕，受誰指使來反對我們鉤民党？」

針刺着尻川(kha-tshng)，一針一疼，唔是小可仔啊！可是，欣仔只有忍耐，喙齒根咬住(tiâu)咧，唔講，抑是卜安怎？

「說啊，為什么反對？難道是為反對而反對嗎？」

「為什么反對？」講着這，欣仔調工用秦仔話：「白痴也都曉得，比方說，請聽好，我是說〝比方說〞，如果有盜賊闖入你家，我問你，你会不会站起來反對？甚至反

抗到底呢？」

「他馬的——」躴跤特務受気起來：「是我問你，還是你問我？」

「着啊，是汝問我个啊！共汝講，憑〝良心〞咧反對啦——」

「什么叫〝良心〞！良心算什么——」

「啥，汝嘸捌聽过天公伯仔咧講〝無良心嘟嘸是人〞歟！」

「無良心是您台母人，嘸悉也〝感恩图報〞！」特務仔佫用台母話講。

「汝講這笑話，莫怪啦，佇台邦市街仔，昩少嘸是豬仔嘟是狗仔！」

「你敢說這話，你死定了——」

場面稍停一下仔，兩三個特務仔嘸悉是咧參詳啥乜？

「來，看這張名單。」另外咖大匼(khoo)个咧講：「名單上的，都是跟你有來往的親友，前面九個已鉄定有思想問題；第十個叫〝李尙地〞，据調查，跟你一向有親密往來，也是有問題——」

「Stop！」欣仔出一大聲：「李尙地哪有啥乜，伊只是我高中全班个同學而已，伊到底有犯着啥乜？無証無据昩使得亂戴帽仔啊——」

「我們講的才算話，我們会再詳細調查。」

眞正，到尙地兹，准〝Stop〞！尙地並無被掠，嘸

拘，調查員請尚地稅茨當地个警察仔，做伙去搜查尚地个房間。迄日，尚地去學校上課，轉來則悉也即件〝被害〞个代誌！尚地藏伫冊櫥內个几本仔〝禁書〞，以及鈞民党認定有〝問題〞个冊，比喻：魯速个《阿丸正傳》、涂秋白个《多餘个話》，佮其它〝無政府主義〞、〝虛無主義〞个冊，總乎個找(tshiau)出來沒收去。安呢，李尚地猶無問題！

尚地咁眞正無問題，若依照鈞民党个歪哥講法，伊咁無可能是〝思想問題〞？兩個好友，〝三劍客〞其中个兩個出問題，乎人掠去北部个水城監獄判三冬，只有尚地平平安安，這咁唔是一個〝謎〞咧？詳細共想起來，這咁佮尚地個爸有関係？抑是無咧——

組新党，特別是台母人本身來組个話，對抗鈞民党，這是犯着個个〝禁忌〞，這是無可能个，除非個家己个人出來組一個裝飾、有增加〝民主〞看板作用个，安呢，么算是個鈞民党个。

伫地方上，表面化抑是暗中進行活動个個人或者組織，現此時，風聲眞緪(ân)；賊党个特務、滲仔(siap-á)四界佈搭，唔只是乎個茲仔个反對者昧振(tìn)昧動，甚至〝一網打(tánn)盡〞是尚好个！

台母高中地理仙个周先生佮銀行員个尚地個爸仔，事實上，佮台母街仔地方个地下組織有関係吧！是姆是其中个成員抑是領導者，一般是無人悉也个，所以，鈎民党緊急咧調查即件代誌。原來，尚地会一直無代誌，正是賊党个一種〝战略〞，個暫時無必要〝拍草驚蛇〞哩咧！

今，已経是20世紀七十年代，姜済国少爺自個爸仔姜臭頭仔去〝聽蟋蟀(sí-sut)仔唱歌〞以後，伊有感覺着權力地位个危机；內部不時有咧內鬥，外部是台母人卜起來達成個个〝主体性〞个願望，確實，伊一粒頭兩粒大！佮加上国際社会个变動不時有，對伊个衝擊介大；有介侈所在个民族獨立，佮有介侈獨裁国家總企昧住(tiâu)。干但看佮台母尚近个兩個国家，一個是高亚里国總統，被人民迫甲自殺去；佮一個是賓里菲国，個个沤(àu)總統馬四哥，么被人民企起來撼倒政權，伊准逃亡去阿米国，病死佇遐(hia)！姜済国，現此時，是頭有三、四粒大！因此，為着卜加強統治，堅固着伊〝姜獨〞，伊必需展出加強〝軟硬〞个手法！

眞是台母人个大不幸，失去一位卜行上〝体現主体性〞个人才！

消息傳開去，講是地理仙周先生自殺，佇西港海邊被人發現着，為啥乜伊会自殺？平常時，伊並無即款个傾向，么揣無伊有留着啥乜〝遺書〞？新聞亂報是自殺，佇茲个新聞是愛倒頭看啊！講是〝被殺〞个話，驗屍報告，

〝內外傷〞總無，這嘟甲奇啦！尙地個爸仔几仔工總咧憂悶悲傷，尙地么無例外！台母街仔地方侈侈有志之士，總懷疑是鈎民党変(pinn)个，因爲，聽講周先生佇半暝，乎一批生分流氓款个，押走去个！尙地佇悲傷裡咧想：周先生个死[2]，是一葩(pha)〝火種〞！

② 周先生之死，佮以後台大某一個事件肖仝，〝無內外傷〞，有可能是気功強者，将伊个橫隔膜強束死个！

06.
尚地個爸仔行踪不明

〝風起雲湧〞！這嘸但(nà)咧講〝無風不起浪〞，更咖深刻咧指出佇潮流中，有促動着人民力量，儅咧壯大起來个〝生机〞啊！

台母高中地理仙周先生，不明不白咧过身，即禮拜來，已经引起全台母人个関心、思考佮討論；大部分个台母人，總〝心內有數〞，是敢講嘸敢講吟！可是，今仔風潮形成，敢跳出來講个人，已经加几仔倍，不計其数啦！正是企出來个時間到啦——

〝雨後春筍〞正公是即個時期个寫照，士農工商公教各種団体有个本來嘟有，有个是新成立个；確實，即款現象乃是以前所無个！時代个巨流是啥人擋会住咧！鈎民党爲啥乜放乎個安呢？當時有自由到即款程度？現實共個講，愈擋是愈對個不利，而且么会得着好名！如像〝选舉〞全款，人人有选舉權，這是民主政治，鈎民党本來嘟眞有把握，选，逐個做伙來选，其實〝烏矸仔〞內是

〝假民主〞，么是〝半民主〞，這是鈎民党有自信个，眞相是〝縛(pak)柱(thiāu)仔跤〞，表面看每一個人總有權，其實總委屈佇〝柱仔跤〞，爲何会安呢，自早賊党嘟用即〝招〞到今，介有效用，抑哪縛会住咧？簡單，〝威迫利誘〞哖！親像伯看着一隻狗咧走，呵咾講狗仔走咧姿勢介好！嗯拘，認眞共看乎清楚，狗仔頷管(ām-kńg)有一條索仔，即條索仔佇主人手中！安怎？安呢，煞嗯是〝半民主〞？正公是〝假民主〞！

而且，团体侈，么無表示個總是〝新党〞，卜結成台母人个〝新党〞，愈是〝登天之難〞！抑若团体無差，賊党会當加減仔揷手，因爲個会派数名〝滲仔〞參加在內，做着〝分化〞、〝擾亂〞个工作，甚至奪取主導權。有个社團是鈎民党借名設个，如像〝青年救国会〞、〝文化復興团〞、〝自由民主促進会〞等等，個爲啥人咧活動？爲家己啊──鈎民党！

爲着卜替周先生伸寃，介侈社團佇禮拜日總成群結隊企出來遊行，抗議檢查官、鈎民党个官員，将即件事抹烏，嗯但講伊是自殺，而且佫有講是乎女愛人放拺(sak)，想昧開个；即件事昧使得〝不聞不問〞嘟放個茲仔狗官过去！社會運動嘟是即款精神！〝路見不平〞非爲家己，〝伸張正義〞嘟是。這么代表台母人有侈侈覺醒啦！總指揮咧講：

「各位親愛个父老兄弟姐妹，首先，伯做伙來爲周先

生默禱一分鐘。爲着周先生不明不白个死，今仔日，南北二路个台母人各社会運動团体，總全佇即个時間，向檢查官佮鈎民賊党官員抗議，眜使得將〝人權〞糟踏；無論一個人个生死，總愛肯定伊个權利。周先生么是一個〝人〞，伊並無比別人有咖加个〝人權〞，但是，伊个死，乃是〝不公不義〞之下个死！是〝自殺〞抑是〝它殺〞抑是〝謀殺〞，伯台母人每一個總無應該放外外，伯必須追查眞相，爲伊个清白，伯有責任，伯逐個講着抑唔着──」

四周个群眾齊聲喝着：「着啦！一定愛追查啦──」

「追查個屁啦──」邊仔來一隊穿烏衫个人馬，看佀个旗則悉也原來是〝自由民主促進会〞个人，介成是來鬧場吧？其中一個可能是帶隊个佮喝落去：「〝人權〞不是你們這一群狗屁不通的人，說了就算了！光死了一個人，有什麼好說的，如果是這樣，那豈不是天天會有人出來遊行抗議，因爲每天都有死人啊！更何況他是被女人拋棄失意自殺──」

伊即句尚尾〝殺〞猶眜停，伊个面嘟乎某一個觀眾撣(tàn)着鷄卵(līg)，規面總是，分眜出是鷄卵抑是〝鼻屎〞。

結局，兩隊人馬衝突，〝猛虎猴拳〞亂做一团，警察仔將卜無辦法，佮叫一隊來；則小可仔平静落來。是鷄卵着？抑是侮辱人着？

✡　　✡　　✡

　　即年尚地退伍，隨嘟應聘轉來母校台母高中，担任〝語文〞佮〝美術〞兩方面課程个教師。當然，這么是尚地个願望，抑嘟是伊向來个〝心境〞，卜工作轉來南部，卜滯，尚好是佮茨个人做伙；甚至是伊有計劃卜踮家己个鄉里來發揮；若這，尚地有想卜結合台母街仔地方上〝志同道合〞个人成為一種力量，安呢，尚地咁昧歡喜？

　　講起來么介拄仔好，佮一多，熊校長嘟卜退休，尚地佇伊心目中个學生，伊是有疼無嫌！即回，聽講尚地有心卜轉來母校，伊隨答應么隨嘟發聘書，佇〝理〞佮〝情〞上，尚地非常感激着校長个疼惜之心！会使得講，熊校長若早一年退休，尚地即個卜轉來母校个〝望〞，恐驚仔嘟会茫茫渺渺啦！咁姆是咧？

　　假使，對尚地，這是好消息，安呢伊个好友中，佮一層(tsân)好消息！這嘟是〝三劍客〞个吳玉青佮莊一欣出獄啦！而且会當轉去個原來个小學校教册。理由是〝思想問題〞，關(kuainn)三多，乃是〝思想改造〞，姆是〝判刑〞，所以個當然会當復職。抑若這〝思想問題〞，只有獨裁專制国家則有个！實在足〝厚面皮，烏心肝〞！

　　佇復職進前，個兩個有轉來台母街仔；雖然，吳玉青个小學佇南部，姆拘，是比茲佮咖南部哩咧，即迣(tsuā)了後，個嘟愛佮分開，所以，一定愛約出來見面。地点是

佇〝半天仔之野咖啡店〞。

「論工課个所在，尚地比伯兩個好俉咧啦！」阿青仔用欣羨个口氣，對阿欣仔講着，然後看對尚地遐去。

「青仔，汝哪会講安呢咧？」尚地聽咧怪怪。

「哦，哦，尚地汝唔嗵誤会，」青仔即刻說明：「我个意思，並唔是小學中學有啥差別，總是教冊个吧！我講个〝好〞，干但有一項，而且是唯一个，這嘟是会當轉來伯台母街仔，俗轉來伯个母校做工課(khuè)，我講咁有唔着？」

「若青仔講个，俗我所想个肖全！」欣仔隨插落去應着。

「唔拘——唔拘——」今，青仔是咧〝唔拘〞啥乜咧？「壞勢，我有一個疑問，嘟是尚地汝，哪会當喝卜轉去，嘟萬事OK——」

「汝講〝萬事OK〞，介成無唔着，但是我本人猶〝捎(sa)無貓仔毛〞！」

「嚇！尚地仔，汝哪会家己么捎無貓仔毛(bîng)咧？」

「我哪会悉也？我干但向校長請求拜托，校長一聲OK！哈哈！」

「就我所了解个，」欣仔咧講：「全台母各机関个長級个，主任級个，甚至組長級个，總一定是鈞民賊党个党員；校長是教育部派來个，伊當然么是党員！抑尚地汝在校中，是有名気个〝反党〞份子，爲啥乜熊校長会來欣賞

汝冽？按情理來看，是佗一爿有合咧？」

　　〝三劍客〞對別項代誌会當解決，獨獨即個〝謎〞即關味通过！

　　尙地佇〝直覺〞上，伊个心內介成有答案，只是伊無法度変成話語，這亦嘟是熊校長佮伊之間，有微妙个関係吧！難解个〝謎〞！

　　洪美津小姐去法蘭西留學已経是第三多啦！按尙地佮伊通批中，悉也伊佇遐个生活、學習一切總介順利！尙地有共伊提起着伊么順利咧轉來母校教冊个代誌。啊，兩個茲呢仔瑪接(ma tsih)个朋友，各爲理想准來分開，何況個个感情咧！尙地抑是洪小姐咁昧〝兩地相思〞咧？

　　凡是人若有〝眞情〞个，總是〝純眞〞所致；可是，世事嘟無全款啦！彼複雜是会複雜甲驚死五百萬人哩咧！所以，自古嘟有即句：〝世事難料〞啦！雖然，尙地一向个處世態度，除了〝公平正義〞个代誌以外，差不多是〝順其自然〞或者〝處之泰然〞；因爲，伊卜把握个乃是根本个，有関眞實生命，佫咖是超越个——美个世界！

　　論眞講，尙地佮洪小姐之間並無啥問題，甚至会當預測，個兩個感情个發展，若無大阻碍，一定是〝有情人終成眷屬〞，若唔是个話，么一定是〝永恒的(tek)个知友〞，咁唔是咧？但是，今仔，介成有問題个款，即個問題是外來个，唔是個本身！製造問題个人，到底是何等人物？伊哪有即款改変別人个運命之力量咧？誠稗啦！聽講

是洪小姐個佬爸啊！伊么是台母街仔有名望个人士，名叫做〝洪日輝〞，雖然伊是地方上有頭有面个人，姆拘，有人風聲講伊个做人是〝風向雞型〞个哩咧！

即個有可能性个問題，到底是啥乜？尚地到今，〝一無所知〞啦！

拄仔尚地轉來母校即年，佃爸仔按銀行退休落來。

尚地佃爸仔，原本拍算若退休了後，私生活上，保持伊原來个生活習慣：看冊、聽音樂，会當个話，変寡仔工芸；抑若公眾生活方面，伊猶原佮伊个朋友保持聯絡，參加具有正義性、建設性个活動。總是：有錢出錢，有力出力啦！伊个想法非常簡單，做一個人，晚年个生命意義，有佮鄉里結做伙个必然性，若姆是安呢，有錢只是〝守財奴〞！有体力只是目珠金金看家己漸漸咧衰弱腐化而已！

〝奉献〞，無啥乜計較，么無啥乜報酬，這乃是全生命过程个終極的意義，則是精神个安慰。

可是，拄仔退休落來佇茨歇睏誠個月，因為年底有选舉，地方上反鈎民党个人士，尤其是陳潮洋伯仔，推薦、鼓舞尚地佃爸仔出馬競选，因為佃考慮个結果，只有尚地佃爸仔則有法度對抗鈎民党个候选人；若無将賊党拍敗，台母街仔一直昧進步。事實嘟是安呢，久長以來，台母街

仔總是賊党个人咧按(huānn)政；唔但無啥建設進步，就算
有啥建設，彼並非有重要性，借名義咧〝官商勾結〞。
為啥乜長期以來台母街仔民咁唔悉也？咁無想卜〝反〞
(péng)？有啊，若安呢反昧过來个主因是啥乜？〝柱(thiāu)
仔跤〞啦——

　　尙地個爸仔根本嘟無考慮，么無客気，一聲嘟答應
啦！個即刻嘟成立着〝台母街仔市長候选人李山海競选總
部〞。地点是設佇台母街仔三角公園个邊仔；佇兹，來來
去去个人是尙侈个，所以，唔免三工，其實，干但一日一
暝，全市街仔人總悉也啦！

　　對手是鈎民党長期栽培出來五十出頭个壯年候选
人，因為有賊党个背景，伊个聲势么冲(tshèng)冲叫！伊一
開喙嘟鄙相(phì-siùnn)尙地個爸仔，講一個退休个〝老頭
子〞，会當佇市政上〝搞什么名堂〞！伊叫市民唔嗵槌
(thuî)甲有偆，將选票〝頓〞(tìng)予李山海。但是，伊總無
想着家己，已経乎市民揜着後跤；代誌是安呢，伊干但高
中畢業呤，這通人悉也，可是，即回候选人个履歷表上，
伊竟然是阿米国某一個大學个〝碩士〞；這嘟甲奇！伊從
來唔捌出国留學过，如果若有出国，彼是去旅遊，則誠個
外月呤！伊煞愈厚面皮辯解講伊做兵个時，被特派出国進
修个，哪唔信，去問国防部！

　　尙地個爸仔李山海个民調，支持者有七十外葩，壯年
候选人則二十外葩，即聲賊党開始大緊張；落尾，個想一

個辦法，嘟是請出有頭有面个洪日輝出來助选，結果有效，一時准升到四十葩！原因是洪氏伊有一帆商人，爲着生理上个勾結，必需要挺做伙；個合斉啼笑講李山海是銀行出身，干但会曉算銀票，市政是外行外路！

政見發表，李山海並無親像對手講政見講甲規台〝托拉庫〞，佫牽联着卜佮秦仔国経済合作个関係。李山海个政見介亞洒里簡潔，伊只是提出一個根本原則佮一個永遠有效个行動；這總是爲着台母街仔个未來个發展，佮代代囝仔孫仔个幸福！

面對选民，尚地個爸仔李山海，大聲佫堅定咧講着伊干但有兩項个政見：第一項，伊講這是台母街仔人，至少是佇兹，做人个根本原則：〝清気相(siunn)〞，做人、做事、代誌、環境等等東東西西，無清気相昧使得，若無个話，嘟是生存个根本原則失落去，伯安怎舞嘟無可能会當進步，達成全体个目標，所以，伊若當选，一定卜全力推動這〝清気相〞。抑若第二項是推廣有效个行動，亦嘟是講会到，么做会到；卜使乎台母街仔个現在佮將來，建設具有地方特色遠景个理想，這乃是長期間心灵的个、么有経済的个〝新文化〞！這〝新文化〞个成果，必然会提升着台母街仔个〝生活環境〞、〝生活品質〞佮〝生活創造〞！李山海捌迭咧共尚地講着，全台母人个拍拚，有只有是共伯台母造成爲〝東方瑞士〞，抑共台母街仔造成爲〝台母国个維也納〞嘟是啦！

即回，台母街仔选民確實有心佮有頭殼，佣会选佗一個介清楚啦！

果然無錯，〝壓倒性勝利〞是李山海，兩個人个票数，彼是差甲如(ná)天地咧！對方五十出頭壯年候选人落选真唔甘願，講卜告尚地佣爸仔〝作票〞；顛倒頭啦！一向会當〝作票〞个是鈎民党啊！

尚地去佇佣爸仔个冊房。

「爸仔，我雖然有卜共汝恭喜，唔拘，想起着汝个担頭──」

「哦，担頭無輕是唔！」佣爸仔，笑笑仔咧講着。

「咁唔是咧？」尚地唔甘佣爸無冗落去：「汝个身体──」

「哪有要紧，這是我晚年个〝天職〞哩咧！」

尚地迄暝，規個頭殼內總是：

　　　〝晚年个『天職』！〞

〝变天〞！因爲尚地佣爸仔李山海高票当选，從今，台母街仔有〝望〞啦！

爲啥乜講〝变天〞？若這講來是話頭長啦！簡單來講，嘟是按当选即工開始，台母街仔个日頭特別光，日頭

正是日頭啊——

　　個想卜脫開鈎民党个魔掌，乃是前到今(tann)个宿願，即回確實眞難得台母街仔人竟然会瞧(tsiâu)覺醒佮团結，將賊党个〝威迫利誘〞撣(tàn)一邊；而且佫有看出全体卜行个方向，嘟是李山海个〝新文化〞！

　　「李市長，恭喜！」未前就任，嘟乎人安呢咧叫着，茲仔是一陣青年，來到總部个頭前，對李山海行禮咧講着：「李市長，伬介感謝汝个政見，使乎伬目珠金起來，么有勇気起來！講眞个，市長，汝咧推動、建設新文化个時辰，若欠人欠跤手，請甭棄嫌，叫伬來湊(tàu)做吧！伬会聽汝个指示，綴汝來伐出跤步，盡伬个力量——」

　　「哇，眞好，唔悉也卜安怎共您講，共您說謝咖好？總是傍(pōng)您个福，我則会當选，么則有机会來實現伯鄉親交代予我个任務！」

　　「唔是干但伬茲仔，伬佫會肖招侈侈朋友來湊陣拚。」

　　伯看着即款情景，咁無感覺着這是好个開始咧？

　　李山海先生(siān-sinn①)是一個介有認識个人，伊唔做便罷，一旦若有卜做，一定愛徹底，是啥乜？徹底〝超越〞！無〝超越〞，咖安怎做嘟無意思，白了工啦！人，会當做着〝超越〞，就是〝超人〞，這〝超人〞就是眞眞

---

① siān-sinn：對男人个稱呼，sian-sinn＝老師。

正正个〝人〞，並唔是進化到今个〝動物人〞！全台母街仔若實在有企起着〝新文化〞，乃是全台母街仔个人總是〝超人〞！──李先生个政治理想。

「李先生(siān-sìnn)──」尚地个後面，有人咧叫伊：「令尊實在了不起，会當爲伯台母人出一口氣；我對伊个政見百分之百支持，欽佩──」

尚地越頭一看，正是佮伊介有話講个台母高中同事。伊回答着：

「聽着汝安呢講，我愈歡喜，主要，汝是有心人啦！」

「若您爸(pē)仔囝仔愈有心！這是我所了解个，無唔着吧！」

佫一禮拜，尚地個爸(pâ)嘟卜就任啦！

迄工，尚地個爸仔臨時有代誌，騎車仔出門去揣朋友參商代誌，爲啥乜無卜用電話聯絡咧？有人監聽啊！因爲有重要性，必須親身去揣則会使得。代誌參詳了，騎車仔回頭卜轉來，時間是佇暗頭仔，延平路个路灯傷少，個爸仔唔敢騎緊，雖然，过路人么無介侈；挂仔離個都(tau)量約仔有兩百外公尺个所在，突然間，有看着車仔倒佇路邊，但是，尚地個爸仔李山海个形影准消失去啊──。

〝台母街仔得卜就任个市長李山海先生行踪不明！〞眞是全台母个大新聞！哪会安呢咧？〝行踪不明〞這是無可能个啊──

尚地佮個茨个人聽着這消息總眞着驚！乜介煩惱個爸仔到底是去佗位咧？今仔人有好好無？個有隨去報警，可是到現在猶無消息。個有去問爸仔个朋友，乜是無人悉也，個逐個乜介担憂，因爲李先生个生活習慣，昧有安呢个情況，今，這卜如何嘟好咧？

〝李山海行踪不明〞即件代誌發生迄暝開始，規個台母街仔嘟〝風風雨雨昧平静啦〞！大街小巷逐個總咧議論即件代誌；憤怒不平个聲音四界响起，因爲眾人有一致个心聲：〝鈎民党変个，無唹着啦——〞

有人講，其實迄日个暗頭仔，有几仔個路邊个人，有看着一台烏色个箱型車，駛到李先生(siān-sìnn)个身邊个時，按車頂跳落來三四個穿紅衫佮穿烏衫个人，動作非常敏捷，免半分鐘嘟共李先生如插如拖入去車頂，車一走，隨嘟無看着影啦！

唹只全台母街仔，全台母各個所在个台母人，總企起來啦！個要求警方即刻調查出眞相，到底李先生乎人掠去佗位，假使是迟仔穿紅衫佮穿烏衫个人所做个，趕緊追捕出來；個到是啥款人？佮李山海先生有啥乜寃仇？佇四界个喊(hán)叫聲，連天地嘟会着驚啊——

〝台母法蘭西大革命〞！無一搭(tah)有平静，並唹是〝人心惶惶〞，正是台母人墻(tsiâu)企起來，受李山海〝新文化〞个啓示，無行動是昧使得啦！按賊党看來，這是〝反〞，任何時代，〝反〞是應該必然个！抑若應該

反唔反，唔嘟干但卜做乎人貫(kǹg)鼻仔个愚(gōng)牛歟！几年前，即字〝反〞(huán)嘟是〝犯〞(huān)，現在人民咧抗議訴求个是〝還〞(kuân)，還啥乜？〝還我人權〞啦！〝還伬个主体性〞啦！搭造眞正个〝民主、自由、平等〞个社會，唔是今仔咧烏白掠人啦！

李山海市長，汝今仔佇佗位啊——

這是調工个無唔着！這是战略，即回無共全台母人〝壓落底〞眛使得啦！抑無，鈎民党个政權嘟会佇〝排山倒海〞个氣势中崩解去，所有个秦仔人、走蹤半山仔、在地半山仔，唔嘟愛去跳海，是唔？

〝有一嘟有兩〞，李山海失踪了过一禮拜，伊个一位介有力个助选員，佇台母街仔个〝民治橋〞橋頭仔，乎一台車撞着；當時，伊是騎机車，被撞倒去，車是碎糊糊，抑人是乎動車拖甲卜有誠公里遠！有人講迄台車是卡車，有人講是兵仔車，么有人看着駛車个是個捌看过个一個大流氓(lôu-buânn)，伊佮特務仔迄有做伙！

〝代誌大條啦！〞是啥人卜負責？介明顯，眾人眞清楚這是鈎民党咧变孔(khang)个；為啥乜個卜安呢做咧？是唔是時势佮社會狀況，迫個無安呢〝一不做，二不休〞，

硬(gēnn)達底昧使得？一方面賊党久年來个做法，已经乎人〝看破跤手〞啦！卜俗騙落去，不如用講古个咖繼范(suah pha)！台母人卜講啥！有才調來啊——

一般猶相信若会當認眞調查落，一定会〝水落石出〞；即種老實个看法，正是〝愚槌(gōng-thuî)〞个看法；〝認眞調查〞？咖早睏咧！鈎民党早嘟共台母人，看甲出出个啦！台母人么会受気，三分鐘哈！抑若驚乃是驚〝一世人〞！甭(mài)愚想啦，個正公是全台母人个〝宿敵〞！〝眞相〞猶未出世啦——

無眞相，並唔是代表即件代誌嘟会當結束，昧結束啦！全台母各所在，已经遊行抗議甲有兩三禮拜啦！有不止仔佟所在發生警民衝突，有包圍賊党総部、警察局、政府机関。若台母街仔，是迄場卜衝入警察局咖嚴重；有重傷个，有被掠个（大部分是〝守護台母義勇隊〞个成員），今，到即坎塹(khám-tsām)，鬼嘟唔驚啦！

鈎民党使用鬥爭个沤(àu)步，正是〝老奸〞！有人講這是設計甲好势个；先共人刺激，乎人掠狂，乎人露出眞面目，然後達成〝一網打盡〞！現在時間到啦！鈎民党頂面勒(la̍k)權者宣佈講：其實〝李山海並無失踪〞，经过詳細調查，有嫌疑，所以將伊拘留起來問口供；李山海所犯是〝通匪叛国〞个嫌疑（匪，是指佗一国？）。经过軍事法庭个審判，姑念伊初犯，按軽刑發落，判十年个徒刑，如果若嚴重个話，〝刣頭〞是走昧去。最後移送去〝火

炎島″食橫仔飯！可能么有唱，無么有聽着〈蓝海小夜曲〉！這是啥款道理咧？面對着賊党，無啥道理可言，全力战鬪而已！

全台母人一直不服，當然卜揣机会佮賊党拚生死！

台母街仔人，到今卜救李山海，総是無夠力，干但"凝″(gêng)哈！

尙地個一家人，悉也個爸仔無失踪，當然会"心安″，但是對個爸个枉屈非常不平！當然無可能会屈服，想盡辦法卜救個爸仔！人講"世事難料″，半冬後，尙地個爸仔李山海市長先生，病死佇火炎島，尙地個全家个悲慟是嘸免講个啦！抑尙地愈決心卜継承行着個爸仔个路：

　　"台母新文化：'台母法蘭西大革命'！″

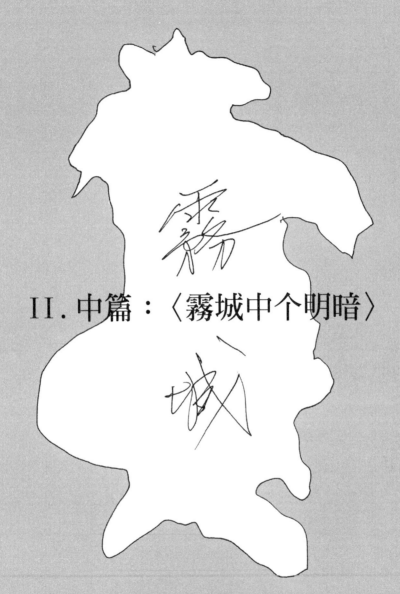

II. 中篇：〈霧城中个明暗〉

01.

山友訪山

　　所謂〝山友〞，一般是咧指跖（peh／登）山个人之間个關係。另外佫有一種思考是〝愛山个人〞，伊是〝以山爲友〞，有冗(êng)嘟行入山，么無一定嘟跖山，是有咧關心着山，抑是看山景嘟心滿意足啦！

　　抑若〝訪山〞，跖山人跖山，無一定是訪山，但是〝以山爲友〞个人，行入山去嘟是訪山哩咧！

　　山友訪山，親像我咧拜訪汝，咁唔是咧？

✿　　✿　　✿

　　尚地是〝愛山〞人仔，今仔(tsim-á)，伊佫愈愛山啦——

　　自囡仔時代開始，伊本底嘟介愛山，個爸仔么是，其实，尚地会愛山，乃是受個爸仔个影响；若拄着咖有冗个時，嘟会帶個囡仔去山內行行咧，順紲野餐，到晡仔則轉

來。佇山中，正是一種对生命足有深入体会个〝自然巡禮〞，佇認知中，么是〝人〞个形成！

是安怎講尚地会愈愛山咧？

愛山，乃是尚地生命中个一種素質，因爲久長以來个生活方式，即種个〝情愛〞已経化爲伊心灵中个〝实存〞，唔是知識，么唔是目的；若這佮有个跙山人仔是無全，因爲個跙山只是目的，甚至是〝征服〞！

自尚地個爸仔过身了後，伊心內个痛苦是無塊(tè)嗵講个！佀總悉也，個爸仔囝仔个関係，是〝父子〞么是〝朋友〞啊！尤其是佇個爸仔个愛護佮指導中成長起來，尚地个爲人做事，所具有个〝人生觀〞、〝世界觀〞已経唔是一般个青年会記住着平常時個爸仔共(kā)伊指点个〝超人〞思想；超人乃是眞眞正正个人，唔只是進化到目前个〝動物人〞！無論啥乜時辰，個爸仔捌共伊叮嚀个，做一個超人个四個條件：〝屈強〞、〝獨立〞、〝成全〞、〝創造〞。假使伊若卜継承着個爸仔个〝遺志〞，行着〝新文化〞之路，這超人个四個條件，欠一個嘟昧使得哩咧！

〝愛山〞已経是尚地生命个一種素質，彼是〝实存〞的(tek)个，抑若今仔，伊佫有目的啦！爲啥乜咧？講來並無複雜，即回，伊是按〝切身之疼〞中企起來个人，決心卜〝成全〞個爸仔遺志，么是成全伊家己个理想，創造着個爸仔个〝新文化〞，么是創造伊家己个新文化，安呢，

伊必需愈加強着本身个〝意志〞佮強壯个〝体力〞；所以，這是尚地愈卜行入山、訪山个〝目的〞啦！

嘟是有安呢个代誌、想法，因此，尚地，差不多見若禮拜日，伊嘟去附近个小山行行咧，有時是家己，有時是佮朋友肖招去山中散步。抑若拄(tú)着連休假日，個都去跐大山，佇岣(kuân)山頂咧〝連峰行〞。有一段時間，行上山是有咖辛苦，但是，人佇山中，么是佇山林个懷抱中，精神上嘟有超越啦！當然，安呢个鍛練，伊个体力有加強起來啦！

後來，尚地參加〝南台母山会〞，這山会嘟是〝登山会〞，有一寡仔山友組織个，爲山友來服務：提供登山个消息，安排路程、需要个裝備、佮上下山个安全。若這，尚地么介有興趣，所以，無偌久，山会嘟請伊來湊跤手做山会个幹部。因爲，尚地个体材有小可仔大匭(khoo)，登山个時，差不多綴行佇後面，所以，伊嘟負責〝押尾〞，注意山友隊伍上下山个安全性。

有一件足好个消息，就是佇一回訪〝南埤主山〞个時，發現一位山友叫做：〝林巴勇〞，原來伊是尚地台母高中个同事，地理先生。前到今，尚地佇校中嗯捌佮伊熟似，講過話，么嗯悉也伊是元但介愛跐山。即回佇山中肖拄，互相紹介，則悉也个！林先生是先住民个後代青年，原姓是〝沙卡〞(saka)，個阿公取漢姓个時，腦海中充滿着〝山林〞个意象，准号做〝林〞；安呢，〝山林〞

个〝林〞，佮〝沙卡〞对伊來講，總是親切之情，免費気改姓啦！抑若伊，是台母最高學府地理系出身个，对台母地理个地形、地質介有研究；所以，佇台母个各山脈个山中迭跖來跖去，這对伊正是〝知識〞佮〝實踐〞个合一，昧稗哩咧！

即回会佮林巴勇先生正式肖譜(bat)，確实是〝山〞來牽成个，〝愛山〞变成友情个根本，個佮愈会合做伙，变成〝知友〞个，正是肖全愛台母个大地，因此，对外來政權个跧踏(thún-tàh)么肖全介憤怒，差不多是〝志同道合〞啦！抑若〝訪山〞，自安呢，個兩個迭咧肖招，除非有特別个代誌！

〝南埤主山訪山之旅〞是由南台母山会舉辦个，當然做爲幹部个尚地么愛出來綴路兼押尾。林巴勇先生早嘟悉也這消息，么隨共尚地講伊么有卜參加。安呢，尚地愈歡喜起來！

登訪南埤主山(3295m)个前一暝，個先去高夫縣个〝九龜(pih)〞莊歇睏，透早則坐小型巴士去到〝九龜工作站〞，然後預定佇〝旭日營地〞搭布帆过暝，黎明前，分兩隊，一隊有卜先去跖(peh)南埤主山南峰(3185m)个，佇Am 3点半出發；另一隊干但卜去南埤主山个，佇Am 5点出發，然後，兩隊跖南埤主山会合，过晝(tàu)了，則落山。

眞好佳哉！即日天気明朗，沿路如行如看山景；林

相清晰(sek)，無啥茅草，么無高箭竹，只是桧木佮鉄衫混合个樹林(lânn)內，有遮着日光，姆拘，是愈來愈岫峭(siàu)，佇接近南埤主山南峰个時，佇稜線上往北看着南埤主山个大草坡，迄種溫順个感覺，吸引着逐個目光！稜線佇南峰90度大転越往正北方向，但是有隘(eh)稜个所在，岩石稜線總是亂石，無停咧起起落落，確実壞(phái‍nn)行！姆拘，佇近双叉峰(3140m)，么是南埤主山前面个時，会當佇淺草坡向上前進；所以，眞紧嘟登上主山个山頂！

佇南埤主山山頂，会當看介清楚着中央山脈个南南段佮向北看着南一段；山友企咧看一亭了後，逐個准坐落來啉飲料、食水果，佮有講有笑，大部分是感想之言。儅即個時辰，林巴勇先生聽着山友個談着中央山脈3000公尺以上个山峰，伊趁逐個停落來个時，開喙講着：

「壞势，算我加報插喙，因爲您講着中央山脈，我嘟想起一件代誌。」

「着啦，林先生介內行，請講予伬來聽——」

「伬今仔个所在，正是几仔多前，中央山脈縱行隊來到个所在，它个意義嘟是“終点么是起点”；意思嘟是南南段縱行山友到兹爲止，另外一隊山友接落去縱行南一段哩咧！嘟是安呢，南南段个山友，來到兹，個准面向中央山脈主脊个南南段，行一個大禮，個准咧講着：

〝佇這台母即塊土地上，尚原始个山林，人个干擾尚少个處女地（南南段難難段），阮行佇您个懷抱中，行过历史，行过古蹟，行过伝説，行过神明个故郷，行过祖灵个帰宿，行过文明个破損，行过先民个血涙，行过異族外來政權个壓制，行过了侈(tsē)侈个行过，一切總只是行过……懷着感恩崇敬个心，感受大自然个包容，体験大自然个変化無情，山友同伴个『肝胆肖照』、佮同甘共苦，逐個做伙寫落着台母登山史上新个一頁！〞

今仔日，伯佮前輩個企佇這南埤主山頂，我講着個个話，我想，伯么有佮個肖全个感触吧！無么加減仔有吧！」

山友個恬静聽了，准全部热烈咧呼叫拍噗(phok)仔！

静静个南埤主山草坡，一大片展開佇眾人个眼前，時間到，講卜落山，山友個个跤步煞伐咧介困難个款！比登山咖困難！

佇回程个巴士裡，眞奇怪？山友個个精神顛倒飽足个樣款！是唔是有経过南埤主山个〝洗禮〞个関係？尤其是大草坡个感染咧？有講笑个、有唱歌个，気氛不止仔使乎人感動。後來，有一位山友企起來向逐個講着，而且行偎(uá)林巴勇先生个面頭前：

「各位山友，伯稍静一下仔咁好？今仔日，伯做伙來跍南埤主山，確實介順利，這總感謝有互相照顧。我今

仔，有一個想法，嘟是趁回程途中个時間，佮來請一位山友，嘟是伫台母高中服務个地理仙林巴勇先生，伊是佮山友中，唯一対佮台母地理、地形、地質有專門研究个；所以，請伊共佮來上一課有関〝山〞个地理吧！麻煩汝，林先生，請逐個共噗仔催落——」

「是我？壞勢，即位是……啊，陳先生(siān-sìnn)，傍(pīng)汝愛惜，豈敢，我雖然是地理系出身，卜講全諳(bat)佮台母个山地地理，猶佫早啦！既然有人無棄嫌，我嘟來講予各位山友參考吧！」

「讚！若講着山，伉尚恰意聽——」有一個山友講着。

「安呢啦，佮總悉也，佮台母正是一個〝山島〞，佮若講大地、大自然，唔是山，抑無是啥乜？佮个生命，佮个生存，講佮山無関係，安呢个台母人，可能是〝机器人〞吧！就算是"Made in Taibu"，么猶有台母味哩咧！」

「着、着、着——」逐個噗仔聲，拍咧誠响。

「其实，我卜簡單紹介个台母地理，各位總介諳則着。佮台母島个形成，会當看出是西大平和洋邊緣弧形群島个一部分，這弧形群島叫做〝繽紛列島〞，台母島个位伫這列島个中心。問題是〝繽紛列島〞是安怎形成个？有兩說：第一是一般个看法，認爲細亜西洲大陸个大平和洋沿海有兩塊介大个〝板塊〞伫兹發生擠壓；大平和洋海底

个是〝大平和洋板塊〞，細亜西洲大陸个是〝細亜西洲大陸板塊〞，佇一億外年前个遠古地質時代，即兩塊〝板塊〞互相擠壓肖撞(lòng)，将海底个沉積物，擠出海面，形成今仔日个弧形个〝繽紛列島〞。另外第二个看法是有咖特殊，猶未有充分个証明，唔拘有寡仔現象可以推論；我捌聽尚地先生講倨爸仔是主張即種看法，它嘟是佇大平和洋中，古早古早有一個大陸，叫做〝大母大陸〞，佇几仔萬年前，突然間，因爲海底个板塊、断層个影响，准一時間沉落去！迄辰(tsūn)伯台母島可能是〝大母大陸〞西爿个一個高山脈，至少有六、七千公尺，么做伙沉落去，露出海面个嘟有介佟3000公尺以上个山啦！么有講迄辰板塊肖擠則浮出來个。」

「抑林先生，汝咖相信佗一種个看法？」有一位山友咧問着。

「若我咖相信一般學者个看法。唔拘〝大母大陸〞个沉落，么唔是無可能个，伯看大平和洋兹呢仔廣闊，咁無可能？」

「林先生，伯台母有介佟火山，对佟佟个高山咁無影响？」

「無唔着，到今猶有影响，只不(put)过，伯台母个火山差不多是死火山；原本伯是地處環大平和洋个火山帶上个，唔拘，伯台母火山噴火活動大約佇20萬年前嘟結束啦！逐個咁捌看过火山爆發？干但有地動吟，咁唔是？伯

台母有三個主要火山区：北部火山区、東部火山区、西部火山区。北部个大頓山群个〝八星山〞(1120m)是台母尚峘个火山，是噴出來岩漿形成个〝火山錐〞山，抑若〝侵入火成岩体〞个山，彼岩漿是佇地表岩層之下，〝鳥籠仔山〞嘟是，抑南部个〝月娘世界〞，正是〝泥火山〞啦！安呢，伯嘟明白，重点是佇伯台母島个地形，地形个形成有〝地形營力〞來造出地表；〝營力〞乃是依据它个〝能量〞个來源，大約上分爲：〝內營力〞佮〝外營力〞。〝內營力〞个能量是按地球內部个热能來个，它个作用有地殼変動，火山活動，能量介大，会造成大地形。親像断層作用所造成个地動、崩山，佫有断塊山地，造山運動所造成个山脈等等。抑若〝外營力〞个能量是按太陽輻射，由它促成空気、水等等介質産生運動佮循環，准使乎地表个組成物質發生風化、侵蝕、崩解佮堆積現象，做着改変地表形貌个結果。因此，伯台母嘟変成地形宝庫！各位山友迭佇山中行踏，对各種各樣个地形昧生疏吧！前幾多，因爲牛車埔断層，准發生129大地動，並唔是火山个緣故，所以，可見伯台母是高山島，企佇西大平和洋三大板塊个〝十字〞路口上，無一定嘟有火山則有危險；只要有地殼変動（到今仔猶咧変動）嘟会産生〝褶(sip)曲〞、〝断層〞等変形或者破壞(huāi)。

伯以台母五大山脈个地形个形成來看，么是安呢个原理；營力之中尤其是島下有三個板塊佮海底火山，么猶咧

活動，改变着地形啦！逐個總悉也，五大山脈嘟是〝中央山脈〞，是按北爿个梭呵(so-o)个東呵嶺到南爿鷄冠山，現出北北東到南南西行向，縱貫全島；長度是340公里，是台母本島尙長个山脈。有百岳名峰69座，3000公尺以上个高山，有180座，乃是五大山脈之冠。它个岩層以变質岩咖侈，有石英岩、石英砂岩、大理石个变質石灰岩等等咖堅碇(tēng)个岩石組成。第一高峰是〝水娘娘峦山(3805m)，抑若雪姑大山(3341m)，是金字塔形山，么是伯台母名山少數擁有一等三角点个百岳。佮來是〝冰雪山山脈〞，按三虎角到中台母東權鎮佮平和村界附近个睏獅橋，長度大約有200公里；百岳名峰有19座，3000公尺以上个高山有51座。台母第二高峰冰雪山(3886m)佮大伯尖山(3492m)是介有名个；抑若冰雪山个稜脈峘度比珠玉山山脈有咖峘大，名稱是〝聖稜線〞，而且分佈着介侈个冰河遺跡，到今已經發現着30外個冰河圈谷以及冰斗湖、冰坎，擦痕等等个冰河地形。山脈組成个山塊是〝冰雪山地壘〞，岩質是輕度変質石英砂岩爲主，雖然是台母尙碇个岩石，造成地形上咖峘大，容易崩裂，有落石、山崩等災害。佮來是〝珠玉山山脈〞，按珠玉山山塊，到南爿高夫縣九龜莊个18羅漢跤仔山附近，長度大約有180公里，是五大山脈中尙短个。百岳山峰有12座，3000公尺以上个高山有23座。尙峘个，么是伯台母第一峘山是珠玉山主峰(3952m)，抑即個山塊，爲啥乜会変成伯台母尙峘个山

塊,這佮地質特性有密切个關係。根據學者个研究,珠玉山山塊个地下構造么是東西兩爿陷落,中央准冲(tshèng)峘起來个地壘,冲咧介緊;它个岩質特性佮冰雪山山脈介全款,總是以堅碇个石英砂岩爲主;嘟是即兩個特性个影响,則形成出峘峘个山塊。佫來是〝莉亜山山脈〞,按北爿南斗个吉吉个水渟溪南岸,南爿到高夫孔雀岫个鵝卵山,全長250公里。山脈中無3000公尺以上个高山,尚峘个山是大層(tsân)山〞(2663m)。它个岩層地質年代是咖少年个砂岩、頁岩佮砂頁岩肖塔(thah)所組成。有學者个研究,認爲莉亜山山脈原本是佇珠玉山山脈个頂面,後來因爲按東方板塊擠壓來个力量,造成本底肖連个兩條山脈,發生了斷裂;頂面咖少年个岩層斷裂了後,往西滑動,変成了今仔个莉亜山山脈,下面咖老个岩層嘟変成珠玉山山脈。意思嘟是講,假使珠玉山山脈佮莉亜山山脈之間無發生斷裂,今仔日珠玉山山塊个峘度介有可能超过6000公尺啦!佫來是〝東海岸山脈〞,按北爿个荷花溪河口,到南爿个南埤大溪河口,長度大約是200公里,它佮中央山脈因爲斷層作用造成一個東台母縱谷。尚峘个山是新埔頭山(1682m)。地形佮地質上,佮另外四個山脈無全,地形上,山脈个東西兩爿,有介侈平行主稜个小稜脈,親像飛雁遷移時佇天頂个隊形,所以叫做〝雁行排列〞。地質上,岩石是泥岩佮集塊岩。

　　壞勢,講甲亂七八糟,佔各位山友歇睏个時間,我

看，講到茲嘟好。講無好个所在，請多多包涵！若有啥乜問題，可以揣一個時間，佾做伙來研究討論。多謝各位——」

林巴勇先生，行一個禮坐落來。

進前提起个陳先生(siān-sìnn)正是即回个領隊，伊向逐個講：

「各位山友，嘆仔催落，多謝林先生(siān-sìnn)，共佾上一課台母地理地形个知識，簡單明瞭，对佾跕山人仔確实真有幫助，尤其是佾有迻拄着斷崖砂石坡，佇地質方面个認識是介需要个！多謝林先生——」

傽即辰，林巴勇先生臨時佫企起來講：

「壞勢，我補充一点嘟好。佾總是〝愛山〞人，因此，登山么是訪山，么是有卜佮山对話；所以，無論大小山，有想卜去，揣一個時間嘟去，無一定嘟愛百岳抑是3000公尺以上个峘山。因為佾只是〝愛山〞，是山个朋友——」

尙地聽咧介感動，正公(káng)个，〝愛山〞嘟是安呢吟！

〝社会運動〞对抗鈎民党个欺壓，佮〝愛山〞，乃是一致的(tek)存有大地个精神生命；將個分開个認識正是矛

盾个，么是嘐潲(hau-siâu)个！這对尙地來講，是無可能存在个。

尙地個爸仔李山海先生已經冤枉过身有多外啦，尙地，伊个心灵中是永遠存在着個爸仔个教誨(hùe)精神，甚至決心行佮個爸仔全(kâng)樣个〝創造新文化〞之路！所以，伊隨嘟投入台母街仔地区个社会運動团隊，唔只伊呤，〝三劍客〞个另外兩個吳玉青佮莊一欣，么送撥工趕轉來參加運動，佮林巴勇先生么有參加在內！可見〝愛〞个心灵，佇行動上，乃是無論啥乜種類佮形式个啦！

台母街仔人遍若提起着李山海先生，彼嘟譙(kiāu)泅(àu)党譙甲有喙無瀾(luānn)去啦！個恨不得即時共泅党隨個仔隨個揮落去大平和洋中！可是目前只有抗争，猶然是拳頭拚銃(tshèng)頭！

不平不義个代誌，問題若愈多(tsē)，個个抗争嘟昧完昧了啦！鈎民党个貪污案是多甲如(ná)山咧！有个唔辦个，有个有証据煞辦無罪个，眞是会〝気死貧道〞；司法無獨立，法庭是泅党開个，面对無停个抗争，泅党坐咧等嘟傷輕鬆啦！個自然有妙法！

有一回大抗議是針对台母街仔地区个農会，農会个宗旨講是卜爲農民服務，替農民解決生產、生活問題，結果是欺騙農民；農会个理事会佮幹部凑孔剝削農民个福利，食錢食甲油勢勢，抑有寡仔農民是将卜破產！尙地個爲着卜替農民争回權利，有几仔工，連紲佇農会前佮鈎民党个

群眾服務站抗議。個要求違法个理事会个理事長佮幹部必須辭職甚至法辦。可是，茲仔漚党背景个違法者，連插嘟無卜插佢！漚党利用集会遊行法，派警察仔卜共佢驅走，佇双方坚持之下，必然会衝突，其实是警察仔先動手拍人，而且佇抗議群眾中，有人穿紅衫佮烏衫，介成流氓个群眾咧鬧場，佫有漚党个媒体怪罪抗議者是咧暴動，被掠个有数十名！守法？变成污漉漠済！

即回被掠个数十名抗議人士，拘留兩三工嘟放出來，爲啥乜無判罪咧？個哪有罪咧！退仔真正貪污剝削有罪个，顛倒是逍遙法外！抑這哪有啥碗糕奇咧！〝利害共同体〞，互相無卜肖弓，抑無是卜相殺歟！人類世界留落來历史文献，或者是文學作品：小說、戲劇，所記載个、所描寫个、所表現个，差不多總是安呢污漉漠済个代誌啦！

最近台母人个抗議抗争是非常頻繁，比过去加有几仔倍；若过去，根本嘟唔免動法庭，軍事審判一判嘟決定人个生死！抑今仔咁嘟無代誌，唔是，時勢造成个，咖唔敢烏白來，總是愛揣藉口，或者誣(hû)賴、造假証据，欺騙人民，講即個人有罪；人民嘟唔是三歲囡仔咯！鉤民党唔敢有大動作，只是等時机、利用時机；会有安呢个狀況，其实，干但有兩個重点：第一是〝国際局勢〞，特別是合眾国个人權協会組織，有咧监督世界各国个人權推行；尤其是獨裁集權个国家，安呢，鉤民党咁会當例外！第二是〝內鬥〞，個党內个利益權力分昧平，當然嘟会起肖爭

(sio-tsenn)，乃是爲着〝既得利益〞，這是做爲動物个人，無論安怎進化嘟無法度改変个，永遠停佇原点个〝動物本能〞，所以不管啥乜鬧，這〝既得利益〞嘟是個共同性！安呢，個嘟唔是〝人〞，正是〝動物人①〞！眞眞正正个〝人〞，乃是〝超人〞，是超越〝動物人〞个〝人〞！單純个〝人〞！無色彩、無別種成分，只是一個企在在个〝人〞！嘟是有即兩点，鈞民党只有吞忍，唔敢大出跤手，或者另外揣別種漚(àu)步！

　〝三劍客〞吳玉青、莊一欣、尙地佮林巴勇，其实，個是台母街仔地区〝守台母義勇隊〞个成員，個有詳細参詳了，准去拜訪前輩陳潮洋伯仔佮林秋林(tshiu-lânn)先生，徵求個个意見、幫贊。

　「陳阿伯，伬即回來拜訪，是卜請汝共伬指導卜安怎組織台母新党，不但加強守護伬台母，佫咖想卜企起伬个台母国名佇国際社会，達成伬台母人个宿願。」尙地代表逐個來向陳潮洋伯仔開喙請教。

　「眞好，佇內部我聽着人提起，其实，我么即種个構想；唔拘，伬愛眞謹愼咧來策劃，絶对昧使得落佇鈞民党个圈套中。伬總悉也，個尙禁忌个嘟是伬台母人新党个成立；可是，時代無全啦，個有卜擋么擋昧住啦！問題是個

① 〝人類〞、〝動物人〞、〝超人〞个〝人〞，應該是〝儿〞，台音是〝jîn〞。意爲：按後面，干但看著尻川，無看著腦含心肝。〝人〞音lâng，是企在在个！

会想孔想縫來定罪掠人。」潮洋伯仔講着。

「若這伬么有想着。」林巴勇先生講着：「伬嘟是咖無経驗，恐驚仔佇運作中会失覺察，安呢嘟害溜溜啦！」

「彼(he)當然囉──」潮洋伯仔咧講：「您愛詳細思考着即三個重点，嘟是：伯党个宗旨精神，佮成員个素質，比喻講有真正个台母心無，有热誠無，有奉献个精神無，以及整個運動个程序佮方法等等，總需要好好仔討論。」

「伬有卜招人來參加，可是這成員个素質，卜安怎進行去了解？」阿青咧問着。

「若這嘟愛由核心人員來做着分析个工作。」潮洋伯仔咧講：「在先列出会當招請个人個个名單，对即個人分析項目愛記錄清楚做為參考資料；然後由個來推薦別人个時，么是愛詳細調查。沤党个滲仔介侈啊──」

請教了个回途中，尚地個介感謝前輩个指点。着啦，滲仔介侈啊！

"山友双星" 即個外号，乃是咧指尚地佮林巴勇，個兩個台母高中愛山个先生。個兩個確实是 "愛山" 个山友么是 "山个朋友" ！個愛山唔只是迢去跍山訪山，佮看重山个自然生態！

「巴勇仔，」尚地佮林巴勇先生，私下無卜用敬稱，表示個兩個是知友，所以，今仔尚地直接安呢叫着：「伯下回有卜去佗一座山無？」

「若我是無差啦！有个山總有去几仔遍，愈有意義么愈有趣味；尚地，汝訪山時間比我咖短，當然汝是昧去想大山小山个代誌，不過既然伯台母有〝五岳〞个講法，時間若有咖量，拄仔有排着即款路線，就可以參加。汝是幹部，比我有咖清楚哩咧──」

「汝安呢眞実！下禮拜六禮拜日，有〝珠玉山之行〞，雖然，我以前捌參加過，唔拘跙無成；原因是阮按達達卡鞍部去到浮雲山莊即條路線，當日天気是介好，啥悉也，第二日卜登頂，拄仔離三角点大概二、三十公尺，煞臨時起大風雨，根本無法度登頂，爲着安全准落山。汝么清楚，迄辰若登頂唔但困難，而且啥乜都看無啊！即回安排个是〝六通関路線〞，所以我有想卜(beh)去──」

「汝講个即兩條路線我總有行过，抑若六通関路線確実昧稗，会當佇六通関草原搭營，然後登珠玉山主峰哩咧！」林先生咧講。

「安呢，汝会當佮我做伙來吧！」尚地一時歡喜起來咧問着。

「哪有問題咧！」巴勇仔停一下仔佫継續講着：「唔但伯台母第一高峰珠玉山，我有咧爲伯兩個咧想，佇短

期內做伙訪〝五岳〞；這汝么悉也，〝五岳〞嘟是〝珠玉山主峰〞(3952m)，它有乎人号过几仔個名字：新峘山、茉里遜(Morrison)山、石英之山。佫來是〝冰雪山〞(3886m)，它么有几仔個名字：雪翁(Sekoan)、西露偉亜(Shiluvia)山、次峘山。佫來是〝秀娘娘仔山〞(3805m)，它原本是先住民布隆族称呼做〝痲博拉思山〞。佫來是〝南富大山〞(3742m)。抑若〝台母山〞(3092m)乃是五岳个老細个，嘟是佇伯个面頭前会當看着个。安怎？汝咁有意見？」

「讚！我完全無意見，望汝牽成，助我完成訪五岳之旅——」

「三八兄弟！啥乜助咧！有緣嘟做伙行啊——」

〝珠玉山之旅〞参加个山友有二十外個，個佇拜五晏(àm)，租中型巴士，経过中部〝双集〞个所在，去到〝清水里〞歇暝；拜六透早出發，巴士个司机，因爲迭咧載山友，所以山路介熟，講咖膨風咧，目珠瞌(kheh)瞌駛么免驚会迷路哩咧！佇山路上，尤其是這六通関古道，只有〝幽静〞兩字！雖然有鳥啼虫叫，佫有溪水聲風聲，這〝幽静〞却是愈加倍幽静啦！佇偎晝个時，來到六通関大草原个下面登山口，然後按山路彎彎越越行起里。可能是登珠玉山个〝热線路〞，四周不時小動物出現，親像山羌、水鹿仔，個介成毋驚人，當然啊！哪嘟驚人咧，山友共個愛護嘟來不及哩咧！

迄(hit)下晡介早嘟到六通関大草原，這是尚地初次來个，所以，儅(tng)伊踏上草原个時，目泪(sái)嘟隨輪(lìn)落來，唔悉也个人抑准伊跍甲大粒汗細粒汗唰流唰！大草原个西爿是溪谷，対面是珠玉山山塊个稜線，向(ǹg)北一看，珠玉山主峰近在眼前，逐個个心喜，彼(he)是唔免佫講个啦！搭營了後，尚地佮巴勇仔兩三個山友，坐佇草原一個咖啯个所在唰歇睏、開講，當然，個个目珠離昧開台母第一聖峰！

禮拜日透早嘟起行，按算佇中晝進前跍到山頂，因爲啯山頂个天気変化是無人会當料个，雖然一早起，天是清朗，一絲仔雲彩嘟無，山路是介順，只有兩三個所在，若唔是断層嘟是碎石坡，有咖危險；沿路只有溪水佮風聲伴着山友個个跤步聲而已佫呤呤！

総(tsóng)是達成着訪珠玉山主峰个願望啦！尚地一上三角点，准共巴勇仔攬住住唰跳，彼唔是〝華亜滋舞〞吧！哇！無看便罷，一看主峰四周圍个山塊佫中央山脈、莉亜山山脈，則心灵大開放，則明白台母做爲高山島个意義，而且啥乜叫做〝大地〞！這則是一切生命个根源啊！大地之〝秀〞(suí)，無親目來看着、感受着是昧使得啦！所有个台母囡仔啊！唔嗵昧記得伹是〝台母高山島之子〞啊──

山会逐禮拜総有排小山大山个行程活動，抑大伯尖山(3492m)是排佇下(ē)下禮拜六禮拜日；尚地足早嘟有介想

卜行一下仔，佮巴勇仔約好，若即座大伯尖山是佮中央尖山(3705m)、答分尖合稱爲〝台母三尖〞；中央尖山是台母三尖之首，佮世界个名山：扶桑个〝槍岳〞、瑞士个〝麻陶杭峰〞(Mattorhorn)可以媲(phi)美哩咧！巴勇仔家己麼唔悉也有踮过几遍啦！大伯尖山麼是哩咧！

大伯尖山个〝伯〞，就是老大，有霸氣，所以有〝世紀奇峰〞个美名！它麼是先住民个〝聖山〞！佇中型巴士裡，山友佮請巴勇仔講大伯尖山个地形。伊在先說明着大伯尖山个霸氣山容，是因爲岩層造成水平排列个関係，可是即種形態个岩層介容易形成出城堡形狀个地形，有時会崩落；唔拘，眞好佳哉，大伯尖山即個水平岩層総(lóng)是非常坚碇(tēng)个石英砂岩佮石英礫岩，並無輕可嘟会乎大自然侵蝕、風化，所以則会若酒桶个形狀栽佇遐，所以麼有共它叫做〝酒桶仔山〞哩咧！

「哇！酒桶仔山，讚！」有一個山友咧喝着：「彼若眞正総是酒，安呢先住民朋友嘟爽歪歪啦──」山友個聽咧哈哈大笑。

「是啊，我麼眞希望其中総有貯(té)酒哩咧！」巴勇仔佮講着：「可惜，酒錢照納。佴話講倒転來，大伯尖山个名氣，唔是佇酒，只有是佇它个山容，咁唔是咧？地質學者有提出一種解說，講它是〝箱型褶皺說〞咧形成个，意思大伯尖山兩爿岩層向下弯曲，但是座基是水平个，経过千萬年个風吹雨拍，甚至冰河个侵蝕，如像大自然个大

斧(póo)頭，共它雕削成四面全是奇險斷崖个堡壘形狀个山容，凡是捌跍过大伯尖山个山友，總会驚嘆着，一生難忘哩咧！壞勢，小弟就簡單紹介到兹，偆个時間，逐個輕鬆歇睏——」

眾山友向阿勇仔說多謝，車內热烘烘，足有元気个款，迄暝佇中部个東紗仔村歇睏，第二工透早，車駛到山下个營地已经是下晡，禮拜日AM 3:30起行，佇中晝進前嘟愛登頂。

「嚇！這是卜安怎跍咧？毋嘟愛用索(soo)仔——」尙地驚奇咧講。

「哪嘟索仔——」巴勇仔咧講：「伯行去後面，遐有"Z"形个登山小路，而且有个所在，有安裝鉄欄保安全，尙地，安啦！行——」

大伯尖山之行，使乎尙地愈了解着台母高山島地形个奇妙，么愈促成着伊訪山激烈之心！伊佮阿勇仔有攝几仔張相片，伊么當場共山容素描落來，有回憶，有滿意！

佫兩禮拜後，尙地佮巴勇仔有計劃卜完成〝北崍崎山〞之行，对個兩個來講總是初次个，所以個嘟興趣趣，進前对山个地形有小可仔研究一下仔。

佇台母高山島上，有安呢个流伝講法：〝百岳、五岳、三尖、一奇〞，其中个〝一奇〞，乃是咧指着位佇台母中部喜合山塊对面个〝崍崎山連峰〞；其中个〝北崍崎山〞(3607m)，是尙地個卜訪个〝一奇〞啦！提起着

峽崎山，嘟有〝烏色峽崎〞，理由是西北坡背日光有大
崩壁，烏脞(sô)脞个景象，另外佫有过去迭發生山難，所
以，一般按遠遠看峽崎山，總感覺它个山容狰獰，詭譎莫
測(khuí-khet bok-tshek)！嘟是安呢，莫怪侈侈个山友，想卜

試一下仔！

　　這〝一奇〞，到底有偌〝奇〞？總是愛行一晬(tsuā)則会用得哩咧！尚地佮巴勇仔做伙研究了後，明白〝北崍崎山〞（或者是〝崍崎主山北峰〞）因爲陡峭(tóo-siàu)有咖困難登山以外，重点是佇〝天気〞；过去侈侈山難个犧牲者，差不多總是天気个原因發生个。所以個嘟充分準備着防寒、防雨佮糧食个裝備，么共這情形通知卜做伙去个山友。

　　個在先去佇喜合尖山(3217m)下个〝雪花山莊〞歇暝，第二日透早則按山莊正手爿山路行落基里塔芝溪谷，崍崎主山北峰就是佇对面咧等個哩咧！落溪谷是簡單輕鬆，但是卜上山跙起里，彼介食力啦！佮偌有経驗个山友，么一定会跙甲〝会呼(khoo)鷄昧歕(pûn)火〞哩咧！

　　原來，佇北峰下面即爿，有一段非常危險个崩坍(than)斷崖地形，無上(tsiūnn)山裝備个話，是眞僫(oh)安全通过啦！

　　「尚地，利用登山鍬(tshiâu)杖，插入大石頭邊，咖安全。」勇仔咧講。

　　「汝講个有也。」尚地應着：「利用鍬杖有咖穩哩咧！」

　　儅個跙到兩千公尺外个時，已経过晝兩点半左右，開始掃山風，落大雨，当然山路介僫(oh)行介僫跙；好佳哉，山友個總有準備雨衣。

「這嘸是咧起風颱吧？」有山友咧問着。

「昨昏佮下早起个気象報告，並無報着風颱卜來。」阿勇仔回答着。

佇風雨濛霧中向前行，尚驚个是脫隊迷路，所以領隊吩咐山友個嘟一定愛一個跟(kin)一個跟乎好勢。確実，有个所在是陡峭个危石斷崖地形，有个所在是樹林、箭竹，無战(tsiàn)战兢(keng)兢咧行是昧使得啦！

儅風雨停落來个時，已経踮到2700外公尺个斷崖山腰，處處総看会着危崖个石縫中，生長着生命力旺盛个玉山香青樹，么有做伴咧生長个玉山杜鵑；山友個看着即種光景，総咧讚嘆着大自然之中，四界存有生机，佫有佫危險个所在，嘟有介拍拚咧抵抗惡劣環境个生命，個個堅強並無輸人哩咧！

人講七行八踞総是会到位，2875公尺个所在，正是蒙古包型鋁製个山小屋，一般称呼做峽崎一、二、三号堡。山溪仔嘟佇邊仔，所以取水方便。山友個一到，個個先倒咧歇睏，可見即條路嘸是咧講選(síng)个哩咧！

晏頓食飽了，逐個総屈佇山小屋堡內開講，即辰么佫落小雨仔，佇這烏胜(sô)胜个暗暝，除了山友個个聲以外，会當聽着雨水落佇茨頂个叮滴聲，佮山谷中溪水形成小瀑布个流水聲，茲仔个眾聲，准譜成一曲天然个楽章；干但聽咧佫聽咧，心灵个喜悅乃是無塊比个。卜哪有人想卜睏咧？准卜睏，咁睏会入眠歟！嘸拘，無睏佫昧使

得！因爲半暝仔嘟起來行上峽崎主山北峰，抑若這愈食力啊──

有人講〝上山難，落山愈難〞，這兩難佇兹是無唔着啦！半暝起行嘟夯手電仔，弯弯越越，規山路只有看着手電仔火，如像大隻火金姑咧頂頂下下飛來飛去；斷崖个地形变化么介侈，碎石坡看昧清嘟滑倒，有時佇樹林裡，么会乎樹根扴(khê)倒，哎叫聲，有時總有聽着哩咧！

得卜到稜線進前个所在，有一個〝三叉路〞，往正爿是卜去峽崎山主峰，往左手爿是卜去峽崎主山北峰；眾山友一行上稜線，無一個人無咧大聲喊叫着，興奮甲昧記得進前跍山个辛苦！眞是無全个景色！眼前是光葩(pha)葩个世界！唔但光線明朗，空気清鮮，佫有山塊大自然个廣潤清純，乃是〝一覽無餘〞啊！特別是這稜線分出兩面个光景，眞是奇妙哩咧！後面向(ǹg)喜合群峰个是斷崖，抑若前面，么是向南面个，是一大片斜草坡原，這草原大部分是箭竹。佇高山稜線冗(ûn)冗仔咧行，昧輸咧行佇人生、精神个尙峘稜線頂面哩咧！

山友佪總順利行起里峽崎主山北峰个三角点，只有尙地押尾，是啊，伊是押尾幹部，其实伊不得不押尾，因爲是山友中尙大匼(khoo)个；當伊卜登頂个時，有拄着困難，佇遐必需通过岩石縫，逐個担心尙地咁会當通过？啥悉也，尙地唔悉也是用啥乜撇步，總是通过准跍起里啦！

「逐個看啊！大象上(tsiūnn)山啦——」山友個咧歡呼着。

〝規棕好好〞！尚地个体型如大象哩咧——

佇3607公尺个山頂，展望台母高山个全域，是有啥人昧激動咧！即辰、山友個四是咧坐佇山頂歇睏，各人講着個个感想。

尚地佮巴勇仔坐做伙，么提出物件來食來嘛，補充營養分。

「這蘋(phōng)果哪茲呢仔氷冷——」巴勇仔接过尚地予伊个蘋果咧叫着。

「今么好，朋友啊！茲是峽崎主山北峰啊——」尚地笑笑仔咧講。

☆　　☆　　☆

人生个〝不幸〞，介成有兩種講法：一種是〝遭遇(tso-gū)〞个，嚴重个話，嘟是〝悲哀〞、〝悲慘〞！有時即款情景会當改変；另外一種是〝宿命〞个，介偲(oh)甚至無可能改変个，這嘟是〝悲劇〞啦！尚地个人生是会安怎樣咧？

今仔儅是20世紀70年代个末期，全世界个政治、経済么儅咧波動，台母么無例外！各地方个社運連紲(suah)未停，其中有新出現个团体，聲勢不止仔強大，只不过猶末

到形成爲〝新党〞个時机，嗯拘，安呢嘟使乎鈞民党个心頭如刺一支大鉄釘哩咧！

　　講眞个，尙地个內心介矛盾，伊一方面愛洪美津小姐繼續踮法蘭西研究，可是，伊佫眞希望伊咖早転來故鄉做伙拍拚，甚至尙地么想講若有〝結〞个緣，洪小姐是伊人生唯一尙好个伴侶哩咧！但是，尙地已经有多外無佮洪小姐联絡，伊嗯悉也其中有啥乜原因，想辦法探聽么無消息，伊有拜托人去問洪小姐個茨个人，消息么是如(ná)〝石沉大海〞啊！到最近，伊則聽着按朋友退(hia)伝來个消息，講洪小姐早嘟佇法蘭西佮人訂婚啦！這當然，对尙地來講是〝晴天霹靂〞，憂悴甲几仔工總無卜出門。嗯拘，尙地介紧嘟〝自我療傷〞，理由是〝愛〞个代誌，佇尙地个心理上、精神思想上，並無一絲仔〝佔有〞个願望，〝結婚〞只是一種〝社会契約〞，並無代表有結則是愛，有愛絕对嘟結；伊只是感受着有〝愛〞佫会當永遠做伙行着兩個人个人生，做伙拍拚達成理想，安呢則有咖〝圓全〞啊──原來如此，個是有純眞个〝友〞！〝友〞是〝愛〞个母體，有友嘟有愛啊！

　　聽講对方是洪美津小姐個爸仔洪日輝个朋友个後生，元但去佇法蘭西留學个；洪日輝是〝西瓜偎大爿〞个人，捌佮尙地個爸仔有过無爽快个代誌，抑若对方个爸仔是鈞民党个中常委，介有勢力。

　　洪美津小姐即位多偌囝仔，正是純眞、温順，雖然，

伊介有理智，但是伊对〝情〞介珍惜，〝友情〞，伊佮尚地个情嘸免講个啦！抑若〝親情〞佫愈嘸免講啊！若安呢看起來，洪小姐个壓力，顯然是按親情來个；安呢，個爸仔洪日輝迫伊做安呢个決定，乃是千眞萬確个！迄辰，洪小姐根本嘸悉也对方是伛党中常委个後生，只是悉也個茨有錢有勢吟！伊对即方面根本無园在眼內，伊欣賞个，卜愛个乃是尚地即款樣个青年人哩咧！問題是洪小姐無願意違背着父(pē)母啊——

洪小姐佇最後个一張批裡，对尚地有安呢寫着：

　　〝我嘸悉也，這是嘸是最後咧共汝講个話？想起汝迭咧講人生〝無常〞；嘸拘，尚地啊——，總是無想卜離開着汝！眞無可奈何啊！只有佇心灵裡，永遠佮汝对話；無一定有一工，会當佫來相会吧！永恆个思念！介嘸甘啊——〞

尚地个心僭咧疼！伊恨家己無法度解決這問題；看着批內洪美津小姐所寫个話，顯露出兩個人共有个〝情思〞！隔転工，伊寫予洪小姐个批中，最後个文字是安呢：

　　〝美津啊——，嘟是嘸甘，我差不多無法度承受着汝个無奈！我相信伯兩個若一直堅持着信念，總

是会实现着伱个願望；其实，這願望乃是『無私』个，只有『愛』吟吟！『知音難逢』，对汝，『祝福』，我講昧出喙，佇伱个存在中，乃是多餘个！咖实存的个，咁姆是伱必須合齐發揮着『愛』个力量，爲伱台母，么爲伱家己！期待着迄一日，永恒个思念——"

這佇一多外前批信裡留落來个話語看來，咁姆是〝兩地相思〞咧！假如(ká-nà)是兩地相思，尚地伱洪小姐之間个互動，無論何時，猶然有存在着〝契机〞！啥悉也，人生、世界个本質乃是無常佫殘酷个！無疑誤，煞有尚新个消息伝來，講洪小姐個本底卜轉來台母辦婚禮；可是，一多外來，洪小姐一直憂悴(tsut)，准着憂悴症，後來煞〝行踪不明〞去！仝時辰，卜結个对方，乎法蘭西政府判罪，這咁佫洪小姐失踪有関联？抑是因爲有另外案件犯着則被判罪咧？尚地完全姆悉也，么無法度了解。只是関于洪小姐个失踪，尚地所受个打擊乃是〝非同小可〞！看起來抑如將卜起猟(siáu)个款式！

即聲誠稗啦！尚地准失去規身个元気，請假兩禮拜入院，但是，佇病院總無卜食，只好共伊滴大筒(tâng)；介侈同事山友去病院探病，希望伊个精神元気趕緊恢復过來！——無人悉也伊着啥乜病！

兩禮拜过去，尚地个病情有咖好，准接轉去個茨裡；

結果是元気有咖好，唔拘，精神上，猶瘝(gông)西瘝西欠精采；逐工唔講話，么無卜出門，干但佇冊房內，不三時咧踅踅唸，聲音若有咖大聲，介成是咧叫着人名个款，有兩個聽咧假如(ká-nà)是〝爸仔〞或者是〝美津仔〞。這尙地个母仔心內明白，特別是伊感覺家己个後生俗洪小姐之間，到底是有發生啥乜問題咧？抑如是尙地初次失恋个形啊——

　　林巴勇先生有冗嘟來尙地個都(tau)共看，前一禮拜中，個兩個干但見面吟，並無談着啥乜，巴勇仔了解，來共看嘟好，唔免加做啥乜攪擾个動作代誌。第二禮拜，尙地嘟開始会講話，卜講話啦！

　　「巴勇仔，会當看着汝，我眞歡喜——」尙地輕聲咧講着。

　　「今，三八兄弟个是汝。」巴勇仔笑咧講：「啥乜〝会當〞！伨迭俗咧見面，咁唔是？身体若欠安，好好仔靜養嘟是啦！學校方面，我有俗替汝請假一禮拜，無代誌啦！」

　　「多謝汝——」

　　「又俗來，三八兄弟，伨卜俗訪山，卜俗活動啊——」

　　「我這是〝心病〞，唔悉佇時則——」

　　「尙地，汝个精神思想，唔是我咧褒汝个，比我咖超越哩咧！」

「人講〝心病〞偃(oh)医，我當然是——」

「着，汝當然会當隨放下心內結，今仔，汝嘟好起來啦——」

個兩個好友山友，佇冊房裡，開始有講有笑，可見，尙地个精神是有好介侈起來，咁唔是喇？巴勇仔唔敢延延(tshiân-iân)傷侈時間，講着：

「着啦，下個月，山会有排着訪〝台母山〞个行程，到時汝个身体若咖好起來，看情形，佰則做伙來吧！」

「嚇！眞个？台母山？我今仔嘟好仔啦！來，做伙來——」

尙地若有病，唯一个特效藥，嘟是〝台母山〞即三字个藥材啦！〝規棕(tsâng)好好〞！今，伊啥乜病嘟總無啦！介成伊一個月來是去海外旅行个款式；企佇教壇，學生個唔相信先生是請〝病假〞哩咧！紲落个，乃是尙地卜準備再次訪台母山啦！

若根据林巴勇先生个說明，〝台母山〞(3228m)是〝台母五岳〞个〝老細〞，是因爲它个峘度佮位置，它是南台母中央山脈尙南屵个一座高山；而且山容有特別巍峨(guî-gô)壯麗，看它个山势，是屬佇無停咧踉(liòng)起个地疊山塊，東西兩屵総是斷層，東面直陷落到太平和洋底，西面陷落去变成肥沃(ak)个東賓平原。另即方面，因爲先住民排越族個共它認爲是祖先灵魂帰宿个聖地，唔則有兹呢仔雄偉峘大！佫久長有先住民信仰上个保護，地理位置

咖偏僻，所以猶有保留着珍貴个自然資源；嘟是安呢，大母山除了五岳老細之名外，猶有〝南台母个屏障〞个雅号哩咧！佫伫伯台母峘山之中，会當全時辰看着台母兩爿个海洋个，只有台母山啦！

即回訪台母山路線，原本預定若有加一日，是卜按丁依山(2068m)來起行个，今仔，因為減一日，所以，就按台母街仔出發，经过武泰村，小型巴士駛到登山口落車。第一工，山友跙起里到〝希諾奇谷〞山莊歇暝。落山个時，嘟無照原路，伫登山口向正爿个山路行落去，目標是山帝門進前嘉麻社村，然後則行去山帝門巴士咧等候个所在。整個个簡單行程是安呢。當然登頂佮回程總愛伫全一工完成則会使得。

〝再次訪台母山〞安呢个講法，乃是尚地过去捌去跙过，只是迄遍干但去到山頂个〝台母山廟〞，因為臨時起風雨則取消継續行去三角点；若這，有个山友会感覺介可惜，事实上是介可惜，個一啜(tsuā)路行來，嘟是卜去到三角点，攝一張像做紀念个，但是，对尚地來講並無所謂〝可惜〞个代誌，這是〝心灵〞感受个問題，么是〝愛山〞个眞实意義个問題啦！

〝再次訪台母山〞是唔是意味着尚地伫人生体驗中，再度回帰〝母体〞，因為台母山是尚地佮台母人个〝精神之山〞！若安呢，這〝回帰〞煞唔是一種〝再生〞个体現咧？若安呢，即回个行程，对尚地个人生，意義是不止仔

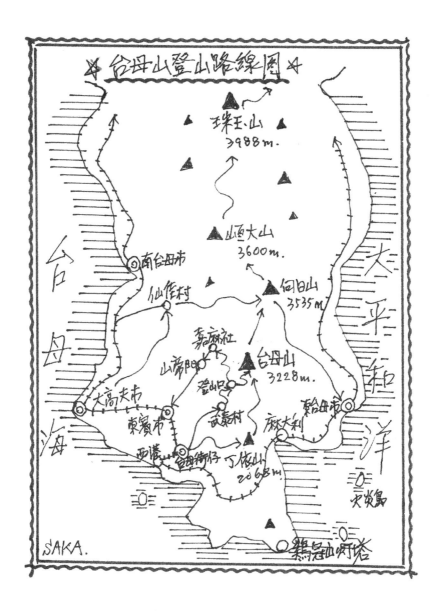

台母山登山路線圖

珠玉山
3988m.

山逗大山
3600m.

何白山
3535m.

南台母市

仙佳村

嘉麻社

山蒡阿

登山口

台母山
3228m.

大高夫市

東賓市

武豪村

給母市

麻大利

西港

台母碕仔

丁依山
2068m.

火炎島

台母海

太平細洋

SAKA.

鷄冠山的塔

大啦！

第一工早起，按台母街仔出發，10点左右嘟到登山口，落車歇睏一下仔，眾山友嘟開始向〝希諾奇谷山莊〞方面起行。

「哇！天気有夠讚！天公伯仔有咧保庇啦！」山友個如行如講着。

天気好，嘟踮咧昧傷忝(thiám)，尚地安呢咧想着，伊么介歡喜会拄着即款天気！唔拘，是唔是佮天公伯仔有関係？全知全能个伊，生做啥款？今仔佇佗位？無半個人悉也，講保庇，咁唔是人咧自我安慰咧？心情放乎輕鬆，佮這大自然做伙喘気吧！沿路是原始森林，有溫帶針箬(hióh)佮闊箬樹林，其中多青樹、鉄杉昧少。有時么發現山豬活動痕跡，可能有先住民來兹拍猎吧！

啥悉，过晝点半，天気開始変啦，霧雨來啦，拄仔咧想佮卜看清楚山景个時，煞准失去展望个空間；眾山友穿起雨衣継續有行有踮，有時行佇箭竹林中，有時行佇紅桧林中；过一個小山頭到鞍部，逐個稍歇一下仔，好佳哉，落小雨仔吟！按兹向前，有一個〝斷頭稜〞，峻險難登，帶隊个路草介熟，伊嘟隨帶(tshuā)眾山友按西北爿矮樹林攀(phānn)上岩石溝，則佮按兹踅过稜線東南爿，行入原始林了後，嘟比較咖安全啦！

「尚地仔，会忝昧？」巴勇仔越頭咧問尚地。

「抑若大象上山，講昧忝是騙人个啦！」尚地如笑如

回答。

「頭前面有一個斷崖，若过去嘟得卜到山莊啦！」

確实，來到差不多有2700外公尺峘个山腰，南爿有深甲看眜着底个斷崖，山友個總介小心咧行过；兹有介大片个箭竹林，踅对左手爿山腰，蹽(lǹg)过箭竹林，順山腰往東北方向前進。因爲台母山是登山热線路，大部分个路草總介明顯，拄着叉路么眜迷失去。伶兹，逐個夯頭向前一看，希諾奇谷山莊嘟伶面前啦！今夜，個嘟卜伶兹養精神哩咧！

山莊邊仔有溪谷，所以取水介方便；天猶未暗，晏頓嘟準備好，伶山莊門口，個造一個〝篝火〞，逐個圍做伙食飯，么会當取着温暖；講話聲、笑聲〝兹起退落〞，眜輪咧佮山莊四周个樹林个寂(siok)静咧比賽个款！尚地佮巴勇仔個五六個人咧哈凍頂烏龍茶，另外一爿个山友，有咧灌啤酒佮甩(hàinn)頭个，個个聲，眜輪咧肖嚷(jiáng)啊！

「無啊，阿雄仔，汝是無卜上台母山頂歟？」一位山友出聲。

「哪有唔跍起里咧──」叫做阿雄个山友當咧啉甩頭仔。

「若有，甩頭仔甭傷睨(giàn)啦！一醉嘟过晝去啦！」

伶笑聲中，尚地則發現除了篝火，四界是暗漠漠。巴勇仔招個去離山莊無偌遠个小平台个所在，因爲按兹看会

着山跤。兹眞是好所在，因爲前面無樹林擋着，天頂滿星晶晶，有時出現着流星，帶着光尾仔劃过夜空；山跤是東賓平原，萬家灯火；大高夫市佮東賓市个夜景，盡收佇眼中，抑若台母街仔个灯火，佮愈近在眼前，彼夜景愈免講啦！秀！佇兹則会當享有啊！

天未光，眾山友開始起行，上台母山三角点个山路，大部分總介陡峭，透早精神好，所以速度有咖緊，若趕会赴嘟会當看着〝旭日東升〞哩咧，么会當看着早時个〝雲海〞啦！一上稜線，差不多完成一大半路程，可是稜線眞無好行，原因是介隘(èh)，尚隘个只有二、三十公分！兩爿總是斷崖；眞奇妙，稜線上，有箭竹佮石楠花，尤其是石楠花，佇兹呢峘个所在会當生存！在先來到山頂个台母山廟，這是以前山友爲着表示崇敬起个；兹離三角点猶有誠点鐘个路程，猶是行稜線。

台母山三角点(3228m)到啦！山友歡喜个心情，現佇個个笑容！企佇這山頂所感受个乃是〝存在之輕〞，佮有〝無限个溫暖之感〞，尚地咧滴着目泪(sái)；巴勇仔雖然唔是初次，唔拘，這台母山頂所予伊心灵个感動猶然新鮮！可惜个是昧當停傷久，佮其它个高山肖全，过晝嘟愛落山則会使得。

「巴勇仔，伯兩個做伙攝相做爲紀念吧！」尚地咧肖招着。

「着啦，我差一点仔險仔昧記得——」巴勇仔隨企偎

尙地身邊來。

「以後，遍若有台母山个行程，佰一定愛做伙來——」

全台母高山島尙南芉3000公尺个崓山，么是唯一会當全時辰看着大平和洋佮台母海个山啦！獨立佇這大地，視野廣闊，景色秀甲有偆啊！

落山个時間到，無起行昧使得，山友個總〝依依難捨〞，落山么愛介謹慎，斷崖、碎砂坡總唔是滾笑个！到希諾奇谷山莊整理好裝備，准個個肖綴行落山，尙地猶是押尾。

巴勇仔行佮尙地做伙，有時行佇頭前照顧山友；雖然落山元但有困難，唔拘，昧到〝会呼雞，昧歕火〞个程度；抑若尙地个心情，用〝快樂〞兩字是傷簡單，有可能是〝回帰原始〞个〝安慰〞吧——

02.
回途哪是 "不帰路"？

佇台母山登山口，有兩條山路，按兹向左手爿落去，是原路，経过武泰村，去到台母街仔；若按兹向正手爿行落去，乃是卜去嘉麻社村，然後佫落去山帝門坐巴士到東賓市，有寡仔山友，会當坐電車轉來台母街仔。即回个路線是卜去嘉麻社村，所以尙地個落來到登山口个時，嘟越对正手爿去。

回程个山路総是 "下坡路"，無 "上坡路"，只是有个所在斜度傷大，跤步咧伐出有咖困難，大部下坡路行咧如咧飛哩咧！嘟是安呢，規路煞变成 "歌謠之路"；按近到遠，歌聲連續昧停！因爲歌聲無全，所以，迴响佇山谷个聲音，有峘有低，有強有弱，"五音十調" 攬做伙咧轉踅，啥悉也个人，抑准深山林內，元但有咧迎神送神咧！

佇落山隊伍个中央，有伝出山友咧唱着民謠：〈到東賓〉：

"到、到── 東賓──東賓──

Ka─le─a─sa. sa le──

tong tek ko no——tek ko no yi——

pai ia he—ia he—e—

sa si no si——ko—a—e—

曼金—pa pa ni—ia ho—he—"

「雄仔——」有人喇叫着喺甩頭仔迄個山友：「汝咯唱遐呢仔大聲，啥"ka le a sa sa le"，汝啉驚乎先住民掠去——」

「今仔啥時代啦！哪有啥要緊，何況這是民謠哩咧！"ka le a"並無代表啥乜意思，彼是早前个名稱。」雄仔咧反対着。

「即條歌足有味，」尚地向身邊个巴勇仔咧講着：「歌唱个節奏眞好，可是啉悉也歌詞个意思。啉拘，其中有"ka le a"，這汝有啥反應？」

「若就先住民个立場來看，"ka le a"並無等于"傀儡翁仔"；後者是咧指戲翁仔，或者是乎人做工具个；若干但"ka le a"，有兩種意思：第一種是輕視个，共先住民看做是無常識、水準、開化佫野蛮个，有人講："傖(sông)甲如(ná) Ka le a咧！"第二種是"讚美"个，認爲先住民有介特殊个文化，尤其是雕刻、裝飾、刺青方面，造型眞令人欣賞。先住民總有個按古早古早伝來个文化、神話，若這，台母人中平地人咁会當比較？」

「無啉着，平地人無神話，嘟無文化，個総抾(khioh)

人个，或者受别個民族文化影响來个，若先住民个，確实介特殊──」

「講着即方面，伯無必要客気，以阮排越族來講，嘟有流伝着〝征服日頭〞个神話，佮別个族群無啥全。阮个伝說講是天頂个〝天〞是倒磕(khap)个〝大鍋仔〞，其中有兩粒〝日頭〞，安呢煞唔是会热死；解決即個問題个，並唔是阮多甫(ta-poo)人，却是多儌人，個跙起里茨頂椿(tseng)粟仔，這一椿如咧嚐(tân)雷公，天驚一下准冲峘去，有一粒日頭驚一下准失踪去，安呢偆一粒日頭煞唔是有咖好咧？這以後伫山頂種作、拍猎嘟昧热甲褪褲啦！」

「巴勇仔，汝講咧眞趣味！排越婦女勝过男子漢哩咧──」

「尙地，汝看，」巴勇仔将手袖(ńg)擘(pih)起里現出手臂頂面个花紋予尙地看：「這嘟是阮家族个表徵叫做〝文身〞；當然，今仔，我是昧贊成即種貴族佮平民个区別，這是我做囡仔時代刺个；花紋是〝百步蛇〞个三角花紋変化來个。這佮阮个始祖來源个伝說有関联；古早人講按天頂落落(lak-loh)來兩粒卵叫做〝色卵〞，黃色个如玻璃球仔，一落落地就变成一個魁梧(khue-gôo)緣投个多甫人；綠色个如宝石，一落落地就变成一個啊娜(ó-ló)多姿个多儌人，個兩個准結合做伙，生澶(thuànn)出阮排越族人哩咧！後來佫有佮〝蛇生〞、〝竹生〞始祖个母題融合，産生着先住民原始宗教神秘色彩个〝图騰〞(to-tem)。所

以，伀這文身嘟表示個个灵魂迷附伀本身，会當得着保庇哩咧。」

「哦，若安呢，巴勇仔，汝嘟呣免驚死啦──」

「哈──，咁有遐呢仔讚个代誌歟──」

兩個好山友如開講如落山，気氛不止仔令人〝忘我〞；啥悉也，即辰尚地感覺頭殼有小可仔疰(gông)疰，么儅即辰，前面个山友有咧叫着巴勇仔隨去，呣拘，伊看尚地安呢，呣甘離開，尚地向伊講着：

「汝趕緊去，我無要緊，坐咧歇一下仔嘟好啦──」

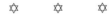

伀尚地咧歇睏當中，山谷裡猶然有迴响着山友個歌聲，其中，介成有先住民咧唱着山歌，啊，這是在地個个共鳴吧！因爲這歌聲，尚地嘟無啥咧疰啦！伊准企起來慢慢仔行落去。途中，佫有歌聲伝來：

　　〝每日思念汝一人，
　　　昧當來相(sann)見──〞

「無啊，阿雄仔，汝佫唱啥乜，伀這山中無合啦──」

「呣是啦，則兩三工吟，伊嘟咧思念秀倷哩咧──」

有山友聽咧反感，准咧共伊擋起來，確实，即條歌是〈望汝早帰〉，佇山中介成無啥合，唱咖活潑个唔是有咖好歟(hioh)！

無人做伴如行如談，難免嘟会佇動目珠以外，会動頭殼啦！尚地嘟是佇這一個人咧行時，想起着個都(tau)个人；個母仔元気失去介侈，么消瘦介多，佇短時間內，老伴在先往生，而且是冤枉个，這卜安怎会當化解內心个怨気咧！尚地想個母仔，正是唔甘着即点啊！伊有吩咐小妹仔個好好仔照顧佬母，唔嗵乎伊操労俗孤單。

尚地特別想着個爸仔李山海，原本伊是正式當选个〝台母街仔市長〞，尚地了解，伊么俗個爸仔肖全，並唔是爲着這〝市長〞个名聲，乃是尚起碼有卜來實踐個个理想──〝新文化〞，使乎台母街仔，唔只是全台母实实在在有名个〝文化市〞，么是世界上有名个；啥悉也，去乎汇党変孔，么了着個爸仔一個可貴个生命啊！佰了解，佇山中，尚地並唔是有咧想政経个問題，伊本身嘟主張〝山中無政経問題〞；可是伊今仔所想个是個爸仔个〝人〞啦！

「尚地，汝佇爸仔身邊茲呢久，起碼么卜有一、二十冬啦！我所教予汝个，汝可能会想講非常个侈，咁唔是咧？其实，這一切，菁華个所在，么是根本的个核心，只有兩字吟，汝想看覓咧，佗兩字？」

「超人──」尚地干但想一下仔，嘟即刻回答着。

「讚！」尚地個爸仔隨喝即聲：「眞好！無枉費汝佇我身邊茲呢仔久！所有學習研究，若無達到即個〝超人〞個程度，只是有〝進步〞，根本無佫〝進化〞！〝超人〞嘟是必須〝超越動物人〞；現階段个人，只是〝動物人〞，若有成就着〝超人〞個程度，安呢則是〝眞眞正正个人〞，么是現代方式个〝進化〞个人！無即種程度，免談卜創造、推動〝新文化〞啦！侈侈有權、有勢、有錢个人物，欠這進化，歕一大堆，欺騙世界啦！」

尚地到今猶是敬仰個爸仔，思念個爸仔，個爸仔一生个作爲、言論、人格，会當肯定是台母人个典範吧！

〝三劍客〞，佇這台母山路中，欠兩個好友，尚地單獨佇茲一步一步行个時，伊感覺有点仔可惜！因爲個兩個対跍山無啥有興趣，唔拘，照尚地个看法，生爲台母高山島个台母人，山，唔是干佃企遠遠咧看嘟好个，尚好應該是上山、入山，將心灵融合佇山塊大地気息之中，這則是台母人生活个根本！所以，尚地決心，落山了，伊卜共個苦勸，有冗做伙訪山則好！

想到茲，尚地目泪滴落山路，洪美津小姐若有転來，肯定今仔伴佇尚地身邊个，一定是伊；而且沿山路一定充滿着洪小姐个笑容笑聲，鳥仔聲、風聲嘟有伴奏个対象啦！咁会像今仔茲呢仔凄迷咧！？伊想起去机場送別洪小姐出去海外迄早起。

「我早嘟有心理準備，總有一日，会來共汝送行。」

尚地講着。

「甭想甲遐呢仔沉重啦！我会迒転來啊！」洪美津小姐激着笑容。

「佇台母公園个日子(tsí)，眞值得人懷念啦 ——」尚地介成咧感嘆。

「尚地仔，汝哪会想甲遐呢仔侈咧 ——」

「好啦，送別，這別是暫別，咖捷联絡嘟是，汝嘟保重。」

「汝么是愛好好仔保重 ——」其实，洪小姐个目泪得卜輪落來。

洪小姐看着個父母來，准行去個遐；么共尚地紹介予個父母。

「爸仔，即位我台母高中个同學，叫做李尚地。」

「阿伯阿姆您好，我是李尚地，請多多指教。」尚地行一個禮。

「哦，汝叫做李尚地，生做一表人才；請問令尊是 ——」

「伊是李山海。」

「哦，李山海先生，伊佇銀行界昧稗啊！得卜升做董事長个款。」

「無啦，得卜退休啦 ——」

「嚇！眞个。安呢嘟介可惜啦 ——」

尚地目珠金酷(khok)酷迗洪小姐通關，送到無看着猶

神神咧企佇入口前，嘸甘離開个款式；洪小姐个父母已经行走去，伊總無發覺着，伊只是神神，其实，尚地个心灵、腦海个波動，只有伊家己明白哩咧！

想仔想，一醒起來，則悉也茲並嘸是机場，是台母山落山路；看对頭前面，差不多百外公尺，有兩三个山友个形影。伊想卜趕去，可是，頭殼有小可仔咧起痟，只好佫緩(khuânn)緩仔行着。

啥人嘟料想昧到，山頂个風雲，即辰煞飛瀉落來，四周是咧起濛霧，今，前路是会安怎咧？好佳哉，無落雨，猶佫看会着前面个人影；嘸拘，時間是一目瞬(nih)仔呤！尚地是押尾个，伊一定愛趕去看個个山友則会安心！今，濛霧是愈來愈重啦！可是，伊心若愈急，頭殼是愈咧起痟啊──

這卜如何嘟好咧！已经看昧着人影啦！即辰，尚地咧想，急么無路用，總是沿這落山路行落去，應該是無問題吧！起先，伊猶佫小可仔有聽着人咧笑个聲；嘸拘，煞愈來愈無聲去，介成只有濛霧咧罩(tah)着寂静！

雖然，佇即款狀況中，尚地猶佫冷静么有信心，一定会佮山友個会合，伊並無掠狂咧揣路亂蹤(tsông)；伊期待這濛霧会當咖緊散去，安呢，前面个狀況嘟会清楚；伊么

有喊叫着巴勇仔佮山友個个名，可惜个，煞無半個人咧來回應，即辰，伊則發覺情形有不妙个款啦！哪会安呢咧？

　　山，佮人肖仝，無情佮有情哩咧！対山若欠尊重嘟無情，結果是人愛承受；若有順着山个自然原則，嘟有情，人嘟会平靜心喜，咁呣是咧？尚地愛山，山个心灵么是伊个心灵，並無啥乜可怕个代誌，除非無知！

　　今仔日个天気有夠怪！抑呣是風颱天，么呣是落雨天，干但罩霧佮起小可仔風絲仔吟，哪会霧一直猶昧散咧？而且天漸漸咧暗起來，這是天咧暗，抑是濛霧个関係咧？誠稗，山路愈來愈看昧清啦！抑山友個是行対佗位去咧？安怎咻(hiu)嘟迴响着家己个聲音呤！想卜翻頭跙起里，乃是無可能个代誌；若安呢，只好佮継續行落去吧！

　　人需要孤獨，但是昧堪(kham)得孤單哩咧！尚地正公(káng)是变成孤單个啦！只要有人出現佇面前，彼嘟昧輸 "天使"，雖然伊一向無相信啥乜神，啥乜天使，呣拘，佇情緒上，伊希望有安呢个代誌！

　　假使今仔有山豬、山羌、猴山仔、台母熊、膨鼠(tshí)等等个動物來出現，尚地是卜安怎辦咧？伊咁会講：來，來，眾兄弟，眾朋友，下昏伯來開一個 "拍鉄"(party)吧！您跳舞，我唱歌，做伙來歡楽一下仔吧！伯無冤仇，么呣是対敵，伯總是這大地之子，生命共存，安呢嘟着啦！

　　尚地看這情況，伊有覺悟啦！今晏(àm)無佇山中过暝

昧使得啦！伊用手電仔檢查登山袋仔內个糧食，無問題，凋(ta)糧猶有兩工份，若水是無啦！好佳哉，伊有聽着水聲，順聲揣去，石頭縫有水流出來，有水，生命嘟免煩惱哩咧！佇離水源無偌遠个所在，有一搭山崁(khàm)，准決定佇茲过一個有生以來尚幽静个一夜吧！

山內是足寒啊！無問題，伊有準備着羽毛睏袋仔，経驗共伊講，若無透(thàu)大風，落大雨，這一睏嘟会安眠到天光哩咧！尚地准平静咧坐佇山崁外，一面食凋糧，啉小瓦斯(gas)爐滾起來个烏龍茶，一面按樹箬(hiòh)縫看天；結果是啥乜總無，若有个，只是濛霧吟！

佇山頂过夜，对跙山人仔乃是介平常个代誌，可是孤單咧过个，即回是初次；尚地雖然有覺悟，只有家己來过這尚幽静个一夜，這並無表示伊会当悠悠哉哉咧來过着！伊么愛介小心來咧警覺四周環境个变化，只是夜若愈深，伊思慮个代誌，免不了会愈侈啦！這其中，伊愈想着個爸仔，佇尚地生長个过程中，總是受着個爸仔个教養。個爸仔个冊房，不時閃耀着智慧之光，人間之愛，正義之気；個兩個之間是爸仔囝仔，是師生，佫是朋友，茲仔个関係，共個个生命合做伙；所以李山海，雖然过身去，但是佇尚地个身上，伊是猶活咧啊——

本來山中之夜，猶然会当看着種種个形影，佇背光个所在，則是烏漠漠个；唔拘，今夜个濛霧眞正怪甲有倚，連家己个五支拊(tsńg)頭仔嘟看昧清楚啦！尚地若有小可

仔驚惶(hiânn/hông)，彼無法度講出个啊！

　　唔拘，愈烏暗，尚地愈会當看着〝光〞，彼光乃是心灵之光，腦海中之光！這意思是光並無佇光之中，倒反，佇烏暗中則有光个存在；親像無佮一切个惡战鬪，嘟昧体悟着善抑是美个真实，並唔是夯一支筆、動一支喙唒清(tshìn)采彈彈咧啦！

　　尚地佇烏暗个世界之中，愈看会着家己 —— 〝自我〞！

　　天，一光，嘟精神起來吧 ——

　　天光，天頂咁有光？猶是罩着濛霧，按昨昏下晡，到昨昏暝，到今仔日早起時，東西南北咖看嘟是霧啊！但是以尚地个経験來看，確实唔捌有过安呢个霧！佇山頂抑是山下，無可能有个；佇台母街仔或者是台母公園，秋天个霧特別侈，但是干但早時吟，偲書根本嘟四界清 —— 清清啦！聽講英吉利个〝朗楝〞(London)是〝霧都〞，么無安呢霧洒洒吧！而且，這霧介成有某種講昧出个气味哩咧！

　　尚地心內咧想，今仔日無落去到山跤昧使得，伊認真咧觀察，因爲霧洒洒，觀察無路來；講咖白咧，差不多寸步難行啦！昨昏下晡，伊有詳細看过山圖，山路、方向総無唔着啊！哪会今仔完全生疏，唔是啦，並無熟唔熟个問

題，根本嘟無山路哩咧！准有路，咁会是〝不歸路〞咧？千想萬想，伊肯定方向應該是正確，但是，事实共伊点醒，無路嘟是無路，無家己開路是昧用得啦！

　　〝寸步難行〞，一点仔嘟無錯！雜草生甲伫四界，么蓊(ōm)甲卜死咧！伊只好提出刜(phut/hut)草刀仔，但是唔是安呢嘟好行，土面有時有落差，踏無好势嘟硏糞斗，有時草裡是沼地，跤一坔(lòm)落，卜拔起嘟介困難；舞卜規晡，过無一個小山頭，何況一直伫霧洒洒裡咧行。

　　有一回，尚地抑准雜草仔刜了嘟会當行过去，啥悉也，跤一伐出，規身躯准摔落去，原來雜草仔下面是斷崖；摔落去量約仔有10公尺个所在，正手去扭(gíu)着樹藤，則保存一條命啦！佫偌敖(gâu)跙山个人，咁敢佮斷崖滾笑？何況唔悉也是斷崖則是大危險啊！

　　人講〝鳥語花芳(phang)〞是好景致！可是，尚地感覺奇个，嘟是鳥昧啼，花昧芳；唔是，兹根本嘟無鳥么無花个款式哩咧！伫濃霧中看昧着，無么聽会着，鼻会着吧！

　　经过一個小山崙仔，落去一片个草埔仔，尚地准坐落來歇睏。已经是按透早行到下晡了，猶未出現有可能落去山下个現象。伊想，昨昏無佮山友做伙轉去，佪一定会發動上山揣人啦！可是，到今總無動静，伊只有提起勇气，千萬唔通是〝不歸路〞！儅咧想个時，尚地看西爿有一搭大樹林，伫霧中是鳥脞(sô)脞，其中有一個小磅孔个形，伊好奇，准行向前去。

03.
禁止〝日頭光〞个告示

　　即個引起尚地好奇个〝磅孔〞(pōng-khang)，並唔是岩壁石頭个磅孔，乃是佇濛霧之中，面前看会着个大樹林裡个，爲啥乜有安呢个？可能是出入个通路吧？抑是啥款通路咧？假使若行会过，迄爿是啥款樣个世界咧？是唔是会當行落去嘉麻社村？抑是台母街仔咧？尚地儅咧躊躇(tiu-tî)！

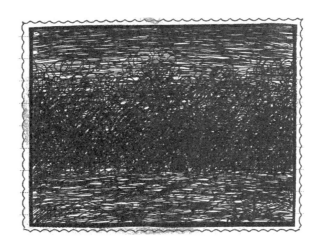

「好！行过去看覓咧則講吧！」尙地思考了准做安呢
个決定。儅伊行到磅孔口个時，看着有栽一支牌仔樣个物
件；認眞共看准瞄(tshuah)一掉(tiô)！牌仔頂面佮有寫字，
彼(he)文字有十二字，尙地難得看有，文字是安呢：

"禁止引入陽光，違者處以極刑"

甲奇！尙地佮瞄一掉！人是咧處罰偷渡毒品个、或者
是武器个，佮匪諜、人口買賣个等等，抑茲是咧變啥乜魍
(báng)咧？有〝日光〞是尙好个代誌啊！共人獎賞嘟來不
及啦，哪有咧處罰，佮是〝極刑〞咧？確实，驚倒五百萬
人哩咧！

嗯拘，尙地佮想倒転來，若是安呢，迄丬个世界到底
是安怎？有啥乜秘密咧?

咁会是〝天堂〞？抑是〝地獄〞？即辰伊想起但地
(A. Dante)个傑作《神曲》(La Divina Commedia)裡个〈地獄
篇〉第三首，但地行到地獄門口，有烏脞脞个文字，寫佇
陰森森一片城門頂面：

"通过我，進入痛苦之城
　通过我，進入永世淒苦个深坑
　通过我，進入萬刼不復个人群
　您茲仔按茲入去个人

抛捨着您一切个希望吧！"

「嚇(hann)──」尚地想着這准大喝一聲！在伊想，〝抛捨希望〞佮〝禁止引入陽光〞煞唔是〝半斤八兩〞咧！雖然文意是無全，可是〝希望〞佮〝陽光〞个意象是会通个哩咧！尚地即個人个性格，自早嘟是〝反骨〞个，伊愈看着〝禁止引入陽光〞，伊愈卜引入，伊介成有自信，卜共〝日光〞帶入去。

尚地非常小心謹慎踏入磅孔，內面雜草亂生，元但是寸步難行，伊一面用手電仔，一面剼草仔；安呢，七舞八舞眞無簡單則來到西丬个磅孔口，可是一出來碰着壁，有三、四公尺峘，伊个索仔無夠長；到底有啥辦法咧？元但是罩濛霧，看無啥会清周圍个狀況，佫認眞咧揣，突然間，尚地看着正手丬个地面有草仔倒咧，介成唔是動物个痕跡，抑無，唔嘟有人捌佇茲行踏过？哇，這嘟是咧共伊暗示，順這痕跡一定会當揣着出口。痕跡消失个所在有一條小溝仔，一看，原來是佇壁个下面；着啦，按這小溝仔躦过絕对無唔着啦！伊囡仔時代，有時么咧躦水溝仔孔哩咧！

尚地躦过去，一看，将卜軟跤去，面前个世界猶然是霧洒(sà)洒！大樹林介成是佇山崙仔頂，按這斜坡看遠去，隱隱約約有看着人咧渧(tùa)个茨个款式；安呢，佇這濛霧个景色中，伊一時的(tek)准充滿着希望佮信心啦！

按這山崙仔頂看落去，下面是一個街仔市無嘸着，嗯拘，遐到底是啥乜所在咧？尚地從來嘸捌看过，當然么嘸捌去过。迄搭，大概看起來是一個盆地形，建築物密集，岠岠低低，只是看昧講介清楚。尚地企咧觀察着迄個霧霧个城市，若照即個情景來看，介有可能它个街市仔个名稱，叫做〝霧城〞吧！伊準備卜來向〝霧城〞行去。

　　「喂，遐有一個人，緊共掠來問──」有一個兵仔向伊个同伴咧叫着。

　　「佇佗位？」另外一個兵仔咧問着，而且緊走俁來。

　　「佇遐啊，汝看，來，趕緊來共掠。」

　　尚地有聽着後面遠遠伝來个聲音，而且彼聲音聽起來非和善。所以，伊个敏感共伊提醒着〝走爲上策〞，即刻起跤嘟走咧躘(lōng)，伊个跤手不止溜掠，一目瞤仔嘟走入前面个雜木林中。

　　「你們在追趕什麼，怎么那么急？」另外一個話語無全个兵走來問着。

　　「剛才有一個人站在這儿，我們不知道他的身份──」

　　「笨蛋──」拄仔來个兵仔咧受気：「还不趕快去抓人──」

若論講跕山、躓樹林，今仔，尚地是專門科个，抑若迄兩個兵仔是卜比啥乜碗糕咧！尚地一蹤入樹林嘟無看着人影啦！兵仔個猶佫佇林外咧比跤畫手，介成咧討論卜安怎火燒樹林哩咧！

尚地佇進前有了解着〝霧城〞个方向，今仔，伊確認往西爿嘟無呣着；雖然佇林中，伊么是呣敢粗心大意，每一個行動，總愛四面八方相乎好勢則徙去別位。有時，伊有安呢咧想着：哪嘟咪(bi)匐(iap)，堂堂正正出去佮迄兩個漏屎兵仔理論嘟是，是啊，伊抑無偷抑無搶，抑是咧驚啥乜碗糕魔神仔咧！呣拘，想倒轉來，伊並呣諳(bat)即個街市个性質，迄(hit)兩個兵仔，到底是咧蹛(jiok)人啥乜？個是憲兵抑是警察？看個个穿插，介成總呣是，抑無個咁是逃兵，假喝咧掠人，然後個家己則溜蝒(suan)咧？呣拘，到今，個猶佫咧蹛伊，揣伊；總是必需避開則是頭路啦！

佇宓(bih)來宓去中間，尚地有咧思考着，即回因為罩霧則会迷路，可是伊有清楚，茲絕対呣是佇海外，猶是佇台母山区个大範圍內，這是千眞萬確个；一方面，伊抑呣是呣捌(bat)看过守衛山林个警察，迄兩個漏屎兵仔乃是介有可疑！佇即時辰，尚地已経離開雑木林，邊仔有一條小路仔，彼路抑若單行道，若兩台車肖閃，可能無問題；伊為着避開目標顯露，即刻快動作跳落一個木橋下宓起來；兩個漏屎兵仔，並呣是有發覺着伊，只是個咧推測有可能即個方向，准佇遠遠个所在蹛來；儅即個時辰，個个後面

有一台烏色跑(pháu)車駛來，超过迄兩個漏屎兵仔，來到木橋岸邊，車內有一位小姐个款个多傢囝仔，搧(iat)手咧叫着：

「先生，趕緊來坐車，緊來，緊來——」

「好吧——」尚地無法度相信有安呢个代誌，嗯拘，伊隨蹤起里。

「眞多謝！」一上車，尚地向個說謝。

「免客氣啦——」車上个小姐咧回答着。

「壞势，我想卜問个是，您哪会悉也卜叫我上(tsiūnn)車咧？」

「簡單，阮(gún)有看着迄兩個守城兵咧蹛汝。」

「嗯拘，我有可能是賊仔啊！您(lín)哪卜救我咧？」

「這么介簡單，凡是乎個蹛个，總嗯是賊仔，有可能是阮个人；今仔，我看汝个打扮，一定是踮山人，無嗯着乎(honn)？」

「哦，規棕好好，汝確实眞無簡單哩咧——」

車速如(ná)咧飛啊！眞緊嘟進入街市內；尚地向窗外看，店面、企家恰台母街仔差不多，只是來來往往个人，眞少有笑容笑聲，個个表情介成是咧防備个樣款。尚地根本嘟無了解即個所在，當然，內心个疑問暫時按下(hā)。

弯弯越越，車停佇一座大建築物个後面巷內。落車了後，尚地乎個請入內面地下室一楼裡；伊觀察室內个狀況，介樸素簡單，看起來抑如冊庫，抑如情報中心，爲啥

乜，無別項，四面壁總是排滿滿着冊个冊架；中央有几仔塊桌仔，桌仔頂總是電腦吟吟！佇內面工作个人，差不多總無聲無說。

然後，尚地被引進入去一間秘密室，嘸悉也个人，抑准是審問室；其实，佇兹只是談話或者討論个所在，一方面昧吵着別人，一方面談話中，若有関情報个話只有佇兹个人悉也吟！

「多謝您个招待，嘸拘，有一個疑問——」尚地一坐落來嘟開喙講着。

「佇兹，先生，汝做(tsò)汝講無要緊。」小姐咧講着。

「您兹呢仔親切，我嘟無客気啦！請問，您兹是啥乜所在，有啥乜特性？我嘸捌來过，有一点仔好奇——」

「其实，我看汝眞是客気！仉兹叫做〝霧城〞，滯(tùa)佇兹个，基本上有兩個種族，大多數是〝伊湾族〞人，少数个是〝霧霧族〞人；伊湾族是在地个，抑若霧霧族是外來侵入个，個一入來嘟用武力共仉伊湾族壓制住(tiâu)咧，到今，猶是安呢！所以，仉〝霧城〞唯一个特性，嘟是〝獨裁專制〞！原底仉兹会叫做霧城，因爲每一早起總罩霧到偲晝爲止；可是，個霧霧族一侵入，准變成規暝規日，一年透冬總是罩霧，而且霧有咖厚佫有怪気味！」

「哦，多謝，我有了解啦！」尚地佇這気氛中，准有

咖輕鬆落來：「着啦，我煞昧記得自我紹介，我叫做李尙地，台母人，佇台母街仔个台母高中任職，因爲愛山，即回去訪台母山，落山准意外落來貴地做客哩咧——」

「哦，台母街仔个台母人，台母街仔，我捌聽过啊！我叫做洪美珍，請多多指教！」

「嚇——」即聲是佇尙地心內咧叫个，哪会茲呢仔拄好咧！頭拄仔佇車內看着个時嘟大驚一掉(tiô)，咁会是洪美津小姐，因爲面模仔、身材兩個総卜全卜全！今仔，聽着伊个名字，只是〝津〞佮〝珍〞个差別，尙地感覺介〝不可思議〞哩咧！洪小姐咁有可能佇法蘭西失踪准來茲咧？准是，伊應該会認得尙地伊啊！

「其实，我卜向您學習个介侈，着啦，即位是——」尙地指洪小姐身邊个人。

「着啦，我么煞昧記得，伊是舍弟，叫做洪彰和，直接叫和仔嘟好。」

「眞趣味个一件代誌，」尙地提出：「佀是無全族，語言哪会肖全咧？話語完全会通啊！您咁無感覺？這是啥乜道理咧？」

「就我所了解个，」洪小姐講着：「台母族佮伊湾族，其实是全一個種族个分支，所以佇語言上，台母語佮伊湾族語無差別，只是腔調有变化吟！」

「若安呢，我是卜相信啦！」尙地講：「比喻講〝大姐〞(tuā-tsié)，抑您咧？」

「伬个語音是 "tuā-tsí"。着啦！原來是安呢哩咧！」

「抑若兹个霧霧族語咧？」

「發音是 "dà-jiě"」

「抑這嘟佮伬台母个外國語 "dà-jiě" 仝款啊──」

稍停一下仔了後，尙地臨時想起即個問題：

「我是按外地來个人，您哪会直接招待我來兹，您呣驚──」

「驚啥乜咧！汝是好人啊──」

「我是好人？」尙地一聽着，心內咧想着。

☆　　☆　　☆

尙地即個青年先生，伯講眞个，褒伊抑呣是，嫌伊抑呣是，伊總老神在在；理由介簡單，受個爸仔个教養來个，有一套自我認知个方法論佮思想；只是，今仔，洪小姐講伊是 "好人"，好奇而已佮呤呤！爲啥乜対一個人個会當肯定安呢个評斷？並非 "善" 抑是 "悪" 个問題！

「洪小姐，壞勢，我眞好奇，爲啥乜悉也我是好人，呣是悪人咧？」

「即款評斷，対伬來講已経無問題啦！」洪小姐回答着：「呣拘，佇兹卜先解說，伬講好人，乃是 "有善个傾向"，講悪人，乃是 "有悪个傾向"；方法上，呣只是根

据科學技術，么必需綜合着心理分析、人生哲學咧來做着綜合思考佮評斷。結果是，伬有99%個自信！」

「哇，聽汝安呢講，我愈好奇，愈有趣味啦！我拄仔來呤，抑無照Ｘ光，么無驗血，您卜哪会悉也咧？」

洪美珍小姐招呼尚地行倚去一台電腦個頭前，然後指予伊看：

「李先生，請看這画面，感覺安怎？」洪小姐向尚地講。

「哦，這嘟如電波图，波動个形狀介溫和个款。」

「安呢嘟是啦，汝踏入兹个工作室个時，電腦掃描嘟共汝做出即款參考資料，根據波動形狀个解讀判斷，汝有〝好人〞个〝善个傾向〞。」

「嚇！」尚地驚奇咧出一聲：「這是頭遍看着个，咁眞正有安呢个技術？」

「它并(phēng)人咖老实，一点仔白賊嘟無，除非它有故障去。」

「我是外行个，當然無法度了解画面是安怎形成个，而且卜安怎判讀？」

「這講起來介成簡單个款。」洪小姐親切咧說明：「姆拘，其中个技術問題，乃是介微妙；伬兹裝有兩台掃描器，一台是針对腦波，是卜測出〝理性〞个波動；另外一台是針对心波，是卜測出〝感性〞个波動；然後將兩種波動，綜合起來出現佇現在電腦画面上个〝波動形

狀〞。」洪小姐停一下佫講落去：「汝看，汝被掃描着出現个，波動个峘低差介大，而且波動谷間个距離么介寬大；這嘟表示出汝即個人个心智佮理智个作用是〞和氣〞个，無強大个〞私欲〞，嘟無攻擊性、破壞性、掠奪性等等，安呢，煞唔是有〞善个傾向〞？佇茲講个〞傾向〞，是表示當下尚大个〞可能性〞，唔是〞絶対性〞；所以，伬講有99%个自信！」

「哇，安呢講來，這是世紀的个大發明啦——」尚地現出着歡喜。

「李先生講个，么真有可能——」洪小姐現出甜蜜个笑容。

「唔拘，您(lín)爲啥乜卜安呢做咧？」

「這講來話頭長，以後汝嘟会明白。」

到目前爲止，尚地扰着个代誌，是新鮮佫奇妙，親像大樹林口个〞禁止日頭光〞，兩個漏屎兵仔个追捕，電波図，佮洪小姐！其中尚奇妙个是哪会扰着洪美津小姐，唔是，是洪美珍小姐，抑是佗一個咧？尚地花洒洒啊！着啦！個咁会是〞双生仔〞咧？儅咧想當中，洪小姐个聲共伊叫醒起來。

「李先生，伯做伙來一楼吧——」

全即棟大楼个一楼，有洪小姐個開个一間冊店，店面介闊，一兩百人入去么猶有倩，囥(khǹg)冊以外，佫有種種个設備。

尙地綴着洪小姐身邊來到冊店，無看便罷，伊一看准驚兩三掉(tiô)！

「洪小姐，茲哪是冊店，應該是图冊館吧——」

「無嘸着，阮茲是图冊館么是冊店哩咧。」洪小姐帶尙地參觀：「汝看正中央總是各種類个冊。」洪小姐偎去尙地个耳孔邊講着：「只是昧使得有反制、反思想个冊。」然後則佫出聲講：「抑若邊仔東西南北爿有其它个設備，尙主要有東爿面个是讀冊、寫作室，冊店个冊標有兩種：一種是新冊，昧當借个；一種是古冊，会當借入來讀个；西爿面是飲食室，么兼談話室；南爿面个是筋骨活動室，若企久抑是坐久个，總会當入去活動一下仔，只是有資格佮時間限制，凡是有買冊个，嘟会當做着半点鐘个活動；北爿面是電腦室，会當查資料情報。」

「哇，洪小姐，您這冊店，確实是一流个，無嘸着啦！」

「哪有，是汝嘸甘嫌啊——」

「我講眞个，阮台母街仔無安呢个冊店。哦，即本是散文作品？」

「即本是阮伊湾人散文大作家寫个，介侈人愛讀，伊么是阮伊湾語个介特出个研究者，可惜个是伊無用伊湾語來寫作表現。」

「作者陳學貫，看起來面熟面熟哩咧——」

「即本是詩集，」尙地眛(iánn)着：「作者是涂中

光，咁有人讀？」

「若伊是霧霧人个代表詩人，政府僧咧扶伊，所以加減有人看。」

尚地順着冊架如行如掀，小可仔咧眛一下仔；么有問洪小姐関于作者个情形，洪小姐有簡單咧紹介，下面有几仔作者是安呢：

「若黃今联是伊湾人，伊用伊湾語寫作；無嗯着，這是做爲伊湾人應該有个作爲，無以母語寫作抑是会當表現出啥款精神咧！可惜个是伊干但会曉伊湾話，却嗯諳伊湾語个眞实意義。抑若邱如海，么是伊湾人，眞用功咧做着外国文學个研究佮翻譯，么介可惜，伊煞用霧霧語咧寫作么介成是〝渗仔〞。紲落來即兩本政論冊，其实是咧欺騙社会个，作者蔡政原佮施敏得，雖然總是伊湾人，可惜個前到今，總是咧攬着霧霧人个大腿；尤其是施某某，捌參加伬个社運，後來被發現伊是〝渗仔〞，倒轉去吮(suh)霧霧人个奶，猶佫油勢勢！抑若迄本佛教說理个冊，應該是愛揮去糞坑个，作者是晶云大師，正公是〝野和尚〞(iá-hue-siūnn)，干但会曉吮着霧霧人个奶，得着利益，着啦，伊原本嘟是霧霧人。伬冊店个経營原則，是卜提供公眾卜看个冊，所以好稗排做伙啦！」

「嗯拘，看啦，您兹有一個專櫃是叫做〝超流文庫出版社〞，昧稗个款！」

「即個出版社，確实介讚！它个主持人是林文佩，伊

湾人，眞愛伊湾，所以伊下心出力卜爲伊湾做代誌；伊是
対文化出版事業來切入，專門出版有関伊湾个文化、历
史、語言、政経、風俗習慣等等个文學作品佮論著，成績
斐然！凡是伊湾人，有伊湾精神意識个，總介支持伊个出
版。所以，阮兹有特別專櫃啦！」

「哇！我聽咧眞感心感動！」尙地表示伊內心个話。

「着啦，時間到啦！阮爸仔有預定卜佮汝見一面，咁
好？」

「唉，有即種代誌？我是外人佮後輩，咁担當会起
咧──」

「甭(mài)想傷侈啦！這是阮爸仔个誠意，佣做伙
來──」洪小姐招請着。

尙地准綴着洪美珍小姐落去地下一楼，頭拄仔去个所
在。

✡　　　✡　　　✡

尙地個入來室內，開講無佫久，有一位穿插介素樸个
年長者行入來，綴佇後面个是洪小姐个小弟洪彰和；尙地
看着個，准企起來。

「李先生，汝好，乎汝等介久啦乎(honn)？」年長者
佮尙地握手。

「無啦，無啦，我叫做──」尙地行一個禮卜紹介家

己。

　　「汝請坐，汝个大名是李尙地，無唔着吧！」年長者
講。

　　「正是，請阿伯，多多指教──」

　　「免客気，我叫做洪月耀，今仔，看着汝，則悉也伯
眞有緣！」

　　尙地聽着〝洪月耀〞即個名，險仔按椅仔頂摔落地
面！世界眞是〝有奇不少〞啊！洪美津小姐個爸仔叫做
〝洪日輝〞，抑洪美珍小姐個爸仔叫做〝洪月耀〞，日月
肖照么有日月之差个款啊！伊佫講〝有緣〞是啥乜意思
咧？

　　「李先生，其实，我是汝个大前輩──」月耀伯仔講
着。

　　「彼當然，阿伯，汝當然是大前輩。」

　　「唔拘，我講个，並唔是指年歲，乃是台母高中，我
少年時代么是佇遮出身个，我佮令尊李山海先生是同窗
啦！」

　　尙地即回聽講佮個爸仔是同窗，佫一遍險仔按椅仔頂
摔落來！

　　「阿伯，咁眞个？壞势，後輩唔悉也──」尙地个驚
奇非同小可仔！

　　「規椶好好，所以看着汝，我非常歡喜，汝又佫生咧
佮令尊介肖全！汝么悉也，因爲汝今仔是台母高中个先

生，台母高中已經有誠百多个历史啦！我囡仔時代，霧霧族人猶未侵入進前，綴伬佬爸出去討賺(than)流浪；所以，我則会佇台母高中讀冊，畢業無偌久，鈎民党拄仔卜來佔領台母，伬嘟搬転來伊湾；李山海先生是我高中時代尚投合个朋友啊！令尊，今仔有好無？」

「伊已經过身啦！是乎鈎民賊党冤枉，准往生去个——」

「嚇——」月耀伯仔即聲昧輸咧嘽(tân)雷公咧：「兹仔个賊党眞可惡！安呢，台母佮伊湾介成是全一個運命啊！人民不幸啊！總愛企起來啊——」

這一時，室內恬静甲只有聽着月耀伯仔咧嗆(tshngh)佮目泪滴滴流，可見佇少年時代，伊是佮李山海个友情啦！身邊个人，逐個么咧流目泪！

「李先生！」月耀伯仔咧叫着尚地。

「阿伯，我是後輩，直接叫我尚地嘟好——」

「安呢好啊！么咖親切是呣！我看汝个打扮，一定是愛山人，汝咁是按台母山落來个？罩霧則迷路个是呣？以前，么有人安呢过。」

「是啦，安呢么昧稗哩咧，因爲則有熟似阿伯您个机会，咁呣是？」

「汝安呢講眞好！既然汝按台母山落來介辛苦，是呣是乎伬來共汝做着身体檢查，看汝健康个狀況，好無？」月耀伯仔親切咧講着。

「嗯，安呢么好，嘟嘛煩您啦——」

個准去隔壁一間電腦設備介好个室內，尚地倒佇檢驗床，伊个頭殼、心臟、跤手有乎個湊(tàu)不止仔侈驗管；但是開始運作到結束，伊總無感無覺，抑如(nà)将卜睏去款。其实，這檢驗个時間無偌久。

「尚地兄，」洪彰和咧叫着伊：「檢驗已経完成啦——」

個佫転來原本个房間。月耀伯仔看了資料，准開喙講着：

「恭喜，一切正常！嗯拘，頭拄仔咧檢驗時，汝有咧想着父母乎？」

「嚇——」尚地無出聲，只是第三次伊險仔按椅仔摔落地面：「介奇妙！体檢是介平常，嗯拘，您哪会悉也我有咧想啥乜咧？介奇妙啊——」

「是啦，对汝是一件奇妙个代誌，今仔，汝静静聽汝脑中个聲音吧！」

下面是按電腦放出來个尚地家己个〝脑音〞：

　　"母仔，我今仔介想汝，我佇伊湾个所在，平安無問題，請汝免煩惱啊！而且，有卜共講一個大好消息，我佇兹，有拄着佮爸仔全佇台母高中做伙勉強个同窗好友洪月耀伯仔；個總对我介好，隔几工仔我会転去，汝安心，好好仔保重身体，有啥乜代

誌，叫小妹個做嘟好，我会緊轉去啦………"

　　規棕好好！這嘟是尙地个〝腦音〞么是〝腦語〞！其實，月耀伯仔在先無卜共尙地明講是卜測伊〝腦語〞，是無愛予伊有心理準備，安呢嘟咖自然，么是卜予伊悉也，個兹个設備会當測出每一個人个眞實！

　　「尙地，這是嗯是汝頭拄仔，腦中咧想个話？」洪小姐問着。

　　「哇！規棕好好！一点仔嘟無錯！您有兹呢仔厲害、先進个技術啊──」

　　「哪有，人个進步是適應需要則有个，侊這是卜助研究者、作家免動筆个啦！」

　　「若安呢，假使我規工咧思考卜寫个，嗯嘟總会當轉譯出來？」

　　「無嗯着，李先生，另日汝会當試看覓咧──」洪小姐現出笑容。

　　洪小姐個爸仔洪月耀先生，因爲佫有代誌，卜先離開：

　　「尙地仔，汝佫稍坐開講，我先告辞，另工伯則佫來談。」握手了嘟離開。

　　「尙地兄，」洪彰和咧講：「即兩工仔，我陪汝踮侊霧城趍趍參觀一下仔，兹景色本底昧稗，嗯拘，自從狗民党來了後，侊兹嘟霧洒洒啦，嗯但環境，含人个社会么舞

甲霧洒洒；雖然安呢，汝會當趁即個机会了解一下，然後提供汝个看法予伩参考，看下一步是卜安怎做。」

「多謝汝為我安排。」尚地回答着：「姆拘，我个意見無一定正確。」

洪小姐個姐弟招待尚地卜去歇睏个所在，么是全佇地下一楼，佇兹个隔壁間是個个〝人間研究所〞，嘟是頭拄仔做〝腦語〞个，佫邊仔迄間嘟是〝友人房〞，專門予貴賓滯(tùa)个。

個佫先入去〝人間研究所〞，洪彰和請尚地坐佇一條椅仔講着：

「尚地兄，今仔卜共汝做着〝換肺〞个工課(khuè)，請免驚。」

「唉！換肺？我个肺部好好啊——」尚地感覺奇怪。

「尚地兄，是安呢啦，並姆是眞正換肺，乃是因為伩霧城个空气霧洒洒，為着救眾人个肺部，伩則研究發明着即項物件；嘟是佇人个頭殼戴着一頂氧气帽，如太空人迄款，然後放出尚清新个氧气，差不多十分鐘，安呢人个肺部嘟完全輕鬆起來，昧輪換着新个款式，所以則叫做〝換肺〞。效果介好，有九成个霧城人咧使用，伩嘟利用這利潤(sûn)助着社会運動。」

「咁有也是安呢？」尚地相信即件代誌，有新奇感佫有歡喜：「若是，請您趕緊共我〝換肺〞一下；嗯，我今仔胸坎有小可仔促(tsak)促——」

彼換肺个罩帽仔戴落去，姆悉也个人一看，無啊，彼是太空人？抑是美容室裡咧吹頭毛个款樣吧！

向地竟然料昧到会來佇霧城，抑頭一工个遭遇是安呢哩咧──

04.
"822"事件

　　按日期算起來，八月十五号，尚地個訪台母山，十六号登頂佫落山，十七号來到霧城，今仔日是八月十八号啦！伊佮茨裡个人以及山友個完全失去联絡；伊當然会想啊！

　　姆拘，洪家个人对伊親切咧招待，特別伊是生疏个人，会當得着安呢对待，心內有咖平静啦！而且洪伯仔是個爸仔个同窗，感覺着有父輩个温暖。其中，特別是洪美珍小姐，哪会生做佮洪美津小姐一模一樣咧，佇性格上，么親像(tshiūnn)一個人哩咧！唯一無全个嘟是洪美珍小姐介成对社会、人民个関心，姆但真強烈，而且佇行動上，有進無退。這總是即几工裡，伊所觀察來个感想。

　　洪彰和佮尚地一做伙嘟如兄弟咧，這使乎尚地愈会自由自在，而且兩個么介講会來；尚地咧想，彰和仔一定么受個爸仔真大影响，親像伊本身么是哩咧！抑若月耀伯仔，介成是霧城中社會運動介有力个推動者啊！

中篇　04."822"事件　289

佇即兩三工，尚地綴着彰和仔四界行踏；霧城是一個盆地形个所在，因為人口有一兩百萬人，傷过密集，所以，到佗嘟感覺促促，佫加上霧洒洒个空氣，心頭愈促起來；莫怪個若転去，一入門嘟愛在先去〝換肺〞啦！

個在先去看〝總督府〞，這是早前扶桑族人來侵佔个時所留落來个建築物；今仔是〝總統府〞，內面有主要个兩個人物，伊湾人總共個叫做章臭頭仔佮章谷景少爺；尚地一聽着准眲(tshuah)一掉(tiô)，哪元但佮台母个肖全咧？天下不可思議个代誌，眞侈(tsè)啊！

「尚地兄，即個建築物个外觀，看起來眛稗乎？」

「嗯，確实眛稗！古早磚仔茨个方式，有莊嚴之感；可是，外表看起來親像一個君子，內面是掌握權力，〝藏污納垢〞个所在，咁呣是咧？」

「哇——」彰和仔将卜大叫出即聲：「尚地兄，汝个眼力眞厲害啊——」

「哪有咧，我是推測，因為有佮阮台母个全款啦——」

「若是安呢，人若会當将心比心，代誌總会一清二楚，是呣？」

「彰和仔，汝个頭殼是愈清楚哩咧——」尚地認眞咧講着。

接落，個去城內唯一个溪水是清水溪，無看便罷，一看将卜昏倒去！

「尚地兄，壞勢，來茲煞乎汝看規條溪个臭水，鼻臭水味，抑無──」

「無要緊啦，正是愛觀察一下仔；其实，伬台母个大高夫市么有一條叫做〝情河〞溪水，以前，比您茲个咖臭，経过几仔遍个抗議，後來伬台母人治市政，則共整頓，今仔変成眞正个〝情河〞；有名个悠閑談情个河邊公園。這〝清水溪〞其实是〝澇水溪〞，水澇佫臭，么應該会當整頓則着吧！」

「我看是共即個賊仔政府偃(ián)倒咖緊，霧霧族人个生活習性是滥爛(lám-luānn)骯髒(a-tsa)，做事含仔糊(hâm-á-hôo)佫皮(phî)皮，總講一句是〝欺騙人民〞啦！伬抗議到今總無效──」彰和仔感嘆着。

「若安呢，確实無偃倒昧用得啦！偃倒政府並無等于偃倒国家；特別是賊仔政府！選票若無效，只有使用武力革命啦！」尚地不平咧講着。

「行到即款地步，伬侈侈个伊湾人總有安呢个共同意志啦──」

「若眞正是安呢，嘟有希望啦──」尚地肯定咧講着。

後來，個佫有佇城中佫郊外，四界躘(lìng)四介看，費不止仔侈時間；有時佇歇睏中，么咧觀察來往个人，個个表情行動。佇尚地个眼光裡，伊感覺伊湾人猶未到絶望个地步，有不安，么有希望，只是彼生活辛苦个気氛共個包

圍着！抾仔咧想个中間，彰和仔跤手灵敏，臨時越过別條路，原來伊有看着前面警察咧檢問；若無安呢，即聲嘟会佮警車走肖踷啦！尙地么則会無問題哩咧！

佇霧城，大概躇一輪了後，佇車內，尙地講着伊个感想：

「這是我個人个看法，霧城現此時个狀況，眞正是霧洒洒啦！有大多數个人民生活介簡樸，其中有个是生活習慣，有个是经济因素吧？我看着介侈排路邊担仔个，差不多總是老歲仔人，尤其是阿婆仔，總有七、八十歲个款，個今仔應該是佇茨裡抱孫仔，过着平靜个生活則着啊——；另外有一批人，牛活是浪費討債，我唔悉也，做一個人，佇即種不義不平个社會裡，滯豪宅，享受東西，到底是有啥乜碗糕心情佮理智咧？總講一句，即個社会个〝格差〞眞是驚死五百萬人啊——，我想，您么一定有咧思考即個問題吧？」

「尙地兄，汝个看法一点仔嘟無唔着，眞对同(tâng)啦——」

落尾，彰和仔帶(tshuā)尙地去一個介鬧热个夜市仔行行。

未前入去，嘟聽着內面吵吵鬧鬧，是冤家？抑是咧迎王爺？詳細共聽，有个是喝賣招人客，有个聲音感覺怪怪，佮行入去，有聽清楚个時，尙地煞驚一掉，險仔倒退趄(lu)！原來有兩三個人客，佇路邊如食物件，如咧操

(tshò) 間譙(kàn-kiāu)；

「間個祖媽！他馬的！哪有人食錢無罪，騙猶(siáu)個──」

「他馬的！個有錢有势，抑汝是卜安怎！」

「卜安怎──」其中一個氣弗弗：「總共個剝皮啊──」

「咖細聲咧──」另外一個〝噓〞一聲共伊阻止。

「驚啥乜？您爸尚大個啦！他馬的，間個祖媽──」

規個鬧熱个夜市仔，四界踅踅咧，除了食、啉物件个時，小可仔有聽着笑聲以外，差不多只有即款聲音吟：〝操間譙──〞。

兩個転來冊店地下一楼談話室歇睏，洪小姐已経佇咧等個：

「李先生，佇四界參觀，会忝(thiám)乎？」

「昧啦！着啦，以後叫我尚地嘟好。」

洪小姐眞関心尚地个心情，俗伊講昧少咖輕鬆个話題，么請伊加歇睏几工仔，逐個么咖有交流个机会。落尾，尚地突然間想出一個問題：

「我有一個問題，想卜請問洪小姐，咁好？」

「哪嘟客氣咧！我会就所諳个共汝講嘟是──」

「是安呢啦，佇卜入來霧城進前个大樹林口，爲啥乜牌仔頂会寫着〝禁止引入陽光〞咧？這俗人甚至其它个動物生存上，乃是倒反个啊！」

「這，凡是有了解着霧霧族人个民族性，嘟無奇啦！」洪小姐親切佫簡明咧說明着：「伯總悉也所謂个〝霧霧〞，簡單个意思是〝昧清楚〞，重点是這〝昧清楚〞亦是〝霧霧〞乃是个生存个本質，哪欠這，個嘟總会〝蹺(khiau)〞去啦！所以個族群則有即个名，所以，〝霧洒洒〞則是個个历史文化个〝核心〞！想看覓咧，若有〝日頭光〞个時，個会变安怎？個会七逃八逃，唔則逃來到仿伊湾，嘟是佇這進前，總有碰着〝日頭光〞啦！安呢，個當然卜〝禁止引入陽光〞，咁唔是咧？」

「哦，原來是安呢！」尙地總是有了解啦：「干但〝霧〞是無問題，抑若〝霧霧〞嘟有問題，莫怪，個即族群啥乜嘟〝霧洒洒〞啦！」

「正是安呢！」洪美珍小姐佫講着：「所以個只有〝霸道〞、〝假君子〞、〝欺騙〞吟！」

尙地聽了咧想：莫怪做事霧霧，講話霧霧，捲舌如咧含屭(kâm-lān)啦！

〝日頭光〞佇〝霧城〞抑是有啥乜意義咧？

霧城，早前，即個所在只是早時全域罩霧，过畫，嘟日光炎炎啦！但是，自外來霧霧族人侵入佔領了後，眞奇怪！嘟無日頭光啦，唔但規工，而且是規年冬總無！哪会

安呢咧？這嘟愛人類學家來研究啦！

有〝日頭光〞，対伊湾人來講，嘟是充滿着〝希望〞，而且会發出潛在之力！

有〝日頭光〞，対霧霧族來講，彼(he)嘟会使乎個个頭殼，会起暈(hîn)么会起恍(gong/kông)；一旦嚴重起來，准如一隻猾狗个款；倒反，若無日光个話，個則感覺有〝希望〞，会當継續掠奪、吞食如一隻豬仔咧！

今仔，霧霧族人咧企頭勒(lak)權，個个団体是〝狗民党〞，其中么有一寡仔〝牛山仔〞咧共個扶扶挺(thánn)挺；抑無，個咁会當企在在咧？

「牛山仔！」尚地一聽着：「哪会佮伬台母肖仝咧？」

是啦！這牛山仔，乃是伊湾人个敗類啦——在地半山仔！

佫有注重实际，看風势，欠着正義个認知个中間者，這正是〝半公母〞个啦！

〝狗民党〞么是獨裁党，利用〝洗腦〞、〝威迫〞、〝利誘〞吸收介侈為個効労个嘍(lôo)嘍；莫怪個猶佫咧霸權、霸道昧煞！

「眞正个啊！烏頭仔車、兵仔車撞死人，無賠——」彰和仔講着。

「哪有即種代誌？」尚地奇怪着。

「有啊！個賴講是人青暝去撞車个，講叫做〝活

該″──」

「狗民党是賊党是惡霸，若個个霸道是算昧了个啦！」彰和仔受気咧講着：「官商勾結，侵佔農地，利用〝都更〞(too-kenn)拆人个祖茨，食甲〝肚髋〞(tōo-kénn)着，唔是曨喉(lann-âu)！拄着災難，将責任撑乎人民，做官个免負責，免落台，煞官愈升愈大！若有罪，是犧牲個無重視个人，欺騙人民講是個个法庭是〝公正〞个，事实上，特權者總会受着掩護啦！個欺騙人民个手段佫有一步介厲害，嘟是控制〝媒体〞，飼一批叫做〝媒体資深〞个名喙走狗，替個咧捏造新聞，吹甲花洒洒！么佇霧洒洒中，転移焦点，使乎眾人總咧綴着個起舞！前一兩个新聞准總放昧記得去啦！有志気有覺醒个伊湾人，當然內心清楚，可是，猶有消極个伊湾人，個只要腹肚会飽嘟好，啥乜碗糕党碗糕人來管壓，總無要緊，這嘟誠害啦──」

「若這，阮台母么無咖好偌侈啊──」尚地感嘆一聲。

「您台母可能有咖好吧！阮兹个狗民党佫有陰謀，個僧咧栽培二代三代个特權，卜繼續打(tánn)壓阮伊湾人，阮無想辦法共拍破昧用得。」

僧彰和仔這話講了，個阿姐洪小姐入來，対尚地咧講：

「尚地，汝咁有想卜佮我來一搭所在行行咧？」

「好啊，安呢嘟麻煩汝啦──」尚地聽咧歡喜甲無塊

嗵講。

「安呢，阿和仔，尚地佮我來，汝去整理一下仔資料吧！」

洪小姐帶尚地來个所在，正是霧城中尚有清気相(siunn)个一個水池，名叫做〝伊湾秀池〞；它个四邊是公園，全是樹林；池中个水介清，生个花是〝蓮花〞，佫有大小隻魚仔咧游來游去；水池个中央，有予人休息个亭仔。確实，尚地自來到兹，看着个景色，即個水池佮公園乃是尚恰意个哩咧！池中个亭仔，伊看咧介面熟哩咧！

「洪小姐，我有想卜講个是佇阮台母个中台母市內，么有一個公園佮水池，名叫做〝中台母公園〞，佇設計上，哪会佮兹眞有全；阮彼是七、八十年前，扶桑族人來佔領時所起造个，公園个気氛昧稗——」尚地講着。

「咁眞正是扶桑族人設計？阮伊湾秀池公園么是哩咧！」洪小姐講着。

「個个設計總有清幽个意象，介有美感个想象哩咧！」尚地有感而發。

「狗民党霧霧族人則昧安呢，個逐項嘟擠入紅支支个色感。」洪小姐講。

「彼則尚傖(sông)个，無頭殼么無心灵个〝王八蛋①〞个作爲啦！」

———

① 王八蛋〞，外來語，one parten。固定个形式，無変化、無創意。

「尙地，我个想法么佮汝肖全哩咧！」

「眞个？若安呢，我非常歡喜，這叫做〝君子所見總全款〞啊──」尙地佮講：「洪小姐，我則是欣羨汝个眼光，紹介我來茲哩咧──」

「哪是？」洪小姐有点仔坏势：「則是汝共我啓發个啦──」

儅兩個講甲介有趣味个時，突然間，洪彰和走來揣個：

「尙地兄，阿姐，」兩気做一気喘咧講着：「霧城北爿，拄仔發生代誌，阿姐，汝緊帶尙地兄轉去，我先去看情形是安怎？來，緊離開──」

〝伊湾秀池〞是佇南爿，今仔北爿出代誌，卜趕去么有一站路程；彰和仔招兩三個朋友做伙趕去。儅等個趕到位个時，場面已経亂七八糟，喝拍个聲音，四界响亮！原來事件个發生是安呢：下晡兩点半左右，有一個狗民党个特務，看着一個老阿伯子个茱担裡，大頭菜白佫大條，伊眞想卜愛，准向老阿伯仔大聲嚷着：

「喂，把那大頭菜拿过來，我要的，聽到了没有──」

「嚇？汝卜大頭菜？好，一條兩匜(khoo)──」老阿伯仔提去伊遐。

「這么慢，他馬的，兩匜屁──」特務又大嚷着。

「兩匜是介俗个啊──」

即個狗民党特務介成脾気眞稗，出手奪过大頭荣，另一手大力共老阿伯仔挨(e)走，阿伯仔倒退兩三步，隨俗踏前卜搶回伊个荣；啥悉也，即回即個特務，唔但共阿伯仔巴一下，俗么大力共伊挨倒佇土跤，拄仔遐有一粒大石頭，阿伯仔叩着後腦，准昏迷昧醒，土跤全血！佇邊仔咧看个人，本成有卜助阿伯仔，么替伊憤憤不平；唔拘，個跤手有咖慢一步，准來不及共阿伯仔撐(thènn)住；個一看阿伯仔倒咧，昧振(tín)昧動；眾人即刻搣(tshih)偍对特務身軀去，連聲喝拍：

　　「有夠可惡(òo)，拍乎死、拍乎死──」眾人齊上。

　　民眾个憤怒，大部分是累積來个；平常時委屈介久，特別是对霧霧族人，個總認爲是一等国民，看伊湾人無起，狗民党愈共伊湾人踏佇跤底；安呢，今仔發生即種代誌，民眾看介清楚，無可能忍会住啦！

　　「伊是狗民党个特務，無唔着，欺負人夠夠，拍乎死──」

　　佇民眾个跤來手來中，特務倒佇土跤，身着重傷，無死么半條命！

　　企佇附近个警察有兩三個，趕緊走來，么參落去乎民眾咧拍，有一個警察避去邊仔挂(khà)電話联絡警察局；伊電話挂仔挂了，么乎民眾圍起來拍。即款場面，並無啥人領導个，民眾自動打不平个！

　　彰和仔個來到現場附近時，么拄仔有一大隊个鎮暴警

察來到；個准開始行動，鎮壓民眾，么開始掠人；有个民眾走甲遠去，有个民眾，唔驚死个准咧抵抗着，佮警察对立。大多数个民眾唔願散去，喝聲衝天！

「伊湾人个警察仔，您是無心肝，卜做人个走狗歟──」

「若有屧葩(lān-pha)，去对付狗民党啊──」

抑是佗一個警察仔無屧葩咧──彰和仔咧想！

所謂〝星火燎原〞，火若一燒起，彼是一片一片咧延燒落去！唔拘，火会容易着(tóh)起來，一定是有凋(ta)草；凋草是啥乜咧，咁唔是〝人民个苦，賊党个惡〞咧？社会若有公平正義，民眾差不多是〝順民〞，個咁真愛惹代誌？食飽傷冗(êng)咯！自古以來，民眾个起義總是被〝激〞个啦！

衝突已経激烈化；将卜昧收山啦！抑是啥人來收山？会收山咁嘟一切總会改变改善？事件已経按北部到東部、西部、南部，全霧城个伊湾人總企起來，看着霧霧族人，双方嘟落佇〝汝死我活〞之中，大地無一搭是無流血，染寫着〝人類个悲哀〞！這是啥人个〝罪过〞咧？有安呢个聲音，強响佇天地之間：

"起來，伊灣人，祖国儅咧召喚！
　是時辰啦！今仔創落，猶昧慢！
　心存做自由人？抑是卜做奴隸？
　您家己选擇吧！嘟是安呢个問題！
　向伊灣人个天公伯仔咒詛（tsiu-tsuā），
　佪來咒詛，
　佪來咒詛，
　佪無卜継續佫做奴隸啦！"

"自由佮愛情！
　我總爲個付出心灵。
　爲着愛情，
　我甘願犧牲生命，
　爲着自由，
　我甘願犧牲愛情。"

"假使佪个双手放落啦，
　假使佪總死去啦，
　向前吧！
　假使需要佪來犧牲，
　就犧牲吧！使乎祖国永存。
　向前吧！"

"憤怒遍佈着大地，
　憤怒封鎖着岖(kuân)岖个天！
　鮮血紅支支咧流着，
　如(ná)像赤色个日頭光！
　看啊！落西个日頭，
　閃耀着紫色个光線，
　前進吧！您茲仔个壯士，
　向前吧！伊湾人！"

"敵人卜将俉按這世界上消滅，
　假使完結，俉嘟全部滅亡！……
　我並無否認我会驚死个威脅，
　但是，我尚驚个，正是無光棨个死亡。"[2]

　"反撲"，眞是"厚(kāu)面皮，烏心肝"狗民党个人
所做臭賤个代誌，抑是咧"反撲"他馬的歟？彰和仔心灵
儅咧怒気衝天个時，尚地佮洪小姐，介無簡單咧揣着伊；
個哪卜來咧？是尚地提議，嘟愛來親目看着么是"人類历
史"个一章！若有可能，伊卜企佮伊湾人做伙，抵抗惡霸！
　狗民党政府已経動用警察佮軍隊，全面咧揣人、踦

---

② 以上个詩句取自匈牙利詩人裴多菲(S. Petofi, 1823-1849)个詩句。其
　中有稍改个所在。

人、掠人！已経有被掠着个，介侈是冤枉个；一車佫一車，砰去関个関，銃(tshèng)殺个銃殺，根本無需要経过法庭个審判！

雖然是安呢，伊湾人准愈坚定愈勇起來啦——

有侈侈个伊湾人無乎狗民党處刑个，總関入去監牢；安呢，監牢煞一時变成〝爆滿〞个状態！将卜佇外口搭〝天多〞个款！狗民党有想一個辦法，嘟是進行調查審問，認爲若無啥乜大問題个犯人，當然，照個講是犯人，若伊湾人，個是〝英雄〞！嘟叫個茨个人提錢來換人，講是〝保釋〞，若下次乎個掠着，一律銃殺；另外安呢个處理，狗民党会當賺着一筆大錢啦！這叫做〝一舉兩得〞！有个提錢來換了放出來，講是〝抾(khiok)一條命〞，感恩昧盡个款！唔拘，大部分被放出來个伊湾人，無管少年个抑是老歲仔，個總喙齒根咬咧，準備後攤(thuann)則佫來大拚啦！

佫有後攤大砰拚，這並無白賊，根据尚地个觀察，伊湾人一定佫有後攤个；因爲伊湾人佮霧霧族人个恨，太深啦！人个恨有兩種形態：一種会當化解个，這嘟是由関係、利益衝突來个；今仔日是敵人，明仔再变成朋友。另一種是生命根本的(tek)个恨，這是心灵、人格受傷个，而

且佫是久長个；親像伊灣人个被壓制、吮血、剝削，豬狗畜牲不如个遭遇对待。伊灣人早前是霧城个開拓者，後來有经过几仔個族群輪流來咧跐(thún)踏欺負，所以，伊灣人个历史有佫長，個个恨嘟有佫長啦！安呢，個个民族、社会運動么是有佫長啦！

洪美珍小姐個爸仔洪月耀是霧城內社会運動个主導者，伊一生可以講總是爲這咧献身；而且，伊有培養介佫後輩，連伊个多侾团仔洪小姐佮後生彰和仔么在內哩咧！尚地，雖然則來几日仔唅，可是伊有感受，伊看兹个代誌，元但如咧看台母个代誌；兹仔个人咧企起，唔只是関于即兩個所在，個个表現正是〝人類个精神思想〞佮〝人性光輝〞个永恒之証明啊——

狗民党政府手段悪毒，又佫驚惶，眞假仙，准臨時宣佈着：

> 〝本党政府已经將此次偶發不幸事件，妥善處理完畢，全民務必安心定下來，勿躁動是律。而且肇事者本党党員已重傷身亡，其與菜攤老先生之事不再追究。今後，全民以守法爲重，一切〝依法行政〞；違法者定移送法辦。〞

這宣佈嘟無一工，發生眞侾人〝逃獄〞个代誌，當然，個總是反对狗民党意志堅強个伊灣人！個走來宓佇霧

城四周圍个大樹林中；做着如游擊隊行動，看啊！佪嘟是現代版个〝伊湾人羅濱漢〞哩咧！佪有組織起來，分工合作；各隊有領導者，其中一個叫做〝林祥武〞！

05.
"林霜武" 再世！

　　青年林祥武，三十外歲(huè)哈，伊个媒(bóo)是林陳明美，個本底是佇茨裡湊跤手；個茨是開超商店，爸仔年紀大，准叫伊佮阿兄林祥文做伙來經營；生理昧穤，有大賺錢。而且，佇地方上，個兄弟仔總介热心咧参与活動，個个作爲，人人阿咾(o-ló)哩咧！

　　林祥武是伊湾人，自囡仔時代，人聰明佮介有活動力；伊講讀死冊無興趣，這是安怎講咧，理由干但一個哈：讀冊只是爲着考試，而且大考小考一大堆，卜哪有興趣咧！所以，高中讀無畢業，嘟佮個爸仔學做生理；一方面學，一方面参加社会運動，這佮伊个性格有関係。抑若伊阿兄林祥文，性格有咖陰沉，嘟誠無全啦！

　　兩個兄弟仔，落尾是昧合，這是難免个，因爲性格佮对社会个認知，完全無全；祥武个阿兄祥文比較爲着私欲个計算，支持狗民党，佮霧霧人有密切來往，对生理上有介大个利益可得；抑若祥武，啥乜狗民党唔党，伊根本無

卜插潲(siâu)它，甚至迭佮它対立反抗，安呢，被〝点油〞彼嘟必然啦！終其尾，祥文想盡辦法叫祥武離開超商店。

姑不二終，祥武只好提着伊分着个錢來做資本，准離開着生長个中霧城，徙(suá)來南霧城，元但経營比較小型个超商店。雖然所在無全，有咖生疏，过去伊捌來过三、四遍；嗳拘，伊个性格佮参与社会運動个热誠佮理念，猶然無変！嘟是安呢，嗳則熟似着前輩洪月耀先生佮洪美珍小姐、彰和仔；而且祥武佮彰和仔結拜做兄弟哩咧！

尙地來到霧城，介成是第三工吧？洪小姐個姐弟仔嘟有共個紹介。

「歡迎、歡迎！李先生來到本地，聽講汝是愛山人，眞好！」祥武向前握手。

「眞栄幸，会當佮林先生熟似，総是洪小姐個个牽成个——」

「就我所悉也个，差不多無一個登山路線排対伬兹來啊！抑汝是——」

「我是迷路則來个！」尙地有点壞势：「嗳拘，這是緣，咁嗳是咧？」

「着、着，人講：〝有緣千里來相会〞，一点仔嘟無嗳着哩咧——」祥武講着。

「其实，我來到貴地，么親像転去伬台母咧！」尙地有点仔感動：「伯兩個所在个遭遇佮気氛，乃是全款甲分昧清，么介成是〝運命共同体〞啦！理由介簡單，伫伬遐

有〝鉤民党〞，佇您兹有〝狗民党〞，其实是仝一隻〝惡霸〞，正是〝魔獸〞咧作怪，一直將人民壓制佇〝苦海〞中！祥武兄个見解，咁是元但安呢？」

「若是安呢，李先生汝个看法、感受，正公中着我个心肝——」祥武感動咧講着。

洪小姐俑姐弟聽咧介安慰，紹介咧無唔着；洪小姐心喜咧講着：

「看您兩個眞对同(tâng)个見解，予伬有進一步个學習，介好哩咧——」

尙地聽着祥武对伊完全个贊同，有如登台母山迄款樣个心灵喜悅：

「您逐個予我一個非常珍貴个啓示，我已经有了悟着人類純眞心灵个一致性，彼心灵發出來个光，比日光更咖炎！彼光正是人類存在所必有个〝公平正義〞精神个〝普世價值〞啦——」

「其实，就小弟所悉也个，」林祥武么眞感動咧講：「尙地兄，您台母人，佇為〝公平正義〞奮鬪个历史，有介值得驕傲个〝悲情〞；伬兹个前輩者俑有引進您台母抗爭史裡尙偉大个英雄〝林霜武〞；講眞个，前到今，我尙敬仰个人物有兩位，一方是洪小姐俑令尊洪月耀先生，另外一位嘟是您台母个即位英雄林霜武啦——」

「哦，祥武兄，汝么悉也林霜武个代誌！是啦！若安呢，正是有互相鼓舞个意義啊！因為，我么眞敬仰伊，而

且自認是伊个繼承者；佇伨台母元但有安呢自認个人，乃是介侈。」

　　尚地真感謝天公伯仔，予伊有即工，充滿着〝林霜武〞个形影啊——

　　　　　　　☆　　　☆　　　☆

　　有一晏(àm)，洪美珍小姐肖招着尚地，起里大樓个頂面談話俗看天星；迄棟大樓有十外層(tsàn)，不止仔峘哩咧！這是尚地來到霧城，頭一次企佇茲呢峘度咧看天地啦！唔拘，霧傷厚重，無可能看会清着一切啊——

　　「尚地，真壞势，講是請汝來茲卜看天星，但是，看總無！」

　　「這是想会到个代誌，唔拘，起來茲透透風么介好啊——」

　　「是啦，但是若会當有天星，煞唔是愈好？」

　　「啥人講無天星？近在眼前，我看着一粒〝心灵个明星〞哩咧！」

　　「尚地，汝俗嶄然(tsám-jiân)仔会講笑——」洪小姐面紅起來。

　　「洪小姐，我無講笑啊！遠在天邊，汝看遐，佇遐——」

　　洪小姐起先無相信，然後，伊順着尚地所指个方向，

認真一看，果然無錯，是唔是大樓个峘度？抑是晏時即個時間？抑是晏時天氣个變化个關係？透过濛霧，則小可仔有看着星光，彼可能是〝一等星〞則有可能看着，只是元但霧霧淒迷个感覺。一向有想卜看天星个洪小姐，即回有看着，內心是真激動啦！

「看地面周圍个電火光么是霧霧淒迷！」洪小姐非常感慨咧講着：「哎！尚地，請唔通笑我，因爲，我感覺這天地淒迷个光，個緫咧流目泪(sái)……」

「洪小姐，真好啊！我哪会當笑咧？汝則是介有詩人个心灵啊！聽汝安呢講，我則醒起來，確实，天地目泪个淒迷之光啊！」停一下，尚地佫講：「唔拘，假使這峘度若佫沖(tshèng)峘起里，一定是滿天星啦──」

「這是目前伭个運命，只有突破超越啦──」洪小姐么有感而發着。

「規椶好好，一切必需超越則有希望！」

尚地将視線收回，准一直咧看着洪小姐个表情，然後講着：「我卜講出我个心內話，請汝甭見怪。我即回迷路正是行着路！可能是緣吧！引導我來伊湾，佮汝熟似(sāi)，么佮您茨个人以及佫佫个漂撇个伊湾人；而且親目看着伊湾社会个苦難佮熱情、生命力；若会當佫滯落來，我真正無想卜離開伊湾啊──」

「尚地，我早嘟有共鳴着汝个心灵之聲，真歡喜，汝留落來啦──」

「哎，汝么了解，伬母仔佮台母大地儅咧召喚着我啊——」

「哎，運命哪会安呢咧？講眞个，尙地么請汝甭笑我；我本底心內么有咧想卜佮汝轉去台母，佮汝做伙拍拚。這是我个星光，可是佇現实，猶無法度超越一切个淒迷！我个親友佮伊湾大地么咧召喚着我啊——」

兩個青年男女佇大楼頂，感慨萬千，一時准恬静落來！

尙地个心灵咧喝着：兩種運命，其实是全一個運命啊——。

☆ ☆ ☆

即回，伊湾人游擊隊有計劃着大動作，這是由南部个林祥武發起主導个；聯絡着北、東、西部个游擊隊，経过詳細个策劃。個卜攻擊个目標嘟是狗民党東、西、南、北、中部五个所在个〝民眾服務中心〞，其中心乃是分化、欺騙、吮血个魔窟；如果将即個中心總拍倒，安呢，狗民党个存在嘟有問題啦！然後，則進最後一步，直攻狗民党个心臟部——壓制个核心！

狗民党方面，因爲世界佮霧城个局势，使乎個不止仔緊張起來；個個前主席么是總統章臭頭仔佇几年前嘟过身去，伊个後継者章谷景少爺党主席，么是目前个總統，伊

个手法佮個爸仔無仝，認爲武力壓制個時代过去啦，現在應該是統战個時代，尤其是心理战；所以伊嘟加強各地个狗民党民眾服務中心个運作，各地个〝柱仔跤〞愈必需坚固，么加強对人民个教化——洗腦，愈必需深入澈底。章谷景少爺隨嘟成立青年護国隊，引誘青年爲党效劳；佇各地方、机構、階層推動〝神化〞運動，亦嘟是每一個所在企起章臭頭仔个銅像，全域總有〝章臭頭仔一号路〞、二号路、三号路、四号路……不止仔侈；學校、机関室內，總有章臭頭仔、章谷景少爺个相片，遍若看着嘟愛行禮，介成食飯、放屎么必需向個祈禱个款式哩咧！佇這環境中，伊湾人咁有法度平和咧喘気咧？

「誰不向偉大的章公公叩頭，就是犯不愛国罪——」

「是誰敢在偉大的章公公銅像前撒尿，抓來槍斃——」

安呢看來，啥人昧紧張咧？莫怪個加派警察守衛狗民党服務中心。

伊湾人游擊隊個突擊狗民党民眾服務中心个時間得卜到啦！總指揮林祥武佮伊个策略組織，已经佈好陣势佮線路，先鋒隊、補助隊、供給隊等等，眾人齊到，精神旺盛。這一切，林祥武個總用無線電联絡，用電話是昧使得，因爲電話，有狗民党咧監聽。

突擊即日，介成是八月二十七号，半暝仔，眾人儅咧好睏，抑若有眠夢个，差不多總是噩夢个吧？爲啥乜？美

夢唔敢夢啊！夢咧愈艱苦啦！

〝碰、碰——碰——〞

霧城中，無論伊湾人抑是霧霧人，無論男女老幼，這〝碰〞共個吵醒，個抑准咧夢着〝新年〞到啦，四界咧放炮仔哩咧！唔是啊，唔是干但有炮仔聲，佫有人咧喊喝个聲，眾聲齊發，驚天動地啦！夢？夢鬼咧！即辰，眾人則悉也有啥乜事件咧發生啦！

伊湾人游擊隊佇林祥武一聲号令之下，無論東西南北總齊發動攻擊；人講〝勢如(ná)破竹〞正是安呢个狀況啦！狗民党各地个民眾服務中心，差不多總〝措手不及〞，只有〝逃〞一字哈！只有北部个服務中心，囡為近狗民党權力核心，守備有咖強，游擊隊干但包圍哈，一直攻昧入去，所以准一直咧双方〝僵(kiang)持〞着！

狗民党臨時調動、增加部隊、警察來援助，可是，今仔唔只是游擊隊个代誌，么是伊湾人个代誌，因爲有侈侈个伊湾人么企出來，佮游擊隊企全陣線啦！部隊、警察雖然有來，總唔敢動手掠人。爲啥乜咧？章谷景少爺个目標是游擊隊，唔是伊湾民眾，所以暫時看情勢，等待時机，伊个冷靜，可以看出伊少年時代所受个特務訓練啦！所以章谷景少爺介了解，若有風颱一來，在先踮佇〝風颱眼〞，嘟無問題啦！

第二工个透早，伊湾人，四界〝歡呼聲〞衝天，会當茲呢仔無簡單共狗民党民眾服務中心，北部个以外，總拍

倒佔領起來，這是有史以來，第一件感動着全伊湾人尙偉大个代誌啊！個總咧大聲歡呼着：

「伊湾人，変天啦──」

「從今以後，伯嘟出頭天啦──」

即回个行動，尙地佮洪小姐個么有參加着南霧城隊伍；因爲有充分个準備，所以，猶未天光（其实無日光），嘟将服務中心佔領起來。雖然，尙地有介心喜着伊湾人有安呢个覺醒佮行動作爲；唔拘，若卜講已経有〝変天〞，咁是猶傷早咧？當然，以即回个成果來看，本底介成是無可能个代誌，但是伊湾人佇林祥武個个号召領導下，竟然達成啦！

突然間，佇四界个歡呼聲齊响起來：

「台母人个〝林霜武，佇伬霧城中再世啦〞──」

「林祥武是伬伊湾人个林霜武啊──」

尙地佮洪小姐么綴咧感動着：〝林霜武再世〞！

洪美珍小姐越頭看尙地總一直無佫出聲，准奇怪咧問着：

「尙地，汝哪唔講話咧？」

「我……」尙地，一時介成有啥乜話，講昧出喙。

「無啊，汝今仔日介成有食唔着藥仔个款式，是

唔？」

「是安呢啦，我頭拄仔么綴着逐個人唰喝讚歡呼，佮個肖全唰歡喜着伫伊湾，林霜武再世哩咧！唔拘，就我对林霜武个了解，您只是看着伊个偉大个英雄面，煞昧記得着伊个悲哀个結局！」

「抑是有啥乜悲哀个結局咧？」洪小姐准緊張唰問着。

「悲哀个結局，嘟是林霜武被〝背叛者〞出賣，准被掠，後來被送去都城處決；規個林霜武個个革命，最後是失敗去啦！」

「所以，汝么担憂林祥武兄個有可能即款結局？」

「無唔着，總是愛小心斟酌，因爲，就我所聽來个，您伊湾人之中，么有昧少个〝在地半山仔〞，么有狗民党个〝渗仔〞，個可能已经藏(tshàng)入來佇個团体組織裡，只是候等机会通報、反背，咁唔是咧？」

「哦！尙地，若照汝安呢講，佮有也哩咧！」洪小姐准明白着。

「是啦，所以愛足小心提防則会使得。」

〝林霜武再世──〞伫四界猶佮唰喊喝着。

另外一方面个狗民党，當然個眞唔願，伊湾人是会當変啥魍(báng)，但是，今仔日，個煞失敗伫伊湾人个手中！好佳哉，猶保持着北部个地盤，北霧城乃是狗民党个〝心臟〞，是個霸權政權个核心；假使兹若元但輸去，安

呢，狗民党嘟眞正倒啦！抑霧霧人嘟必需鼻仔摸咧，転去個原來个所在食飯啦！安呢是猶佫昧悽慘个結局啦！嘟是狗民党有安呢个担憂危机，所以，個对北部个安全安搭，則是有費盡心机力量，林祥武個卜攻下北部，尤其是總統府，嘟唔是兩三下嘟会當解決个啦！

雖然霧城个東、西、南、中部个佔領有成功，這並無表示佇兹仔个地方有完全得着平静；不三時猶有伊湾人佮霧霧人个衝突。尤其是中部、北中部个地方上，本底嘟有足佟〝在地半山仔〞，個一向總是反伊湾人个社會運動，情願去偎(uá)靠、支持着狗民党啊——

爲着卜達成着最後目標，林祥武親身上北部來指揮，招集各遊擊隊領導者來咧研究討論攻防个方法。確实，卜将北部提落來，則是介壞剃頭个代誌。而且章谷景少爺總統，原本嘟介有〝鬥爭〞个頭殼手法，今仔，伊雖然気甲規腹火，唔拘，伊昧外露；每回佮伊个战略策劃个下(ē)跤人討論个時，表情有時嚴肅，有時微微仔笑哩咧！

洪小姐佮尙地，本底有想卜綴林祥武北上，唔拘，林祥武煞有拜托個留佇南部，代替伊看顧南霧城个情势，保持力量。

「眞可惜，無綴着祥武兄去——」尙地講着。

「無要紧啦，佁做伙踮兹拚么肖全啊——」洪小姐安慰着。

06.
啥人則是 "救星" ？

〝救星〞，是一般常用語詞，它个関鍵重点嘟是解救着人个〝存亡危机〞，主要是指〝人〞，有時是動物或者事務。如像：

〝汝是伊或者個个救星！〞

〝伊是某一個社会、民族、国家个救星！〞

〝伊是個个語言文化个救星！〞

〝即隻狗仔是伊个救星！〞

抑若佇這霧城來講，有史以來，伊湾人總無出現过救星，可是，今仔，個有出現着一個〝救星〞，彼是伊湾人推崇个〝林祥武〞，即個青年，人總共歡呼着：〝伊湾人个林霜武再世！〞

抑若霧霧族人咧？個迭咧出現着救星，尙偉大个救星嘟是几多前兩跤直去个章臭頭仔；因爲伊帶領個霧霧族人逃來而且佔領着伊湾，則会當活落來，而且俗会活咧油勢油势；若現在嘟輪着伊个後生，么是霸權个後継者章谷景

少爺啦！個个〝生死存亡〞總寄托佇伊个身上啦！如果，即個救星若一翹(khiau)去个話，下一個救星嘟茫茫渺渺啦！

「嚇！一個所在，有兩個救星，而且，這兩粒星煞得卜肖碰(pōng)哩咧！哪有安呢个代誌咧？」尙地愈想愈唔是滋味哩咧！

「無啊，尙地，汝是猶佫咧想啥乜咧？」洪小姐咧問着。

「無啥乜啦，我只是咧想霧城眞正个救星，到底是啥人──」

「今(tann)么好啊，當然是阮伊湾人个祥武兄啊──」

「若照汝安呢講佫有也哩咧，若安呢，佰愛綴祥武兄來碑拚啦！」

「今么好啊，汝講這煞唔是加講个──」洪小姐共伊臣(jîn)着。

「坏势、坏势，算我失言，好無？」尙地准緊道歉。

拄仔佇個兩個講話中間，有一陣五、六個人走过來，准問着：

「您咁有看着兩個霧霧人，走对兹(tsia)來無？」

「無咧，抑是啥乜代誌？」洪小姐問着。

「即兩個是滲仔，会曉講佰伊湾話，藏入來卜破壞軍火庫。」

「若是安呢，嘟介嚴重啦！」尚地咧講着。

「個介成有探聽着伯發明个尚新个武器──」其中一個講着。

「哇，這嘟愈嚴重啦！我看伯分頭來揣吧！」尚地提議着。

「好，嘟安呢，趕緊來揣，伬向即片來去──」

尚地佮洪小姐所守个樹林，個是介熟，其它个隊員么肖全；個分做三路去揣；每一個咖有雜草个所在，總有詳細探查；有一搭介有可疑！尚地是跍山人仔，対這有人行过个路草，確实有內行；伊一直追查落去。果然無錯，佇另外一堆雜草中間，有發現兩個人影，伊並無拍驚着個；伊做暗号，叫着另一隊个人，向後面去包圍，結果即兩個滲仔，發現有人追來，准卜起跤跟(lōng)，講來有咖慢啦！兩個被掠，捆佇土跤，連聲叫〝唔敢！〞、〝請饒命──〞；就安呢，共個押去南部總部，等待處理。

「眞好佳哉！有掠着。」洪小姐有咖輕鬆落來。

「多謝兩位个幫忙──」一個隊員講着。

尚地悉也伊湾人新發明个武器，假使被破壞，安呢，佇攻擊上，卜將霧霧人完全拍倒个可能性，嘟有介大个損失！

原來這新發明个武器，狗民党方面已经有得着情報；雖然它唔是如銃籽直接会彈死人，但是，它会使乎霧霧人失去元気，落尾，会漸漸衰弱而亡！所以，個則会驚甲將卜痟

(tshuah)屎哩咧！個想盡辦法，一定卜破壞即個新武器啦！

伊湾人發明个新武器，名称叫做〝爆破霧彈〞。

✡ ✡ ✡

章谷景少爺總統，召集着緊急会議，伊開場白是安呢：

　　"各位战略委員，你們都辛苦了！在你們各個人
的崗位上，你們都能盡到自己的責任，而且对于
我，也那么忠心耿耿地效劳；看到各位的表現眞高
興！這乃表示咱們霧霧族人的前途是無限的！這都
是各位的功劳，我会『論功行賞』的；特別是一兩
年前，你們能集思廣益，提供九大建設方案，使我
的晚年，在历史上記上一筆偉大的貢献！

　　但是，最近社会上頻頻發生動亂，都是一些『不
肖份子』在煽惑民眾搞破壞的勾當，我們必需趕緊
加以掃清，对他們的主導者以及幹部一概『格殺勿
論』。分析當今的情势，目前並無所謂的危机，对
失去几個民眾服務中心，我們有信心，不久將來会
很快收復的。

　　現在，爲了对付林祥武一幫盜賊叛徒，召開此次
緊急会議，乃希望各位委員，仔細分析和討論，擬

出萬全有效的策略。”

茲仔个战略委員，當然總是章谷景少爺个下跤手人；綴個即個主人走蹤么有几仔十冬啦！個足清楚着官場个〝拍馬屁〞个技術，有食佫有掠，所以個無可能放棄継續扶(phôo)章少爺羼葩(lān-pha)个机会，若無安呢，個早嘟去搧北風啦！

佇茲，提起着〝九大建設〞，已經步入老歲仔階段个章谷景少爺，總是滿面春風，昧輸伊一生不管有做啥乜好稗(bái)个代誌，若有這九大建設，伊嘟会當得着〝历史定位〞，若無，伊个尾仔是蹺昧起來啦！

其实，伊个下跤人，只是爲家己个利益設想吟，個只不过是咧利用章谷景个權勢，然後茲仔个扶扶挺(thánn)挺个下跤人，准佮商人偷來暗去，官商勾結；九大建設落來，個所提个回扣，所收个紅包，恐驚仔萬一若出包卜安怎？逐個儅咧想对策哩咧：

「就這樣吧，如果是誰出包，就由他一個人担當吧！」

「這辦法好是好，不过，一個人的話，不是太重了嗎？」

「難道要一起死嗎？」

「老兄，你這話說得过重了──」

「那，要怎么辦才好？」

「只有兩條路，不是造反，就是請求饒命了。」

「哈，你們把事情看得太嚴重了，我們少爺会那么笨嗎？」

「你這話怎么說？」

「我們一向效忠于他，他也待我們不薄；看你這付德性，还不是終于當了部長。少爺的為人，難道他不給自己面子嗎？」

「沒錯，面子是頂重要的，我們為他效命，利用他提出九大建設，只是要抽点儿油水，而他也会得個历史定位，這叫做〝双全〞，何楽而不為！為什么要自找麻煩，安心吧！終会大事化無的──」

「到底院長就是院長，深知章少爺的德性跟脾気，我們聽你的了；那，我們這玩意兒可以継續搞囉──」

「対，非得継續搞不可！將來，說不定还可以海外旅遊了！」

「海外旅遊？恐怕你死定了──」

「好了，好了，咱們兄弟同心協力，絶対沒事，是吧，哈、哈──」

章谷景少爺總統个下手人，目前全力卜做个代誌，嘟是全面宣伝個个主人是霧城个〝救星〞、〝偉大个領袖〞啦！百分之九十九个媒体，總是個个人，個个〝伝聲筒〞哩咧！宣伝隊么佇大街小巷仔，宣伝甲有喙(tshùi)無瀾(luānn)啦！

「章總統——」宣伝車大聲廣播。

「民族救星——」路邊嘟有寡仔民眾應着。

甚至連考試个時辰，么有出一題：〝誰是民族救星？〞若有人回答唔着个話，安呢，伊這考試嘟去啦——，所以，別項代誌，会當放昧記得，即題一定愛死記硬背哩咧！

有一個媒体个記者，問民眾，拄仔問着一個少年囝仔：

「請問，誰是民族救星？」

「這太簡單了！」少年隨嘟大聲回答着：「雲州遊俠史琰文！」

伊介有自信，煞共記者霧一下，險仔暈(ūn)佇土跤啊——

兩粒〝救星〞介成咧比啥人个光有咖光个款式，就目前个情勢來看，林祥武，么是伊湾人个林霜武，伊是有咖光閃閃哩咧！

狗民党，表面看起來，介成老神在在；其實，個是緊張甲將卜死去！無停咧調動人員，么加派特務滲仔，準備卜共伊湾人个社運者、游擊者，各個擊破，尚好是〝一網打盡〞！

尚地，根据伊學識佮経験，一眼嘟看出狗民党个手法陰謀，准共伊个意見提供予(hōo)林祥武個參考。——在先毀滅霧霧人个霸道自信！

安呢，林祥武個決定，佇個个隊員猶未出擊進前，先使用個新發明个武器，乎对方看來是如(ná)咧放炮仔哩咧！

　　時間一到，個嘟突然間放出〝火炮〞，射对半空中去：

　　　〝碰——碰——〞

III. 下篇：〈家己創造日頭光！〉

01.

照妖鏡

"碰——碰——"

今，是咧过年節歟？抑是生日？抑是啥人中奨咧？

総(lóng)毋是啦！抑無是啥乜咧？看啊，佇天頂遐啦！被這炮聲驚着个人，佇這青天白日（其实無日頭欠日光！），全域總是罩着厚重个濛霧；個看对岠岠个天頂去，綴着兩蕾火光，有夠奇！佇遐个火光，煞一目瞤(nih)仔变成日頭光啊！

原來，射上天个火炮，正是伊湾人新發明个〝爆破霧彈〞！

即種武器，佮其它个大不相同；它昧彈殺人，只是佇空中，利用着爆發个時，產生出來个特殊〝热力〞，准会共濛霧拍散去，講咖準確咧，一粒〝爆破霧彈〞，若一爆發嘟会共200公尺直径範圍个濛霧消失掉，变成一個洞孔，安呢，日頭光嘟会純粹咧照射着有200公尺直径个二倍範圍个大地啦！

霧城，自霧霧族人入侵以來，嘟規年多失去日光啦！今，有日頭光來肖照，假使佇遐範圍內，有伊灣人佮霧霧人佇咧，安呢嘟有戲嗵看啦？到底是会安怎咧？

“DNA”个影响，伊灣人会大歡喜！歡迎着日光，有利無害！抑若霧霧人咧，彼嘟慘啦，走昧離准乎日光〝吣〞(tsim)着个，即刻失去〝元気〞，而且頭殼開始眩(hîn)起來，免半点鐘，嘟変成〝軟跤蝦〞啦！所以佇日光之下，即兩種人，隨嘟分介清楚哩咧！

因此，人嘟共爆破霧彈个爆發个現象叫做〝照妖鏡〞！

果然無錯，因爲是頭一遍使用，兩個有日光个所在，霧霧人並姆悉也〝碰──〞一聲是啥乜碗糕，有个是感覺奇怪，哪有人日時咧放焰火咧？總而言之，游擊隊隨嘟衝去，掠昧少霧霧人，送去一座狗民党起个監獄，暫時関起來，等待調查決定去留。即座監獄介闊，関介侈伊灣人政治犯、強盜佮殺人犯；今仔，政治犯並姆是犯人，總總(lóng-tsóng)請出來，得着自由；若犯罪个，咖輕个，抑是刑期得卜到个（殺人犯無在內），么根據狀況放出來。所以則会當容納着霧霧人，當然有無辜个么愛放出來。

即聲，使乎狗民党大緊張，章谷景少爺准臨時開〝党国安全緊急会議〞；参加者總是高層官員。章少爺面色硬唭(piàng)唭咧講：

「你們平常都在睡懶覺嗎？不然，〝碰─碰─〞這麼

大聲，竟然都沒有發覺；給你們大官做，不是叫你們只会花天酒地啊！現在，大家盡速想出对策，研究這種〝碰一碰一〞是什么鬼玩意児——」

眾高官噎(tshi) 噎呲(tshú) 呲討論了半工，無人了解；有一個企起來講：

「我看，這該是試放比較大的爆竹吧——」

「試放你的屁了！爲什么我們的人会被抓去呢？」章谷景少爺如頓(tǹg)桌仔，如气一下險仔半死！

「報告總統，那些被抓去的，据說大部分人都在睡午覺——」

「死腦袋瓜，到這個時候了，你還眞有幽默感！」

眾高官呣敢笑出聲，只有汝看我，我看汝。突然間，有一個企起來：

「報告總統，在下明白了！這是〝散霧彈〞，一打入空中，有可能会把霧驅散，他們的目的就是要引進陽光。我們都知道，陽光对伊灣人來說，就是〝希望〞，更是〝活力〞；对我們來說，有可能是〝致命〞的。這一來，我們切勿小看啊！我想是這樣的吧——」

「对，邱部長，你這么說就对了！」章少爺，即辰面色則小可仔無汦臭着：「起初我也這樣想；那是什么鳥彈？哦，对了，可能是散霧彈，但是，不用嚇破胆，霧是不会散太久的。只是，我們人怎么会這么笨蛋，光是一下子，就被抓去那么多，到底有几個？」

「報告總統，不是有几個，而是有多少個！据說有上百上千個。」

「不要跟我作文章，不管有多少個，通通救出來，而且，要想個辦法防止這樣的事情發生，把那些不肖的伊湾人抓來槍斃──」

「我有辦法！」邱部長又佫企起來：「問題在于出現太陽光，所以，我們趕快下令通知，所有霧霧人，出門一定要穿黑衣罩黑帽，這樣一來，我推測一定不会有問題。」

「還是舍毅君，一向腦袋瓜清楚！」章少爺即下現出笑容：「好，這一來，我們就不用怕他們的什么大炮小炮了！不过，黑衫眞有用嗎？」

「報告總統！」另外一個部長企起來：「我贊成邱部長的提議，黑衫可以避光是有科學根据的；而且，我們不必向外說這樣做是爲了对付日光，我們可以發佈命令，全国皆是黑衫軍，打倒伊湾人叛徒──」

「哦！你這個点子不錯！」章少爺愈歡喜起來咧講：「今天，你腦袋瓜特別成熟了！对，黑衫軍，但總要有個人來當總指揮啊，邱部長，你來當吧！」

「報告總統，這事兒不用我來，我們可以叫個人來──」

「他是誰？可靠嗎？」

「那當然，這人，總統您不但認識，而且也很欣賞

的，他叫施多敏。」

「你說是他，対，我也正在想他。」章少爺介成咧想着啥乜：「他做得不錯，爲党做出不少貢獻，他的〝苦肉計〞很管用；我一定要重用他，雖然他現在離開伊湾人社運団体，回帰本党，但是，在伊湾人心目中，還具有一定程度的英雄形象，只要他一站出來，不怕不会〝呼風喚雨〞了！就這么決定！」

章谷景総統一下令，施多敏又佫有机会卜做英雄啦——

☆　　　☆　　　☆

〝烏衫軍総指揮：施多敏〞

這風聲一掃，霧城中，猶有寡仔伊个追隨者：伊湾人，即刻走來支持伊；特別是中部、北中部个妙力社伊湾人佮欣得社伊湾人之中，有不止仔侈个〝走蹤半山仔〞佮〝在地半山仔〞伊湾人，么介成有得着机会个款

式，跤手眞緊嘟來參加着〝烏衫軍〞哩咧！

　　霧城北部个住民，大多數是霧霧人，當然，個見若一出門嘟穿烏衫，人看着抑准個是烏衫軍，唔悉也個是霧霧人驚日頭光，会變成〝軟跤蝦〞去；地面本來嘟罩霧濛濛，今仔規個大街小巷總有穿烏衫个，看起來，介親像佇四界有烏貓鼠佇土跤咧爬來爬去哩咧！

　　烏衫軍个成員，大部分是霧霧人，個集中佇北部，地方么有；佫一部分是各地个〝半山仔〞，人數有咖侈个是妙力社佮欣得社个伊湾人；其它佫有無分佗一種人，個是实际主義个〝中間者〞，有人共個叫做〝半公母仔〞，個如果看着烏衫軍有咖冲(tshèng)佫強大起來，個嘟介明顯企偎或者參加着烏衫軍个行動。但是穿烏衫个無一定是烏衫軍；抑烏衫軍絶対是狗民党策動个，以伊湾人來抵制伊湾人，即種个手段叫做〝以夷制夷〞；這一向么是独裁、賊党个一種〝借刀刣人〞啦！唔謅(bat)个人，嘟一定会認爲是家己——伊湾人，咧內亂！

　　佇烏衫軍開始行動迄日，爲着昧使得乎人看出是狗民党陰謀策動，所以無請半個有関狗民党个人，嘟無看着章谷景總統个人影，其它个嘟免提啦！主要是命令烏衫軍个總指揮者施多敏來主持是尙適當；完全可以避嫌；会被認爲這是伊湾人本身咧分裂个鬪争，其实是霧霧人驚做〝軟跤蝦〞！

　　佇卜出發進前，爲着鼓舞士気，施多敏企佇台仔頂：

"各位黑衫軍壯士同志們！"施个是伊湾人，伊
嘟無卜用伊湾話來講："今天，我們爲了保護愛國
的伊湾人，以及伊湾的傳統文化和生存的尊嚴，非
把我們伊湾人的叛徒，也是林祥武等一夥兒暴民加
以摧毀消滅才是頭路！所以各位務必須要堅定信
心，鼓足勇氣，一起來達成我們的共同目標，如
此，才是我們伊湾人之福！"

看起來，這一大隊个烏衫軍人數量約有萬外人；沿路
大聲喝着：
「伊湾人烏衫軍勝利──萬歲──」么有：
「伯綴總指揮施多敏衝、衝、衝啊──」佫有：
「打倒伊湾人叛徒，叛徒林祥武──」
佇路邊咧看鬧热个民眾，猶有介侈人呣悉也爲啥乜
個嘟必需穿烏衫，所以嘟有人咧推測：咁是佗一個大官咧
出山咧？呣拘，這出山个行列眞是驚倒五百萬人！安呢，
有可能是章總統翹去吧？呣拘，下早仔，伊有佇電視咧講
話；個總捎(sa)無猫仔毛！有个是咧議論佫争論講：伊湾
人个叛徒是林祥武，抑是施多敏？有人講即款代誌，用跤
頭肟(u)來想么悉也！爲啥乜？簡單啊！林祥武一出道，
一貫嘟是咧爲伊湾人个權益、生命咧硨拚；抑若施多敏，
介成元但有咧爲家己个伊湾人咧拚，可是偎來偎去，一時
辰是偎轉來伊湾人即爿，佫一時辰准去攬狗民党个大腿，

抑今仔，伊煞領導烏衫軍起來抗議，卜俗林祥武対敵，到底佗一個則是正公(káng)个伊湾人咧？抑是半山仔、走狗咧？

人群中間，介成有人發現着啥乜？准開始咧流傳起來：

「看啊！烏衫軍裡，有介侈霧霧人俗妙力社、欣得社个半山仔啊──」

林祥武個即月个游擊隊么開始咧謹慎戒備，尤其是対特務、滲仔、半山仔利用個無注意中潛(tshiâm)滲入來發動內亂；因爲，若対外敵是猶有辦法，抑若內亂嘟總会烏有去啦！

尚地個佇南部有迸咧利用無線電俗林祥武联絡建議，因爲，個介了解佇武力対敵以外，狗民党常用佫厲害个沤(àu)步，嘟是〝抹烏〞俗〝分化〞，目的乃是使乎伊湾人失去信心俗团結，這一定会造成內亂；講咖簡單咧，未前動跤手，家己嘟投降啦──，因此，個个建議是安呢：佇伊湾人游擊隊个各個据点，必需派可信个專人，佇暗中注意調查成員个身份，以及情報絕対昧用得有外漏。

當然，関于安呢个建議，林祥武么有考慮着，所以，伊逐工嘟迸咧俗各地个游擊隊指揮咧联絡、討論進行个方

式，而且，一直保持有進無退，漸漸咧向北部包圍，拍算有一工，拍入去總統府。

　　烏衫軍，可以講是狗民党軍个先鋒部隊啦！表面上來看，個總是〝手無寸鉄〞个抗議隊伍，個強調着個則是伊湾人為〝公平正義〞个〝天兵天将〞；游擊隊若敢動個个一支〝毛〞，個喊喝着全伊湾人嘟一定企起來消滅游擊隊；佇這世間，哪有家己人咧拍家己咧？這煞有得着一部分伊湾人个認同，特別是佇妙力社佮欣得社个伊湾人，總有咧呼應着，這到底是眞个？抑是假个咧？

02.
報紙、電視顛倒看！

　　若照双方对立个陣势看起來，情势已经是不止仔紧張啦！双方个实力佮人員，總安搭佇北、中霧城方面，尤其是狗民党，早嘟爲着卜保佋(tiâu)佇北霧城權力核心，大部分个烏衫軍，着啦，講這烏衫軍乃是因爲日光个関係，今仔，煞連軍隊佮警察仔么是穿烏衫，准規気總叫做烏衫軍啦！北霧城个政经中心，正是北伊湾市，總統府嘟是佇茲哩咧！茲是個最後必守之地，么是卜反擊存活落去个所在！章谷景少爺特別命令守備佮準備卜進軍个將官，連喘気嘟愛小心！

　　再世个林霜武，伊湾人林祥武，每日總無冗(êng)到半暝，連坐動車時，么干但眯(bî)三五分鐘，親像那波隆騎佇馬頂，过亜比斯山，出征露西亜个時辰，盹(tuh)五分鐘左右吟！好佳哉！伊少年時代訓練有夠，准愈操愈勇个款！佮尚感心个，連伊个家後么佇茨內屈昧住，行出門，加入游擊隊，担任補給个代誌！伊个家後叫做林陳明美，

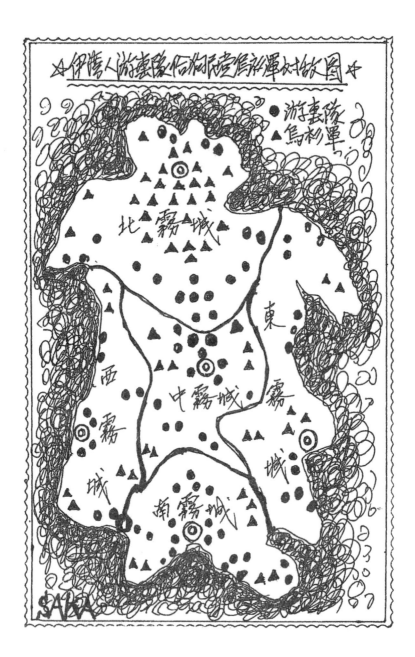

人總共伊稱呼做〝明美仔姐〞；個原本佇南霧城个南伊湾市內个超商店，准請明美仔姐個已経有歲頭个父母來顧頭顧尾，猶会當順利経營落去！

烏衫軍總指揮施多敏，到現此時，猶唔悉也家己个尻川(kha-tshng)有几支毛，面対伊湾人，抑准家己猶有如像过去〝喝水会堅凍〞个款！其实，伊湾人早嘟看破伊个跤手；所以，有正公伊湾人心灵恰意識个人，昧綴伊起來抗議啥乜碗糕，甚至反嗆(tshǹg)伊是伊湾人个敗類！

各地个伊湾人社運人士為着配合游擊隊个行動，總企出來反烏衫軍，因此，双方有大大小小个衝突；警察仔見烏嘟假無看着，卜掠个只是社運人士，其中大學生参加者，誠侈人被掠去刑拍，目的是卜共個嚇青驚，使乎個〝叫唔敢〞；啥悉也，〝鋼鉄是愈煉愈堅碇(tēng)〞，結果是〝拍死無退〞啦！

前面有講过，烏衫軍之中，無半個純粹个伊湾人，侈侈个是霧霧人，以外个是半山仔；但是個行動个名義是〝伊湾人抗議伊湾人个反背者林祥武所領導个游擊隊〞。這看起來，介成恰狗民党無関係，是伊湾人本身个問題，而且施多敏領導个烏衫軍，則是伊湾人个良心！其实，〝良心猶未出世〞，只是長期以來，侈侈被洗腦个伊湾人，頭殼轉昧过來，個介輕可嘟咧受宣傳个影响。施多敏佇各地方總咧喝；

「俉(lán)伊湾人是介悉也人个恩情个，食人一斤嘟

会還(hêng)人一斗；今仔日，若無狗民党，咁猶有伬伊湾人！狗民党予伬食好穿好，抑伬是咧不滿啥乜？林祥武個遐仔個賊党，只是食唔着藥仔咧起猶(siáu)起反顛，個是自揣死路！伬兹仔悉也狗民党個恩情，有良知個伊湾人，唔但昧綴個自滅，相反，伬愛企起來共個消滅，安呢則是眞正爲伬伊湾人个未來幸福咧拍拚！您逐個講，咁唔是咧？」施多敏爲着煽動民眾，不得不使用伊家己个母語伊湾話咧講着，抑下面聽个人，隨大聲應着：

「是啦——是啦——」

「林祥武個，掠起來剝皮——」

抑是啥人敢講施多敏是伊湾人个敗類咧？

媒体，包括報紙、電視、收音机等等个〝頭條新聞〞有咧報着：

> 〝忠党愛国的社会人士施多敏，过去是英雄，現在也是英雄，黑衫軍在他的領導之下，对抗叛徒已創下奇蹟！〞

> 〝狗民党主席章少爺總統召見英雄、黑衫軍總指揮施多敏，獎勵他爲国爲民的正義行動，肯定他必

能完成大業！"

"黑衫軍，特別是總指揮施多敏，他們所到之處，受到民眾夾道歡迎，很多伊湾人馬上加入他們的隊伍，決心一起打拚，一起撲滅林祥武等不肖叛徒。"

隔一工个新聞，意外咧報出着安呢个消息：

"忠党愛国的英雄施多敏，昨晚臨時開記者会，嚴重聲明爲了喚醒全伊湾人站起來反抗叛徒，他決心自今夜十二点開始『絕食』，直到全伊湾人覺醒爲止！"

確实，代誌大條啦！這〝忠党愛国英雄〞若眞正唔食飯，准去聽蟋蟀仔唱歌个話，即條数(siàu)是卜算伊湾人个，抑是狗民党个？英雄施多敏眞正講会到，么做会到，時間一到，伊嘟進行絕食，當然，身邊有人咧照顧着；么確实，伊一点仔物(mih)嘟無落喉，連狗民党人員送來个奶(leng)么唔呑(suh)一喙，英雄嘟是英雄啦！経过几仔工，結果伊准倒落去，馬上乎人送去北霧城病院總院急救哩咧！

效果如何？伊湾人心內有数(sòo)！英雄是狗民党個咧講个，侈侈伊湾人足了解着施某某一路來權謀个手法；

尤其是儅伊湾人佇伊湾人个林霜武全力夯(giah)旗企起來時，伊煞帶領烏衫軍來唎阻擋，民眾咁会總青瞑去歟！而且，社会上，有唎傳聞着一件介笑詼(khue)个消息，講施多敏佇病院內唎〝拍手銃〞！

到底，啥人是英雄？啥人則是敗類咧？

爲着佫再行上街頭，施多敏行出病院，門口，有烏衫軍個唎歡迎！

抑絶食啡嘟假个？啡是，是因爲狗民党个七求八托，需要伊佫出來領導烏衫軍，若無，隨便犧牲，人个生命、人生嘟無價值啦！若照安呢講佫有也哩咧！施多敏馬上答應啦！儅伊出來即工，昧輸唎迎閣老爺，炮仔放規路。而且新聞么特別報導：

> 〝黑衫軍大英雄施多敏，经过絶食才大徹大悟，爲了党国着想，他將竭盡一切力量，必將叛徒賊党一網打盡！〞

即工，烏衫軍以〝緊甲昧赴掩耳〞个速度入來南伊湾市，而且包圍市中心个社運總部；嗆聲乖乖仔降服，抑無，個馬上卜攻入佔領。

〝碰──碰──〞射出兩粒爆破霧彈。

當場，凡是有穿烏衫罩烏帽仔个，可能無啥問題，抑若臨時热甲褪(thǹg)掉个，或者無穿烏衫个霧霧人，免不

了嘟変成軟跤蝦啦！関于即点，游擊隊方面已経有咧研究，看卜安怎改進，若無，嘟眞正是咧放炮仔吟！好佳哉，烏衫軍一聽着爆發聲，准退落去！

絕食中途放棄个施多敏，即刻了解狀況，做出動作：

「黑衫軍兄弟們，不用怕，炮聲在歡迎我們，向前衝啊──」

「衝啥乜他馬的──」尙地企佇尙頭前，面对着施某某咧大聲喝着：「規身軀污漠漠，無啊，是一群烏貓鼠抑是烏走狗？将烏衫褪掉么咖有〝人〞个樣款，么是正公个伊湾人大丈夫！是卜褪？抑是卜退？若欠勇気，趕緊轉去俗吮一喙狗民党奶則俗來吧──」

「肏你媽的，你是誰啊？快，向前衝──」施个大受気！

啥悉也，游擊隊早嘟有得情報，所以，個嘟有準備；僧烏衫軍卜衝向社運總部个時辰，按烏衫軍背後包过來个游擊隊，准密密咧圍过來，形成着內外夾攻个態勢；即聲，烏衫軍，確实，輸甲褪褲！抑報紙咧：

　　"此次黑衫軍攻入南伊湾市中心的社運總部，雖然，難免有人受傷，但対方却敗得慘痛，四面逃亡，黑衫軍大有斬獲！"

✡　　✡　　✡

　　南霧城南伊湾市社運總部召開臨時紧急会，由洪月耀先生主持：

　　「各位同志朋友，最近个情势波動介大，呣拘，伯逐個同心協力，出生入死，總眞辛苦啦！小弟非常感激感恩！今仔日，佇討論進前，卜來紹介一位青年予您(lín)肖諳(bat)，伊嘟是李尙地先生。」

　　儅洪先生紹介着名，尙地隨企起來向逐個行禮，洪先生紲咧講：

　　「伊雖然呣是伊湾人，是台母人，佮我眞有緣，因爲佇我少年時代去佇個�讀台母高中个時，佮個爸仔是同窗；今仔，佇伯兹准会當佮故友个後生見面相会，這是一件不可思議个代誌；愈不可思議是李先生，講是伊登台母山落來煞迷路，來到伯霧城，呣是迷路，在小弟咧想，這是天公伯仔特別派伊來伯兹共伯相助湊(tàu)跤手；您總有看着，今仔日，伊企挺挺咧向施滲仔嗆聲，嗆甲介無細膩(sè-jī)哩咧！」

　　社運成員聽到兹，總介感動歡喜，噗仔聲齐响！

　　「今仔日，召集各位來舉行檢討会，目的干但一項呤：拍倒狗民党軍佮鳥衫軍，使乎伯伊湾人早一日有出頭天——，當然，這是每一個伊湾人个〝宿願〞佮〝天職〞！呣拘，並呣是只用〝空喙哺舌〞嘟会用得，必需要

技術、方法佫有效个工具，愈重要是伯伊湾人个〝心理〞改造。所以，請各位詳細來想，甭客気，提出宝貴个意見，所有个意見總是好个，只是其中有一個是尚好个！」

経过逐個討論、研究，有三個重点，需要積極進行个：

㈠関于〝爆破霧彈〞，初使用个時，介有效果，但是，兩三遍了後，对方了解即項物件个性質佫作用，嘟隨推出鳥衫鳥帽應付个方法；安呢，是唔是愛研究改進，或者是甭佫使用。彰和仔提出即個問題，得着在場同志个热烈討論，結果是暫時停止，另外研發新个物件。

㈡有一位同志提出着〝滲仔〞個問題，這是老問題；雖然總有経过〝善悪傾向電波測驗〞，只是非百分之百準確，算是有準，時間一过，人總是有心理变化，尤其是〝半山仔〞非常狡猾；最近滲仔特別侈，若無管理足周全，社運佮游擊隊会敗佇個个手中。

㈢即点，主要是由尚地提出个，唔只是佇台母，連伊湾么肖全，佇双方衝突到高潮个時，对方總会全面加強媒体來共民眾洗腦、煽動、抹鳥、欺騙，甚至製造恐惶不安，経済生活个困難；兹仔總佇媒体个掌控之下，民眾会轉过來反对〝動亂者〞——這是狗民党佮媒体咧講个，何況媒体差不多總偎佇狗民党！

最近伊湾人企起來反对狗民党个情勢，是佮过去个有足大無全，亦嘟是有咖全面化，么有咖堅定！雖然媒体佇

狗民党手中，加減有影响，只要伊湾人積極宣傳，拆破狗民党个鬼仔殼，嘟企会在；抑若今仔，民眾么學会曉顛倒看報紙、電視啦──

03.
燒起 "正義" 之火

情勢是愈紧張起來啦！双方總有〝一擊斃命〞个気概哩咧！

林祥武個个陣營，经过沙盤推演，有重新佈陣；個个主力軍分做兩路主攻狗民党軍个心臟部位，其它个陣势，由兩片如攻如包，致使对方無喘気个餘地！

狗民党軍包括烏衫軍，因爲擁有最新个武器，准總介靠势，游擊隊若敢動手，彼(he)只是來送死个吟！個只是坐咧等哩咧！

林祥武除了計劃、總指揮以外，伊么介勤咧巡視各地个備战情況，担心若有小可仔失覺察，一定会影响全局。伊來到正片游擊隊据点，觀察士気心理，物質工具个整頓。

「眞好，」祥武仔咧講：「總有達到要求个標準。」

「報告總指揮，」指揮咧請教：「狗民党軍三不五時，總会派個个烏衫軍來鬧場，看個大部分總是伯伊湾

人；伾游擊隊員有个有不忍之心，呣甘伊湾人拍伊湾人；其实，若無動手，食虧个是伾啊——」

「今，是咧战争，抑是博(puàh/phok)感情？」

「呣拘，有人講個么是伊湾人——」

「只有命令！」祥武仔坚定咧講：「若是命令食屎，只有食屎——」

「是，了解——」指揮向祥武仔行禮。

然後，林祥武總指揮佫去巡視兩三個陣地，么觀看前進到对方卜安怎去个路線，佇進退中間必要揣着適合隱蔽个所在，形成着〝敵明我暗〞个势面則会使得。

拄仔個巡視了卜行轉來个時，有一陣烏衫軍衝來，如走如喝拍喝刮，來勢凶迸(gànn)迸！游擊隊待机行事，看对方是安啥碗糕胆！啥悉也，即陣烏衫軍確实是食〝死胆〞，准直接卜衝入來！喝聲介大：

「叛徒——放下武器——」

「還不投降，你們就死定了——」

看即個扮势介成無交鋒昧使得啦！即辰，啥人嘟呣悉也游擊隊中，已經有新發明武器，類似爆破電彈个作用，只是呣免射对空中去，即種是利用佮日光全性質个，呣是〝紫外線〞，乃是特殊裝備，如〝火箭筒〞樣款个〝電波射線〞，這射線会當透穿一切材質烏色个物件哩咧！烏衫軍猶呣驚死咧衝过來；在個想，游擊隊是会趄個，昧共個殺傷，安呢，後面綴來个狗民党軍，可以趁势攻破游擊隊

个陣势，得着勝利！儅即時辰，有聽一聲号令：

「反擊——，掃射——」游擊隊指揮緊急命令落去。

佇前一排有十外支如火箭筒个電波線，齊射出光線。

衝來个烏衫軍，有半數以上，開始頭眩目暗，佫一下仔団仔，個嘟变成〝軟跤蝦〞，用爬个逃回頭，爬昧緊，一陣如(ná)龜陣咧！偆(tshun)落來会走个，可見，個則是被利用个伊灣人啊——

「伊灣人甭(mài)走！只要您改过自新嘟好——」

林祥武個看着即場烏衫軍个敗退，連狗民党軍嘟唔敢佫伐出一步，鼻仔摸咧轉回頭，則完全有自信射線个作用啦！

〝一物剋一物〞，佇這世界，介成有安呢个原理哩咧！

狗民党軍漏気甲甩頭甩耳，么唔甘願甲咧凝(gêng)心！個隨嘟召開会議咧檢討；到底游擊隊是使用啥乜碗糕武器咧？么趕緊召集科學佮技術人員來研究，卜使用啥乜物件來对付，時間昧用得延延(tshiân-iân)，至少么愛佇有一日決鬥之前研究出來。

即回林祥武個即招有功效，消息傳到各地个游擊隊營內，眾伊灣人同志，准士氣大揚(iāng)起來。儅即個時

辰，挂仔尙地佮洪美珍小姐個有預定卜去拜訪林祥武；按南霧城个南伊湾市，北上经过中霧城个中伊湾市个北爿，林祥武個个營地嘟佇遐，路程駛車需要一、兩点鐘。

肖見之下，逐個總眞感動咧肖攬(lám)，面仔笑嘻嘻！

林祥武眞親切咧招待入去指揮部室內，有講有笑。

「您一路駛車來，辛苦啦！」祥武仔講着：「規路大部分總是小山崙仔，路佫隘，車無好駛乎(honn)？」

「昧啦！」彰和仔回答着，車，是伊駛个：「小山崙仔景色好啊——」

「唔拘，阮猶是小心。」洪美珍小姐咧講：「聽講路个兩爿，有狗民党軍佮烏衫軍，萬一若肖碰，阮是咖不利咧！」

「所以，您講卜來，我有小可仔担心！」祥武仔講着：「您來个時，路中有看着伯伊湾人綴佇您个前後乎？」

「啊，壞势！」尙地介成有想着啥乜：「迄辰，我抑准彼(he)是狗民党軍假裝出來个，原來是祥武兄派个，咁唔是？」

「其实，前日，我唔是佇通話中，共您講着，請您唔免來，我个心意是介歡迎，么介想卜佮您佫見一面，只是担心您來，佇路中个時辰，有可能遭遇着啥乜狀況，今，您總無代誌啦——」祥武仔如講如微笑。

尙地個聽咧眞感心，祥武兄總有咧替個設想。

「伬來，干但卜佮祥武兄肖見一面，無別項代誌──」尙地講着。

「若這我足了解。」祥武仔講着：「我么是肖仝！佮会當見一面，比啥乜佮咖有意義，咁唔是咧？」

「是啦！是啦──」尙地佣斉聲咧回答，然後尙地佮講着：

「伯是好友佮好同志啊！人生，好親好友相逢，眞難得个啦！」

洪小姐佇邊仔聽咧准目匝(khoo)紅起來！這紅乃是悲佮愈是喜！

彰和仔到今有一個疑問匞(khǹg)佇心內，今仔，佇祥武仔面前提出：

「祥武兄，我咁会當向汝請教一個問題？」

「和仔，汝若会兹呢客気咧──」祥武仔如講如搭伊个肩頭。

「伬頂日儅咧討論安怎改進爆破霧彈，啥悉也，汝嘟有新个武器对付狗民党軍，而且共個拍敗；伯所有个游擊隊同志，是足歡喜个；看汝个動作總在先人一步，令人驚奇哩咧──」

「無啦，這並唔是啥乜〝在先人一步〞，乃是伬有準備；佇咧使用爆破霧彈个時，全時辰，嘟有咧研發新个；因爲伬有想着狗民党個一定会想辦法來解破，所以，後一手卜有啥乜則是愈重要个。即回对付狗民党軍是最後一次

个試驗，果然，功能昧稗，有得着效果啦！」

「着啦，総是愛有〝先見之明〞，特別是佇战
鬬——」尚地講着。

「侁会佇茲大量製造，然後分配予各地游擊隊使用；
因爲這是机密，製造地点佮分配路線，総昧使得公開
个。」

林祥武総指揮佮尚地個談話了後，准帶個去看几個仔
陣地，佮游擊同志個肖招呼。佇這如一家人个気氛中，眞
緊嘟得卜过半工个時間啦！

最後，総是愛分手啦！分手啊！好友！啥人心昧疼
咧！

「祥武兄，來茲共汝拖茲呢長時間，汝佫眞無
冗——」

「地仔，汝甭安呢講，佫肖見一面則是勝过一切！」

今仔日会當肖見一面，抑以後咧？何年何日何時
咧——

林祥武総指揮个愛妻林陳明美女士，全時辰佮伊个翁
婿加入反抗狗民党个游擊隊；伊担任个工課是補給，主要
个所在是游擊隊総部佮周圍个陣地。因爲安呢，明美仔綴
補給車咧走東走西，元但介無冗，但是，会當佮翁婿做伙

企起來佮伊湾人同心出力，准講有啥乇生命个危險，伊么無匠佇心肝內！

個兩個翁仔俻(ang-á-bóo)肖見做伙个時間嘟介少啦！大概總是佇補給品送來總部个時，唔拘，講無兩句話嘟佮去進行各人个工課啊！其实個个心灵所牽掛个乃是個互相个代誌。

林祥武个故里嘟是中霧城中伊湾市附近个莊下(kha)，所在个名叫做〝大理益村〞；個兹附近个莊社，自古以來靠開墾種作佮飼羊仔牛爲生，生活猶算是介好过；只不过，個前到今，猶是佮北爿个妙力社伊湾人以及欣得社伊湾人總昧合，不三時有咧衝突，一衝突嘟是規莊人佮另外規莊个人咧〝械鬥〞，卜講無冤仇么講昧过！唔拘，到祥武仔个年代，即款冤仇嘟已经淺化啦！祥武仔本身根本嘟無感無覺。問題是迄(hit)兩社个伊湾人，介保守、心胸隘佮自私，個人个利益至上，所以，佇每一個時代被統治下，個差不多總偎过權力者迄爿，莫怪，現在佇個遐，半山仔佔得卜75％啦！

林陳明美女士，是祥武仔隔壁莊个人，少年時代讀全學校有肖諳，以後经过恋愛則結爲〝連理〞个！簡單講起來，明美仔是祥武仔个〝粉絲〞，抑若祥武仔是明美仔个〝菜〞哩咧！若照個朋友个講法，個兩個，其实佇初中時代，嘟有〝一見鍾情〞个代誌，恋愛个發展是成年以後則有个哩咧！特別是祥武仔对〝愛〞个認知：愛只是愛本身

而已！对愛來講，一切可有可無，除非人無卜有愛！親像祥武仔翁仔俫互相个愛，么只是兩個生命、心灵个代誌，啥乜條件、関係總是加个！佫照祥武仔个性格，对伊肯定个代誌，這肯定有伊个愛存在，安呢，啥人嘟無可能会當共伊動搖改變啦！親像伊愛伊湾族群，爲啥乜咧？咁是因爲伊是伊湾人？伊講：嗯只是伊是伊湾人，佫咖是愛只是愛本身吟！

「明美仔，我愛汝，嗯拘，無一定会結婚，汝会安怎？」

「哪会安怎？有結婚个無一定有愛；有愛，尚好是結婚──」

個結婚过七多了後，晏(àm)時歇睏開講：

「阿美仔，假使汝今仔無愛我，汝会當離開！」

「安呢講，汝無愛我啦！汝咁忍心──」

「我猶佫有愛汝，只是愛嗯是佔有，有佔有欲个絶对嗯是愛！」

「安呢，爲啥乜卜叫我離開？」

「我是假設，假使汝已経無愛我──」

「嚇，我若無愛汝么無愛別個人，抑我咁嘟愛走咧？」

「着，俉總是〝自由〞个啊──」

佇兹所記个，只是即对翁仔俫感情个重点表白；明美仔逐回送補給品來了後，嘟佮祥武仔冗話家常以及近來个

心情，么互相関心着健康狀況。

「美仔，汝若發覺身躯佗位無爽快，我看，歇一亭仔咖好——」

「哪会有無爽快咧！顛倒汝愛注意，汝个任務介重啊——」

「好啦，我悉也，下回是佇時卜佫來？」祥武仔問着。

「我会記得是明仔再下晡三点半左右吧」——

因為，為着走小山崙仔路有咖便利，所以，明美仔個送補給品个車是小型貨車，有兩台：Ａ車佮Ｂ車；每台車有三個人，其中有一個婦女咧担當点貨、記数(siàu)。明美仔担當Ａ車，Ｂ車欠一位多媒人，拄仔好，明美仔初中个同窗妙力社伊湾人叫做羅舒璃，來拜托明美仔幫伊揣頭路，今仔欠即缺(khueh)，明美仔本身是義工，但是伊唔愛別人佮伊肖全，只共羅女士講薪水無峘(kuân)，羅女士同意，伊講有收入着好，生活開銷拍会直咖重要；而且即項工課免搬貨，抑如是咧綴車呤！不止仔輕鬆，有共明美仔說多謝！

今仔日即迄(tsuā)車是預定佇下晡三点半左右送到游擊隊个總部去，若送了，明美姐仔，元但有寡仔時間佮祥武仔話兩句仔么好！沿着几個仔小山崙仔山路顛(tian)顛跋(puảh)跋；唔拘伯明美姐仔坐佇車內，僧咧想着卜佫佮伊个〝茱〞，伊个好翁婿見面，嘟差不多規路總咧心喜着！

人講"樂極生悲",即句話,昧落佇伊个身上吧?千萬唔通,唔拘──

突然間出現着一台狗民党軍烏衫軍个軍車,擋着個个前路,個个人數有十隻左右,卡宾銃一夯出嘟四界掃;明美仔坐个Ａ車,司机在先被射死,伊本底有想卜宓(bih)起來,落尾准跳落來卜逃走,結果是乎兩隻蹤俀來个烏衫軍掠着;坐佇貨車頂个,雖然有隨跳落來,伊如走如開銃抵抗,到尾仔,抑是死佇路中。抑若Ｂ車,看Ａ車停落來,么即刻停車,個看情勢唔着,么隨落車卜走,哪走会離咧?有兩個當場被彈死去,只偆綴看Ｂ車个羅舒璃女士,當時伊么驚一下,馬上跳落車,向後面片,悽慘仔咧蹤咧走,唔敢越頭看,到底背後有烏衫軍咧追無?伊完全唔悉也啦!結果是無半個狗民党追过來,安呢,伊則好運保一條命啦!

Ａ、Ｂ車只偆兩個人,一個是被掠个林陳明美女士,一個是走甲離──離離,無看着影隻个羅舒璃女士啦!今卜如何嘟好咧?狗民党烏衫軍個將明美姐仔押去距山路無偌遠个一間草寮裡,叫一個兵仔守佇外口,另外个嘟総入去寮內卜威風起來。

可憐个明美姐仔,被掠佫喙被用布條縛(pàk)封住咧,卜喝救人么喝昧出來,伊全身軀个動作,干但咧憤怒反抗吟!

狗民党軍个隊長是兩條線中尉,生做青面獠牙;伊看

着明美姐仔乎個撣对土面去，身躯佫会振動，准激鬼笑：

「他馬的，看你舞動得還蛮有勁児！怎么處理？」

「當然，聽中尉的命令——」有隊員咧應着。

「報告隊長，這個女人，我看起來好面熟！」有半山仔咧講。

「你說，是誰？」

「她是匪徒林祥武的女人，肯定没有錯——」

「那——，太好了！」中尉看着多傢人，心臟本底嘟將將卜爆炸，今仔一聽安呢个回答，准如猁狗：「姑娘，還是乖乖的好，我先來奵吧！哇！我快忍不住了——」中尉是隊長，排第一隻(用"隻"尙適合)。

「喔——喔——」明美姐仔喝昧出聲，伊一定是咧大受氣，伊个兩蕊目珠轉大兩三倍咧臣(jîn)着兹仔个惡徒！

第二隻是：「用力些，奵得不錯嘛——」

第三隻是：「看我的，哇！有生以來，這次最久——」

第四隻是：「他馬的，我怎么啦？是要奵，還是要撒尿——」

第五隻是：「奇怪啦！我骨頭這么硬，怎么，現在小老弟却挺而不堅，堅而不硬，硬而不久，奵你他馬的——」

第六隻是：「老兄，你就下來吧，換我吧——」

〝喔－喔－〞个聲音，早嘟消失去啦！只有狗民党烏

衫軍个笑聲！

明美姐仔啊──，有夠可憐！有夠悲慘！伊么早嘟昏倒佇土跤，是生抑是死？干但如(ná)死定定哈！啊！這是生不如(jū)死啦！狗民党烏衫軍〝姦〞甲起痟！個卜哪会悉也正是豬仔狗仔不如！

眞是驚天動地个殘忍啊！天地哪会不仁咧──

世間个悲哀！這是人類醜惡史个一幕！令人心碎吐血个一幕！

佫愈驚天動地个：〝碰、碰──〞，連紲(suà)有十数聲銃聲！介成遐仔狗民党烏衫軍每一隻各彈兩銃个款！這哪嘟彈咧？倒佇土跤个人，么早嘟咬舌往生去啦！

抑這是卜算啥乜〝戦鬥〞？正公是非戦鬥，只是〝侮辱〞！看啊！共人類个〝良知〞，殘酷咧踏佇跤底啦──

即回兹仔个狗民党烏衫軍自認〝戦争〞勝利，〝有食佫有掠〞，將卜送去游擊隊个補給品──總是日用品，一盒仔一袋仔嘟無留，總搶去。抑佇草寮裡，只有昧振(tin)昧動个明美姐仔啊！

草寮仔个主人是一個農民，伊去草寮仔卜整理農具，一拍開門，看着一個被褪光光倒佇土跤，喙流紅血，身軀頂有十外個銃籽孔个多傑人，伊規個人倒退几仔步，險仔昏倒佇草寮仔門口！這消息隨嘟傳出去，呣免到尾暗仔，全霧城准轟動起來。

林祥武總指揮，儅等一悉也是愛妻明美姐仔，痛心悲

傷至極，一時准昏倒去！落尾伊醒起來，猶佫号泣昧停；伊若唔是即刻衝去報仇，嘟是傷心甲卜〝自死〞！可是，祥武仔乃是介有理智个青年，佇這情況中，伊猶然記会住(tiâu)伊个〝天職〞！根据調查，被搶个貨，有看着烏衫軍車來个民眾，尚重要是規土跤个卡宾銃籽殼佮銃籽；会當肯定是狗民党軍所做个！即聲，全国全伊湾人總忍昧住啦！迄暝有几萬人行上街頭咧喝拍，這情势已経燒起〝正義〞之火啦──。

04.
無 "LP" 个豬仔狗仔

　　"ＬＰ"有無个問題，並㕮是落伫男女性个世界，這問題正公是人類進化以來，産生出〝覺知〞佮〝体悟〞以後，則有个関联着人類生命光輝个〝接續〞佮〝支点〞！

　　安呢來看，有"ＬＰ"个意義，乃是表徵着眞正个人具有〝心灵〞、〝担當〞以及〝公平正義〞个作爲，甚至犧牲！所以，対人來講，若有"ＬＰ"嘟是会當〝超越〞，超越現階段進化个〝動物儿(jîn)〞；安呢講倒轉來，〝動物儿〞正是無"ＬＰ"个人啦！

✡　　✡　　✡

　　即回，共林陳明美姐仔蹧躕甲即款悲惨个程度，遐仔个狗民党軍鳥衫軍，無第二句話，個總是無"ＬＰ"个——

　　爲着即件〝轟動武林，驚動萬教〞个無廉恥、豬仔狗

仔畜牲不如个代誌，今仔，全伊湾人無一個伫心灵中，無燒着憤怒之火，這火么是普世價值个〝正義〞之火啊——

干但过一暗暝吟，霧城東西南北四界嘟有衝突，真正个伊湾人，唔是半山仔伊湾人，總開始咧揣霧霧人、狗民党員、狗民党軍佮烏衫軍，卜來總清算！尚好共個總消滅咖規氣！和平安寧，自由民主个生存生活，則是伊湾人卜过个！

林祥武總指揮乃是尚艱苦悲痛，但是，並無因爲愛妻明美仔受侮辱，永遠咧離開去，准來失志；這可見伊湾人个重任，達成着全伊湾人心灵中个願望，這煞唔是另一種方式个〝報仇〞咧！佇茲个〝報仇〞，非一般私欲、私冤个報仇意味，乃是佇人類良知个基礎上，得着必然个結果个啦！

伊湾人游擊隊各方面領導者，總来共祥武仔安慰，請伊節哀；么請伊佮担任總指揮。佇緊急会議中，意見一致：決議開始總攻擊。

「各位个宝貴意見，小弟先感激承受。」祥武仔将目泪(sái)吞落腹內：「是啦，伨卜開始着總攻擊个時机到啦！大多数伊湾人總(lóng)已经大徹大悟啦！会使講伨總是〝全心灵，同意志〞啦！唔拘，伨么介清楚狗民党軍擁有最新个武器；伨若主動攻擊，有時必需詳查双方个陣勢，採取摧毀对方軍力个方法。我想，伨各方个指揮者總是介有经验，講出來互相討論参考，有利着伨个行動。」

「祥武兄講个，伬總贊成聽命。」一位指揮者講着：「既然狗民党軍有最新武器，有時眛當正面衝突个時，可以採取〝聲東擊西〞个方法。」

「王指揮講个確实無錯。」另一位指揮者接咧講：「有時想卜一下拍倒对方，無簡單，伬只有使用〝各個擊破〞來分散個个力量。」

「鄭指揮个意見眞好。」祥武仔講着：「伯个战略並唔是單一性个，應該是利用多元个思考方法，其中，必需掌握着正確个情勢，到時会當〝出其意料〞，使乎对方失去轉換个空間，您講咁唔是咧？以小弟个例來講，按中霧城上北進攻北伊湾市；當然小弟个主力隊必需对正面向前衝去，但是，干但安呢是危險个，所以，必需安排左右兩翼來相助包抄，減少人員个傷亡；主力隊会當全力直攻对方个核心。小弟今仔講个是一個例，當然，伯个战略，一切總是机密个，請各位愛小心。」

「着啦，報告總指揮祥武兄，」有一位指揮臨時講着：「今仔，伬全霧城个伊湾人，心火儅咧旺！個遍若看着霧霧人嘟喝拍喝刣，安呢个情況，各位認爲卜安怎則好咧？」

「無唔着！」祥武仔一時聲音响亮：「〝心火〞正是〝正義之火〞啦！伬無可能共拍花去，佫愈眛當共拍花去！〝正義之火〞愈燒愈旺，乃是符合着〝自然法則〞，除非伬唔是〝人〞！只是，這〝心火〞遍地个時辰，嘟愛

有〝風勢〞來相助，則昧亂燒或者無張弛花去。無正當个法律制裁，〝心火〞嘟是公正个！抑若一般个霧霧人，以小弟个見解，有可疑个，掠起來審問，其它个，由左隣右舍來調查監視嘟好。唔悉各位个意見安怎？」

「讚！這一切聽總指揮个指示嘟是——」眾指揮齊聲講出。

佫有一寡仔細節，佪指揮者之間，總有咧参詳么有联係啦！

室內只偆祥武仔，介成眞忝(thiám)咧攣(thenn)佇籐椅仔，目珠瞌瞌(kheh)咧，唔悉也咧想啥乜？伊無出聲，開始如嗆如双爿流着目泪，如水道水咧管(kóng/kńg)管流！

佇今仔，祥武仔个目泪，咁干但是目泪？人个血汗嘟有故事，抑若目泪咁無？么可能有啊！但是，並唔是所有个目泪總有意義！

抑若祥武仔，現代伊湾人个〝林霜武〞个眼淚咧？啥人会當共肯定咧？是肯定啥乜？抑是無啥乜？有一個聲音咧講：

　　"彼是伊对明美仔个愛！对伊湾人个愛！对人類个愛！"

　　"玆仔心境个源頭是純眞个'友'，它是愛个'母體'啊！"[1]

☆　　☆　　☆

　　人類進化史，20世紀即個階段个進化个人，叫做〝具有知識技術个動物儿〞，即種類个動物，簡稱做〝人類〞，已經進化到尙高峰，若卜佫進化，有，彼是兩種另類个進化，其一是進化爲〝蘿菠頭〞，么是〝机器人〞；其二是心灵、精神个開放轉化，達到〝超越〞个境界！

　　人，由〝單細胞〞到〝原生虫〞，到爬个〝四跤仔〞，到企會起來無尾仔个〝動物儿〞，萬変總離昧着尙根本的个因素，這嘟是〝本能〞；——佔有佮掠奪！〝既得利益〞就是佇本能基礎上，尙令人得意滿足个啦！全世界个〝動物儿〞，有几個会當佇〝公平正義〞上，自願放棄〝既得利益〞咧！

　　〝眞銃实彈〞激烈慘重个战鬪開始啦！侈侈所在个狗民党軍、鳥衫軍連战連敗；原因除了対手游擊隊个勇猛以外，主要是伊湾人無百分之百，么有九十九總企起來啦！到今仔日即款局勢之下，伊湾人覺悟着〝唔是生，嘟是死〞！但是佇狗民党个团隊方面，因爲個大部分總是〝既得利益〞者，即種〝動物儿〞差不多是〝猏貪驚死〞个，所以，面対伊湾人个气势，個嘟有三種选擇：其一是：面嘟捼(luah)落去，拚達底；其二是：偎靠伊湾人；其三

————————————

① 母系社會(3、4萬年前)時代，台語祖先个關於〝友〞个語言哲學。

是：逃出霧城。其中，準備卜逃亡个尚夥！

佇北伊灣市南区有一座介大个公園，樹木花草種類有介夥，散步道佮囡仔咧𨑨迌(sńg)个設施么齊全，涼亭仔么昧少，不三時迣有人佇遐咧歇睏或者開講(káng/kóng)；而且公園邊有一條小溪仔水，会當利用來咧划船仔，么有咧泅水个，整体來看，確実是昧穤个公園，唯一可惜个，嘟是無日頭光，園內元但是霧洒(sà)洒！

差不多是每日个中畫过一下仔，総有五、六個人佇涼亭仔咧哈茶開講，看起來，総有六十外个年紀；聽講佪総是退休傷冗，則來茲哈茶消遣時間。其中有兩個霧霧人：一個是狗民党軍人退落來个，一個是退休公務員，另外四個是伊灣人：有兩個退休教員，一個退休公務員佮一個退休生理人。因為佪佇茲開講一久，互相加減仔有了解，感情么昧穤，主要是心態立場総有肖全个所在，佇談笑中，介少有衝突。

霧霧人退休个公務員毛水西，大伐小伐行來涼亭仔。

「水西啊，怎么來晚了？」另一個霧霧人退休軍人秦軍咧問着。

「準備東西嘛──」水西馬上坐落：「眞他馬的，平時好像没什么東西，現在一整理，竟然跑出那么多，而且什么要帶的，什么不帶的，傷透腦筋──」

「哈，我說水西啊，你公務員一當久，每天閒着没事光看報紙，你看，腦袋不灵光了。告訴你，要走，什么都

不用帶，只帶金銀珠宝最管用，是吧？」

「這仍然是碍手碍脚。」伊灣人退休生理人連占金咧講：「我也是準備要走的，就不用這么麻煩，錢都在那邊，一过去就OK了！」

「哇夵(chào)！老連，你真不愧是生理王啊——」秦軍稱讚咧講。

「哪裡，哪裡，对了，秦軍兄你呢？」連占金咧問着。

「跟你一樣嘛，只是没你的絕招，很傷腦筋——」

「有什么好傷腦筋的？」連占金又佫問着。

「你說，我那終身俸怎么轉到外頭去？」

「你錢給我就得了——」

「哎喲，錢給你，我不是什么都没了——」秦个裝苦笑。

在座其它个人聽着，總哈哈大笑起來！笑聲一停，個嘟談目前个情势，個總怪伊灣企起來反抗个人，啥悉也〝知恩图報〞，〝什么為正義〞，個則是咧造亂！伊灣人退休生理人郭富民，伊是〝官商勾結〞个專門科个；生理交予伊後生，么共即個步数傳予後生；生理做咧好，個家族哪嘟走咧！

「漢中仔，我看汝介成無想卜走个款式，咁唔是？」

福民向伊个好友，伊灣人退休个公務員王漢咧問着，抑漢中介成左右為難咧想一下則回答着：

「我猶是〝不動如山〞咖好，我後生乜是公務員，伬家族一大堆人，總靠我佮伬後生咧食穿个，唔比富民兄汝，做一筆生理嘟会當食一世人！而且伬公務員个福利猶算昧稗，乜有補助金、獎金，連消費稅乜減免，一年多若退落來，一家伙卜遊山玩水都涼勢勢啦，汝講，我哪嘟走咧！」

「漢中兄，若照汝安呢講，佫有理哩咧——」身邊陳英夫咧講。

伊湾人退休教員陳英夫，今年挂仔退休，捌佇別位聽伊講过，伊佇學校做教員，乜無輕鬆，這並唔是教冊个代誌，今，教过数十多，干但用背个嘟有倦啦！問題是照伊講个彼是爲考試个，而且是考个總是無事使个，是洗腦个，是死冊啦！佫有，伊無法度卜彈(tuânn)啥乜嘟彈啥乜，抑無嘟会被点油，甚至是〝思想問題〞，免想卜捧這教冊个飯碗啦！

「陳老師，」漢中咧叫着：「看扮势，汝介成元但無卜走吧？」

「唔拘，我僧咧考慮——」英夫回答着。

「陳老師，跟軍人一樣，走爲上策，不用考慮了！」秦軍咧勸英夫。

「爲什么？」陳老師昧了解。

「那還用說！」秦軍大聲講：「伊湾人最不喜歡軍人跟教師，不知道嗎？」

「老秦，這是你的偏見──」英夫無同意伊个看法。

「会是偏見嗎？那，你等着瞧吧──」秦軍眛爽个款。

儅即時辰，有一個少年家仔走來，原來是陳老師个後生。

「伯伯，你們好！」伊猶咧喘：「爸仔，緊轉來──」

「爲啥乜？」英夫問着。

「伯北霧城个南爿，有兩連个狗民党軍，乎游擊隊拍敗去──」

「是安呢？好，我來轉。」英夫向逐個講：「各位老兄，我先走了。」

其实，陳英夫个心內，憂悴有数十夛啦！伊雖然看眛慣習狗民党个壓制、欺騙，但是，伊一直唔敢企倸家己伊湾人抗争个即爿；一向只是心有不平，煞干但企佇邊仔看唅！抑若今仔，伊介成有啥決心个款！

☆　　☆　　☆

狗民党軍佮伊湾人游擊隊个对立対抗，已経是到〝水火眛肖容〞个地步啦！双方總咧加強着攻防，么準備若一对面嘟一定卜乎对方敗甲做狗仔爬！唔拘，若就目前个勢面來看，游擊隊是有咖贏面，雖然安呢，游擊隊唔敢有小

可仔放鬆！

　　狗民党前到今，尚靠势有兩項，一項是〝伊湾人総乎我洗腦去啊，抑是会當変啥乜魍(báng)！〞佫一項是〝我有新武器，卜比來比啊！〞但是，個無徹底了解人个〝心〞么是無常个！除非変成〝化石〞！既然狗民党軍有安呢个靠势，爲啥乜今仔嘟〝坐立不安〞咧？這佮游擊隊会當企起个因素乃是対反个。游擊隊个活動会久長，正是靠〝民心〞，佫一項是個个方法，利用〝以暗制明〞，模糊着狗民党軍个目珠！

　　佫有佇战略上，游擊隊充分運用着兩種方式，一種是〝聲東擊西〞，使乎狗民党軍捎無猫仔毛，一下仔即個連隊敗，一下仔迄個連隊敗；爲着應付，時常〝灰頭溫面〞哩咧！佫一種是〝各個擊破〞，使乎連隊之間失去联絡，么無法度得着支援，抑是卜靠势啥乜碗糕？

　　烏衫軍个総指揮会蹺去，嘟是敗佇〝各個擊破〞；個个隊伍明明拚昧贏，佫到時卜求別隊支援，么已經無法度啦！佇亂战之中，施多敏走昧離，反倒佇亂銃中咧中銃；起先無人悉也伊已經倒佇路邊無気去，落尾乎游擊隊發現講出來个。施多敏个死，么死咧昧稗啦！爲啥乜？抑是有几個人若死去，会當得着章谷景少爺総統咧開追悼会咧？

　　按最近情況來看，伊湾人个抗争佮游擊隊，雖然有〝势如破竹〞迄款个順利，但是，么唔是〝全勝〞；狗民党軍烏衫軍雖然〝連战連敗〞，衰抑如卜衰甲達底，么

唔是〝全敗〞！唔拘，以全面个局势分析起來，嘟对伊湾人眞有利哩咧！関鍵是今仔日个伊湾人，安怎拄(tú)着〝嚇〞，安怎拄着〝騙〞，無百分之百，么有九十九个伊湾人無卜佫共信斗啦！而且，彼一直咧燃燒着个〝心火〞，介成乎人拍昧花，是啦！〝心火〞正是〝正義之火〞啊——

狗民党佇变無步个時辰，佫回頭想着老步数：分化、渗仔，特別是利用伊湾人在地半山仔，以及結合烏道，但是伊湾人淪落烏道个並無侈，大部分是卜食唔討賺(thàn)个霧霧人。抑若其中个渗仔或者是特務，總是半山仔，利用全是伊湾人个身份，藏入抗争隊佮游擊隊，眞少会乎人發現，除非技術欠高明；佪總会介拍拚，介聽命令，么介敖(gâu)扶尻川哩咧！一旦若有破壞个机会，佪嘟暗中破壞；会當得着情報，即刻联絡狗民党総部。佪爲党効命，有成功，當然有獎賞，甚至升官升身份。比喻今仔有三個狗民党裡个中坚青年，急卜立功升身份，當然么会當提㧣佇党內个權力，佪總是半山仔渗仔，如果有功，可以馬上升做党个中常委哩咧！

嘟是安呢，游擊隊中有失覺察，指揮者佮战略中心个人，三不五時有咧奇怪着情報哪会落佇狗民党手中，影响着佪个行動。

嘟是安呢，無疑誤着大不幸个代誌竟然会發生啊——

游擊隊个前鋒隊已経得卜攻到北伊湾市南爿，佪介成

有把握佇尚短个時間內攻入霸權核心，安呢嘟差不多達成目標啦！林祥武鎮守佇前鋒隊个後面另外一隊，即隊內有兩個成員，平常時表現得介好，林祥武真信任個，就是伊湾人欣得社个蔡原正佮紀東谷。迭佇兩軍相対个時，個兩個个意見總介有效，所以，無人会懷疑是真抑是假个。啥悉也，即回綴佇前鋒隊咧前進个時，蔡、紀兩個提供得來个情報，講是有大隊个狗民党軍卜突擊右翼个游擊隊，祥武仔三思了，決定由家己帶隊去助戰，佇沿路介順利中間，煞中着埋伏。原來這大隊个狗民党軍，並姆是卜攻右翼个，是咧針対伊个；人數差介侈，而且佫欠心理準備；祥武仔被護送敗退，蔡、紀兩個么綴佇身邊。落尾，猶是被包圍，游擊隊射出〝電波射線光〞，啥悉也無效，原來狗民党軍暗中發明着〝反射線光鋁片〞穿佇鳥衫內啦！祥武仔佮親信只好拚性命逃，退倒轉來到妙力社莊跤，即辰發現蔡、紀走無去，則大悟着〝反情報战〞中計啦！祥武仔气一下將卜吐血！伊佮数十名隊員宓佇農舍內，想辦法联絡總部，個半暝則会趕到。祥武仔個準備歇暝，等到半夜援軍到則做伙趁暝走。真正，無疑誤，妙力社伊湾人農民去通報當地个一個有權勢个半山仔吳博夫，准佇援軍猶未到進前，嘟共游擊隊拍敗，犧牲甲侾兩三個，狗民党軍輕可咧共伊湾人个林霜武，〝生擒活掠〞起來啊——

　　嘟是安呢，真是大不幸啊！伊湾人啊，您个英雄，您个救星，哪会佇即個得卜得勝利，得卜出頭天个時辰，

乎狗民党軍兹呢簡單咧掠去咧？個咁会放祥武仔煞去？愚(gōng)想啊！在個想，只要掠着林祥武，代誌嘟会結束啦！狗民党、霧霧人佫会當〝非非慘做〞啦！

透早，全媒体報導〝林祥武叛徒頭目，終于落網〞！

章谷景少爺佇電視聲明：〝林叛徒罪不可赦！其餘追隨者及游擊隊員，只要放下武器，一概從輕發落或不論罪——〞

05.

"831"聖战："三合一"陣势！

　　嘟是安呢，伊湾人啊！眞是大不幸啦——

　　伊湾人个救星！伊湾人个林霜武，哪会落佇悪魔个手裡咧？

　　免一日，干但半晡，嘟用盡各種殘酷个手段，刑打，凌虐，卜逼着林祥武講出一切関于游擊隊个人、事、物个情報；這天公伯仔么眞了解着，祥武仔哪有可能講咧！拍死無退，伊湾人个英雄早嘟将生死〝置之度外〞，伊个实存意義，並唔是生死，乃是伊有生之年，所沃(ak)出來个花草仔，大地个花草〝欣欣向榮〞啦！

　　章谷景少爺總統確实愚(gōng)甲有偆！伊抑准一直使用暴力，使用欺騙，人嘟会聽甲耳仔伏(phak)伏，人嘟会双跤跪斉斉哀求；伊湾人已经長大啦！乎伊教甲傷乖去啦！無人卜服！么無人卜信啦！掠着林祥武，伊隨嘟佇客廳歡喜甲咧跳舞佫兩粒肖扣哩咧！伊心內早嘟想卜共祥武仔就地〝槍斃〞，可是，伊卜做乎人看，講唔是伊个意

思，因爲伊是仁慈个；交乎軍事法庭去判嘟好。哈，軍事法庭？嚇！則十外分鐘嘟判定祥武仔死刑！

這按掠着林祥武到判死刑个速度，連噴射机嘟比昧过！

伊湾人一聽着死刑消息，昧輸家已被判死刑全款！個総喝聲叫着："NO！"〝應該判死刑个，是狗民党集団——〞

狗民党軍已経佇總統府頭前200公尺个所在，差不多是蘭多加大道个中央，企起一支刑具个〝十字架〞，受刑者正是林祥武！

其実，透早嘟有伊湾人，個人的个、団体的个民眾，陸陸續續集結佇北伊湾市內；干但一早起來嘟有卜十外萬人。個个訴求、抗議介簡單：

"林祥武，無罪——"
"還林祥武自由——"
"林祥武，無罪——"
"放出林祥武——"

這伊湾人訴求、憤怒个聲音，充响天地，連太陽系个行星嘟有聽着个款！這十數萬人个抗議隊伍，如慢慢仔行如大聲咧怒吼！聲音介清楚：
「林祥武無罪！還(hêng)伊自由！」

儅等兹仔个伊湾人，热烈痛心个伊湾人，行偎來蘭多加大道，當然個無法度進入，因爲狗民党軍佮警察仔層層戒備着。但是，有不止仔侈人硬卜衝入去！唔拘，個佇遠遠有看着〝十字架〞个影，這影一入去個個視線，逐個个眼神准定去！無論是唔是基督教徒，總誮(bat)即種〝十字架〞个意義，個想起着：

　　〝被釘佇刑具十字架頂面个，正是：
　　　天父上帝之子！么是人間救世主！
　　　耶穌啊——〞

有啦！有啦！個有看着林祥武个形影佇遐，是耶穌！是林祥武！是伊湾人林霜武！是耶穌基督！即時辰，有几仔個所在有咧發生衝突，么有介侈人唔驚着傷，硬衝过鉄線網，網仔頂唔是釘仔，嘟是刀仔；可是，猶原有人一波佮一波咧衝，佮狗民党軍拍甲〝汝死我活〞；落尾，狗民党祭出水銃亂掃民眾，佮有彈出摧淚彈，即聲，任何人嘟擋昧住，甭講兹仔个伊湾人；嘟是安呢，民眾准暫時退去。

　　另外一方面，有數萬伊湾人民眾，集結佇〝北霧城大監獄〞，簡稱爲〝北監〞，佇正門前大路佮四邊；個講卜來〝刼獄〞(kiap-ga̍k)。當然，狗民党軍早嘟有得着這情報，所以早嘟想好萬全个戒備咧等候哩咧！

講是講卜〝刦獄〞，咁有可能？甭講啥，干但卜跙牆仔嘟誠拚！

嗚拘，講实在，即個場面使人想着法蘭西大革命時，攻〝巴士底獄〞个画面眞親像啊！當佇眾人喝衝个時，有一個人企佇岠所在咧喝：

「佁伊湾人啊！今仔日，一定愛救出佁个救星林祥武──」

詳細看即個人，啊，伊是伊湾人退休教員：〝陳英夫〞啦！

陳英夫，雖然年歲是挂仔〝6〞字出頭，嗚拘，企在在咧喊喝个時辰，抑如30外个青年吟！过去做教員个時代，有迭咧運動，生活習慣有規律，所以，身体看起來猶不止仔勇壯。伊佫使盡胸仔力咧喝：

「佁林祥武兄無罪，您(lin)講是嗚是──」

「林祥武兄無罪啦──」眾人咧應着：「愛共放出來啦──」

佇下面綴咧喝个伊湾人中，有几仔個諳陳英夫，個正是伊教出來个學生；當然，即辰看着先生个形影，佮印象中个眞無全，么会使講是眞意外哩咧。佇眾人喊叫聲中，兹仔个學生仔有咧講着：

「眞想昧到，伲老師会出現佇兹！」

「是啊，我么是感覺眞意外啦！」

「伲總悉也，佇學校个時，老師干但認眞咧教冊吟！」

「着啊，伉總唔捌看着伊插啥乜代誌哩咧！」

「伉爸仔共伊叫做〝海外散仙〞。」

「爲啥乜？哪会安呢咧叫咧？」

「抑嘟，老師是伉爸仔个朋友，有几仔遍卜招伊參加抗議活動，伊總講伊对政治無興趣，唔拘，個兩個猶是好朋友——」

「抑今(tann)，退休落來，清冗享受个生活唔过，今仔，企出來咧碰拼，確实，我想總(lóng)無！」

「嘟是想總無，則是眞意外啦——」

「唔拘，伲總介歡喜咁唔是？伲佮陳老師企全一個陣線啦！」

當個咧談話中間，陳英夫先生个喝聲，〝如雷貫耳〞(ná-luî-kuàn-hīnn)：

「各位伲伊湾人个兄弟姐妹，伲免驚，伲免悲哀，何況伲今仔卜全力合斉來救出伲伊湾人个林霜武；伲絕对会無惜着一切啦！雖然今仔伲林祥武兄佇獄中受難，着啦！一個林祥武受難，一定有千千萬萬個林祥武企起來啦！各位兄弟姐妹，您講咁唔是？着啦！現在佇兹个佮各所在

个，佫(tsē)佫个伊湾人總是林祥武啊──」

「無嗨着！佪總是林祥武啦──」眾人回應着。
「林祥武兄是佪伊湾人个日頭光！」
陳英夫先生(sian-sinn)佫企出來向面前民眾講着：
「各位兄弟姐妹，趁今仔，小弟誠心咧共逐個会失禮，因爲小弟做人亦好，做老師亦好，無盡着做一個〝人(lâng)〞个本分，軟弱甲只是一個自私个人而已！安怎講咧？做人必需覺悟，一生是〝战鬥〞佫〝互助〞，佫其它个動物肖全；但是人个〝战鬥〞，唔只是爲〝本能〞、〝私欲〞佫咖愛爲人類个〝普世價值〞，親像〝自由〞、〝人權〞嘟是！抑小弟数十多冭教育界，我只是爲本能、私欲咧战鬥哈！所以我是〝動物儿(jîn)〞，唔是眞正个〝人〞(lâng)！失去教師資格，欺騙家己，么欺騙我个學生啦！今仔，小弟佫各位肖全，總變成林祥武啦！林祥武救着陳英夫，冭晚年得着人生个安慰！所以佪伊湾人愛互愛互助做伙爲〝普世價值〞战鬥！拍倒狗民党，將佫佫惡劣个霧霧人趕出佪霧城，安呢，佪嘟会有〝日頭光〞啦！

各位兄弟姐妹，無論如何，狗民党个一切絶対唔嘸相信，這佪是介明白个；意志堅強，有心灵有頭殼，嘟昧変成半山仔啦！今仔，小弟佫再向逐個会失禮！伊湾人向前衝啊──」

陳英夫老師一講了，四面个伊湾人齊拍噗佫呼喚着伊

个名：〝陳英夫先生，讚——〞陳老師行出，準備卜衝向北監个正門去，啥悉也，煞乎邊仔兩三個青年扭(giú)住咧！

「老師，乎阮來衝嘟好——」原來個是陳老師个學生。

「是啦，老師，汝有年歲啦——」另外一個學生咧講。

「哦，是您！」陳老師認出學生個：「來，做伙來，战鬪是無論年紀个，伯總爲着卜救林祥武兄，衝——」

么肖全即時辰，四面八方个伊湾人抗議民眾，做伙衝向北監，各個燒着〝正義之火〞，無私無惶，一路向前；有个夯梯卜跍牆仔，可是頂面有鉄線網；有个扛大匝木材卜撞監門，各有種種辦法。目標嘟是破監救人！

抑狗民党軍方面，警察仔、烏衫軍配合圍过去；個手中个武器，彼是比民眾厲害侈侈啦！棍仔刀仔交加，銃聲〝此起彼落〞(tshú-khí pí-loh)，双方一進一退昧輸咧扭鋸仔。有跍上牆仔得卜跗(hānn)过鉄線網个時，被銃彈着准規个人摔落來犧牲佇牆仔下啊！佫有一陣人已經衝过狗民党軍防備線，佮個亂拍做一片！可惜，即辰有一隊战車駛过來，用車上个机關銃咧掃射，抑如是空銃彈，抑如是实彈？結果是有介侈人倒佇大門前啊！即種个殘忍，愈惹起民眾个憤怒抗争！

陳英夫老師佮伊个學生個綴前一隊衝上大門个民眾，

么一面衝一面佮狗民党軍拍甲如成〝肉搏(phok)战〞，么有衝出一條路，警察踎佇後面；得卜踮着陳老師，而且夯(giah)起警棍卜損(kòng)对伊个後腦去，有一個學生看着，喝一聲〝危險——〞，准拚(phiann)过去，保護着陳老師，抑家己个胛脊骿(phiann)煞被損一下，人准硿跤蹺(khōng-kha-khiàu)倒佇土跤啊！陳老師越頭卜救伊共扶起來，趕昧赴，伊煞乎警察仔拖去！陳英夫先生雖然年过還曆，猶算是〝老當益壯〞，而且数十多來个吞忍，今仔，做一下准爆發起來，講伊儅咧掠狂起猶么無过份，抑是啥人会當冷静咧看家己个學生仔乎人損佮乎人拖去歟？伊恨不得將狗民党軍佮警察仔隨個仔隨個掠起來食屎剝皮啦！

坦加車隊漸漸接近大門來，規路是机関銃咧掃，當然，死昧少人！佇罩霧茫茫當中，只有看着人群个走蹤，有跳么有飛个，走昧離个，佇路中准倒落去啊！這一切个形影總是霧霧个，但是個唔是霧霧人！

佇這霧霧个形影中，看着佇大門口無偌遠个所在，有兩三個人影乎机関銃彈着准倒落去，其中一個慢慢仔伐出兩步，佮向前伐出一步則緩緩仔倒落去，伊正是陳英夫先生啊——。

〝霧城伊湾人个『巴士底獄』劫獄之战！〞

☆　　☆　　☆

"831"，嘟是八月三十一号即日，正是伊湾人生死關頭偉大个日子！

尚地佮洪美珍小姐帶一陣社運成員，趕來北伊湾市，參加抗争个大集結；個由南到北，一路卜起來，么眞無簡單，有一兩遍佮狗民党軍遭遇着，唔拘，個總避開着危險哩咧！抑洪彰和佮個爸仔守着南霧城佮南伊湾市。

章谷景少爺總統即禮拜以來，腦細胞損失昧少，拼性命咧吞補腦丸；伊看介清楚，情势对狗民党足不利！伊湾人是食唔着藥仔，是唔？抑無哪会總企出來咧？有夠漏屎尾，狗民党軍節節敗退，軍力失去介侈！平常時飼遢仔个將軍，抑是總咧創啥巳猴魍(báng)歟！今仔，是卜安怎共林祥武處刑咧？〝十字架〞已経企起啦！章總統猶佮伶咧三心兩意！困獸之鬥，確实，伊个睏神總走無去啦！最後，伊有召開高層会議，則〝殘殘豬肝切五角〞，執十字架刑，時間訂佇九月初一早時六点，派北監獄長江華宜爲監刑長。江某某原本是大學教授，是犯罪學个學者；調派去担任獄長，介受器重。

嘟是安呢，前一工，伊湾人決定卜來阻止即款殘酷無人道个代誌；各路个社運、游擊隊總出動來北伊湾市，甚至連大學生个學運团体么無欠席。

游擊隊个代理總指揮黃祥助，原本是副總指揮，伊佮

林祥武如兄弟，不時並肩作战；介有思想、能力，么介有行動力！祥武兄被掠，对伊眞是意外；落尾則明白，是游擊隊个大失覺察，竟然会乎半山仔滲仔蔡原正佮紀東谷來唡用〝反情報〞変孔(khang)！佫乎半山仔吳博夫去通報狗民軍，去包圍掠祥武兄！黃祥助一時眞心痛，唔拘，大局爲重，又佫眾兄弟个支持，准伶情義上担起責任！

學運个總領隊長林介平，是最高學府个博士生，雖然讀冊研究是伊本份，但是伊是伊湾人非常優秀个青年！伊个心灵、生命有囥伶〝普世價値〞上，當然，人个世界種種理智的、感性的个價値佮問題，伊佮學運个同志，總肖全介関心、行動。林介平捌去南霧城，有佮尙地個見过面交談；伊介欽佩尙地，以一個外地人个身份，会兹呢心懷伊湾社会个代誌，而且么捌几仔遍冒危險佮個做伙砰拚！佫愈使乎伊欽佩个是尙地个學識、思想眞有超越个世界觀，对伊有介大个啓發！伊有向尙地表明，伊有生之年，一定卜去台母街仔佮尙地元但做伙砰拚啊——

尙地佮洪美珍小姐一來到北伊湾市，嘟即刻來到抗爭指揮總部見着黃祥助兄佮林介平；因爲即回个抗爭，除了阻止十字架刑，解救祥武兄以外，佫有一個大目標嘟是卜攻落總統府，所以伶數十萬伊湾人个支持之下，學運佮社運、佫有游擊隊聯合做〝三合一〞个陣勢。眞奇妙个代誌，這〝三合一〞陣勢，一排開，全伊湾人准一時介成有透过茫茫罩霧看着〝日頭光〞，哇！哪会兹呢仔光耀个日

頭光咧！

实际上，這日頭光乃是佇個个心灵个光彩，現此時共個个精神、活力振拔(tsìn-puat)向上个！侭管外在个世界猶然霧洒洒，但是只要個个心灵中有這日光出現，乃是表示個已経通过種種苦難个考驗，自然的咧生出着充分个智慧佮勇気啦！

「祥助兄，是您伊湾人予我愈有信心！」尚地坚定咧講着。

「無囉！侃真感心！李先生來到侃伊湾，雖然，汝是外地人，唔拘，侃總無安呢个感覺，霧城有汝佇茲，四界活気澎湃啊！」

代理總指揮黃祥助，心喜甲将卜共尚地攬着。伊佮向尚地講着：

「我捌聽过月耀伯仔提起过去佇您台母高中讀冊，佮令尊是同窗，真可惜个是令尊當选台母街市長，佇就任進前受寃枉陷害；台母个鈎民党真可惡，佮侃霧城个狗民党確实是半斤八兩啦！今仔，真榮幸，会當佮汝熟似，看汝茲呢仔有元気、有希望、佮有超越个思想精神，我想一定是佮令尊肖全个啦！令尊在天之灵，一定有足安慰个啦——」

「這是祥助兄唔甘嫌啦！我正是愛佮向您學習，爲实存生命咧砷拚，坚定守護着独立个人格；您个作爲，予我真大个共鳴哩咧！」

「着啦——」林介平向尚地講着：「等咧，眾兄弟到齐時，伯卜佫有另一波个行動；請問尚地兄有啥乜宝貴个意見？」

「無啦，我佮您做伙抗争嘟是。」尚地回答着：「頭拄仔，我有佫深入了解着行動个方針，介感心着您个計劃性；如果小弟若有意見，應該是認爲加強着〝外攻內應〞；總統府乃是狗民党最後个堡壘啦！」

「若即点，〝三合一〞个战略，早嘟有思考着。」林介平咧講。

外面抗争个伊湾人是愈來愈侈，而且有指派人担任指揮，安呢則会當集中力量，共各据点个力量結合起來，嘟有〝势不可當〞啦！

佇總統府个双片佮後面，有〝三合一〞所組織起來僞裝狗民党軍个人員，佇衝突中，趁時机佮無注意中，滲透入去佪个隊伍中；到時么有必要展出〝心理战〞，或者影响狗民党裡个伊湾人兵，綴咧夯起〝反旗〞，達成〝內應〞个目的。

佇霧霧人狗民党个眼中，伊湾人是低陋个下等国民，甚至是白痴；啥乜不滿抗争，則是〝家常便飯〞啦！小可仔使用軟步來利誘，小可仔使用硬步來威壓，總会欺騙甲好势好势！抗争么是一種战争，〝善〞佮〝悪〞个对火！霧霧人狗民党佮半山仔个〝凶悪〞，只是無〝人性〞吟！是啦！個是〝動物儿(jîn)〞中个〝悪中之悪〞啊——！

〝既得利益──名、利、權勢〞正是個拖命生存、享受个糧草，〝日頭光〞对個是無營養个，甚至会着〝衰弱病〞致死个，有日光，個嘟總变成〝軟跤蝦〞啦！反倒來想，個么悉也伊湾人介硬，抑是会硬甲对佗位去？揮寡仔〝名利〞个肉幼仔，有个伊湾人么变成軟跤蝦去，半山仔嘟是啦！

最近，霧城个天頂，不三時有奇妙个〝变化〞！現象是安呢：霧洒洒、無日光，這是全世界独一無二个天气，佮霧霧族人有関係；可是今仔个变化乃是相反，有〝光〞來出現，雖然唔是規片个，唔拘，么会使乎無防備个霧霧人変成軟跤蝦；抑伊湾人有看着个，准愈有元気啦！無半個人悉也彼(he)光是啥乜！按佗來个？

消息傳來，正面蘭多加大道个〝十字架〞，已経乎民眾握倒拆掉去啦！狗民党軍有向前去阻擋，但是，佇对敵衝突中，猶是乎如山如海个抗爭聲勢拍退去！

加上宣傳車个廣播，伊湾人抗爭个情緒热烈漸漸升上高潮，並且令人心喜个，嘟是個並無掠狂，反倒是有清楚，么足理智；〝目標〞，只有用〝生命〞則有法度換來个！黃祥助兄個一個一個輪流佇車頂，向民眾來表明抗爭个理念，鼓舞抗爭个信心，而且強調着：〝只有即回，無佫再有啦──〞。

「尙地兄，汝咁会當來向眾人講兩三句仔？」祥助行向尙地面前。

「其实，嗯免祥助兄來請，我嘟有想卜講啦！今仔乎汝一請，我煞愈〝心花怒放〞着啦！我哪会放棄即個机会咧——」

尚地被請上車頂，佮黃祥助兄企做伙，祥助兄講着：

「各位鄉親兄弟姐妹，今仔，我來向逐個紹介着按台母來个有爲个青年，伊講來到伯伊湾霧城，嘟親像轉來故鄉！伊帶來个禮物，無別項，么是人人需要个，嘟是"自由精神"，心灵个光！伯今仔來請伊共伯講几句仔話，尚地兄請——」

佇四面八方抗争个伊湾人，歡呼聲佮噗仔聲，驚天動地！

哪会兹呢仔拄仔好，天頂有出現着〝光〞！

06.
斷崖之晨：昨昏个新聞

最近，天頂有時出現着如日頭个光，乃是霧城成(tsiânn)世紀以來難得有个！对伊湾人，〝光〞个意義、價值勝过一切——！

綴着尚地上車頂來出現光，乃是到目前爲止，尚光个！

数十萬个伊湾人抗争者，聽了游擊隊總指揮么是今仔〝三合一〞个總指揮黃祥助个紹介，眾人總咧期待尚地个聲音佮形影；一時全範圍內，一点仔聲音嘟無，各地大銀幕上，已経有看着尚地个人影，伊一出現，噗仔聲、歡呼聲齊發，將卜共天蓋掀開个款式！

「各位伊湾霧城个兄弟姐妹，逐個敖(gâu)早——」尚地如招呼如拽(iȧt)双手：「到目前，小弟一生尚榮幸个代誌，嘟是來到霧城佮逐個企做伙，短期間嘟有昧少个新朋友，個予小弟个親切温暖，可比老朋友啦！小弟咧想，是初次，絶对唔是尚尾一次來到兹，雖然我是台母人，唔

拘，儌小弟跤踏佇伊湾人个大地，我就是伊湾人啦——」

　　眾人齊呼叫：「尚地兄是伊湾人！伫總企在在啦——！」

　　「各位親愛个兄弟姐妹！」尚地伿講着：「小弟，今仔企佇兹，唔是卜演講(káng)，么唔是卜宣佈啥乜，只是卜借即個机會，向逐個來講出着我个〝心聲〞，小弟个心聲，非常單純，乃是一直咧喚醒家己，既然做一個人个形態咧存在，一定愛盡心盡力做一個〝眞正个人〞！唔是前到今(tann)个〝動物儿〞哈！包括小弟本身，爲全人類个〝自由〞、〝尊嚴〞佮〝福利〞來拍拚活落去，安呢，這嘟是〝愛〞，是一個〝眞正个人〞，咁唔是？〝恨〞，只有生佇動物儿个身上，借着動物儿个力量——往往是暴力，跮踏人間个愛，摧毀人間个善佮美，所以，這世界一直無法度〝平和〞！

　　今仔日，伫全伊湾人个抗争，乃是做一個〝眞正个人〞个抗争，么是爲着卜消滅着〝恨〞个抗争；這並唔是干但伫霧城会得着平和个日子，佇意義上，正是全世界全人類么得着平和个日子啦！

　　霧霧族群个人啊！趕緊放棄您个私欲，做一個〝眞正个人〞，安呢，您嘟昧佮一切總霧洒洒啦！日頭光会回帰來佇您个生命中，您嘟只有〝愛〞，無〝恨〞啦！平和个日子咧等您啊——！

　　親愛个兄弟姐妹，伫全伊湾人，今仔日咧拚生命抗

争，目的乃是卜消滅着〝恨〞，並唔是霧霧人佮狗民党，您講咁唔是咧——？」

「冘是爲着卜做一個〝眞正个人〞啦——！」

「冘甘願爲着所有个人个〝自由〞、〝尊嚴〞佮〝福利〞來战鬥——！」

「是啦——！全伊湾人企起來，卜消滅罪惡个〝恨〞啊——！」

佇眾人个回應聲中，尙地向個行禮，卜落來講着：

「以上，只是小弟个〝心聲〞，伯互相鼓舞，多謝——」

「讚啊——！多謝尙地兄，汝个心聲么是冘个心聲啦——！」佇總統府四周圍抗争个伊湾人，總热烈咧回應着，甚至佇狗民党軍、烏衫軍裡个伊湾人么覺悟起來抛捨着個个工作，加入抗争个行列中！

狗民党个總指揮中心，當然是佇總統府內；現此時，個總介清楚着即回个情勢，唔比前到今，總会當〝蹺跤輾(liàn)喙鬚〞咧處理代誌；現此時，正是陷佇〝困獸之鬥〞！若有一点仔情報入來嘟緊張甲看卜安怎應付？

章谷景少爺總統，一向是介灵巧佮冷静咧面对現实，解决問題；可是，今仔日狀況，伊煞有小可仔跤手尾仔咧瘁(phì)瘁瞤(tshuah)，只是無半個人有看着。伊用着尙大个能耐咧忍着，激着〝無啥，芝蔴小事一樁〞个態度，指揮東指揮西哩咧！唔拘，儻等伊看着府內个銀幕裡，映出着

尚地个形影佮表情，章少爺个心內准大叫着一聲：〝啊，我的天！怎么会是他呢？〞個兩個根本嘟無熟似，章少爺哪会有安呢个反應咧？推測之下，干但是伊个夢中則有个啦！佫有介趣味个代誌，章少爺介少有即款超認眞咧聽人講話个心情，抑若今仔咧？伊按頭到尾，一字一語嘟無漏鈎，甚至背会起來啦！

章總統臨時按膨椅，昧輸射火箭个速度企起來，如一支手指对外面，如用雷公聲咧喝着：

「快，快快，快去啊——」

「是、是——」

下面个高官佮將官咧應着，可是個唔悉也到底是咧急啥巳？逐個有卜做，但是總〝訝〞(gānn)去！想着：〝快去幹嘛？〞么有咧想：〝快去送死嗎？〞

「怎、怎么啦——！」章谷景將卜起猲个款：「你、你們都死、死了？還站在這、這兒！快去、去——」

「報告總統，要我們快去幹什么？」有一個將官提出勇気咧問着。

「笨蛋——」章總統気甲一支手指着將官，一支手搭佇心肝頭，伊个気(khui)喘昧離，么接昧離：「你們瞎、瞎了眼嗎？就是剛才、才那個青——青年啊——！知、知道嗎？」

「哦，原來是那個臭小子耶——」有一個高官應着。

「耶、耶個屁！」章總統即聲愈気：「你們給、給我

聽、聽着，他他叫、叫什么來、來着？对、对了，他、他叫〝尙、尙、上——帝、地、地——吧〞？！他就、就是引進陽、陽光——光的人！对我們霧、霧霧人，我們狗——狗民——党來說，是最、最危險、險的人——物——，是我谷——谷景一生中最、最大、大的敵——人——！快去、去追捕过、过來，我、我要判、判——他——極、極——刑——！」

章谷景總統一講了，气一下准頓落，昏倒佇膨椅，抑如有气，抑如無气啦！

哇！眞是大無冗啦！有个叫人來救章總統，有个咧討論看卜安怎去追捕尙地。但是，外面个狀況对伓是介不利，狗民党咁会倒担(tànn)咧？結論是，個緊急派出三隊个人馬，去揣尙地佇咧个所在，一定嘟愛活活共掠來。

章谷景總統並姆是心臟病發作，是气一下半死唅！伊有小可仔醒起來，看一陣人企佇身邊，伊無法度想，只是感覺咁是安呢：

"你們抓到上帝了嗎？"

尙地落來稍坐一時中間，其实伊个腦海中，猶是眼前這一片人山人海抗争个伊湾人个形影，彼(he)眞感動着

人；佇超越着動物儿个本能、私欲个時辰，伊認知着〝人間之美〞个眞理！

　　啥乜則是正公(káng)个〝自由〞咧？咁是卜創啥嘟創啥？卜愛啥嘟愛啥？是唔？安呢，動物儿嘟有自由啦！哪嘟硨拼咧？〝伊湾迷路之旅〞有共尙地啓發着，原來正公〝自由〞个意義，嘟是〝永遠脫離苦海〞啦！〝苦海〞又俗是啥乜？咁唔是生命中，身心个束縛俗折磨咧？這一切个苦海，乃是動物儿咧共家己俗別人來造成个；完全無苦海，則是完全个〝自由〞啊——！尙地安呢咧思考着，自然的(tek)有一種非本能个〝原始生命力〞，共伊提升起來，而且愈堅定着伊个信念啦！伊即刻肖招着洪美珍小姐卜出去。

　　「尙地兄——」林介平走來共伊講：「有消息傳來，狗民党軍僭咧揣汝，卜共汝掠起來，到底是啥乜原因？」

　　「有安呢个代誌？」尙地么感覺怪奇：「個是指名卜掠我哈？」

　　「無唔着！卜掠嘟掠全伊湾人啊！好胆——！」

　　「咁是有啥乜陰謀佇咧？」尙地咧講。

　　「個卜哪有啥乜碗糕陰謀咧——」

　　「安呢啦，放出風聲，講我李某某咧等個。」

　　「若這，佗免掛意，照佗个計劃進行吧！」

　　僭即時辰，有人來通報祥助兄个指令，派人去北伊湾市西南爿(pêng)方面个抗争隊伍中，配合整体來重新佈置

陣势。

「介平兄，這乎我佮洪小姐來嘟好──」尙地隨講着。

林介平稍思考一下，並確認在場个人員，准講着：

「若安呢，嘟劳煩尙地兄佮洪小姐，帶五個人坐車过去吧──」

箱型車一台包括司机在內，坐八個人，即刻駛向西南爿去；唔拘，因爲人太侈啦，速度無可能会緊，距離是無偌遠，則五公里內呤！遐个情況，尙地已経有底案，只要一到，按实际个情況則做調整。

「尙地──」洪小姐咧叫着：「我眞想昧通，狗民党軍哪会干但卜揣汝呤？是唔是佮汝有〝深仇大恨〞咧？介成唔是吧？」

「哪有咧！」尙地回答着：「可能是個驚我得着亚貝諾和平獎吧！」

「今，即個時辰，汝佫眞敖(gâu)臭彈──」

「咁無也？汝等咧看吧！」

「咖正経咧！对這疑問，我是講眞个。」

「好啦！橫直我么捎無椶(tsáng)，尙好去問狗民党頭目章谷景吧！」

「看來，汝是章谷景眼中，除了祥武兄，正是第二号人物啦──」

「祥武兄啊──」尙地憤慨着：「伬一定会共汝救出

來——」

　　害啦！儅佇途中，突然間，蹤出三台狗民党軍車，卜共個擋起來，司机反應眞紧，即刻調頭越对別條路去；迄三台車拚命咧踃(jiok)，踃啊踃，路邊有民眾向個揰石頭仔啥乜个；尚地看即個情形，臨時，嘟愛紧做决定：若唔是走入市內，嘟是走向郊外。假使走向市內，一定是人佟速度会慢，一定会産生一陣混亂，双方对敵中，会有成(tsiânn)佟人犧牲，抑個卜掠个是伊吟！假使走向郊外，伊实在無想卜離開着即場个抗争，甚至伊若安怎，么無要紧；眞个，尚地足唔甘安呢嘟走啦！伊必需紧做一個决定啊——

　　「洪小姐，是市內，或者郊外，汝个意見咧？」尚地咧問着。

　　「確实介僫(oh)决定啊——」洪小姐有爲難个表情。

　　「狗民党卜掠个是我，暫時安呢啦，伯來分開，汝入市內，我向郊外去，只好轉去南霧城啦！佇遐么是有另一場个抗争，汝想安怎？安呢，汝則咖有安全，咁唔是咧？」

　　「我，我無卜離開兹个抗争，唔拘，我么——么無卜離開着汝——」洪小姐確实介爲難啊——

　　「尚地兄，」做伙个其中一個咧講：「伯時間無佟啦，我个意見，認爲尚地兄暫時轉去南霧城，抑洪小姐是卜入去市內，抑是佮尚地兄做伙行，由洪小姐决定；一方

面，伓趕緊聯絡介平兄，另派人來接應尚地兒个工作嘟好，您想安怎？」

「安呢好啦，就安呢決定，行向郊外吧——」尚地咧講。

「若安呢，我卜佮汝做伙行。」洪小姐決定着。

狗民党軍三台車猶佇遠遠个所在咧蹋來，〝生擒活掠李尚地〞，這是章谷景總統个命令，么是大功一件哩咧！

章總統即個命令，是啥乜人会當了解？看來，干但有白痴吧？哪有人佇這緊要関頭，么是生命生死个関頭，正経战鬪毋战，只有一心一意卜掠尚地，而且，伊抑毋是〝三頭六臂〞个魔神仔，到底是咧驚啥乜碗糕咧？咁会是，在伊咧想，只要共尚地掠起來，即場抗争嘟会永遠結束，伊湾人卜有〝日頭光〞，卜做〝眞正个人〞，彼嘟愛咖早睏啦！但是，這是世界有史以來〝第一奇〞个代誌，尚地是啥乜〝全知全能〞个人物來化身个咧？

抑尚地本身么〝莫名奇妙〞！無代無誌干但針对伊來，咁講伊湾人即回最後佫尚大个抗争，章谷景無囥佇心內？伊目珠咁無看着個狗民党佮霧霧族人是得卜〝阿婆仔躘(láng)港〞是唔？介成決战是佇有掠着李尚地抑無？尚地想咧，准大笑起來：

「哈——哈、哈！原來我是無價之宝啦——」

「無啊，尚地，汝是咧笑啥乜？」洪小姐好奇咧問着。

「啥乜人總免走，我若走会開，伯嘟勝利啦──」

「咁安呢？」佇邊仔做伙个兄弟咧問着：「嗯拘，代誌么介奇妙！」

「尚地兄，我看汝是〝死神〞來化身，章谷景則驚甲先下手為強吧？」

「有可能吧！」尚地講：「我是日光神天公伯仔派死神來揣伊个！」

「注意──」邊仔佫一個咧叫着：「茲是小路仔，危險──」

個越对小路來避開後面个追車；郊外公路咖無保險，只好駛佇小路仔，這一越，確实，嘟看無後面个狗民党軍車啦！

雖然是安呢，司机猶是嗯敢大意，継續加速度，目標是先拚去附近樹林內个游擊隊營則佫講。後面，狗民党軍車並無出現，啥悉也，司机一失覺察，方向小可仔歪差(tshuáh)，規台車敨(khi)对倒爿，頭前左輪仔佮後左輪仔，做伙陷落去小路仔佮水田之間个水溝仔裡，即聲誠稗(bái)，追車若來卜安怎咧？

嗯拘，介拄仔好，後面駛來个，嗯是追車，正是兩台游擊隊个巡邏車，個即刻上車分坐佇兩台車上，准緊離開去。

代誌咁会遐呢仔簡單嘟煞？儅個起行个時辰，狗民党軍个追車按遠遠个所在，向茲拚命咧踔过來啦！

雖然，元但是莊下小路仔，但是，游擊隊員路草介熟，佇彎彎越越之中，早嘟離開着狗民党軍个視線啦！

尚地個一進入樹林，茲嘟比較是安全地帶哩咧！

尚地個被引入去游擊隊休息寮；雖然，会當小可仔放輕鬆落來，但是，個猶是昧放心着迄(hit)三台追車啊——

果然，個有聽着佇樹林外，〝碰——碰——〞咧响个銃聲！

☆　　☆　　☆

尚地佮洪美珍小姐，預定佇尾暗仔則來離開隊營，轉去南霧城南伊湾市。趁猶有稍可仔時間，兩個人准佇林中散步；無出聲，静静做伙咧行着，其实，個个心情是介沉重！

罩霧裡个樹林，一棕(tsâng)一棕，一箬(hiòh)一箬總是霧霧茫茫；雖然，景致是安呢，有時共看起來，佫有一種茫茫渺渺个気氛，么有自然美个感覺。唔拘，尚好是甭(mài)想起，這大部分是霧霧族人所來造成个！早前，確实是純粹个自然美，每一早起，總是黎明光下霧个世界之景啊！

「眞正唔悉也卜安怎講——」尚地總是開喙出聲啦！

「尚好有啥乜話嘟講出來，有咖好啊——」洪小姐輕聲咧講。

佃兩個做伙坐佇小溝仔邊，起先，尚地頭仔犁犁，然後則夯頭起來看洪小姐。抑洪小姐是一直咧注意尚地个表情。

　　「美珍，總是我，汝則綴着我走來茲——」

　　「我無綴汝走，抑無是卜綴啥乜人咧？」

　　「我咁是茲呢仔重要人物，乎人指名追捕咧？」

　　「汝对佃無重要！彼是佃〝腦辛腦呻〞去，則会安呢！只有佇我个心灵中，汝則是一折無扣个重要个，這，我是咧坦白講个啊——」

　　「聽汝安呢講，真感心！抑我咁有例外？」尚地認真咧講。

　　「汝並無例外，我有了解乜有感受着！」洪小姐微笑起來。

　　「若安呢，我嘟真安慰啦！」尚地現出笑容：「着啦，頭拄仔，我有佮隊長討論过，等咧，由我先離開，然後，佃則保送汝轉去南伊湾市。抑我若在先到，當然会去您都(tau)見洪伯伯，汝嘟安心吧！」

　　「哪会安呢？無愛啦！我卜佮汝做伙離開——」洪小姐無歡喜咧講。

　　「昧使得啦——」尚地急咧講：「汝乜悉也，狗民党軍卜掠个是我，唔是汝；萬一，若会安怎，無乜有人避開魔掌，咁唔是咧？」

　　「萬一汝若安怎，抑我卜安怎咧——」

「請甭安呢想，詳細考慮，代誌嘟是安呢安排咖有安全性！」

「我猶是会不安啊──」洪小姐个目匡(khoo)紅起來。

講起來，尙地么介唔甘家己離開，卜生卜死總是双人合做伙啊！尙地共洪美珍小姐个手牽起來抵(tú/té)伫胸前，講着：

「我悉也汝会不安，可是，即個難関，無安呢進行昧使得；伯愛有自信，而且隊長有共我說明，路草，個介熟，若有情況会隨時注意。好啦，甭傷掛心，共勇気提出來嘟是啦！尙緊，下昏嘟会佇您茨(lín-tshù)再見面啦──」

洪小姐無話講，只有目泪(sái)輪(lìn)落來佫輪落來！

尙地替伊拭着目泪，佫共伊安慰着！

兩個人四蕾目珠肖相，介成如咧見最後一面个款式啊──

有消息傳來，伊湾人抗爭个聲势，愈來愈強大拍昧花啦！介成将将卜共總統府踏做平地个樣款！

抑章谷景少爺拍死嘟昧退！伊規個心肝，昧輸無總囥佇尙地个身上昧使得，無論如何，絶対愛共伊掠來到面

前，共伊處極刑，抑無，章少爺卜死么死昧去哩咧！

尚地煞变成是章少爺唯一个〝死対頭〞啦！若是安呢，尚地哪嘟走？企出來佮伊〝決鬥〞嘟是啊！可是，尚地佇兹無死対頭，介成章少爺佇尚地个眼中，卜講重無夠重，卜講是人(lâng)么無成人，〝不可匹敵〞啦！看情势，伊只好避開，甭交插咖实在，而且伊放昧開着洪小姐。

游擊隊用一台車載尚地卜出發啦！洪小姐內心眞矛盾，是送抑是甭送？若無送，嘟無〝分手〞个款，但是欠着親目咧〝祝福〞；想一亭，准決定出來惜別，祝尚地一路平安！目珠充滿着眼淚，一直看尚地佀行遠去，目珠一点仔嘟無瞇(nıh)！

車沿樹林邊咧走，一旦若有狀況，会當駛入樹林；如果卜战，這樹林战，佀是有把握哩咧！

天色本來嘟灰暗霧霧，現在是晏(àm)時，當然是暗茫茫。唔拘，路草介熟，所以，弯弯越越並無問題。尚地坐佇車裡，有時恬静，有時佮隊員開講，逐個眞佩服着尚地个热誠佮正義感；么眞怪奇着即扮个青年，竟然会是狗民党頭目心內唯一个対手？這到底是啥乜原因，無人会當了解，連尚地本人么捎無靠心，对即件代誌个理解，安呢，煞唔是变成一個〝謎〞咧？

沿路狀況並無啥变化，唔拘，尚地个腦中，猶是泹咧浮現出洪美珍小姐个形影，尤其是即回兩人無做伙行，而

且佫看着伊咧送別个時，彼表情个無奈；尙地个內心准震(tsùn)動一下，感覺即個个情景，抑如是咧〝送別〞，若誠實是安呢，是卜安怎則好咧？

「尙地兄，請汝免煩惱。」保送个一個游擊隊員咧講：「伬已經有佮洪伯伯聯絡，伊会派人來接汝安全到個遐。」

「個悉也伯卜去个路線。」

「有联絡啦，無問題；而且個有考慮着狗民党軍一定会加派人包抄，所以，個么有增加人來。」

路線是按尙起先，尙地個離開北霧城來到西霧城一個游擊隊營歇睏，今仔則行往南霧城；路中有介侈山崙仔佮小山頭，起起落落，車是無好駛，但是因爲路草有熟，大小路総可以應付。已经过了点外鐘，來到西霧城佮南霧城西爿个交界。安呢看來，卜到南伊湾市嘟免食一頓飯个時間啦！

啥悉也，世事難料，雖然有得着情報，講狗民党軍个人數有增加，安呢吟吟！無疑誤，佇得卜到交界个時，狗民党軍突然間出現，即聲不妙啦！中着個个埋伏，游擊隊只好速速越对对方可能咖無熟个小路去，甭受着包抄之險！

狗民党个埋伏軍有10外台車，而且佫採取四面包抄个形勢，介成無可能会漏鈎着一個；前擋後追个情形下，尙地個今仔確实介危險，假使卜停車落來战，彼是〝敵眾我

寡〞，今，卜如何嘟好咧？経过一個小山頭了後，尙地個看着佇茫霧中，正爿有一大片樹林，准决定進入樹林中；而且快速用無線联络洪伯伯派个人悉也個个位置，以便來接應，抵抗狗民党个埋伏軍。

若樹林战是游擊隊个專門科！雖然個个人数有差介侈，嗯拘，茫霧裡个樹林，狗民党軍無了解地势、路草佮方向，急卜主動攻擊，可是看昧着目標，顚倒乎游擊隊員免用銃，因爲銃聲会引起对方來注意，所以，個使用肉搏(pok)致死个方法，結果不止仔有效哩咧！

有時么有双方个銃聲响起，一時佇東爿，一時佇西爿，到底是眞抑是假？介成是狗民党軍，若嗯是着傷，嘟是倒咧兩跤直去啦！安呢看來，游擊隊个樹林战，確实有一兩步七仔咧！

「游擊隊小伙子，快放下武器，決不處罰你們——」

「只要把李尙地交出來，你們不但沒罪，還有獎賞。」

狗民党軍利用喝聲喊叫，目的是卜摵出尙地個个所在，而且么卜乎对方産生着錯覺，以爲個是佇喝聲个所在，其实，個是卜按別個方向包抄尙地個。但是，這泅(àu)步，游擊隊是看出出个哩咧！

樹林正是游擊隊个〝茨〞！個有安呢个自信，所以佇茫霧中，並無失去方向；個悉也往佗位去，会當佮南霧城个接應人員肖(sio)会合。

這誠实"道峘一尺，魔峘一丈"，狗民党，唔悉也用啥乜方法，煞会当共侗綴住(tiâu)住，只是目標昧當明顯；唔拘，侗靠人侈(tsē)，使用〝前包後追〞，若無掠着尙地，侗轉去是准辦食家己啦！

尙地如走如喘个時，有聽着溪水聲，是啊，伊佇南霧城个時，么捌佮洪美珍小姐做伙佇溪仔邊散步过；只是有聽着聲，無看着影。現在，伊咿想，咁会是全(kâng)一條溪仔水咧？若是个話，順着溪仔水向南奔走去，嘟成(tsiânn)有可能会當去到南伊湾市啦！伊共身邊个游擊隊員講，侗總肯定尙地所說(sueh)个，安呢，尙地佮一個隊員走在先，其它佇後面掩護。

狗民党軍么唔是全白痴个，其中，可能有人悉也即搭个地势，么推測着尙地侗有可能走去个方向；因此，隨調一批人过來，準備照原本个战略：〝前包後追〞，即聲，李尙地嘟〝插翅難飛〞啦！

咁有也？尙地会〝插翅難飛〞？尙地会落佇侗个手中？尙地既然是章谷景少爺總統唯一个〝対敵〞，咁会遐呢仔簡單嘟双手就縛(pàk)咧？除非章少爺看唔着人！所以，侗抑是卜安怎共尙地掠去處〝極刑〞咧？

即回狗民党軍个指揮，是派一個少将來，伊介悉也，假使追捕尙地若成功，伊嘟足有可能升起里做上将，尙無么有中将級哩咧！因此，伊拚命咧指揮：

「你們快去追捕，但不能殺——」

「要保住你們的頭，就快去追上帝——」

一方面，有一名游擊隊員走頭前帶(tshuā/tuà)路，尚地綴佇後面；樹林內，雜草是有夠侈佫蓊(ōm)，根本嘟無路；呣拘，這对〝愛山人仔〞个尚地來講，並無啥乜啦！実際上，尚地佃个後面有追兵，頭前有咧包抄个，四界是險地，佫愈無保險个乃是即搭个地勢，侈侈是孔(khang)孔隙(khiah)隙，內行人么無10分个把握。

介偬(oh)行个主因，猶是雜草以外，嘟是近半暝時辰，濛霧是增加愈厚(kāu)愈霧洒(sà)洒啊！尚地有時看会着前面个隊員，有時煞准無看着，所以有時則不得已發出細聲咧叫着，確認伊个存在，么会當互相照護。

人講〝天有昧當測个風雲〞，人是有夠聰明、有高明个技術，但是，啥人嘟無法度應付這〝昧當測个風雲〞，咁呣是咧？尚地么無例外。當伊拄着一個窟(khut)仔來跳过，哪会悉也，窟仔迄爿，竟然是乎雜草仔掩(am)住咧个大土坑(khenn)，尚地卜〝哎〞一聲嘟來不及，規個人煞准摔(siak)落去坑內；抑這坑是直瀉落去个。慘啦！兹是〝斷崖〞啊！這是確実个，無呣着！尚地規身軀七輪八轉咧摔落去啦！如一粒大石頭——！

頭前面个隊員發覺，奇怪，哪無尚地綴來？么無一点仔聲嗽？伊准大緊張，昧記得昧當出大聲，煞大聲咧叫着：

「尚地兄，汝佇佗位？尚地兄——尚地兄——」

「尙地兄——尙地兄——」

「尙地兄——啊——」

尙地，伊今仔佇佗位？無半個人悉也——！

透早——透早，尙地慢慢仔摭(thí)金目珠咧醒起來！

伊是綴着稀微个日光、鳥仔聲佮溪仔水聲咧精神起來啦——

儅等伊小可仔清醒个時辰，感覺着規身軀咧痠(sng)疼，佮寒冷咧顫(tsùn)着，好佳哉！八、九月天猶是燒热，可是，茲是山中，只是昧冷凍(tàng)，若唔是，伊可能嘟一條命〝嗚呼哀哉〞啦！茲可能是佇1000公尺到2000公尺之間吧？伊則干但会寒冷吟！

尙地目珠金金看着頂面个天，心內准喝着：

「哪有即款樣个光景咧？茲是佗位咧——？」

即几工，伊總是佇霧城中，根本唔捌看着啊！抑是伊一迷路准対茲來，么准咧做着夢歟(hioh)？洪阿伯、美珍、彰和、祥武兄等等遐仔个伊湾長輩好友，咁会是夢見着个人物吟咧？

尙地佮相対四面个山景，准驚奇咧坐起來，么〝嚇〞一聲，其实即聲是將卜叫昧出來；茲是溪谷个所在，兩爿總是岵山佮斷崖，抑伊是偎佇(uá tī)斷崖即爿，有几仔

10公尺峘个款！咁会是按頂面摔落來个？伊緩(khuânn)緩仔咧回想着昨昏(hng)暝个代誌経过，迄辰伊儅佇樹林中咧走，干但会記得卜跳过一搭个坑孔，這以後是安怎，伊嘟總唔悉也啦！准講是按断崖摔落來，伊是穩死無命个，但是伊猶佫活咧，這是無可能个代誌！若有可能个話，是伊在先扨(khê)着啥物件，後來則直接摔落前面个溪水池裡，然後則乎溪仔水流落來扨住佇即粒大石頭邊，准幸運咧倒佇兹，到透早則醒起來吧？！

「美珍啊！汝一定是实在个，唔是佇我夢中个啊──」

到今，伊猶思思念念伊个形影，猶然是洪美珍小姐哩咧！

「汝今仔，咁是已経轉去南伊湾市啦？抑是佇佗位咧？」

尚地越頭看对断崖，峘是真峘，若運用伊个登山技能，伊有自信，慢慢仔跁(peh)，一定跁会起里；伊么相信，若跁起里，向南爿行，一定会去到美珍個茨遐，是無唔着啦！可是，伊今仔，完全無体力，而且瘦疼，佫有兩三個所在受傷，這卜哪有可能跁起里咧？伊愈看彼断崖愈傷心！伊么有咧想着，今仔个美珍，佮伊全款如着急，如心疼吧？兩個人唔悉也何時則会佫見面啊──！

想起着兩三禮拜以來，尚地佇霧城所过个日子佮経驗，乃是使乎人難忘个啊！這總是〝緣〞啦！抑伊湾人

是有老实無？伊欠着了解，唔拘，伊湾人对伊抑是個家己之間，總是誠心誠意个，這尚地是有徹底咧体悟着，特別是洪美珍小姐個一家人！啊！洪阿伯，尚地個爸仔个老同窗，对伊个敬仰，嘟親像对着個爸仔个全款啦！

今，尚地介成有聽着伊湾人佮美珍，當咧呼喚着伊啊——

尚地佫轉身回頭过來看对溪仔水咧流落去个方向，佇

遙遠个所在，哇！遐哪会無罩霧咧？干但有〝光〞吟！伊个視線唔甘徙開，准一時明白着，有〝光〞个所在，一定是〝台母〞，尚地个鄉里啦！

佇心理、精神上，乃是必然个代誌則着吧？

伊么有聽着佇有光个迄搭，是台母街仔佮伊个佬母么儅咧呼喚着伊啊——！

這兩片个呼喚，尚地確实無法度選擇決定，么根本唔是選擇个問題；一切由心境个反映來作爲啦！若今仔，伊做会到个，只好來綴着山溪仔水流落去个方向，彼是如下山个方式，免用着偌大个体力啊！〝哎——〞伊感嘆着。

儅尚地起行个時，看着頭前面，離無偌遠个所在，有一堆假如(ká-nā)是人燒过捨乜个火粖(hu)，抑這嘟有夠奇啦！是啥乜人会來到茲咧？伊忍疼行偎去詳細共看，無唔着，照尚地个推測，一定是跙山人仔佇這溪仔邊歇睏，取溪水煌(hiânn)茶，或者烘肉留落來个。心喜浮上尚地个心頭，茲，並唔是無人到个所在啦！即辰，伊佫發現邊仔有紙張，原來是〝登山路線图〞佮〝報紙〞，哪有即款个代誌咧？依照路線图，尚地睏(tshuah)一掉！伊明明落山个時是行向嘉麻社村去，哪会是佇這丁佗山下咧？若安呢，茲唔都是南台母山跤个斷崖咧？图上个情報，正是希望之來源啊！抑若報紙，伊目珠轉金金共看，日期是八月二十九日个，頂面个頭版頭條新聞是：

"姜济国少爺總統仁慈特赦，

煽動民眾，反動、叛国獨立分子

免除他們的死刑、無期徒刑！"

「嚇——」尚地唔敢相信，抑無相信么昧使得，差不多是全即個時辰，佇台母么有茲呢仔重大个代誌發生啊！設使元但有伊參加在內，安呢伊么会受着姜少爺个特赦啦！唔免，有才調卜刮卜割隨在伊！講眞个，依照尚地本身，是卜為台母人抑是伊湾人，佗一爿總好，么總肖全；〝公平正義〞佇人類世界，若有，只有一味吟！咁唔是咧？

伊佫掀看着背面頁，佇〝自由平台〞專欄篇幅裡，報着一塊仔消息，尚地認眞一看，伊佫喝昧出來咧〝嚇——〞一聲，彼是好友林巴勇先生个聲明文；內容重点是咧講眾山友甚至尚地個茨裡个人，總認為尚地已经失踪兩三禮拜，佇深山林內〝往生〞去是咖大部分，所以個卜為尚地舉行一個〝追思会〞來紀念；但是，林巴勇先生反对，伊肯定着尚地一定昧無去，一定会佫轉來。伊有去安慰尚地個母仔：

"「阿姆(m̀)，免傷心啦！佾嘟相信尚地一定会轉來——」

「汝哪会悉也咧——？」尚地個母仔咧問着。

「我當然有把握，因爲我了解尚地，伊是阮愛山人之中，是一個正公(káng)个『登山天才——』，伊絶対会轉來！」

「其实，到今我么是安呢想。」尚地個母仔講着：「阮地仔一定会佫活咧，么一定会轉來，抑『追思会』……」

「我有共山友個講即件代誌。」巴勇講：「佫等几工仔，尚地絶対有把握好好仔轉來佮逐個肖見面，到時是『歡迎会』啦！」"

尚地讀着好友林巴勇先生个聲明，則悉也伊無被鈎民賊党掠去，准卜哭煞哭昧出聲！只是目泪滴滴流；這是伊个感激么是安慰，佫咖是伊決定卜沿着溪仔水，落山轉去个根本動力啦！

雖然，今仔，尚地無可能親像平常時咧行，伊只好一步一拐，緩(khuānn)緩仔咧拖着跤步，沿着山溪仔水个流向行落去；有時，伊回頭看斷崖，佫頂面迄爿，心內咧想着伊湾人猶咧硬拼抗争吧！按昨昏八月三十一号个情势咧看，〝個一定会勝利，会達成着願望啦——〞，因爲伊想着心灵个〝正義之火〞已経燒起來，無有〝家己〞，只爲〝伊湾人〞！所以，全伊湾人無百分之百，么有九十九咧企起來啦！

看前顧後，確实是〝兩個世界〞，么確实是〝全一個

運命〞！

人，人類，論眞講，乃是現代現階段个〝動物儿(jîn)〞呤！

雖然佇知識、技術、產業方面有介大个進步，但是〝実存生命〞無佫有進化，所以，到即當今(kim)，猶佫存在着介侈(tsē)个紛爭、屠殺、欺騙、剝削、壓制、佔有、怨妬、奴化、踐踏人性、人權……等等个臭賤、使人傷心悲歎个代誌！

佝地如勻(ûn)勻仔行，又佫如想着伊个心靈中人：

「美珍啊──，我眞唔甘離開着汝啊──！我会佫轉来，總是斷崖昧徙走去，或者么佫有別條路；等候我身体恢復，我会佫轉来看汝啊──」

內山溪仔水潺潺咧流个聲，共伊喚醒起來，看着溪仔水清──清清，佮身軀个血路如像一体个款，佝地准会當提起着精神咧行落去；佇伊心靈中，遐是台母么是伊湾，是伊湾么是台母啦！

內山溪仔水，清──清清啊！

是唔是会當來共人類做着佝尾仔个總〝洗禮〞咧？佝地愈想，精神准開始興奮起來，佫繼續咧想：這洗禮，咁昧予(hoo)人類佫再產生着〝新个進化〞个契机咧？若有這新个進化个人，嘟唔是伯今仔个動物儿，則是〝眞眞正正个人〞啦！

若会當達成着安呢个代誌，這則是对全世界全人

類——姆是目前个動物儿，有史以來，尚大佫永恒个貢獻啦——免啥乜獎賞！

是啦！人，今仔个動物儿，總是愛佫進化啦——

終其尾个進化，則是人最後个〝人(lâng)〞啊——

溪仔水清——清清啊！抑是卜流对佗位去咧？

眾水帰入海！下溪仔个溪水，咁元但会清——清清咧？

出現佇面頭前个〝光〞之景，是愈來愈接近啦！

尚地心喜着，總是会當轉去台母街仔，么佫会當見着佬母啊——

償即辰，因爲伊有即款个心境，尚地伊雖然全身猶痠疼，可是，伊个精神惹起着灵感，准唸出着〝即興〞个詩句，伊共号做：〈內山溪仔水之歌〉，如行如唸着：

　　　　〝深深个內山深深——

　　　　清清个溪仔水清清——

　　　　佇風絲仔个細說裡

　　　　聽出着您自然个心灵！

　　　　　　　✡

　　　　深山林內四界是鳥隻个歌聲

　　　　溪仔水么規路咧清唱聲旺

　　　　聲聲入耳入心是偌仔咧新鮮！

　　　　起起落落咧引出着純眞个願望！

✿

山林中么有萬千个日子咧过

溪仔水啊！么有您个風雨！

溪仔水啊！么有您个悲歡！

總是生命，總是友愛，充滿着情思！

✿

深深个内山清清个溪仔水啊！

無暝無日咧流去佗位方向？

咁会是您卜去流浪个異地？

煞是我向來不忍心看着个故鄉——"

〔後記〕

　　今仔(tsim á)，写着這〝後記〞，則想起家己个全〝生涯〞中，今(tann)，已経是〝還暦〞十二歲啦！猶然是愛文学、絵画、音楽，佮有愛冊(只是近来唔敢佮買冊、藏冊)；即四種愛，其实，干但是一種吟！這嘟是〝美〞啦！〝美个世界〞就是我家己〝实存生命〞呈現个世界啊──！

　　人講〝写作〞，在我本身只是人生实存个〝慰安〞个一種方式，么差不多是〝日記〞个款式；見若有所觀察、経験、体悟、感受、喜悅、憤怒……等等个時辰，嘟以各種个文学形式来記錄、表現；所以，前到今(tann)──按高中時代開始，詩、散文、短篇小說个写作佮出版嘟得卜有40種佇身边，大部分総是用家己个所費出版着〝限定本〞吟！到今，有(A)想卜出版个有：《大母山下》(處女詩集)、《近鄉夜譚》(短篇小說集No.1)、《兩粒永恆个星光／貝多芬佮莫札陶》、《看世界地图走揣Formosa》、《愛冊家之景》、《墓仔埔》、《石頭爆炸》、《狂人搖鼓》(《佮魔神仔个契約》个姊妹作)、《晚年四大即興

頌》(四大協奏曲)；(B)有卜完成个有：《台語起源边緣美感七灯》①、《地球語(ESP)佮台語会話対照》、《母仔团仔》、《帰鄉／時間是爲啥乜人咧停个？》、《五彩缤紛个貝貝／実存〝主人〞之歌》；(C)佮有卜整理成集个《短篇小說集No.2》。安呢，算起来么有十五種左右，茲仔，總需要時間、精力佮出版費，恐驚仔總唔是我做会到个啦！而且〝歲不我与〞啊！

　　《霧城》講起来，乃是我一生第一部台語文學語言長篇小說，回想介成是佇雄中任職个時，受着〝美麗島事件〞个沖擊，迄晏，我佮侭侭个民眾佇〝催淚彈〞中拚命咧走避了後，則思考蘊醸出來个款。佇1982年三月離開故鄉佮雄中，流浪来到東京入日大讀冊，研究以外，么迭去做清掃、洗碗、捧料理、煮咖啡、導遊等个〝拍工〞工課。後来進入大学做非常勤个〝外国語〞講師。一路行来，心肝內，腦海中迭咧想着《霧城》个主題，看卜安怎共〝生〞出来！長篇小說个創作，看人，有短期个，么有長期个，主要是彼〝形象〞佮〝風格〞，佇美學上，乃是一種具有個人的(tek)个〝美个典型性〞，么是人類共有个〝美个普遍性〞——即兩種乃是人性，么是人性个提升、超越！

　　《霧城》即本拙著純粹是創作小說，唔是民族或者族

<hr>

① 《台語个起源》已完成，時間是2015生日前夜佇Tokio。

群史，么唔是历史、推理、虎羼(lān)幻想恐怖小說，佫愈唔是論文；所以，佇茲，無需要列出取材、參考个時，使用个資料冊目，只不过，佇茲愛感謝乎拙著佇写作需要時个資料来源个作者。講眞个，佇写作者个心灵中、眼中，即個世界个種種，總是構成作品个材料而已；然後則按作者个心灵中、腦中来思考、認知，想像出特有个〝形象〞。所以，〝形象〞乃是小說形成个〝核心〞，透过文学語言个表現形式，則企(khiā)起着作者个〝風格〞！

所以，自頭到尾，總(lóng)是作者個人的人生，世界的个觀察、経験、感悟、批判，么有反省着一路行过来个本身佮外在一切个形態、性質，発揮着想象力来構成个。安呢，介成一目瞤仔嘟経过三十外多啦！今仔，看着家己个小說創作个文学生命佮風格，只有安慰哈——尤其是，這講出来唔驚見笑！佇這晚年个〝身心交迫〞佮〝貧病交逼〞中，竟然会當完成，這唔只是家己个意志，佫咖侈个乃是天公伯仔有咧来鼓舞佫予(hōo)我猶有〝一口気〞个緣故吧——！

佇這落尾仔，小弟卜(beh)来誠心感謝佇創作个日子中(雖然個總唔悉也有即本小說創作，因為我唔捌提起)予我佇精神佮物質生活支援个各位親友。抑若小弟个家後牽手阿月仔，愈免講，四十外多来，佇伊个辛苦中，我則有法度継續咧行即條路，佫愈予我一直咧收藏所愛个冊(彼量，差不多是等于〝養老金〞个額哩咧)啦！

尚感心，愛感謝个乃是〝前衛出版社〞主持人林文
欽兄，伊干但初次一聽着我有完成着了〝宿願〞，創作
出台語文學語言長篇小說，隨嘟一声〝恭喜〞，么一声
〝OK！〞，叫我緊共《霧城》个創作筆記copy寄去予伊
过目，然後拍字、排版；其实，伊明明悉也出版台語文学
語言个作品，乃是無市場个，准佫卜出版，確实，這嘟嗯
是一般个〝出版人〞啦！伊正公(káng)是《霧城》誕生个
貴人！

　　《霧城》中个深山內小溪仔水，清——清清！
它総(tsóng)是会流入大海去，它総是么有時会〝澇〞
(lô)去，但是，尚好嗯是〝污染〞啊——！

沙卡布拉揚 記
2015.1.22午前.
en Tokio,大山，〝DOUTOR〞。

✿P.S沙卡布拉揚(A.D. Sakabulajo)，還曆12歲，佇2014.10.15夜12°2’整理了！en Tokio大山自宅。(有一大部分是佇大山"DOUTOR"整理个)

　　30外冬(1979~2014)來，終其尾么完成着一生卜完成个第一部台語文學語言長篇小說啦！今仔是悲是喜？完全不常在啦！一切交予天公伯仔吧！嗯拘，正公是SAKA生命实存的个〝宿命〞啊──

　　　　　　　　　沙卡，2015.1.20午前11°5’
　　　　　　　　　en Tokio大山个
　　　　　　　　　"DOUTOR"校對完了！
　　　　　　　　　沙卡，2019.6.11.第2校完
　　　　　　　　　en 故里潮州茨內。

沙卡布拉揚簡介

- 沙卡布拉揚(A. D. Sakabulajo)
- 本名：鄭天送
- 華語筆名：鄭穗影
- 1942.5.4.出世
- 大母(武)山下，潮州人(戰前
  佇台東鎮，戰後佇台中市，過了到七歲个童年)
- 潮州光華小學畢業
- 潮州中學(含初中)畢業
- 淡江大學中文系畢業
- 日本大學文學研究科碩士、博士課程修了
- 捌(bat)做過：潮州中學、高雄中學教師
  　　　　　三信出版社執行編輯
  　　　　　綠舍美術研究會會員
  　　　　　高雄縣登山會幹部
  　　　　　日本台灣地球語(ESP)學會會誌《綠蔭》(La
  　　　　　Verda Ombro)執行編輯
- 前擔任：日本大學、專修大學、亞細亞大學等外國人講
  　　　　師
- 聯絡TEL&Line：0916683133

沙卡布拉揚著、編、譯作表

(一)、台文之部：

(01)《台灣語言的思想基礎》，〈1991年、台原出版社〉

(02)《露杯夜陶 / Rubaiyat》，〈1996年、綠蔭社〉

(03)《孤鷹》，〈1997年、綠蔭社〉

(04)《第卡媚儂選》（Decameron），〈1997年、綠蔭社〉

(05)《台灣詩選 / 第一輯》，〈1998年、綠蔭社〉

(06)《沙卡布拉揚四行詩集》，〈1998年、綠蔭社〉

(07)《烏鴉仔 / 》，〈1999年、綠蔭社〉

(08)《賴和文學个現實含理想》，〈2001年、綠蔭社〉

(09)《沙卡布拉揚台語文學選》，〈2001年、金安出版社〉

(10)《台語文學語言生態的个觀想》，〈2001年、前衛出版社〉

(11)《佮魔神仔契約》，〈2003年、前衛出版社〉

(12)《浮雲短句》，〈2003年、綠蔭社〉

(13)《2003年序曲》，〈2003年、綠蔭社〉

(14)《達・敏織寓言故事選》，〈2003年、綠蔭社〉

(15)《鵝鑾鼻灯塔个憂悴》，〈詩集 / 2005.3.、綠蔭社〉

(16)《近鄉夜譚／台語短篇小說集》,〈完稿未出〉

(17)《兩粒永恒个星光》,〈完稿未出〉

(18)《看世界地圖,走揣FORMOSA》,〈完稿未出〉

(19)《愛冊家之景》,〈完稿未出〉

(20)《墓仔埔》,〈完稿未出〉

(21)《石頭爆炸》,〈完稿未出〉

(22)《咱明仔再个台灣文學》,〈2006.3.綠蔭社〉

(23)《台語美學孤說》(第一輯),〈2007.3.綠蔭社〉

(24)《空杯》,〈2008.3.綠蔭社〉

(25)《彩虹 ── 望之魂》(台語美學孤說第二輯／綠蔭社)

(26)《霧城》／台語長篇小說〈2019.8.前衛出版〉

(27)《台語个起源／上部:邊緣美感×灯》,〈2019.8.前衛出版〉

(二)、華文之部:

(01)《美麗島牧歌／文集》,〈1972年、三信出版社〉

(02)《駁美麗島二編的荒謬》,〈1979年12月1日,含陳冠學合著〉

(03)《鹿鳴集》,〈1978年,含陳冠學合著〉

(04)《一字一天地》,〈1982年、星光出版社〉

(05)《雲的告白》(限定本),〈1986年、綠蔭社〉

(06)《福爾摩莎，一個秋天的冥想》（限定本），〈1985年、原發表佇文學界〉

(07)《去冬最後的天鵝》（限定本），〈1986年原發表佇文學界〉

(08)《詩鄉──二人集》，〈1991年、綠蔭社〉

(09)《獨裁族》（限定本），〈1991年、綠蔭社〉

(10)《沙卡布拉揚詩集》（限定本），〈1991年、綠蔭社〉

(11)《ESP對照，何瑞雄詩集》（限定本），〈1994、綠蔭社〉

(12)《中國新文學革命述評》，〈1998、綠蔭社〉

·EX-LIBRIS·

（第＿＿＿本）

國家圖書館出版品預行編目資料

霧城 / 沙卡布拉揚作. -- 初版. -- 臺北市：前衛，
　2019.08
　432面；15×21公分

　ISBN 978-957-801-889-1（平裝）

863.57　　　　　　　　　　　　　　108011880

霧城

作　　　者　沙卡布拉揚
責任編輯　番仔火
封面設計　江孟達
美術編輯　宸遠彩藝

出 版 者　前衛出版社
　　　　　地址：10468台北市中山區農安街153號4樓之3
　　　　　電話：02-25865708｜傳眞：02-25863758
　　　　　郵撥帳號：05625551
　　　　　購書‧業務信箱：a4791@ms15.hinet.net
　　　　　投稿‧代理信箱：avanguardbook@gmail.com
　　　　　官方網站：http://www.avanguard.com.tw
出版總監　林文欽
法律顧問　南國春秋法律事務所
總 經 銷　紅螞蟻圖書有限公司
　　　　　地址：11494台北市內湖區舊宗路二段121巷19號
　　　　　電話：02-27953656｜傳眞：02-27954100

出版日期　2019年8月初版一刷

定　　價　新台幣450元

©Avanguard Publishing House 2019　Printed in Taiwan
ISBN 978-957-801-889-1

＊請上「前衛出版社」臉書專頁按讚，獲得更多書籍、活動資訊
　http://www.facebook.com/AVANGUARDTaiwan